Buen Amigo
(Bel-Ami)

GUY DE MAUPASSANT

BUEN AMIGO
(BEL-AMI)

Traducción de
María Teresa Gallego Urrutia

ALBA*minus*

ALBA MINUS

Publicado por primera vez en Alba Clásica en mayo de 2011

TÍTULO ORIGINAL: *Bel-Ami*

Baixada de Sant Miquel, 1 08002 Barcelona

www.albaeditorial.es

DISEÑO: Pepe Moll de Alba

PRIMERA EDICIÓN: marzo de 2025

ISBN: 978-84-1178-153-4

DEPÓSITO LEGAL: B 1975-2025

IMPRESIÓN: Liberdúplex, s. l. u.

Ctra. BV 2241, km 7,4 Polígono Torrentfondo 08791 Sant Llorenç d'Hortons (Barcelona)

IMPRESO EN ESPAÑA

Índice

NOTA AL TEXTO

Guy de Maupassant escribió *Bel-Ami,* su segunda novela, en 1884 y muy deprisa, sobre todo si tenemos en cuenta que la anterior, *Une vie,* le había costado siete años de trabajo. *Bel-Ami,* empezada en el verano de ese año, se publica ya por entregas de abril a mayo de 1885 en el periódico *Gil Blas.* Meses después la publica en forma de libro la editorial Havard.

Para la presente traducción se ha utilizado la edición de 1983 de Albin Michel con prólogo de Jacques Laurent y notas de Philippe Bonnefis.

De esta novela de Maupassant existen varias traducciones anteriores –de Esther Benítez y Monserrat González entre otras– y en todas ellas se ha conservado en francés el apodo del protagonista, que alude a su atractivo físico y su maña para seducir a todas las mujeres, salvo en una edición mexicana de 1945 –de Isabel O. de Palencia– en que se llamó *El buen mozo.*

Nosotros hemos preferido traducirlo, tras pensarlo largamente y barajar varias posibilidades, pese a la inevitable merma de ciertos matices, por parecernos más espontáneo que, puesto que los personajes, lógicamente, hablan en castellano en la traducción, hablen en castellano por completo.

María Teresa Gallego Urrutia

Primera parte

Capítulo I

Cuando le hubo dado la cajera la vuelta de la moneda de cinco francos, Georges Duroy salió del restaurante.

Como iba por la vida presumiendo de apuesto, por carácter y por pose de exsuboficial, metió la cintura, sacó pecho, se retorció el bigote con ese ademán habitual en los militares y lanzó a los clientes que aún estaban cenando un ojeada rápida y circular, una de esas miradas de hombre de buen ver que abarcan lo que un vistazo de gavilán.

Las mujeres habían alzado la vista para mirarlo: tres operarias jóvenes; una profesora de música de mediana edad, mal peinada, desaseada, tocada con un sombrero que siempre estaba polvoriento y ataviada siempre con un vestido apañado de mala manera; y dos señoras de clase media con sus maridos, parroquianas de aquella taberna con cubierto del día.

Una vez en la acera, se quedó un momento quieto, preguntándose qué iba a hacer. Era 28 de junio y tenía en el bolsillo tres francos con cuarenta céntimos y ni un céntimo más para acabar el mes. Eso equivalía a dos cenas sin almuerzo, o a dos almuerzos sin cena, a elegir. Se echó la cuenta de que, como las comidas de mediodía costaban un franco con diez y las de la noche, un franco con cincuenta, le sobraría, si se contentaba con los almuerzos, un franco con veinte, que le daba para dos tentempiés de pan con salchichón y además dos jarras de cerveza en el bulevar. Ese era su gasto suntuoso y su gran satisfacción por las noches; y echó a andar calle de Notre-Dame-de-Lorette abajo.

Iba caminando, como en los tiempos que llevaba uniforme de húsar, con el pecho sacado y las piernas algo separadas, como si acabara de apearse del caballo; e iba por la calle llena de gente con andares bruscos, tropezando con los hombros, empujando a los demás para no desviarse de su camino. Llevaba levemente torcido encima de la oreja el sombrero de copa, bastante ajado, y hería a taconazos el pavimento. Siempre parecía que iba desafiando a alguien, a los transeúntes, las casas, la ciudad entera: una maña de soldado gallardo convertido en paisano.

Aunque vistiera un terno de sesenta francos, seguía teniendo cierta elegancia vistosa y un tanto ordinaria, aunque innegable. Alto, con buen tipo, rubio, de un rubio castaño más o menos pelirrojo, de bigote retorcido que era como una espuma encima del labio, con ojos azules, claros, que horadaban unas pupilas muy pequeñas, y pelo naturalmente rizado y peinado con raya en medio, recordaba mucho al sinvergüenza de las novelas populares.

Era una de esas veladas estivales en que a París le falta aire. La ciudad, más bochornosa que un invernáculo, parecía sudar en la oscuridad asfixiante. A las alcantarillas les salía el pestilente aliento por las bocas de granito y las cocinas subterráneas lanzaban a la calle, por las ventanas bajas, los miasmas infames del agua de fregar y de las salsas revenidas.

Los porteros, en mangas de camisa y a caballo en sillas de paja, fumaban en pipa bajo las puertas cocheras y los transeúntes andaban con paso agobiado, con la cabeza al aire y el sombrero en la mano.

Cuando Georges Duroy llegó al bulevar, volvió a pararse,

indeciso, sin saber qué hacer. Ahora le apetecía llegarse hasta Les Champs-Élysées y la avenida del bosque de Boulogne para dar con algo de aire fresco bajo los árboles, pero había otro deseo que lo atormentaba, el de una cita amorosa.

¿Cómo se le presentaría? No tenía ni idea, pero llevaba tres meses esperándola a diario, todas las noches. A veces, no obstante, por su buena planta y su porte de mujeriego, robaba, acá y acullá, algo de amor, pero siempre esperaba algo más y mejor.

Con los bolsillos vacíos y la sangre hirviendo, lo inflamaba el contacto con las busconas que susurran en las esquinas de las calles: «Véngase conmigo, buen mozo», pero no se atrevía a hacerlo porque no podía pagarles; y además también esperaba otra cosa, otros besos menos vulgares.

Le agradaban no obstante los sitios en que pululaban las mujeres de la vida, sus bailes, sus cafés y sus calles; llamarlas de tú; olfatear esos perfumes violentos; sentirlas cerca. Eran mujeres, en fin de cuentas, mujeres para el amor. No las despreciaba con ese desprecio innato de los hombres partidarios de la familia.

Torció hacia La Madeleine y fue siguiendo la corriente de la muchedumbre que fluía, agobiada de calor. Los cafés grandes, abarrotados de gente, se desbordaban por las aceras y exhibían la clientela, que bebía bajo la luz cegadora y cruda de las cristaleras de la fachada. Tenían esos clientes delante, en mesitas cuadradas o redondas, vasos que contenían líquidos rojos, amarillos, verdes, pardos, de todos los matices; y dentro de las jarras se veían brillar los gruesos cilindros transparentes de hielo que refrescaban el agua clara de grato aspecto.

Duroy había moderado la marcha y las ganas de beber le dejaban seca la garganta.

Se había adueñado de él una sed ardiente, una sed de verano, y pensaba en la sensación deliciosa de las bebidas frías corriéndole por la boca. Pero, si tomaba aunque no fuera más que dos jarras aquella noche, adiós a la magra cena del día siguiente; y demasiado bien conocía las horas hambrientas de los finales de mes.

Se dijo: «Tengo que esperar a que sean las diez y me tomaré la jarra en L'Américain. ¡Maldita sea! ¡Con la sed que tengo!». Y miraba a todos esos hombres sentados delante de las mesas y bebiendo, todos esos hombres que podían saciar la sed cuanto les apeteciese. Seguía andando y pasaba por delante de los cafés con expresión templada y resuelta, y calibraba de una ojeada, por el aspecto y la vestimenta, el dinero que debían de llevar encima todos y cada uno de los consumidores. Y lo invadía un arrebato de ira contra aquella gente, sentada y tan tranquila. Quien les hurgase en los bolsillos encontraría oro, plata y calderilla. Por término medio debía de llevar cada uno al menos dos luises; y lo menos había cien en el café: ¡dos luises multiplicados por cien eran cuatro mil francos! Mascullaba: «¡Los muy cerdos!», al tiempo que se contoneaba con garbo. Si hubiera podido agarrar a uno en una esquina, en una oscuridad bien negra, le habría retorcido el pescuezo, a fe que sí, sin escrúpulos, igual que se lo retorcía a las aves de corral de los aldeanos cuando había grandes maniobras.

Se acordaba de los dos años que había pasado en África y de la forma en que expoliaba a los moros en los puestos pequeños del sur. Y le pasó por los labios una sonrisa cruel y alegre al rememorar un lance que les costó la vida a tres hombres de la tribu de los Uled-Alan y les proporcionó a sus compañeros y a él veinte gallinas, dos corderos, oro y tema para pasarse seis meses bromeando.

Nunca descubrieron a los culpables, a los que nadie buscó, por lo demás, porque se consideraba que los moros eran como quien dice la presa natural del soldado.

En París las cosas eran diferentes. No se podía andar rondando como quien no quiere la cosa, con el sable al costado y empuñando el revólver con libertad y lejos de la justicia civil; y notaba en el corazón todos los instintos del suboficial suelto por tierra conquistada. Echaba mucho de menos, no cabe duda, sus dos años en el desierto. ¡Qué lástima no haberse quedado! Pero ¡claro!, había tenido la esperanza de conseguir algo mejor si volvía. ¡Y ahora...! ¡Ay, sí, menuda gracia esto de ahora!

Se paseaba la lengua por la boca con un leve chasquido como para cerciorarse de lo seco que tenía el paladar.

El gentío pasaba deslizándose por su lado, extenuado y lento, y él seguía pensando: «¡Panda de salvajes! Todos esos imbéciles llevan dinero en el chaleco». Daba tantarantanes a la gente con el hombro y silbaba entre dientes tonadas alegres. Algunos de los caballeros a los que empujaba se daban la vuelta refunfuñando, y algunas mujeres decían: «Pero ¡qué animal!».

Pasó delante de Le Vaudeville y se detuvo ante el Café Américain, preguntándose si se bebería o no por fin aquella jarra, porque la sed era una auténtica tortura. Antes de tomar una decisión, miró la hora en los relojes luminosos, en medio de la calzada. Eran las nueve y cuarto. Se conocía: en cuanto tuviera delante el vaso lleno de cerveza se lo tomaría de un trago. ¿Y qué iba a hacer luego hasta las once?

Pasó de largo. «Iré hasta La Madeleine –se dijo– y volveré despacito.»

Al llegar a la esquina de la plaza de L'Opéra, se cruzó con un joven grueso cuya cara recordaba vagamente haber visto en alguna parte.

Empezó a seguirlo, haciendo memoria y repitiendo a media voz: «Pero ¿dónde demonios he conocido yo a este individuo?».

Rebuscaba en el pensamiento sin conseguir recordarlo; luego, de repente, por un singular fenómeno de la memoria, vio a ese mismo hombre menos grueso, más joven, con uniforme de húsar. Exclamó en voz alta: «¡Hombre, Forestier!» y, alargando el paso, se acercó al peatón para darle un golpe en el hombro. Este se volvió, lo miró y dijo luego:

–¿Quiere algo, caballero?

Duroy se echó a reír:

–¿No me conoces?

–No.

–Georges Duroy, del 6.º de húsares.

Forestier le tendió ambas manos:

–¡Pero, bueno, chico! ¿Qué tal estás?

–Muy bien. ¿Y tú?

–Ah, pues yo no ando muy allá; fíjate, ahora tengo un pecho de papel maché; me paso tosiendo seis meses de cada doce por una bronquitis que me cogí en Bougival el año que volví a París, hace cuatro años por ahora.

–¡Anda! Y eso que pareces tan fuerte.

Y Forestier, agarrándole el brazo a su excompañero, le habló de su enfermedad, le contó las consultas, las opiniones y los consejos de los médicos, lo difícil que le resultaba atenerse a esos puntos de vista en sus circunstancias. Le mandaban que pasase el invierno en el sur de Francia; pero ¿podía hacerlo acaso? Estaba casado, era periodista y tenía muy buena posición.

–Soy el director de la sección de política de *La Vie Française.* Cubro la información del Senado en *Le Salut* y, de vez en cuando, hago crónicas literarias para *La Planète.* Ya ves, me he abierto camino.

Duroy, sorprendido, lo miraba. Estaba muy cambiado y había madurado mucho. Ahora tenía una apariencia, un porte, una forma de vestir de hombre asentado, seguro de sí mismo, y un vientre de hombre que cena bien. Tiempo atrás era flaco, esbelto y ágil, atolondrado, amante de la bronca, alborotador y siempre animado. En tres años, París lo había convertido en alguien muy diferente, grueso y ponderado, con unas cuantas canas en las sienes aunque no pasase de los veintisiete años.

Forestier preguntó:

–¿Adónde vas?

–A ningún sitio. Estaba dando una vuelta antes de irme a casa.

–¿Me acompañas entonces a *La Vie Française?* Tengo que corregir unas galeradas; luego nos tomamos una cerveza juntos.

–Vamos.

Echaron a andar cogidos del brazo con esa confianza fácil que perdura entre compañeros de colegio y camaradas del ejército.

–¿A qué te dedicas en París? –dijo Forestier. Duroy se encogió de hombros.

–A morirme de hambre, así de sencillo. Cuando me licencié, quise venirme aquí para... para hacer fortuna o, más bien, para vivir en París; y llevo seis meses trabajando en las oficinas de los Ferrocarriles del Norte, ganando mil quinientos francos al año. Y nada más.

Forestier dijo a media voz:

–Caramba, no es que sea mucho.

–Ya lo creo que es poco. Pero ¿cómo quieres que salga adelante? Estoy solo, no conozco a nadie, no puedo pedirle apoyo a nadie. No me falta buena voluntad, me faltan medios.

El amigo lo miró de arriba abajo, como hombre práctico que está calibrando a un individuo, y dijo luego, con acento convencido:

–Mira, muchacho, aquí todo depende del aplomo. A un hombre un poco avispado le cuesta menos llegar a ministro que a jefe de servicio. Lo que hay que hacer no es pedir, sino imponerse. Pero ¿cómo demonios no has encontrado nada mejor que un empleo en los Ferrocarriles del Norte?

Duroy respondió:

–Busqué por todas partes y no di con nada. Pero tengo ahora mismo algo a la vista: me ofrecen un trabajo de profesor de equitación en el picadero Pellirin. Allí ganaré como poco tres mil francos.

Forestier se detuvo en seco:

–Ni se te ocurra, sería una estupidez aunque ganases diez mil francos. Con eso te cierras el porvenir. En esa oficina tuya por lo menos estás escondido, nadie te conoce, puedes salir de ahí, si tienes resistencia, y hacer camino. Pero en cuanto seas profesor de equitación, se acabó. Es como si fueras maestresala en una casa a la que fuese a cenar el todo París. Si has dado clases de equitación a los hombres de buena sociedad o a sus hijos, ya no podrán acostumbrarse a mirarte como a un igual.

Calló, quedó pensativo un momento y preguntó luego:

–¿Eres bachiller?

–No. Me suspendieron dos veces.

–Eso da igual si llegaste al final de los estudios. Si te hablan de Cicerón o de Tiberio, ¿sabes más o menos de qué se trata?

–Sí, más o menos.

–Bueno, nadie sabe nada más, si exceptuamos a veinte imbéciles que no son capaces de salir del paso. No resulta difícil aparentar que se sabe mucho, te lo aseguro; lo importante es que no lo pesquen a uno en flagrante delito de ignorancia. Hay que maniobrar, esquivar la dificultad, dar un rodeo para evitar el obstáculo y pillar a los demás recurriendo a un diccionario. Todos los hombres son más tontos que las ovejas y más ignorantes que un besugo.

Hablaba como persona segura de sí, tranquila y enterada de qué es la vida, y sonreía mientras miraba pasar el gentío. Pero de repente empezó a toser y se detuvo para dejar que se le pasara el golpe de tos; luego, con tono desanimado, dijo:

–Lo cargante que resulta no poder quitarse de encima esta bronquitis. Y estamos en pleno verano. Vaya, este invierno me iré a Menton, a curarme. Qué le vamos a hacer; la verdad es que la salud es lo primero.

Llegaron al bulevar de Poissonnière, ante una puerta grande y acristalada en cuya parte posterior estaba pegado por ambas caras un periódico abierto. Tres personas se habían parado a leerlo.

Encima de la puerta ocupaban un amplio espacio, como una llamada de atención, unas letras grandes de fuego que torneaban unas llamas de gas: *La Vie Française*. Y los paseantes que se metían de pronto en la claridad que salía de aquellas tres palabras relumbrantes aparecían de repente a plena luz, visibles, claros y nítidos como en pleno día; luego, acto seguido, volvían a entrar en la sombra.

Forestier empujó aquella puerta: «Entra», dijo. Duroy entró, subió por unas escaleras suntuosas y sucias que se veían del todo desde la calle, llegó a un vestíbulo donde dos recaderos saludaron al compañero de trabajo; se detuvo luego en algo parecido a una sala de espera, un salón polvoriento y ajado, con las paredes tapizadas de terciopelo de imitación de un verde desvaído, lleno de manchas y roído por algunos sitios como si lo hubieran mordisqueado los ratones.

–Siéntate –dijo Forestier–, vuelvo dentro de cinco minutos.

Y desapareció por una de las tres puertas que daban a ese gabinete.

Un olor raro, peculiar, indescriptible, el olor de las salas de redacción, flotaba en aquel lugar. Duroy seguía quieto, algo intimidado, sorprendido sobre todo. De vez en cuando le pasaban por delante, corriendo, unos hombres; entraban por una puerta y salían por otra antes de que le diera tiempo a mirarlos.

Tan pronto eran muchachos jóvenes, muy jóvenes, con aspecto atareado, que llevaban en la mano una hoja de papel que latía al viento de la carrera, como cajistas, de cuya bata de tela recia y manchada de tinta asomaban un cuello de camisa blanquísimo y unos pantalones de paño como los de la gente de mundo; y llevaban con mucho cuidado unas tiras de papel impreso, galeradas recientes con la tinta fresca. A veces, entraba un señor muy fino, vestido con elegancia chillona, de levita demasiado entallada, pantalones demasiado ceñidos a la pierna, pie oprimido en un zapato demasiado puntiagudo; algún reportero de sociedad que traía los ecos de la velada.

Llegaban otros más, serios, importantes, tocados con chisteras de ala plana, como si esa forma los distinguiera del resto de los hombres.

Volvió Forestier, que llevaba cogido del brazo a un muchacho alto y flaco, entre los treinta y los cuarenta, con frac negro y corbata blanca, muy moreno, de bigote de puntas afiladas, y que tenía una expresión insolente y satisfecha de sí mismo.

Forestier le dijo:

–Adiós, mi querido maestro.

Su acompañante le estrechó la mano:

–Adiós, querido amigo.

Y bajó las escaleras silbando entre dientes y con el bastón debajo del brazo.

Duroy preguntó:

–¿Quién es?

–Es Jacques Rival, ya sabes, el famoso cronista, el duelista. Acaba de corregir sus galeradas. Garin, Montel y él son los tres cronistas de ingenio y de actualidad más importantes que tenemos en París. Aquí gana treinta mil francos al año por dos artículos semanales.

Según se iban, se toparon con un hombrecillo de pelo largo, grueso, de aspecto desaseado, que subía las escaleras resoplando.

Forestier lo saludó con una inclinación muy respetuosa.

–Norbert de Varenne –dijo–, el poeta, el autor de *Soles muertos,* otro que se mueve entre los grandes premios. Cada cuento que nos trae vale trescientos francos, y los más largos no llegan a doscientas líneas. Pero vamos a entrar en Le Napolitain, que me estoy muriendo de sed.

En cuanto se sentaron a una mesa, Forestier voceó: «¡Dos jarras!», y se bebió la suya de un tirón, mientras Duroy se tomaba la cerveza a tragos lentos, paladeándola y degustándola como algo valioso y escaso.

Su acompañante estaba callado y parecía pensativo; luego, dijo de pronto.

–¿Por qué no pruebas con el periodismo?

Duroy lo miró, sorprendido; luego dijo:

–Pero... es que nunca he escrito nada.

–Bah, hay que probar, que empezar. Podrías servirme para ir en busca de informaciones, para hacer gestiones y visitas. Al principio ganarías doscientos cincuenta francos y tendrías pagados los coches. ¿Quieres que hable con el director?

–Pues claro que quiero.

–Pues entonces vas a hacer una cosa: ven a cenar mañana a casa; solo vienen cinco o seis personas: el dueño, el señor Walter, su mujer, Jacques Rival y Norbert de Varenne, a quienes acabas de ver, y además una amiga de la señora Forestier. ¿De acuerdo?

Duroy titubeaba y se ruborizaba, perplejo. Al fin susurró:

–Es que... no tengo ropa adecuada.

Forestier se quedó estupefacto:

–¿No tienes frac? ¡Carape! Pues es algo indispensable. En París vale más no tener cama que no tener frac, ¿sabes?

Luego, de pronto, hurgándose en el bolsillo del chaleco, sacó una pulgarada de oro, apartó dos luises, se los puso delante a su antiguo compañero y le dijo, con tono de confianza cordial:

–Ya me lo devolverás cuando puedas. Alquila o compra pagando una cantidad al mes, o dando un anticipo, la ropa que necesites; apáñatelas, vamos, pero ven a cenar a casa mañana a las siete y media. Calle de Fontaine, 17.

Duroy, turbado, recogió el dinero balbuciendo:

–Pero qué amable eres, te lo agradezco muchísimo, puedes estar seguro de que no se me olvidará...

Forestier lo interrumpió:

–Nada, nada, bien está. ¿Otra jarra, verdad?

Y voceó:

–¡Mozo, dos jarras!

Luego, cuando ya se las hubieron acabado, el periodista preguntó:

–¿Quieres que pasemos otra hora dando una vuelta?

–Desde luego.

Y echaron a andar hacia la Madeleine.

–¿Qué podríamos hacer? –preguntó Forestier–. Dicen que en París un paseante ocioso siempre encuentra ocupación, pero no es cierto. Yo, cuando quiero dar una vuelta por las noches, nunca sé adónde ir. Un paseo por el bosque de Boulogne solo resulta divertido con una mujer, y no siempre tienes una mujer a mano; los cafés-concierto pueden resultarles entretenidos a mi boticario y a su mujer, pero no a mí. Así que ¿qué se puede hacer? Nada. Debería haber aquí un jardín de verano, como el parque de Monceau, que abriese de noche, donde se oyera música muy buena bebiendo cosas frescas bajo los árboles. No sería ya un lugar para pasarlo bien, sino un lugar para andar ocioso; y la entrada sería muy cara, para atraer a las mujeres bonitas. Podría uno caminar por paseos bien enarenados, iluminados con luz eléctrica y sentarse cuando quisiera oír la música de cerca o de lejos. Tuvimos algo muy parecido hace tiempo en Musard, pero con un regusto a merendero popular, demasiadas piezas de baile, sombra insuficiente, oscuridad insuficiente. Haría falta un jardín muy grande. Sería delicioso. ¿Adónde quieres ir?

Duroy, perplejo, no sabía qué contestar; se decidió por fin.

–No conozco Les Folies-Bergère. No me importaría dar una vuelta por allí.

Su acompañante exclamó:

–¡Les Folies-Bergère, carape! Nos coceremos como en un asador. En fin, de acuerdo, siempre resulta divertido.

Dieron media vuelta para tomar la calle de Le Faubourg-Montmartre.

La fachada iluminada del local arrojaba un fuerte resplandor por las cuatro calles que se unían precisamente allí delante.

Forestier ya estaba entrando. Duroy lo detuvo:

–Se nos está olvidando pasar por la taquilla.

Su acompañante le contestó con tono de persona importante:

–Yendo conmigo no se paga.

Al acercarse al control de la puerta, los tres porteros lo saludaron. El del centro le alargó la mano. El periodista preguntó:

–¿Tiene un buen palco?

–Desde luego, señor Forestier.

Cogió el bono que le tendían, empujó la puerta acolchada, de hojas batientes guarnecidas de cuero, y entraron en la sala.

Un vaho de tabaco velaba un poco, como si fuera una niebla muy fina, las zonas alejadas del escenario y la otra punta del teatro. Y, alzándose sin cesar, en delgados hilillos blanquecinos, de todos los puros y los cigarrillos que estaban fumando todas aquellas personas, aquella leve bruma seguía subiendo, se acumulaba en el techo y formaba, bajo la amplia cúpula, alrededor de la araña, más arriba de la galería del primer piso, abarrotada de espectadores, un cielo cubierto de nubes de humo.

En el ancho corredor de la entrada, que lleva al paseo circular por donde ronda la engalanada tribu de las mujeres de vida alegre, mezclada con la muchedumbre oscura de los hombres, un grupo de mujeres esperaba a los que iban llegando delante de una de las tres barras que presidían, pintadas y ajadas, tres vendedoras de bebidas y de amor.

Los altos espejos que tenían detrás las reflejaban de espaldas; y también las caras de los que pasaban por allí.

Forestier cruzaba por entre los grupos, avanzaba deprisa, como hombre que se merecía consideración.

Se acercó a una acomodadora.

–¿El palco diecisiete? –preguntó.

–Por aquí, caballero.

Y los encerraron en un cajoncito de madera, abierto por arriba, tapizado de rojo, en el que había cuatro sillas de ese mismo color, tan juntas que apenas si era posible escurrirse entre ellas. Ambos amigos se sentaron: y, tanto a la izquierda como a la derecha, en una secuencia de casetas semejantes que formaban una hilera larga y combada cuyos dos extremos iban a acabar en el escenario, había personas, sentadas también, a quienes solo se les veía la cabeza y el pecho.

En el escenario, tres jóvenes con mallas, uno alto, uno mediano y otro bajo, hacían, por turno, ejercicios en un trapecio.

Se adelantaba primero el alto, con pasos cortos y veloces, y saludaba con un ademán, como si enviase un beso.

Bajo las mallas se le notaba el dibujo de los músculos de los brazos y de las piernas; sacaba pecho para disimular que tenía demasiado prominente el estómago; y tenía una cara que parecía la de un peluquero, porque una raya muy bien hecha le dividía el pelo en dos partes iguales en el mismísimo centro de la cabeza. Alcanzaba el trapecio de un salto grácil y, colgando de las manos, giraba alrededor como una rueda lanzada; o bien, con los brazos tiesos y el cuerpo recto, se quedaba inmóvil, tendido horizontalmente en el vacío, y solo lo unía a la barra fija la fuerza de las muñecas. Bajaba luego de un salto, volvía a saludar sonriente entre los aplausos del patio de butacas y se arrimaba al decorado, luciendo a cada paso la musculatura de las piernas.

El segundo, menos alto y más cuadrado, se adelantaba entonces y repetía el mismo ejercicio, que hacía por tercera vez el último de los trapecistas, entre el agrado cada vez más efusivo del público.

Pero a Duroy no le interesaba el espectáculo y, volviendo la cabeza, miraba continuamente, a su espalda, el ancho pasillo lleno de hombres y de prostitutas.

Forestier le dijo:

–Fíjate en el patio de butacas, solo burgueses con sus mujeres y sus hijos, con caras de infelices y de bobos, que vienen a mirar. En los palcos, la fauna de los bulevares, unos cuantos artistas, algunas mujeres de medio pelo; y, detrás de nosotros, la mezcla más curiosa que darse pueda en París. ¿Quiénes son esos hombres? Fíjate en ellos. Hay de todo, todas las castas, pero domina la crápula. Hay empleados: empleados de banco, del comercio, de los ministerios; reporteros; chulos; oficiales de paisano; pisaverdes de frac que acaban de cenar en un cabaret o que salen de la Ópera antes de meterse en el Théâtre des Italiens; y además todo un mundo de hombres sospechosos a quienes no hay quien analice. En cuanto a las mujeres, son todas de la misma marca, de esas que cenan en L'Américain, las chicas de uno o dos luises al acecho del forastero de cinco luises y que avisan a sus parroquianos cuando se quedan libres. Están ya muy vistas desde hace seis años; pasan aquí todas las noches y todo el año, en los mismos sitios, menos cuando van de visita higiénica a la cárcel de Saint-Lazare o al Hospital de Lourcine.

Duroy ya no atendía a lo que le decía Forestier. Una de aquellas mujeres se había acodado en su palco y lo estaba mirando. Era una morena gruesa, de carnes blanqueadas con cremas, ojos negros, que el lápiz alargaba y subrayaba y que enmarcaban por arriba unas cejas enormes y artificiales. Los pechos, excesivamente voluminosos, le tensaban la seda oscura del vestido; y los labios pintados, rojos como una llaga, le daban un toque bestial, ardiente, desmesurado, pero que, no obstante, encendía el deseo.

Llamó, con un ademán de la cabeza, a una amiga que pasaba, una rubia de pelo rojo, gruesa también, y le dijo, con voz lo bastante alta para que se la oyera:

–Mira, este sí que es un buen mozo; si me quisiera por diez luises, no le diría que no.

Forestier se volvió y, sonriente, le dio una palmada en el muslo a Duroy.

–Eso va por ti: gustas, querido amigo. Enhorabuena.

El exsuboficial se había ruborizado; y palpaba mecánicamente las dos monedas de oro que llevaba en el bolsillo del chaleco.

Habían bajado el telón y la orquesta tocaba ahora un vals.

Duroy dijo:

–¿Nos damos una vuelta por la galería?

–Como quieras.

Salieron y, en el acto, los arrastró la corriente de quienes paseaban. Apremiados, empujados, apretados, zarandeados, avanzaban, y tenían ante los ojos una multitud de sombreros. Las mujerzuelas, de dos en dos, pasaban por entre esa concurrencia de hombres, cruzaban por ella con facilidad, se escurrían entre los codos, entre los pechos, entre las espaldas, como si estuvieran en su propia casa, bien a gusto, como pez en el agua entre aquel flujo masculino.

Duroy, encantado de la vida, estaba entregado, bebía con embriaguez aquel aire que viciaban el tabaco, el olor a humanidad y los perfumes de las pelanduscas. Pero Forestier sudaba, resoplaba y tosía.

–Vamos al jardín –dijo.

Y, girando a la izquierda, entraron en una especie de jardín cubierto al que daban frescor dos fuentes grandes de mal gusto. Bajo unos tejos y unas tuyas plantados en cajones, había hombres y mujeres bebiendo en unas mesas de cinc.

–¿Otra jarra? –preguntó Forestier.

–Sí, con mucho gusto.

Se sentaron y miraron pasar el público.

De vez en cuando una buscona se paraba y preguntaba con una sonrisa vulgar: «¿Me invita a algo, caballero?». Y, al contestarle Forestier: «A un vaso de agua del grifo», se alejaba mascullando: «¡Vete por ahí, so patán!».

Pero la morena gruesa que se había apoyado antes en el palco de los amigos volvió a aparecer, caminando con arrogancia, del brazo de la gruesa rubia. Formaban en verdad una vistosa pareja de mujeres bien conjuntadas.

Sonrió al ver a Duroy, como si los ojos de ambos se hubieran dicho ya cosas íntimas y secretas y, cogiendo una silla, se sentó tranquilamente frente a él y pidió luego con voz clara: «¡Mozo! ¡Dos granadinas!». Forestier, sorprendido, dijo:

–No eres de las que se andan con remilgos, ¿eh?

Ella contestó:

–Es tu amigo el que me vuelve loca. Es un real mozo. ¡Creo que por él haría cualquier locura!

A Duroy, intimidado, no se le ocurría nada que decir. Se retorcía el bigote rizado con una sonrisa pánfila. El camarero trajo los refrescos, que las mujeres se bebieron de un tirón; luego se levantaron y la morena, haciendo un breve saludo amistoso con la cabeza y dándole un golpecito con el abanico en el brazo, le dijo a Duroy:

–Gracias, chato. No puede decirse que tengas facilidad de palabra.

Y se fueron las dos moviendo las ancas. Entonces Forestier se echó a reír:

–Oye, chico, ¿sabes que tienes muchísimo éxito con las mujeres? Tienes que cultivar ese aspecto. Puede llevarte muy lejos. –Calló un segundo y, luego, añadió, con ese tono soñador de las personas que piensan en voz alta–: Bien pensado, usando a las mujeres es como se llega más deprisa.

Y, como Duroy seguía sonriendo sin contestar, le preguntó:

–¿Te quedas un rato más? Yo me voy a casa, ya está bien por hoy.

Su amigo susurró:

–Sí, me quedo otro ratito. Es temprano.

Forestier se puso de pie:

–Bueno, pues adiós. Hasta mañana. Que no se te olvide, ¿eh? Calle de Fontaine, 17, a las siete y media.

–Muy bien; hasta mañana. Gracias.

Se estrecharon la mano y el periodista se fue.

No bien hubo desaparecido, Duroy se sintió libre y volvió a palpar con regocijo las dos monedas de oro que llevaba en el bolsillo; luego se levantó y empezó a andar entre la muchedumbre pasándole revista.

No tardó en ver a las dos mujeres, la rubia y la morena, que seguían circulando con el mismo porte altanero de mendigas por entre aquel tumulto de hombres.

Se fue derecho hacia ellas y, cuando estuvo muy cerca, no se atrevió ya a nada.

La morena le dijo:

–¿Ya vuelves a tener lengua?

Él balbució: «Eso creo», y no consiguió decir nada más.

Se habían quedado a pie firme los tres, estorbando el flujo del pasillo, dando motivo para que se formase un remolino a su alrededor.

Entonces le preguntó ella de repente:

–¿Te vienes a mi casa?

Y él, trémulo de codicia, respondió sin miramientos:

–Sí, pero solo llevo encima un luis.

Ella sonrió con indiferencia:

–Da lo mismo.

Y lo cogió del brazo para tomar posesión de él.

Según salían, Duroy iba pensando que con los otros veinte francos no le resultaría difícil alquilar un traje de etiqueta para el día siguiente.

Capítulo II

–¿El señor Forestier, por favor?

–En el tercero, la puerta de la izquierda.

El portero había respondido con un tono amable en el que se traslucía la consideración que le tenía a aquel inquilino. Y Georges Duroy subió las escaleras.

Se notaba algo encogido, intimidado, nada a gusto. Era la primera vez en la vida que llevaba frac y lo tenía preocupado su atuendo en conjunto. Le parecía que fallaba en todo: las botinas, que no eran de charol, aunque fuesen bastante finas, pues le gustaba lucir el pie; la camisa de cuatro francos con cincuenta que había comprado esa misma mañana en los almacenes del Louvre y cuya pechera, delgada en exceso, ya tenía dobleces rígidos. Como las demás camisas, las de diario, tenían daños de mayor o menor gravedad, no había podido ponerse siquiera la menos estropeada.

El pantalón, que se pasaba un poco de ancho, le dibujaba mal el contorno de la pierna, parecía enroscarse en torno a la pantorrilla y tenía ese aspecto arrugado que adquiere la ropa transitoria en los cuerpos que no cubre sino por azar. Solo el frac no le sentaba mal del todo, pues había podido dar más o menos con su talla.

Subía despacio las escaleras con el corazón palpitante y el

ánimo ansioso, sintiendo sobre todo el temor de resultar ridículo; y, de repente, vio frente a él a un caballero vestido de gala que lo miraba. Estaban ambos tan cerca que Duroy hizo ademán de retroceder y se quedó, luego, estupefacto: era él, reflejado en un gran espejo de cuerpo entero que creaba en el rellano del primer piso la perspectiva de una larga galería. Dio un respingo, en un arrebato de gozo, al encontrarse mucho mejor de lo que habría podido pensar. Como no tenía en casa más que el espejito de afeitarse, no había podido mirarse de cuerpo entero y, al no ver sino a trancas y barrancas las diversas partes del atuendo improvisado, exageraba las imperfecciones y lo espantaba la idea de parecer grotesco.

Y hete aquí que, al verse de golpe en aquella luna, ni siquiera se había reconocido; se había tomado por otro, por un hombre de mundo que le había parecido estupendo, muy elegante, a primera vista.

Y ahora, al mirarse detalladamente, tenía que admitir que, desde luego, el conjunto era satisfactorio.

Se estudió entonces, como hacen los actores para aprenderse los papeles. Se sonrió, alargó la mano, hizo varios gestos, expresó unos cuantos sentimientos: asombro, agrado, aprobación; y anduvo a la busca de esos grados de la sonrisa y esas intenciones de la mirada que se usan para ser galante con las señoras y darles a entender admiración y deseo.

Se abrió una puerta en las escaleras. Temió que lo sorprendieran y echó a andar muy deprisa con el temor de que lo hubiese visto hacer monerías algún invitado de su amigo.

Al llegar al segundo piso, vio otro espejo y aminoró el paso para mirarse pasar. Le pareció que tenía un porte elegante de verdad. Andaba con garbo. Y le inundó el alma una confianza inmoderada en sí mismo. No cabía duda de que iba a triunfar con aquel tipo y aquel deseo de triunfar; y con lo resuelto que sabía que era y con la independencia de mentalidad que tenía. Sentía deseos de correr y de saltar al subir el último piso. Se detuvo delante del tercer espejo, se retorció el bigote con un ademán que era usual en él, se quitó el sombrero para atusarse el pelo y susurró a media voz, como hacía con frecuencia: «He aquí un invento excelente». Luego alargó la mano hacia el timbre y llamó.

Se abrió la puerta casi en el acto y se vio en presencia de un criado con frac negro, circunspecto, afeitado, tan impecable que Duroy volvió a turbarse sin entender de dónde le venía aquella emoción imprecisa: quizá de una comparación inconsciente entre el corte de la ropa de ambos. Aquel sirviente, que llevaba zapatos de charol, preguntó, haciéndose cargo del gabán que Duroy llevaba al brazo por temor a que se le vieran las manchas:

–¿A quién debo anunciar?

Y voceó el apellido, empujando una puerta, en un salón al que debía pasar.

Pero Duroy, perdido de pronto el aplomo, notó que lo paralizaba el temor y se quedaba sin resuello. Iba a dar el primer paso en aquella existencia esperada, soñada. Siguió andando, no obstante. Una mujer joven y rubia lo estaba esperando a pie firme, sola, en una estancia grande, bien iluminada y llena de arbustos, como un invernadero.

Se detuvo en seco, completamente desconcertado. ¿Quién era aquella señora sonriente? Se acordó, luego, de que Forestier estaba casado; y pensar que aquella rubia bonita y elegante debía de ser la mujer de su amigo acabó de aturullarlo.

Balbució:

–Señora, soy...

Ella le alargó la mano:

–Sé quién es, caballero. Charles me ha contado su encuentro de ayer por la tarde y me alegro mucho de que haya tenido la feliz idea de pedirle que cenase hoy con nosotros.

Duroy se ruborizó hasta las orejas, sin saber ya qué decir; notaba que le pasaban revista, que lo inspeccionaban de pies a cabeza, lo sopesaban, lo enjuiciaban.

Le entraban deseos de disculparse, de inventarse una razón que explicase los descuidos de su atuendo; pero no se le ocurrió nada y no se atrevió a sacar a colación aquel tema problemático.

Se sentó en un sillón que ella le señalaba y, cuando sintió ceder bajo su peso el terciopelo elástico y suave del asiento, cuando notó que se hundía y lo apuntalaba y ceñía aquel mueble acariciador cuyo respaldo y cuyos brazos acolchados lo sujetaban con delicadeza, le pareció que estaba entrando en una vida nueva y encantadora, que estaba tomando posesión de algo delicioso, que se convertía en alguien, que estaba salvado; y miró a la señora Forestier, quien no le había quitado la vista de encima.

Llevaba un vestido de casimir azul claro que le dibujaba a la perfección la cintura flexible y el pecho abundante. Los brazos y el escote asomaban de una espuma de encaje blanco que guarnecía el cuerpo del vestido y las mangas cortas; y el pelo, recogido en lo alto de la cabeza, algo rizado en la nuca, formaba una liviana nube de pelusilla rubia en el cuello. Duroy se iba tranquilizando ante aquella mirada que le recordaba, sin saber por qué, a la de la mujer a quien había conocido la víspera en Les Folies-Bergère. Tenía los ojos grises, de un gris azulado que les daba una expresión curiosa; la nariz, fina; los labios, gruesos; la barbilla, algo carnosa; un rostro, irregular y atractivo, rebosante de simpatía y malicia. Era uno de esos rostros de mujer en que todos los rasgos desvelan un encanto particular, parecen querer indicar algo, en que todos los gestos parecen decir u ocultar algo.

Ella le preguntó, tras un breve silencio:

–¿Lleva mucho en París?

Respondió él, recobrando poco a poco el dominio de sí mismo.

–Solo unos meses. Estoy empleado en los ferrocarriles; pero Forestier me ha dado esperanzas de que, con su ayuda, podría ingresar en el periodismo.

A ella se le acentuó la sonrisa, más benévola; y susurró, bajando la voz:

–Lo sé.

Había vuelto a sonar el timbre. El criado anunció:

–La señora de Marelle.

Era una morena menuda, de esas de quienes se dice: una morenita.

Entró con paso vivaracho; un vestido oscuro muy sencillo parecía dibujarla, moldearla de pies a cabeza.

Solo atraía la vista intensamente una rosa roja prendida en el pelo negro, que parecía subrayar aquella fisonomía, acentuar sus peculiaridades, darle la nota animada y brusca que precisaba.

Venía detrás una niña vestida de corto. La señora Forestier le salió al encuentro:

–Hola, Clotilde.

–Hola, Madeleine.

Se besaron. Luego la niña presentó la frente con aplomo de persona mayor mientras decía:

–Hola, prima.

La señora Forestier le dio un beso; luego hizo las presentaciones.

–El señor Georges Duroy, un amigo de Charles. La señora de Marelle, amiga mía y algo pariente.

Añadió:

–Aquí no nos andamos con ceremonias ni con cumplidos. Queda entendido, ¿verdad?

El joven hizo una inclinación.

Pero volvió a abrirse la puerta y apareció un caballero grueso y rechoncho, llevando del brazo a una señora alta y guapa, de más estatura que él, mucho más joven, de modales distinguidos y porte serio. El señor Walter, diputado, financiero, hombre de dinero y de negocios, judío y meridional, director de *La Vie Française,* y su mujer, Basile-Ravalau de soltera, hija del banquero del mismo apellido.

Hicieron acto de presencia a continuación, muy seguidos, Jacques Rival, elegantísimo, y Norbert de Varenne, con un frac cuyo cuello tenía unos cuantos brillos debidos al roce de la melena, que le llegaba a los hombros y que diseminaba por el citado cuello unos cuantos granos de polvillo blanco.

La corbata, con el nudo mal hecho, no parecía de primera puesta. Se acercó con melindres de galán maduro y, cogiéndole la mano a la señora Forestier, le besó la muñeca. Al hacerlo, la larga melena cayó como un chorro de agua por el brazo al aire de la joven.

Le tocó luego el turno a Forestier, que se disculpó por llegar tarde. Pero el asunto Morel le había obligado a quedarse en el periódico. El señor Morel, diputado radical, acababa de preguntar al ministerio por la solicitud de un crédito que tenía que ver con la colonización de Argelia.

El criado voceó:

–¡La señora está servida!

Y pasaron todos al comedor.

Duroy estaba sentado entre la señora de Marelle y su hija. Se sentía incómodo otra vez, pues le daba miedo cometer alguna equivocación en el manejo del tenedor, la cuchara o las copas. Había cuatro, y una de ellas tenía un leve tono azul. ¿Qué se bebía en esa?

Nadie dijo nada mientras tomaban la sopa; luego, Norbert de Varenne preguntó:

–¿Han visto lo del juicio Gauthier? ¡Qué cosa más peculiar!

Y comentaron aquel caso de adulterio complicado con un chantaje. No se hablaba de él como se habla en familia de los acontecimientos que refiere la prensa, sino como se habla entre médicos de una enfermedad o de hortalizas entre fruteros. Nadie se indignaba, a nadie le extrañaban los hechos; se buscaban las causas profundas y secretas con curiosidad profesional y una indiferencia total hacia el crimen propiamente dicho. Intentaban explicar con claridad el origen de las acciones, determinar todos los fenómenos mentales que habían originado el drama, que era el resultado científico de un estado cerebral concreto. También a las mujeres las apasionaba aquella indagación, aquella ocupación. Y examinaron otros acontecimientos recientes, los comentaron, les dieron vueltas para verlos por todas las caras, sopesaron qué valor tenían con esa visión práctica y ese enfoque particular de los mercaderes de noticias, de quienes despachan la comedia humana cobrando por líneas, de la misma forma que en los comercios dan vueltas a los artículos que se van a sacar al público y los pesan.

Salió luego a relucir un duelo y Jacques Rival tomó la palabra. Aquello era cosa suya: nadie más podía tratar del asunto.

Duroy no se atrevía a decir palabra. Miraba de vez en cuando a su vecina de mesa, cuyos pechos altos le resultaban seductores. Un diamante sujeto de un hilo de oro le colgaba de la extremidad de la oreja igual que una gota de agua que le hubiera resbalado por la carne. Hacía a veces algún comentario que siempre conseguía que a Duroy le asomase una sonrisa a los labios. Tenía una forma de pensar divertida, amable, inesperada, una forma de pensar de chiquilla con experiencia que ve las cosas con despreocupación y las juzga con un escepticismo intrascendente y benévolo.

Duroy buscaba en vano alguna flor que echarle; y, como no se le ocurría nada, se ocupaba de la hija, le servía de beber, le sujetaba las fuentes, la atendía. La niña, más seria que la madre, le daba las gracias con voz grave y le hacía breves inclinaciones de cabeza: «Es usted muy amable, caballero»; y atendía a lo que decían las personas mayores con infantil expresión reflexiva.

La cena era excelente y todos la alababan. El señor Walter comía como un ogro, no hablaba casi y lanzaba miradas de reojo, por debajo de las gafas, a las viandas que le presentaban. Norbert de Varenne no le iba a la zaga y le caían a veces gotas de salsa en la pechera de la camisa.

Forestier, sonriente y serio, vigilaba y cruzaba con su mujer miradas de inteligencia como hacen unos compadres que llevan a cabo juntos una tarea difícil y que va a pedir de boca.

Las caras se iban poniendo encarnadas, las voces subían de tono. De trecho en trecho, el sirviente susurraba al oído de los comensales:

—¿Corton? ¿Château-Laroze?

A Duroy le había parecido de su gusto el Corton y dejaba que le llenasen una y otra vez la copa. Se le metía dentro un júbilo delicioso; un júbilo cálido que le subía del vientre a la cabeza, le corría por los miembros, lo invadía por completo. Notaba cómo se apoderaba de él un bienestar absoluto, un bienestar que tenía que ver con la vida y con las ideas, con el cuerpo y con el alma.

Y le entraba un deseo de hablar, de hacerse notar, de que lo escuchasen, de que lo valorasen como a aquellos hombres cuyos mínimos dichos paladeaban los demás.

Y la charla, que seguía y seguía, engarzando unas ideas con otras, saltando de un tema a otro por cualquier palabra, por cualquier nimiedad, tras haber pasado revista a los acontecimientos del día y haber tocado de pasada mil cuestiones, volvió a la importante interpelación del señor Morel referida a la colonización de Argelia.

El señor Walter, entre dos servicios, hizo unas cuantas bromas, porque era de ideas escépticas y picantes. Forestier contó su artículo del día siguiente. Jacques Rival exigió un gobierno militar que concediera tierras a todos los oficiales que hubieran pasado treinta años de servicios en las colonias.

–De esa forma –decía– crearemos una sociedad enérgica que habrá aprendido hace mucho a conocer y amar esa comarca, que sabrá su lengua y estará al tanto de todas esas importantes cuestiones locales con las que tropiezan infaliblemente los recién llegados.

Norbert de Varenne lo interrumpió:

–Sí, sabrán de todo menos de agricultura. Hablarán árabe, pero no tendrán ni idea de cómo se trasplanta la remolacha y se siembra el trigo. Estarán incluso muy puestos en esgrima, pero muy poco en abonos. Lo que habría que hacer, antes bien, es abrir de par en par a todo el mundo ese país nuevo. Los hombres inteligentes se harán allí un hueco, los demás sucumbirán. Es la ley social.

Vino a continuación un breve silencio. Todo el mundo sonreía.

Georges Duroy abrió la boca y dijo, sorprendido ante su tono de voz, como si nunca se hubiera oído hablar:

–Lo que más falta allí es buena tierra. Las fincas fértiles de verdad cuestan tan caras como en Francia y las compran para invertir fondos algunos parisinos muy ricos. A los auténticos colonos, los pobres, los que se exilian porque les falta el pan, los echan al desierto, donde no crece nada porque falta el agua.

Todo el mundo lo miraba. Notó que se estaba ruborizando. El señor Walter le preguntó:

–¿Conoce Argelia, caballero?

Duroy contestó:

–Sí, señor, he pasado allí veintiocho meses y he vivido en las tres provincias.

Y de repente, olvidándose del caso Morel, Norbert de Varenne le preguntó por un detalle de costumbres que sabía por un oficial. Tenía que ver con M'Zab, esa república árabe pequeña y tan curiosa nacida en pleno Sáhara, en la parte más seca de esa comarca abrasada.

Duroy había estado dos veces en M'Zab y refirió las costumbres de aquel país singular, donde las gotas de agua valen tanto como el oro, donde todos los habitantes tienen que correr con todos los servicios públicos, donde la probidad comercial supera a la de los pueblos civilizados.

Habló con locuacidad un tanto fanfarrona; lo animaban el vino y el deseo de agradar; refirió anécdotas cuarteleras, rasgos de la vida árabe, aventuras bélicas. Dio incluso con unas cuantas palabras con mucho color para describir aquellas comarcas amarillas y desnudas, interminablemente inhóspitas bajo las llamas devoradoras del sol.

Todas las mujeres tenían la vista clavada en él. La señora Walter murmuró con su habla morosa:

–Con esos recuerdos suyos haría usted una serie deliciosa de artículos.

Entonces Walter miró fijamente al joven por encima de los cristales de las gafas, como hacía cuando quería ver bien las caras. Las fuentes de la comida las miraba por debajo.

Forestier aprovechó la ocasión:

–Mi querido jefe, le hablé antes del señor Georges Duroy y le pedí que me lo pusiera de ayudante en el servicio de informaciones políticas. Desde que nos dejó Marambot no tengo a nadie que vaya a buscar informaciones urgentes y confidenciales, y el periódico se resiente.

Walter se puso serio y se subió las gafas del todo para mirar bien a Duroy, de frente. Luego dijo:

–Es cierto que el señor Duroy tiene una forma de pensar original. Si tiene a bien venir a hablar conmigo mañana a las tres, arreglaremos ese asunto.

Luego, tras un silencio, y volviéndose del todo hacia el joven, añadió:

–Pero háganos usted ya una serie breve y fantasiosa acerca de Argelia. Cuente sus recuerdos y mézclelos con el asunto de la colonización, como hace un rato. Es algo actual, muy actual, y estoy seguro de que agradará mucho a nuestros lectores. Pero ¡dese prisa! Necesito el primer artículo para mañana o pasado, mientras están hablando de ello en la Cámara, para enganchar al público.

La señora Walter añadió, con ese encanto adusto que ponía en todo y hacía que sus palabras parecieran favores:

–Y tiene a mano un título delicioso: «Recuerdos de un cazador de África», ¿verdad, señor Norbert?

Al poeta anciano le había llegado tarde la fama y aborrecía y temía a los recién llegados. Contestó con expresión seca:

–Sí, excelente, a condición de que lo que venga después tenga la nota justa, porque ahí está la gran dificultad, en la nota justa, lo que en música se llama el tono.

La señora Forestier envolvía a Duroy en una mirada protectora y sonriente, una mirada de entendida que parecía decir: «Tú llegarás». La señora de Marelle se había vuelto hacia él en varias ocasiones y el diamante de la oreja se estremecía sin cesar, como si la delgada gota de agua fuera a desprenderse y a caer.

La niña seguía quieta y seria, con la cabeza gacha inclinada hacia el plato.

Pero el sirviente iba dando la vuelta a la mesa y poniendo en las copas azules vino de Johannisberg; y Forestier hizo un brindis, saludando al señor Walter:

–¡Por que dure muchos años la prosperidad de *La Vie Française!*

Todo el mundo le hizo una inclinación al jefe, que sonreía; y Duroy, ebrio de triunfo, bebió de un trago. Habría vaciado un tonel entero, a lo que le parecía; se habría comido un buey y estrangulado a un león. Se notaba en los miembros un vigor sobrehumano; en el ánimo, una resolución invencible y una esperanza infinita. Ahora estaba en su ambiente con aquellas personas; acababa de tomar posición, de conquistar su sitio. Posaba la vista en las caras con una seguridad nueva y, por primera vez, se atrevió a dirigirle la palabra a su vecina de mesa:

–Lleva usted los pendientes más bonitos que he visto en la vida.

La señora se volvió hacia él, sonriente:

–Se me ha ocurrido a mí lo de poner unos brillantes colgando así, sencillamente, de un hilo. Parecen de verdad gotas de rocío, ¿a que sí?

Él susurró, avergonzándose de tanto atrevimiento y temeroso de decir una necedad:

–Resulta encantador... pero también tiene algo que ver la oreja.

Ella se lo agradeció con una de esas miradas claras de mujer que se meten hasta el corazón.

Al volver Duroy la cabeza, volvió a encontrarse con la mirada de la señora Forestier, que seguía siendo benévola, pero le pareció ver en ella un alborozo mayor, malicia y aliento.

Ahora todos los hombres hablaban al mismo tiempo, gesticulando y dando voces; debatían el magno proyecto del ferrocarril metropolitano. No quedó agotado el tema hasta acabado el postre, pues todos tenían mucho que decir acerca de lo lentas que eran las comunicaciones en París, de los inconvenientes de los tranvías, de los engorros de los ómnibus y de la grosería de los cocheros de punto.

Salieron, luego, del comedor para tomar el café. Duroy, por broma, le ofreció el brazo a la niña. Ella le dio las gracias muy seria y se puso de puntillas para que le llegase la mano al codo de su vecino de mesa.

Al entrar en el salón. Duroy volvió a tener la sensación de estar entrando en un invernadero. Unas palmeras de buen tamaño abrían sus hojas elegantes en las cuatro esquinas de la habitación, subían hasta el techo y se ensanchaban, luego, como surtidores. A ambos lados de la chimenea, unos ficus, redondos como columnas, escalonaban sus hojas alargadas, color verde oscuro; y, encima del piano, dos arbustos desconocidos, redondos y cuajados de flores, uno de ellos rosa del todo y del todo blanco el otro, parecían plantas de mentira, inverosímiles, demasiado hermosas para ser de verdad.

El aire era fresco y lo impregnaba un aroma inconcreto, suave, imposible de definir, con cuyo nombre no se podía dar.

Y el joven, más dueño de sí mismo, miró atentamente a su alrededor. El piso no era grande; nada llamaba la atención, aparte de los arbustos; no sorprendía ningún color vivo; pero uno se notaba a gusto, se notaba sosegado, descansado; lo arropaba a uno suavemente, agradaba, envolvía el cuerpo en algo así como una caricia.

Las paredes estaban enteladas con un tejido antiguo de un morado desvaído, salpicado de florecitas de seda amarilla del tamaño de una mosca.

Cubrían las puertas unos portiers de paño azul grisáceo, paño de uniforme donde habían bordado unos cuantos claveles de seda roja; y los asientos, de todas las formas y tamaños, desperdigados al azar por el piso, cheslones, sillones enormes o diminutos, pufs y taburetes, estaban tapizados de seda Luis XVI o de ese precioso terciopelo de Utrecht de fondo crema con dibujos en granate.

–¿Toma café, señor Duroy?

Y la señora Forestier le alargaba una taza llena con esa sonrisa amistosa que no se le iba de los labios.

–Sí, muchas gracias.

Tomó la taza y, cuando se estaba inclinando, rebosante de angustia, para coger con la pinza de plata un terrón de azúcar del azucarero que llevaba la niña, le dijo la señora Forestier a media voz.

–Vaya a cortejar a la señora Walter.

Luego se alejó sin que él pudiera contestarle una palabra.

Duroy se bebió, primero, el café, pues le daba miedo que se le cayera en la alfombra; luego, con la cabeza más descuidada, buscó la forma de acercarse a la mujer de su nuevo director e iniciar una conversación.

De pronto, se dio cuenta de que tenía esta en la mano la taza vacía; y, como no le caía cerca ninguna mesa, no sabía dónde dejarla. Se apresuró hacia ella.

–Permítame, señora.

–Gracias, caballero.

Se llevó la taza y volvió.

–Si supiera, señora, qué buenos ratos me hizo pasar *La Vie*

Française cuando estaba en el desierto. Es en verdad el único periódico que puede leerse fuera de Francia, porque es más literario, más ingenioso y menos monótono que todos los demás. Tiene de todo.

Ella sonrió con una indiferencia amable; y respondió con mucha seriedad:

–Al señor Walter le costó mucho crear ese tipo de periódico, que respondía a unas necesidades nuevas.

Y empezaron a charlar. Duroy era de palabra fácil y trivial, tenía encanto en la voz, mucho donaire en la mirada y una seducción irresistible en el bigote. Se le despeinaba encima del labio, crespo, rizado y bonito, de un rubio teñido de pelirrojo, con un matiz más pálido en los pelos erizados de las puntas.

Hablaron de París, de sus alrededores, de las orillas del Sena, de las ciudades termales, de los placeres del verano, de todas esas cosas corrientes de las que se puede charlar hasta el infinito sin cansar el pensamiento.

Luego, al ver que el señor Norbert de Varenne se acercaba con un vaso de licor en la mano, Duroy se alejó por discreción.

La señora de Marelle, que acababa de estar conversando con Forestier, lo llamó.

–¿Y qué, caballero –le dijo sin rodeos–, así que quiere hacer pinitos en el periodismo?

Le habló entonces él de sus proyectos de forma inconcreta; y luego volvió a iniciar con ella la charla que acababa de tener con la señora Walter; pero, como ya estaba más puesto en el tema, estuvo a más altura, repitiendo, como si fueran suyas, cosas que acababa de oír. Y no dejaba de mirar a los ojos a su acompañante como para darle un sentido profundo a lo que decía.

Ella le contó a su vez algunas anécdotas, con una animación fácil de mujer que se sabe ingeniosa y quiere siempre tener gracia; y, cogiendo confianza, le ponía la mano en el brazo, bajaba la voz para decir nimiedades que adoptaban así en el acto un carácter íntimo. A él lo exaltaba por dentro el trato con aquella mujer joven que le hacía caso. Habría querido ser devoto de ella sin tardanza, defenderla, que se le viera lo que valía; y lo que tardaba en contestarle daba la pauta de lo preocupado que estaba.

Pero de pronto, sin motivo, la señora de Marelle llamó: «¡Laurine!», y la niña se acercó.

–Siéntate aquí, hijita, podrías enfriarte junto a la ventana.

Y a Duroy le entraron unas ganas locas de besar a la niña, como si algo de ese beso fuera a recaer en la madre.

Preguntó con tono galante y paternal:

–¿Me permite que le dé un beso, señorita?

La niña alzó los ojos con expresión sorprendida. La señora de Marelle dijo, riendo:

–Contesta: «Me parece bien, caballero, por ahora; pero no siempre será así».

Duroy se sentó en el acto, se puso a Laurine en una rodilla y, luego, rozó con los labios el pelo ondulado y fino de la niña.

La madre se extrañó:

–Anda, si no ha salido corriendo; es asombroso. No suele dejar que la besen más que las mujeres. Es usted irresistible, señor Duroy.

Él se ruborizó sin decir nada y, con un suave movimiento, columpiaba a la niña que tenía sentada en la pierna.

La señora Forestier se acercó y soltó una exclamación de asombro.

–¡Anda, Laurine domesticada! ¡Qué milagro!

Se estaba acercando también Jacques Rival, con un puro en la boca, y Duroy se levantó para irse, temiendo estropear con alguna palabra torpe lo ya conseguido y la tarea de conquista empezada.

Se despidió, tomó la manita que le alargaban las señoras y la estrechó con suavidad; luego, sacudió con fuerza la mano a los hombres. Notó que la de Jacques Rival era seca y cálida y respondía cordialmente a la presión de la suya; la de Norbert de Varenne, húmeda y fría, se escabullía, escurriéndose entre los dedos; la de Walter era fría y fofa, sin energía ni expresión; la de Forestier, gruesa y tibia. Su amigo le dijo a media voz:

–Mañana a las tres, que no se te olvide.

–Huy, no; no te preocupes.

Cuando volvió a verse en las escaleras, tan vehemente era el júbilo que sentía que le entraron ganas de bajar corriendo; y se lanzó, saltando los peldaños de dos en dos; pero, de repente, divisó en el espejo grande del segundo piso a un señor con muchas prisas que le salía al encuentro brincando; y se detuvo en seco, avergonzado, como si acabasen de pillarlo haciendo algo malo.

Luego se estuvo mirando mucho rato, maravillado de ser de verdad tan buen mozo; luego, se sonrió, complacido; luego, para despedirse de su imagen, se hizo, ceremoniosamente, una reverencia muy marcada, de la misma forma que se saluda a los personajes importantes.

Capítulo III

Cuando Georges Duroy se vio en la calle, titubeó sin saber qué hacer. Tenía ganas de correr, de soñar, de caminar recto pensando en el porvenir y aspirando el aire tibio de la noche; pero el recuerdo de la serie de artículos que le había pedido Walter lo acosaba y decidió volverse a casa en el acto para poner manos a la obra.

Regresó a zancadas, llegó al paseo de ronda y lo fue siguiendo hasta la calle de Boursault, donde vivía. En el edificio, de seis pisos, se agolpaban veinte hogares humildes, de obreros y de burgueses; y, al subir las escaleras, cuyos peldaños sucios, por los que andaban rodando trozos de papel, colillas, mondas de cocina, iluminaba con cerillas, le entró una repulsiva sensación de asco y mucha prisa por salir de allí y vivir, como los hombres ricos, en casas limpias con alfombras. Un olor agobiante a comida, a pozo negro y a humanidad, un olor estancado a mugre y paredes viejas, que ninguna corriente de aire podría expulsar de aquella vivienda, la colmaba de arriba abajo.

El cuarto del joven, en el quinto piso, daba, como a un barranco hondo, a la gigantesca trinchera del ferrocarril del oeste, precisamente encima de la salida del túnel, cerca de la estación de Les Batignolles. Duroy abrió la ventana y se acodó en la barandilla de hierro oxidado.

Por debajo de él, en lo hondo del agujero oscuro, tres señales rojas, inmóviles, parecían los ojos grandes de un animal; y, más allá, se veían otras; y otras más a mayor distancia.

Continuamente cruzaban por la oscuridad pitidos largos o cortos, unos cerca y otros apenas perceptibles, que llegaban de lejos, del lado de Asnières. Tenían modulaciones que parecían las de unas voces llamando. Uno de esos pitidos se iba acercando, sin dejar de lanzar un grito quejumbroso que crecía por segundos, y no tardó una luz grande y amarilla en aparecer, corriendo con gran escándalo; y Duroy miró cómo el largo rosario de vagones se metía en el túnel.

Luego se dijo: «¡Vamos! ¡A trabajar!». Puso la luz encima de la mesa; pero, cuando iba a ponerse a escribir, se dio cuenta de que no tenía en casa más que un cuaderno de papel de cartas.

¡Qué se le iba a hacer! Lo usaría desdoblando la hoja por completo. Mojó la pluma en el tintero y escribió en la cabecera con su mejor letra:

Recuerdos de un cazador de África

Luego se puso a buscar cómo iba a empezar la primera frase.

Estaba quieto, con la frente apoyada en la mano y la vista clavada en el cuadrado blanco desplegado ante él.

¿Qué iba a decir? Ya no se le ocurría nada de lo que había contado hacía un rato, ni una anécdota, ni un acontecimiento, nada. De repente, pensó: «Tengo que empezar por el viaje de ida». Y escribió: «Era en 1874, más o menos por el 15 de mayo, cuando Francia, exhausta, descansaba tras las catástrofes del año terrible...».

Y se detuvo en seco, sin saber cómo traer a colación lo que tenía que venir después: la subida al barco, el viaje, las primeras emociones.

Tras diez minutos de reflexión, decidió dejar para el día siguiente la página de presentación del principio y describir Argel sin más tardanza.

Y puso en el papel: «Argel es una ciudad completamente blanca...», sin conseguir expresar nada más. Volvía a ver en el recuerdo la bonita ciudad clara que rodaba cuesta abajo, como una cascada de casas de tejado plano, desde lo alto de la montaña hasta el mar, pero no se le ocurría ya ni una palabra para contar lo que había visto, lo que había sentido. Tras un esfuerzo ingente, añadió: «En parte de ella viven árabes...». Luego, arrojó la pluma encima de la mesa y se levantó.

Encima de la estrecha cama de hierro, donde su cuerpo había hecho un hoyo, vio la ropa de diario, tirada, ajada, flácida, fea, como guiñapos de la morgue. Y, encima de una silla, el sombrero de seda, el único que tenía, parecía abrirse para que echasen en él una limosna.

Las paredes, empapeladas de gris con ramitos azules, tenían tantas manchas como flores, manchas antiguas, sospechosas, cuyo origen nadie podría decir, bichos aplastados o gotas de aceite, yemas de dedos grasientos de pomadas o espuma de la palangana que hubiera salpicado al lavarse. Olía a miseria vergonzosa, a la miseria de los cuartos amueblados de París. Y lo sublevó una ola de exasperación contra la pobreza de aquella vida. Se dijo que tenía que salir de allí en el acto, que tenía que acabar a la mañana siguiente sin más tardanza con aquella vida menesterosa.

Le volvió a acometer de repente una laboriosidad ferviente, se sentó otra vez ante la mesa y empezó de nuevo a buscar frases que describiesen bien la fisonomía peculiar de Argel, esa antecámara del África misteriosa y profunda, del África de los árabes errabundos y los negros desconocidos, del África inexplorada y tentadora, animales inverosímiles, que parecen creados para cuentos fantásticos, y se nos muestran a veces en los parques: los avestruces, esas gallinas extravagantes; las gacelas, esas cabras divinas; las jirafas, sorprendentes y grotescas; los camellos, tan serios; los hipopótamos monstruosos; los rinocerontes informes; y los gorilas, esos hermanos terroríficos del hombre.

Notaba que, más o menos, le acudían algunas ideas; es posible que las hubiera dicho, pero no podía expresarlas con palabras escritas. Y, con la fiebre de aquella impotencia suya, volvió a levantarse, con las manos húmedas de sudor y la sangre latiéndole en las sienes.

Y, al caerle la vista en la nota de la lavandera, que esa misma tarde le había subido la portera, lo embargó de pronto una desesperación desenfrenada. Se le fue toda la alegría en un instante, junto con la confianza en sí mismo y la fe en el porvenir. Todo había acabado; no haría nada, no sería nada; se sentía vacío, incapaz, inútil, condenado.

Regresó a la ventana y se acodó en ella en el preciso momento en que salía un tren del túnel con un ruido repentino y violento. Se iba lejos, cruzando campiñas y llanuras, hacia el mar. Y a Duroy se le metió en el corazón el recuerdo de sus padres.

Aquel convoy iba a pasar cerca de su casa, a pocas leguas. Volvió a ver la casita, en lo alto de la cuesta, con Ruán y el inmenso valle del Sena a sus pies, a la entrada del pueblo de Canteleu.

Su padre y su madre regentaban una tabernita, un merendero, donde iba a almorzar los domingos la clase media de los suburbios: À la Belle-Vue. Habían querido que su hijo fuera un señor y lo habían mandado a estudiar interno. Al acabar los estudios y tras suspender el examen final de bachillerato, se fue al servicio militar con intención de llegar a oficial, a coronel, a general. Pero mucho antes de haber cumplido con los cinco años ya estaba asqueado del oficio de militar y soñaba con hacer fortuna en París.

Allí se fue cuando lo licenciaron, pese a los ruegos de su padre y de su madre, quienes, tras ver esfumarse su sueño, querían ya que se quedase con ellos. Ahora era él quién esperaba un porvenir; vislumbraba el éxito que le proporcionarían acontecimientos, aún confusos en su imaginación, que no le cabía duda de que sabría crear y secundar.

En el regimiento había hecho conquistas de cuartel, había tenido lances amorosos fáciles e incluso aventuras en ambientes de mayor nivel, pues había seducido incluso a la hija de un recaudador, que quería dejarlo todo para irse con él, y a la mujer de un procurador, que había intentado ahogarse por desesperación cuando la dejó.

Sus compañeros decían de él: «Es un pillo, es un buen pájaro, es un espabilado que sabrá salir adelante». Y él se había prometido, efectivamente, ser un pillo, un buen pájaro y un espabilado.

El carácter normando que tenía de nacimiento, tras pulirlo la práctica cotidiana de la vida de una tropa de guarnición, tras relajarlo los ejemplos de latrocinios en África, de ganancias ilícitas, de supercherías turbias, y también el acicate de esas ideas del honor que corren por el ejército, las baladronadas militares, los sentimientos patrióticos, las historias magnánimas que se contaban los suboficiales y la vanagloria del oficio, se había convertido en algo así como una caja de triple fondo donde había de todo.

Pero el deseo de triunfar era lo dominante.

Sin darse cuenta, había vuelto a soñar despierto, como hacía todas las noches. Se imaginaba una aventura amorosa espléndida que, de golpe, permitía que se cumplieran sus esperanzas. Se casaba con la hija de un banquero o de un noble con quien se encontraba por la calle y a quien conquistaba a primera vista.

El pitido estridente de una locomotora que había salido sola del túnel, igual que un conejo grande de la madriguera, y, corriendo por las vías a todo vapor, se dirigía a gran velocidad hacia la cochera, donde iba a descansar, lo despertó del sueño aquel.

Volvió a embargarlo la esperanza confusa y alegre que siempre le rondaba por el pensamiento; le lanzó al azar un beso a la oscuridad, un beso de amor hacia esa imagen de la mujer esperada, un beso de deseo hacia la fortuna anhelada; y luego cerró la ventana y empezó a desnudarse mientras murmuraba: «Bah, estaré en mejor disposición mañana por la mañana. Esta noche no tengo la cabeza despejada. Y además es también posible que me haya pasado un poco con la bebida. En condiciones así no trabaja uno bien».

Se metió en la cama, sopló la vela y se quedó dormido casi enseguida.

Se despertó temprano, como nos despertamos los días de esperanzas intensas o de preocupaciones y, saltando de la cama, fue a abrir la ventana para tomarse un buen tazón de aire fresco, como solía decir.

Las casas de la calle de Rome, enfrente, del otro lado de la ancha trinchera del ferrocarril, resplandeciendo bajo la luz del sol naciente, parecían enjalbegadas de luz. A la derecha, a lo lejos, se veían los collados de Argenteuil, las elevaciones de Sannois y los molinos de Orgemont entre una bruma azulada y leve, semejante a un velillo flotante y transparente que le hubieran echado encima al horizonte.

Duroy se quedó unos minutos mirando el campo lejano y susurró: «Lo bien que se debe de estar allí en un día como hoy».

Luego se acordó de que tenía que trabajar sin más demora, y también darle cinco céntimos al hijo de la portera y mandarlo a la oficina con el recado de que estaba enfermo.

Se sentó ante la mesa, mojó la pluma en el tintero, se sujetó la frente con la mano y buscó ideas. En vano. No se le ocurría nada.

No obstante, no se desanimó. Pensó: «Bah, no tengo costumbre. Este es un oficio que hay que aprender, como todos los oficios. Al principio, necesito ayuda. Voy a ver a Forestier, que me enjaretará el artículo en diez minutos».

Y se vistió. Cuando ya estaba en la calle, le pareció que era demasiado temprano para presentarse en casa de su amigo, que debía de levantarse tarde. Así que se dio un paseo, despacio, bajo los árboles del paseo de ronda.

Aún no eran las nueve y se fue al parque de Monceau, refrescado por la humedad del riego.

Se sentó en un banco y volvió a soñar. Un joven iba y venía, por delante de él, muy elegante; seguramente estaba esperando a una señora.

Llegó la señora, con la cara tapada con el velo del sombrero y paso veloz; se cogió del brazo del joven tras un rápido apretón de manos y se alejaron ambos.

Una tumultuosa necesidad de amor se le metió a Duroy en el corazón, una necesidad de amores distinguidos, perfumados, exquisitos. Se levantó y reanudó la caminata pensando en Forestier. ¡Menuda suerte tenía!

Llegó ante el portal en el preciso momento en que salía su amigo.

–¡Tú aquí! ¡A estas horas! ¿Qué me querías?

Duroy, violento por habérselo encontrado así, según salía, balbució:

–Es que... es que... no consigo escribir el artículo, ya sabes, el artículo sobre Argelia que me pidió el señor Walter. No tiene nada de particular, dado que nunca he escrito nada. Para eso, como para todo, hace falta práctica. Me acostumbraré enseguida, estoy seguro, pero no sé por dónde cogerlo para empezar. Sí que tengo ideas, las tengo todas, pero no consigo expresarlas.

Se calló, titubeando un poco. Forestier sonreía con malicia:

–Sé de qué me hablas.

Duroy siguió diciendo:

–Sí, debe de pasarle a todo el mundo al principio. Bueno, pues venía... venía a pedirte que me echaras una mano... Tú me lo enjaretarías en diez minutos, me enseñarías el giro que hay que darle. Me darías una lección de estilo como es debido; y sin ti, no me las podría apañar.

Forestier seguía sonriendo con expresión alegre. Le dio una palmada en el brazo a su excompañero y le dijo:

–Ve a ver a mi mujer, que te apañará el asunto tan bien como yo. La tengo enseñada para tareas de esas. A mí esta mañana no me da tiempo, porque si no lo haría de buena gana.

Duroy, intimidado de repente, vacilaba, no se atrevía:

–Pero a estas horas no puedo presentarme delante de ella.

–Sí, sí, no te preocupes. Está levantada. La encontrarás en mi gabinete de trabajo, poniéndome en orden unas notas.

Duroy se negaba a subir:

–No... no puede ser...

Forestier lo agarró por los hombros, le hizo dar media vuelta y lo empujó hacia las escaleras.

–Que subas, bobo, ¿no te estoy diciendo que subas? No pensarás obligarme a que vuelva a subirme yo los tres pisos para presentarte y explicar tu caso.

Duroy se decidió entonces:

–Gracias, allá voy. Le diré que me has obligado, obligado por completo, a ir a verla.

–Eso es. No te preocupes, que no te va a comer. Y sobre todo no te olvides de lo de las tres.

–No; puedes estar tranquilo.

Y Forestier se fue con su aspecto apresurado, mientras Duroy subía despacio, peldaño a peldaño, pensando qué iba a decir y preocupado por cómo iban a recibirlo.

El criado vino a abrirle. Llevaba un delantal azul y una escoba en la mano.

–El señor ha salido –dijo antes de que le preguntase nada.

Duroy insistió:

–Pregúntele a la señora Forestier si puede recibirme y avísela de que vengo de parte de su marido, a quien me he encontrado en la calle.

Luego esperó. El hombre volvió, abrió una puerta de la derecha y anunció:

–La señora está esperando al señor.

Estaba sentada en un sillón de despacho, en una habitacioncita cuyas paredes ocultaban por completo unos libros bien ordenados en unas baldas de madera negras. Las encuadernaciones, de tonos diversos, rojas, amarillas, verdes, violeta y azules, ponían color a aquella alineación monótona de volúmenes y la alegraban.

Se volvió, sin dejar de sonreír, envuelta en una bata blanca adornada con encajes; y le alargó la mano, enseñando el brazo que la manga, muy holgada, dejaba al aire.

–¿Ya? –dijo.

Y añadió luego:

–No es un reproche, es una simple pregunta.

Duroy balbució:

–Ay, señora, yo no quería subir; pero su marido, a quien me he encontrado abajo, me ha obligado. Estoy tan avergonzado que no me atrevo a decir a qué vengo.

Ella le estaba indicando un asiento:

–Siéntese y hable.

Manipulaba con dos dedos una pluma de ganso, dándole vueltas ágilmente; y, ante sí, seguía teniendo una hoja grande de papel, a medio escribir, que había dejado empezada al entrar el joven.

Parecía hallarse en el lugar que le correspondía ante aquella mesa de trabajo, tan cómoda como en su salón, entregada a una tarea habitual. La bata despedía una leve fragancia, la fragancia del aseo reciente. Y Duroy intentaba intuir y creía ver aquel cuerpo joven y claro, relleno y cálido, que la tela mullida envolvía con suavidad.

Como él no decía nada, ella añadió:

–Bueno, adelante, ¿de qué se trata?

Duroy susurró, titubeante:

–Pues... pero, la verdad... no me atrevo... Es que anoche estuve escribiendo hasta muy tarde... y esta mañana... desde muy temprano... ese artículo sobre Argelia que me pidió el señor Walter... y no llego a nada que merezca la pena... He roto todos los intentos... Es que no tengo costumbre de un trabajo así; y había venido a pedirle a Forestier que me ayudase... sin que sirviera de precedente...

Ella lo interrumpió, riendo de buena gana, feliz, alegre y halagada:

–¿Y le ha dicho que recurriera a mí? Qué amable por su parte...

–Sí. Me ha dicho que usted me sacaría del apuro mejor que él... Pero no me atrevía, no quería. ¿Se da cuenta?

Ella se puso de pie:

–Va a ser de lo más agradable colaborar así con usted. Estoy encantada con la idea. Mire, siéntese en mi sitio, porque en el periódico conocen mi letra. Y le vamos a enjaretar a usted un artículo, pero uno de mucho éxito, ya verá.

Duroy se sentó, cogió la pluma, colocó delante una hoja de papel y esperó.

La señora Forestier, que se había quedado de pie, miraba los preparativos; luego cogió un cigarrillo de la repisa de la chimenea y lo encendió.

–No puedo trabajar sin fumar –dijo–. A ver, ¿qué va usted a contar?

Él alzó la cabeza hacia ella, asombrado.

–Y yo qué sé... Si he venido a verla por eso.

La señora Forestier siguió diciendo:

–Sí, yo lo apañaré. Haré la salsa; pero necesito el plato.

Él callaba, apurado; por fin dijo, titubeando:

–Quería contar el viaje desde el principio.

Entonces, ella se le sentó enfrente, del otro lado de la amplia mesa, y dijo mirándolo a los ojos:

–Bueno, pues cuéntemelo primero a mí; solo para mí, ¿entiende?, despacio, sin olvidarse nada, y yo elegiré con qué tenemos que quedarnos.

Pero como Duroy no sabía por dónde empezar, ella se puso a hacerle preguntas, como habría hecho un sacerdote en el confesionario, preguntas concretas que le hacían acordarse de detalles olvidados, de personas a quienes había conocido, de caras que solo había vislumbrado.

Tras obligarlo a hablar así durante un cuarto de hora, lo interrumpió de golpe:

–Ahora vamos a empezar. Ante todo, supongamos que esas

impresiones se las cuenta a un amigo, lo que le permite decir un montón de bobadas, hacer comentarios de todo tipo, ser espontáneo y gracioso, si es que podemos. Empiece: «Mi querido Henry, quieres saber qué es Argelia y vas a saberlo. Voy a enviarte, para no estar mano sobre mano en esta cabañita de barro seco que me hace las veces de domicilio, algo así como un diario de mi vida, día a día, hora a hora. A veces resultará un tanto picante, qué le vamos a hacer, nada te obliga a enseñárselo a las señoras que conozcas...».

Se interrumpió para volver a encender el cigarrillo, que se le había apagado y, en el acto, el chirridito chillón de la pluma de ganso se detuvo.

–Sigamos –dijo ella–: «Argelia es una extensa comarca francesa que hace frontera con esas grandes regiones desconocidas que llamamos el desierto, el Sáhara, África central, etc., etc.

»Argel es la puerta, la puerta blanca y encantadora de ese extraño continente.

»Pero, de entrada, hay que llegar allí, lo que no le resulta de color de rosa a todo el mundo. Ya sabes que soy un jinete estupendo, ya que le adiestro los caballos al coronel, pero se puede ser buen jinete y mal marino. Y tal es mi caso.

»¿Te acuerdas del mayor Simbretas, ese al que llamábamos doctor Ipecacuana? Cuando nos parecía que estábamos en condiciones de pasar veinticuatro horas en la enfermería, ese territorio bendito, íbamos a que nos viera.

»Estaba en su silla, con los muslos gruesos separados y enfundados en el pantalón rojo, las manos en las rodillas, los brazos haciendo puente, los codos apuntando hacia fuera, y giraba las pupilas de aquellos ojos saltones como bolas de lotería, mordisqueándose el bigote blanco.

»¿Te acuerdas de lo que nos recetaba? "Este soldado tiene un trastorno de estómago. Que le den el vomitivo número 3 según mi fórmula personal; y luego, doce horas de reposo y todo en orden."

»Era un vomitivo soberano, soberano e irresistible. Así que nos lo tragábamos, ya que no quedaba más remedio. Luego, tras padecer la fórmula del doctor Ipecacuana, disfrutaba uno de doce horas de reposo bien merecido.

»Pues bien, mi querido amigo, para llegar a África hay que padecer durante cuarenta y ocho horas algo así como otro vomitivo irresistible según la fórmula propia de la Compañía Transatlántica».

Se frotaba las manos, encantada de la vida con aquella idea suya.

Se puso, luego, de pie y empezó a pasear, tras haber encendido otro cigarrillo; y dictaba, expulsando hilillos de humo que salían, primero, en línea recta, de un agujerito redondo en el centro de los labios apretados y, luego, se ensanchaban, se evaporaban y dejaban por el aire unas rayas grises, algo como una bruma transparente, un vaho semejante a una telaraña. De vez en cuando, con un ademán de la mano abierta, borraba aquellos rastros leves y más persistentes; otras veces los dividía con un movimiento cortante del índice y miraba luego con una seriedad muy atenta cómo desaparecían despacio los dos trozos de vapor imperceptible.

Y Duroy, con la vista alzada, iba siguiendo todos aquellos gestos, todos los movimientos del cuerpo de ella, y los del rostro, entregados a aquel juego impreciso que no le ocupaba el pensamiento.

La señora Forestier imaginaba ahora las peripecias del trayecto, retrataba a unos compañeros de viaje que se estaba inventando y esbozaba una aventura amorosa con la mujer de un capitán de infantería que iba a reunirse con su marido.

Se sentó luego y le preguntó a Duroy por la topografía de Argelia, de la que no sabía nada. Tardó diez minutos en estar tan informada como él y sacó adelante un breve capítulo de geografía política y colonial para poner al tanto al lector y prepararlo adecuadamente para que entendiera las cuestiones de enjundia que aparecerían en los capítulos siguientes.

Prosiguió luego con una excursión por la provincia de Orán, una excursión fantasiosa donde salían sobre todo mujeres, moras, judías y españolas.

–Estas cosas son las únicas que interesan –decía.

Concluyó con una estancia en Saida, al pie de las elevadas mesetas, y con una intriga muy divertida entre el suboficial Georges Duroy y una operaria española que trabajaba en la manufactura de esparto de Ain el Hayat. Refería las citas nocturnas en las montañas pedregosas y peladas mientras los chacales, las hienas y los perros árabes gruñían, ladraban y aullaban entre las rocas.

Y dijo con voz jubilosa:

–¡Continuará mañana! –Luego, poniéndose de pie–: Así es como se escribe un artículo, mi querido señor. Tenga la bondad de firmar.

Duroy titubeaba:

–Pero ¡firme de una vez!

Él entonces se echó a reír y escribió en la parte de abajo de la página:

GEORGES DUROY

Ella no dejaba de fumar mientras paseaba; y él seguía mirándola, sin que se le ocurriera qué podía decir para darle las gracias, feliz de estar a su lado, rebosante de agradecimiento y de la dicha sensual de aquella intimidad incipiente. Le parecía que cuanto lo rodeaba era parte de ella, todo, incluso las paredes llenas de libros. En los asientos, en los muebles, en el aire donde flotaba al olor del tabaco había algo particular, bueno, suave, encantador que procedía de ella.

La señora Forestier preguntó de repente:

–¿Qué le parece mi amiga, la señora de Marelle?

Duroy se quedó sorprendido:

–Pues... me parece... me parece muy atractiva.

–¿Verdad que sí?

–No cabe duda.

Le apetecía añadir: «Aunque no tanto como usted». No se atrevió.

La señora Forestier siguió diciendo:

–¡Y si supiera lo divertida, lo original, lo inteligente que es! Eso es, es una bohemia, una auténtica bohemia. Por eso no la quiere gran cosa su marido. Solo ve los defectos y no valora las virtudes.

Duroy se quedó estupefacto al enterarse de que la señora de Marelle estaba casada. Y sin embargo era de lo más natural.

Preguntó:

–Anda... ¿está casada? Y ¿a qué se dedica su marido?

La señora Forestier se encogió fugazmente de hombros y enarcó al tiempo un tanto las cejas, de una forma colmada de significados incomprensibles.

–Ah, es inspector de los Ferrocarriles del Norte. Pasa en París ocho días al mes. Es lo que su mujer llama «la prestación obligatoria», o también «estar de servicio de semana» o «la semana santa». Cuando la conozca mejor ya verá qué sutil y qué simpática es. Vaya a verla algún día de estos.

Duroy no se acordaba ya de que tenía que irse; le parecía que iba a quedarse ya siempre allí, que estaba en su casa.

Pero se abrió la puerta sin ruido y entró un señor alto a quien no habían anunciado.

Se detuvo al ver a un hombre. Por un instante la señora Forestier pareció sentirse violenta; luego dijo con voz natural, aunque un leve sonrojo le subió de los hombros a la cara:

–Entre, entre, querido amigo. Le presento a un excelente amigo de Charles. El señor Georges Duroy, que va para periodista.

Luego anunció con otro tono:

–Nuestro mejor y más íntimo amigo, el conde de Vaudrec.

Los dos hombres se saludaron mirándose a los ojos y Duroy se retiró acto seguido.

Nadie intentó impedírselo. Balbució unas palabras de agradecimiento, estrechó la mano que le tendía la señora Forestier, volvió a hacerle una inclinación al recién llegado, que seguía con una cara fría y seria de hombre de mundo, y salió muy turbado, como si acabase de hacer alguna tontería. Al verse en la calle, se notó triste e incómodo; le obsesionaba la oscura sensación de un disgusto velado. Caminaba en línea recta, preguntándose por qué le había entrado aquella melancolía súbita; no se le ocurría, pero el rostro adusto del conde de Vaudrec, ya un poco entrado en años, con pelo gris y la expresión tranquila e insolente de un individuo muy rico y con mucha seguridad en sí mismo, le volvía continuamente a la memoria.

Y cayó en la cuenta de que había sido la llegada del desconocido, que había quebrado una encantadora entrevista a solas a la que ya se le estaba acostumbrando el corazón, lo que le había dado esa impresión de frío y desesperanza para la que bastan, en ocasiones, una palabra oída, una indigencia vista a medias, cosas mínimas.

También le parecía que a aquel hombre, sin que pudiera adivinar por qué, no le había gustado encontrarlo allí.

No tenía ya nada que hacer hasta las tres; y aún no eran las doce. Le quedaban seis francos con cincuenta céntimos: fue a almorzar a la casa de comidas Duval. Anduvo luego dando vueltas por el bulevar; y dando las tres estaba subiendo las escaleras propagandísticas de *La Vie Française*.

Los recaderos, en un asiento corrido y con los brazos cruzados, esperaban mientras, detrás de algo parecido a una cátedra pequeña de profesor, un ordenanza clasificaba la correspondencia que acababa de llegar. La puesta en escena era perfecta para impresionar a los visitantes. Todo el mundo tenía educación, buen porte, dignidad, elegancia, como convenía al vestíbulo de un periódico grande.

Duroy preguntó:

–¿El señor Walter, por favor? El ordenanza le contestó:

–El señor director está reunido. Si el señor tiene a bien sentarse un momento.

Y le indicó la sala de espera, que estaba ya llena.

Veíanse allí hombres circunspectos, condecorados, impacientes; y hombres desaseados, que no enseñaban la camisa y cuya levita, abrochada hasta el cuello, lucía en la pechera dibujos de manchas que recordaban los perfiles de los continentes y los mares en los mapas. Entre ellos había tres mujeres. Una era bonita y sonriente e iba muy arreglada; parecía una mujer de vida alegre; en la que estaba a su lado, de rostro hierático, trágico, arrugado, también muy arreglada, pero con mucha seriedad, había ese algo ajado y artificial que suele caracterizar a quienes fueron actrices, una suerte de falsa juventud desvanecida igual que un perfume, como una fragancia de amor enranciado.

La tercera mujer, de luto, estaba en un rincón, con aspecto de viuda desconsolada. Duroy pensó que venía a pedir una limosna.

Pero no llamaban a nadie para que pasara y ya habían transcurrido más de veinte minutos.

Entonces a Duroy se le ocurrió una idea y volvió para hablar con el ordenanza:

–El señor Walter me había citado a las tres –dijo–. Por si acaso, mire a ver si no anda por aquí mi amigo el señor Forestier.

Lo hicieron pasar entonces a un pasillo largo que lo condujo a una estancia amplia donde cuatro caballeros estaban escribiendo en torno a una mesa verde muy ancha.

Forestier, de pie delante de la chimenea, fumaba un cigarrillo mientras jugaba al boliche. Tenía mucha maña para aquel juego y ensartaba siempre la bola enorme de boj amarillo en el pinchito de madera. Contaba: «Veintidós, veintitrés, veinticuatro, veinticinco».

Duroy dijo: «Veintiséis». Y su amigo alzó la vista sin que se detuviera el movimiento regular del brazo.

–¡Hombre, si estás aquí! Ayer llegué a cincuenta y siete sin fallar uno. Aquí al único a quien se le da mejor que a mí es a Saint-Potin. ¿Has visto al jefe? No hay nada que tenga más gracia que mirar cómo juega al boliche el gordinflón de Norbert. Abre la boca como si se quisiera tragar la bola.

Uno de los redactores volvió la cabeza hacia él:

–Oye, Forestier, sé de un boliche que está en venta, uno estupendo, de madera de las Antillas. Dicen que era de la reina de España. Piden por él sesenta francos. No es caro.

Forestier preguntó:

–Y ¿dónde reside?

Y, como había fallado la trigésima séptima vez, abrió un armario donde Duroy vio alrededor de veinte boliches espléndidos, en fila y numerados como una colección de bibelots. Luego, tras dejar el objeto en su sitio, repitió:

–¿Dónde reside esa joya?

El periodista contestó:

–En la tienda de un vendedor de entradas del Vaudeville. Te lo traigo mañana si quieres.

–Sí, de acuerdo. Si de verdad está bien, me quedo con él. Nunca tiene uno demasiados boliches. –Luego, volviéndose hacia Duroy–: Ven conmigo, que voy a llevarte al despacho del jefe, porque, si no, podrías estar aquí pudriéndote hasta las siete de la tarde.

Volvieron a cruzar la sala de espera donde seguían las mismas personas en el mismo orden. En cuanto apareció Forestier, la joven y la exactriz se levantaron con rapidez y se le acercaron.

Se las llevó, una tras otra, al hueco de la ventana y, aunque se cuidaron muy mucho de hablar en voz baja, a Duroy le llamó la atención que tutease a ambas.

Luego, tras empujar dos puertas acolchadas, entraron en el despacho del director.

La reunión en la que llevaba este una hora era una partida de ecarté con algunos de los señores de sombrero de copa baja en los que se había fijado Duroy la víspera.

El señor Walter, con las cartas en la mano, jugaba con atención concentrada y movimientos cautelosos, mientras que su adversario echaba, recogía y manejaba las cartulinas de colores con flexibilidad, habilidad y elegancia de jugador experto. Norbert de Varenne estaba escribiendo un artículo sentado en el sillón del director y Jacques Rival, tendido cuan largo era en un sofá, fumaba un puro con los ojos cerrados.

Olía a cerrado, al cuero de los muebles, a tabaco frío y a imprenta; olía a ese olor característico de las salas de redacción que conocen todos los periodistas.

Encima de la mesa de madera negra con incrustaciones de cobre yacía un amasijo increíble de papeles: cartas, tarjetas, periódicos, revistas, notas de proveedores y folletos de todo tipo.

Forestier les dio la mano a quienes apostaban, que estaban de pie detrás de los jugadores y, sin decir palabra, miró la partida; luego, en cuanto Walter hubo ganado, hizo las presentaciones:

–Aquí está mi amigo Duroy.

El director miró de golpe al joven con esa ojeada que lanzaba por encima de los cristales de las gafas; luego preguntó:

–¿Me trae el artículo que le dije? Encajaría muy bien hoy con el debate Morel.

Duroy se sacó del bolsillo las hojas de papel dobladas en cuatro:

–Aquí lo tiene.

El jefe puso una expresión encantada y risueña:

–Muy bien, muy bien. Es usted hombre de palabra. Tendrá que revisarlo, Forestier.

Pero Forestier se apresuró a contestar:

–No hace falta, señor Walter: he hecho yo la crónica con él para irle enseñando el oficio. Es muy buena.

Y el director a quien ahora estaba dando cartas un señor alto y flaco, un diputado del centro izquierda, añadió con tono indiferente:

–Ah, pues entonces perfecto.

Forestier no le dejó empezar la nueva partida; se inclinó para decirle al oído:

–Ya sabe que me prometió contratar a Duroy para sustituir a Marambot. ¿Quiere que lo coja en las mismas condiciones?

–Sí, muy bien.

Y cogiendo del brazo a su amigo, el periodista se lo llevó mientras el señor Walter seguía jugando.

Norbert de Varenne no había alzado la cabeza, parecía que no había visto o no había reconocido a Duroy. Jacques Rival, por el contrario, le estrechó la mano con energía efusiva y deliberada de buen compañero con quien se puede contar en caso de apuro.

Volvieron a cruzar la sala de espera y, al alzar todo el mundo la vista, Forestier dijo a la más joven de las mujeres con voz lo suficientemente alta para que los otros pacientes lo oyesen:

–El director la recibirá dentro de un rato. Ahora mismo está reunido con dos miembros de la comisión de presupuestos.

Y pasó deprisa, con expresión importante y apresurada, como si fuera a redactar en el acto un despacho de la mayor gravedad.

No bien hubieron vuelto a la sala de redacción, Forestier volvió a coger en el acto el boliche y, al tiempo que empezaba otra vez a jugar, interrumpiendo las frases para contar los aciertos, le dijo a Duroy:

–Bueno, pues tienes que venir a diario a las tres y te diré qué recados y qué visitas tienes que hacer o durante el día o a última hora de la tarde o por la mañana. Punto primero: voy a darte una carta de presentación para el jefe de la oficina principal de la jefatura de policía, quien, punto segundo, te pondrá en contacto con uno de sus empleados. Y te las apañarás con él para todas las noticias importantes, punto tercero, de los servicios de la prefectura, las noticias oficiales y las casi oficiales, por supuesto. Para todos los detalles, habla con Saint-Potin, que está al tanto, punto cuarto, lo verás dentro de un rato o mañana. Sobre todo tendrás que acostumbrarte a tirar de la lengua a las personas a quienes te mande ir a ver, punto quinto, y a colarte en todas partes pese a las puertas cerradas, punto seis. Por todo eso cobrarás doscientos francos mensuales fijos, más veinte céntimos por línea de los ecos interesantes de tu cosecha, punto siete, más veinte céntimos por línea también en los artículos que se te encarguen sobre temas varios, punto ocho.

Y ya no volvió a hacer caso sino del juego, y siguió contando despacio, nueve, diez, once, doce, trece. Perdió al llegar al catorce y renegó:

–¡Me cago en Dios con el trece! Siempre me trae mala suerte el muy bribón. Seguro que me muero un día 13.

Uno de los redactores, que ya había acabado la tarea, cogió a su vez un boliche del armario; era un hombrecillo menudo que parecía un niño aunque tuviera treinta y cinco años; y entraron otros periodistas que fueron, uno tras otro, a buscar el juguete que les perteneciera. No tardó en haber seis, en fila, de espaldas a la pared, lanzando al aire, con movimientos semejantes y regulares, las bolas rojas, amarillas o negras, según el tipo de madera. E iniciada ya la competición, los dos redactores que aún estaban escribiendo se levantaron para calibrar las jugadas.

Forestier ganó por once puntos. Entonces el hombre menudo de aspecto infantil, que había perdido, llamó al chico de los recados y le encargó: «Nueve jarras». Y se pusieron otra vez a jugar en lo que llegaba el refrigerio.

Duroy tomó un vaso de cerveza con sus nuevos colegas y le preguntó luego a su amigo:

–¿Qué tengo que hacer?

Y este le contestó:

–No tengo nada que mandarte hoy. Puedes irte si quieres.

–Y... nuestro... nuestro artículo... ¿lo meten esta noche?

–Sí, pero no te preocupes: yo corregiré las galeradas. Escribe la continuación para mañana y ven a las tres como hoy.

Y Duroy, tras estrechar todas las manos sin saber siquiera cómo se llamaban los dueños de esas manos, volvió a bajar las escaleras con el corazón jubiloso y el ánimo regocijado.

Capítulo IV

El deseo de ver su artículo impreso tenía tan nervioso a Georges Duroy que durmió mal. Ya estaba en pie no bien se hizo de día y andaba por la calle mucho antes de la hora en que los repartidores de periódicos van, corriendo, de quiosco en quiosco.

Fue entonces a la estación de Saint-Lazare, pues sabía que *La Vie Française* llegaría allí antes que a su barrio. Como seguía siendo demasiado temprano, se quedó dando vueltas por la acera.

Vio llegar a la vendedora, que abrió el despacho acristalado; divisó luego a un hombre que llevaba en la cabeza un montón de papeles doblados de gran tamaño. Se abalanzó hacia él: eran *Le Figaro, Le Gaulois, L'Évènement* y otros dos o tres diarios de la mañana, pero entre ellos no estaba *La Vie Française.*

Se adueñó de él un temor. «¿Y si hubieran dejado para el día siguiente los "Recuerdos de un cazador de África" o si resultaba que el asunto no le había gustado a Walter a última hora?»

Al dirigirse de nuevo al quiosco, vio que estaban vendiendo el periódico sin que se hubiera dado cuenta de cuándo lo traían. Echó a correr, lo abrió tras soltar los quince céntimos que costaba y recorrió con la vista los titulares de la primera página: nada. Empezó a latirle con fuerza el corazón; abrió el diario y notó una violenta emoción al leer al pie de una columna y en letras grandes: «Georges Duroy». ¡Ahí estaba! ¡Qué alegría!

Echó a andar sin darse cuenta, con el periódico en la mano y el sombrero torcido, con ganas de parar a los transeúntes para decirles: «¡Compren esto, compren esto! Viene un artículo mío».

Le habría gustado poder gritar a pleno pulmón, igual que algunos hombres a veces por las tardes en los bulevares: «Lean *La Vie Française,* lean el artículo de Georges Duroy: "Recuerdos de un cazador de África"». Y de repente le entró el deseo de leer él ese artículo, de leerlo en un sitio público, en un café, bien a la vista. Buscó un local en que hubiera ya gente. Tuvo que andar un buen rato. Se sentó por fin delante de algo parecido a una taberna donde estaban ya acomodados varios consumidores, y pidió: «Un ron», como podría haber pedido: «Un ajenjo», sin pensar en qué hora era. Luego voceó:

–Mozo, tráigame *La Vie Française.*

Acudió un hombre de delantal blanco:

–No lo tenemos, caballero, solo nos llegan *Le Rappel, Le Siècle, La Lanterne* y *Le Petit Parisien.*

Duroy exclamó, con tono furioso e indignado:

–¡Pues vaya sitio! Entonces vaya a comprarme un ejemplar.

El mozo fue a toda prisa y se lo trajo. Duroy se puso a leer su artículo; y dijo varias veces en voz alta: «¡Muy bien! ¡Muy bien!», para llamar la atención de quienes estaban cerca e inspirarles el deseo de saber qué había en aquel diario. Luego, al irse, lo dejó encima de la mesa. El dueño se dio cuenta y lo llamó:

–¡Caballero, caballero, que se le olvida el periódico!

Y Duroy contestó:

–Se lo dejo, ya lo he leído. Por cierto que hoy viene una cosa muy interesante.

No dijo a qué se refería, pero vio, según se iba, que uno de los vecinos de mesa cogía *La Vie Française* de donde él lo había dejado.

Pensó: «¿Y ahora qué hago?». Y decidió ir a su oficina para

cobrar la mensualidad y despedirse. Se estremecía de antemano de gusto al pensar en la cara que iban a poner su jefe y sus colegas. Estaba encantado sobre todo al pensar en lo pasmado que se iba a quedar el jefe.

Andaba despacio para no llegar antes de las nueve y media, porque la caja no abría hasta las diez.

Su oficina era una habitación grande y oscura donde, en invierno, había que tener el gas encendido casi todo el día. Daba a un patio estrecho y tenía enfrente otras oficinas. Allí metidos había ocho empleados y, además, un subjefe en un rincón, oculto detrás de un biombo.

Duroy fue primero a buscar sus ciento dieciocho francos con veinticinco céntimos, metidos en un sobre amarillo y que guardaba en un cajón el empleado que tenía a su cargo los pagos; entró, luego, con expresión victoriosa, en la amplia sala de trabajo donde tantos días había pasado ya.

Nada más entrar lo llamó el señor Potel, el subjefe:

–Ah, ¿es usted, señor Duroy? El jefe ha preguntado ya por usted varias veces. Ya sabe que no admite enfermedades de más de dos días seguidos sin certificado médico.

Duroy, que estaba en medio de la oficina, preparando su golpe de efecto, contestó en voz muy alta.

–¡A fe que me importa un rábano!

Hubo entre los empleados una ola de estupefacción y el señor Potel asomó una cara pasmada por encima del biombo en que estaba encerrado como en una caja.

Se atrincheraba tras ese biombo por temor a las corrientes, pues padecía de reúma. Aunque había hecho dos agujeros en el papel para vigilar al personal.

Se oían volar las moscas. Por fin preguntó el subjefe, con tono vacilante:

–¿Cómo ha dicho?

–He dicho que me importaba un rábano. Hoy solo he venido a despedirme. He entrado de redactor en *La Vie Française,* con quinientos francos al mes más lo que me paguen por línea. Me he estrenado esta mañana incluso.

Aunque se había prometido estirar la noticia para que le durase el gusto, no pudo resistirse al deseo de soltarlo todo de sopetón.

Por lo demás, el golpe de efecto había sido rotundo.

Nadie se movía.

Entonces Duroy manifestó:

–Voy a avisar al señor Perthuis y luego vendré a decirles adiós.

Y salió para ir a ver al jefe, quien exclamó al verlo:

–Ah, está usted aquí. Ya sabe que no quiero...

El empleado lo interrumpió:

–No hace falta que se moleste en pegar esos berridos...

El señor Perthuis, un hombre grueso y colorado como una cresta de gallo, se quedó de una pieza.

Duroy siguió diciendo:

–Estoy harto de este sitio. Esta mañana he debutado en el periodismo, donde me ofrecen unas condiciones espléndidas. Mucho gusto en haberlo conocido.

Y se fue. Ya se había vengado.

Fue a dar un apretón de manos a sus excolegas, que apenas se atrevían a dirigirle la palabra por temor a comprometerse, pues, como la puerta se había quedado abierta, habían oído su conversación con el jefe.

Y volvió a verse en la calle con el sueldo en el bolsillo. Se permitió un almuerzo suculento en un buen restaurante de precios moderados que conocía; luego, tras volver a comprar *La Vie Française* y dejarla una vez más encima de la mesa en la que había comido, entró en varios comercios para adquirir algunas menudencias solo para pedir que se las mandasen a casa y dar su nombre: Georges Duroy. Y añadía: «Soy el redactor de *La Vie Française*».

Daba luego la calle y el número y tenía buen cuidado de especificar: «Déjenlo en portería».

Como le seguía sobrando tiempo, entró en una litografía donde hacían tarjetas de visita en el acto y a la vista del público; y encargó que le hicieran de inmediato un centenar en las que, debajo del nombre, iba impresa su reciente categoría.

Luego, se fue al periódico.

Forestier lo recibió con altanería, como se recibe a un inferior:

–Ah, ya estás aquí, muy bien. Precisamente tengo varias cosas para ti. Espérame diez minutos. Voy a terminar primero con lo que tengo entre manos.

Y siguió con una carta que tenía empezada.

En el otro extremo de la larga mesa un hombrecillo muy pálido, abotagado, muy grueso, de calva blanquísima y reluciente, escribía con la nariz pegada al papel porque era tremendamente miope.

Forestier le preguntó:

–Oye, Saint-Potin, ¿a qué hora vas a entrevistar a esa gente?

–A las cuatro.

–Te llevas a Duroy, este chico que ves aquí, y le enseñas los arcanos del oficio.

–Entendido.

Luego, volviéndose hacia su amigo, Forestier añadió:

–¿Has traído la continuación de lo de Argelia? La primera parte ha tenido mucho éxito esta mañana.

Forestier, cortado, balbució:

–No, creía que me daría tiempo por la tarde, he tenido que hacer un montón de cosas, no he podido...

Forestier se encogió de hombros con expresión contrariada:

–Tú, como no seas más puntual, te quedarás sin porvenir. Walter contaba con tu artículo. Voy a decirle que se queda para mañana. Si te crees que vas a cobrar por no hacer nada, estás equivocado. –Luego, tras un silencio, añadió–: ¡Hay que coger las ocasiones por los pelos, qué demonios!

Saint-Potin se levantó.

–Estoy listo –dijo.

Entonces Forestier, retrepándose en la silla, adoptó una postura casi solemne para darle instrucciones y, volviéndose hacia Duroy, dijo:

–Resulta que tenemos en París desde hace dos días al general chino Li-Zeng-Fao, que se aloja en el Continental, y al rajá Taposahib Ramaderao Pali, que se aloja en el Hotel Bristol. Vais a ir a charlar con ellos. –Luego, volviéndose hacia Saint-Potin–: Que no se te olviden los puntos principales que te he indicado. Pregunta al general y al rajá qué opinan de los manejos de Inglaterra en Extremo Oriente, qué idea tienen acerca de ese sistema de colonización y dominio y sus esperanzas relacionadas con la intervención de Europa, y en particular de Francia, en sus asuntos.

Calló y añadió luego, sin hablar con nadie en particular:

–Será interesantísimo para nuestros lectores saber al tiempo qué piensan en China y en la India de estas cuestiones que tanto apasionan en estos momentos a la opinión pública. –Y siguió diciendo, dirigiéndose a Duroy–: Fíjate en cómo se las apaña Saint-Potin, es un reportero excelente; e intenta aprender los trucos para sacarle todo a un hombre en cinco minutos.

Siguió después escribiendo muy serio, con la intención evidente de dejar bien sentadas las distancias, de poner en el sitio que le correspondía a su excompañero y nuevo colega.

Nada más salir por la puerta, Saint-Potin se echó a reír y le dijo a Duroy:

–¡Menudo fanfarrón! Si fanfarronea hasta con nosotros. La verdad es que parece que nos toma por sus lectores.

Luego echaron a andar bulevar abajo y el reportero preguntó:

–¿Quiere beber algo?

–Con mucho gusto. Hace un calor...

Entraron en un café y pidieron unos refrescos. Y Saint-Potin empezó a hablar. Habló de todo el mundo y del periódico, con una profusión de detalles sorprendentes.

–¿El dueño? ¡Un judío auténtico! Y ya sabe que a los judíos nadie podrá cambiarlos nunca. ¡Qué raza!

Y citó rasgos pasmosos de avaricia, de esa avaricia propia de los hijos de Israel, ahorros de diez céntimos, regateos de cocinera, rebajas vergonzosas que pedía y conseguía, todo un carácter de usurero, de prestamista de casa de empeños.

–Y un buen tipo, pese a todo, que no cree en nada y engaña a todo el mundo. El periódico, que es oficioso, católico, liberal, republicano, orleanista, pura fachada y bazar barato, solo lo fundó como sostén para sus operaciones en bolsa y sus empresas de todo tipo. Tiene un talento tremendo para esas cosas y gana millones con sociedades que no tienen ni cuatro cuartos de capital... –Seguía hablado y llamaba a Duroy «mi querido amigo»–. Y el rácano ese dice frases dignas de Balzac. Fíjese, el otro día estaba en su despacho con el tripón de Norbert y con Don Quijote de Rival cuando Montelin, nuestro administrador, llega con la cartera de tafilete debajo del brazo, esa cartera que conoce todo París. Walter levantó la vista y preguntó:

»–¿Alguna novedad?

»Montelin, el muy ingenuo, contestó:

»–Acabo de pagarle al vendedor del papel los dieciséis mil francos que le debíamos.

»El jefe pegó un brinco, un brinco pasmoso.

»–¿Cómo dice?

»–Que acabo de pagar al señor Privas.

»–Pero ¿se ha vuelto loco?

»–¿Por qué?

»–Porque... porque... porque...

»Se quitó las gafas y las limpió. Luego sonrió, con una sonrisa muy curiosa que le sube por los mofletes cada vez que va a soltar alguna picardía o algo muy gordo, y con un tono socarrón y convencido, dijo:

»–¿Que por qué? Porque podríamos haber conseguido una rebaja de cuatro a cinco mil francos.

»Montelin, extrañado, contestó:

»–Pero, señor director, todas las cuentas estaban en orden; las había comprobado yo y usted les había dado el visto bueno.

»Entonces, el jefe se puso serio otra vez y dijo:

»–No se puede ser así de cándido, señor Montelin. Sepa que uno tiene que amontonar siempre las deudas para llegar a un trato.

Y Saint-Potin añadió, asintiendo con la cabeza con expresión de experto:

–¿Qué? ¿No es de lo más Balzac?

Duroy no había leído a Balzac, pero contestó con gran convicción:

–Ya lo creo.

Luego, el reportero habló de la señora Walter, una pavisosa; de Norbert de Varenne, un fracasado viejo; de Rival, una segunda edición de Fervacques. Llegó por fin a Forestier:

–Y ese tuvo la suerte de casarse con su mujer, ni más ni menos.

Duroy preguntó:

–¿Quién es exactamente su mujer?

–Huy, una aprovechada y una astuta de mucho cuidado. Es la amante de un vividor viejo que se llama Vaudrec, el conde de Vaudrec, que le dio una dote y la casó...

Duroy notó de pronto una sensación de frío, como una crispación nerviosa, una necesidad de insultar y de abofetear a aquel charlatán. Pero se limitó a interrumpirlo para preguntarle:

–¿Usted se llama Saint-Potin de verdad?[1]

Su interlocutor respondió con sencillez:

–No, me llamo Thomas. El apodo de Saint-Potin me lo pusieron en el periódico.

Y Duroy añadió, mientras pagaba las consumiciones:

–Me parece que se nos hace tarde y tenemos que ir a ver a dos señores de la nobleza.

Saint-Potin se echó a reír:

–¡Es usted todavía un ingenuo! ¿Así que se cree que voy a ir a preguntarles a ese chino y a ese indio qué opinan de Inglaterra? Como si no supiera ya mejor que ellos lo que tienen que pensar para los lectores de *La Vie Française*. Chinos de esos, y persas, indios, chilenos, japoneses y demás, ya he entrevistado a quinientos. En mi opinión contestan todos lo mismo. Me basta con volver a coger el artículo que escribí sobre el anterior y copiarlo al pie de la letra. Lo que sí cambian son las caras, los nombres, los títulos, la edad, el séquito. Huy, en eso no puedo equivocarme porque a *Le Figaro* o a *Le Gaulois* les faltaría tiempo para comentarlo. Pero eso me lo cuentan en cinco minutos el portero del

---

[1] *Potin* quiere decir «chismorreo». *[Esta nota, como las siguientes, es de la traductora.]*

Hotel Bristol y el del Continental. Iremos a pie fumándonos un puro. Total: cinco francos de coche que habrá que pedirle al periódico. Y esto es lo que tiene que hacer, mi querido amigo, un hombre práctico.

Duroy preguntó:

–En esas condiciones, debe de resultar ventajoso ser reportero, ¿verdad?

El periodista contestó con tono misterioso:

–Sí, pero lo más ventajoso son los ecos de sociedad, por la propaganda disfrazada.

Se habían levantado e iban por el bulevar hacia La Madeleine. Y Saint-Potin le dijo de repente a su acompañante:

–Si tiene algo que hacer, yo no lo necesito, ¿sabe? Duroy le dio un apretón de manos y se fue.

Le tenía preocupado la idea del artículo que debía escribir durante la velada y empezó a pensar en él. Según andaba, fue almacenando ideas, reflexiones, valoraciones, anécdotas y llegó hasta el final de la avenida de Les Champs-Élysées, donde solo se veían escasos paseantes porque en aquellos días calurosos París se había quedado vacío.

Tras cenar en una taberna cerca del arco de triunfo de L'Étoile, volvió despacio a su casa, a pie, por los paseos de ronda, y se sentó ante su mesa para ponerse a trabajar.

Pero no bien tuvo ante la vista la hoja grande de papel blanco, todos los materiales que había juntado se le marcharon volando de la cabeza, como si se le hubieran evaporado los sesos. Intentaba asir de nuevo retazos de recuerdos y retenerlos: se le escapaban según los iba recogiendo; o se abalanzaban todos mezclados y no sabía cómo presentarlos, cómo aderezarlos ni por cuál empezar.

Después de pasar una hora esforzándose y de haber emborronado cinco hojas de papel con frases que empezaban pero no tenían continuación, se dijo: «Todavía no estoy lo suficientemente hecho al oficio. Tienen que darme otra clase». Y, acto seguido, la perspectiva de pasar otra mañana con la señora Forestier, la esperanza de aquel prolongado encuentro a solas, íntimo, cordial, tan dulce, le hizo palpitar de deseo. Se acostó enseguida, pues ahora le daba casi miedo volver a poner manos a la obra y acertar de repente.

A la mañana siguiente se levantó algo tarde, dilatando y saboreando de antemano el placer de esa visita.

Eran las diez pasadas cuando llamó en casa de su amigo. El criado le contestó:

–Es que el señor está trabajando.

A Duroy ni se le había ocurrido que pudiera estar el marido. Pero insistió no obstante:

–Dígale que soy yo para un asunto urgente.

Tras cinco minutos de espera, lo introdujeron en el gabinete en el que había pasado una mañana tan buena.

En el sitio en que se había sentado él estaba ahora Forestier, que escribía, en bata, calzado con zapatillas y una toca inglesa pequeña en la cabeza, mientras su mujer, envuelta en el mismo salto de cama blanco y acodada en la chimenea, dictaba con un cigarrillo en la boca.

Duroy se detuvo en el umbral y susurró:

–Mil perdones. ¿Molesto?

Y su amigo, tras volver la cara, una cara furiosa, refunfuñó:

–¿Y ahora qué quieres? Date prisa que no estamos para perder el tiempo.

Duroy, cortado, balbucía:

–No, no, nada, perdón.

Pero Forestier se enfadó:

–A ver, cuerpo de Dios, no pierdas el tiempo. No vas a decirme que te me has metido en casa por el gusto de darnos los buenos días.

Entonces, Duroy, muy turbado, se decidió:

–No... bien... es que... tampoco esta vez consigo que me salga el artículo... y fuiste... fueron los dos tan... tan... amables la última vez que... esperaba... me he atrevido a venir...

Forestier lo interrumpió:

–Pero ¿tú qué te has creído? Piensas que te voy a hacer el trabajo y que a ti te bastará con pasar por caja a finales de mes, ¿no? ¡Muy bonito!

Su mujer seguía fumando sin decir palabra y sin dejar de sonreír con una sonrisa tenue que parecía una máscara amable que cubriese la ironía de lo que pensaba.

Y Duroy, sonrojado, tartamudeaba:

–Lo siento... había creído... había pensado... –Luego, de golpe, con voz clara–: Le pido mil perdones, señora, y vuelvo a darle las gracias más vehementes por la encantadora crónica que me escribió ayer.

Hizo luego un saludo de despedida, le dijo a Charles: «Estaré a las tres en el periódico», y se fue.

Se volvió a su casa a zancadas y refunfuñando: «Pues este me lo voy a hacer yo solo y ya verán...».

Nada más llegar, con la excitación de la ira, se puso a escribir.

Continuó con la aventura que había iniciado la señora Forestier, amontonando detalles folletinescos, peripecias sorprendentes y descripciones ampulosas, con torpe estilo escolar y giros de suboficial. Concluyó en una hora una crónica que parecía un caos de demencias y la llevó pisando fuerte a *La Vie Française*.

El primero con quien se encontró fue Saint-Potin, que, estrechándole la mano con energía cómplice, preguntó:

–¿Ha leído mi charla con el chino y el indio? ¿A que es divertida? Le ha hecho gracia a todo París. Y no los he visto ni de lejos.

Duroy, que no había leído nada, cogió en el acto el periódico y le echó una ojeada al artículo titulado «India y China» mientras el reportero le indicaba y recalcaba las partes más interesantes.

Se presentó Forestier, con la lengua fuera, presuroso, con expresión sobresaltada:

–Ah, estáis aquí. Os necesito a los dos.

Y les indicó una serie de informaciones políticas que había que conseguir para aquella misma noche.

Duroy le alargó el artículo.

–Toma, la continuación de lo de Argelia.

–Muy bien, dámela; se la voy a entregar al jefe. Y ahí se quedó la cosa.

Saint-Potin se llevó a su nuevo colega y, al llegar al pasillo, le dijo:

–¿Ha pasado por caja?

–No, ¿para qué?

–¿Para qué? Para cobrar. Mire, hay que cobrar siempre un mes por adelantado. Nunca se sabe lo que puede pasar.

–Pues... yo encantado.

–Voy a presentarle al cajero. No pondrá pegas. Aquí pagan bien.

Y Duroy fue a cobrar sus doscientos francos, más otros veintiocho por el artículo de la víspera, que, sumados a lo que le quedaba de la paga de los ferrocarriles, le metían en el bolsillo trescientos cuarenta francos.

Nunca se había visto con cantidad semejante y se creyó rico por una temporada interminable.

Luego Saint-Potin se lo llevó a charlar a las redacciones de cuatro o cinco diarios rivales con la esperanza de que las noticias que tenía que recoger las hubieran ya encontrado otros ; ya se daría él buena maña para sacárselas merced a la prolijidad y la astucia de su conversación.

A la noche, a Duroy, que no tenía ya nada que hacer, se le ocurrió volver a Les Folies-Bergère y, echándole atrevimiento, se presentó en el control:

–Me llamo Georges Duroy, redactor de *La Vie Française*. Vine el otro día con el señor Forestier, que me había prometido pedirme un pase. No sé si se ha acordado de hacerlo.

Miraron en un registro. No estaba en él su nombre. No obstante, el portero, un hombre muy afable, le dijo:

–Entre de todas formas, caballero, y pídaselo usted mismo al señor director y seguramente le atenderá la petición.

Entró y casi en el acto se encontró con Rachel, la mujer a quien se había llevado la primera noche.

Ella se le acercó:

–Hola, guapo. ¿Qué tal?

–Muy bien. ¿Y tú?

–No me quejo. ¿Sabes que desde el otro día he soñado contigo dos veces?

Duroy sonrió, halagado:

–¡Vaya, vaya! ¿Y eso qué quiere decir?

–Quiere decir que me gustaste, bobito, y que volveremos a la carga cuando te apetezca.

–Hoy si quieres.

–Sí, me parece bien.

–Bien está, pero mira...

Titubeaba, algo avergonzado de lo que iba a hacer:

–Es que esta vez estoy sin blanca: vengo del círculo y lo he perdido todo.

Ella lo miraba a los ojos, oliéndose la mentira con su instinto y su práctica de mujer de la calle acostumbrada a las trampas y los regateos de los hombres. Dijo:

–¡Menudo bromista! ¿Sabes que no tiene nada de simpática por tu parte esa forma de portarte conmigo?

Él sonrió, apurado:

–Si quieres diez francos, es cuanto me queda.

Ella susurró con un desinterés de cortesana que se permite un capricho:

–Lo que te parezca, cariñito: yo me conformo contigo.

Y, alzando unos ojos seducidos hacia el bigote del joven, lo tomó del brazo y se apoyó en él enamoradamente.

–Vamos a tomar una granadina primero. Y luego daremos una vuelta juntos. Me gustaría ir a la Ópera así, contigo, para que te vean. Y después nos iremos a casa temprano, ¿eh?

Durmió hasta tarde en casa de la mujer. Era de día cuando salió y enseguida se le ocurrió comprar *La Vie Française*. Abrió el periódico con mano febril; no venía su crónica; y se quedó de pie en la acera, recorriendo ansiosamente con la vista las columnas en letra de imprenta con la esperanza de dar por fin con lo que buscaba.

Un peso le agobiaba de repente el corazón, pues, tras el cansancio de una noche de amor, aquella contrariedad, que se sumaba al desfallecimiento, lo abrumaba como un desastre.

Subió a su casa y se durmió vestido encima de la cama.

Al entrar unas cuantas horas después en las oficinas de la redacción, fue a ver al señor Walter:

–Me ha sorprendido mucho esta mañana, señor Walter, no ver mi segundo artículo sobre Argelia.

El director alzó la cabeza y dijo con voz seca:

–Se lo di a su amigo Forestier y le rogué que lo leyera; le pareció insuficiente; tendrá usted que volverlo a escribir.

Duroy, furioso, salió sin contestar palabra y, entrando de golpe en el despacho de su amigo, preguntó:

–¿Por qué no publicaste esta mañana mi crónica?

El periodista estaba fumando un cigarrillo hundido en el sillón y con los pies encima de la mesa, ensuciando un artículo empezado. Recalcó tranquilamente con un tono de voz hastiado y lejano, como si hablase desde lo hondo de un agujero.

–Al jefe le pareció malo y me encargó que te lo devolviera para que lo hicieras otra vez. Toma, aquí lo tienes.

Y le señalaba con el dedo las hojas desdobladas bajo un pisapapeles.

A Duroy, confuso, no se le ocurrió nada que decir y, cuando se estaba metiendo su prosa en un bolsillo, Forestier añadió:

–Hoy vas a ir primero a la prefectura...

Y le indicó una serie de recados de trabajo y de noticias que tenía que buscar. Duroy se marchó sin haber podido dar con la palabra mordaz que andaba buscando.

Volvió a llevar el artículo al día siguiente. Se lo devolvieron otra vez. Al escribirlo por tercera vez y ver que se lo rechazaban de nuevo, se dio cuenta de que estaba corriendo demasiado y que solo la mano de Forestier podía ayudarlo por aquel camino.

Así que no volvió a mencionar los «Recuerdos de un cazador de África», prometiéndose ser dúctil y astuto, ya que no quedaba más remedio, y cumplir celosamente, en espera de tiempos mejores, con el oficio de reportero.

Supo de los bastidores de los teatros y de los de la política, de pasillos y del vestíbulo de los hombres de Estado y de la Cámara de diputados, de las caras de importancia de los agregados de gabinete y de las expresiones hurañas de los ordenanzas amodorrados.

Tuvo trato continuo con ministros, conserjes, generales, agentes de policía, príncipes, chulos, cortesanas, embajadores, obispos, proxenetas, rastacueros, hombres de mundo, tramposos, cocheros de punto, mozos de café y otros muchos, y se convirtió en el amigo interesado e indiferente de todas esas personas, a quienes confundía en su estima, midiéndolas por el mismo rasero, juzgándolas desde el mismo punto de vista a fuerza de verlas a diario, a todas horas, sin transición en las ideas, y de hablar con todas de los mismos asuntos referidos a su profesión. Se comparaba a sí mismo con un hombre que catase una tras otra muestras de todos los vinos y que no distinguiría ya dentro de poco el Château-Margaux del Argenteuil. En poco tiempo se volvió un reportero notable, seguro de sus informaciones, astuto, veloz, sutil, un auténtico valor para el periódico, como decía Walter, que entendía de redactores.

No osbtante, como solo cobraba diez céntimos por línea más los doscientos francos fijos y como la vida de los teatros de bulevar, la vida de café, la vida de restaurante sale cara, siempre estaba sin blanca y lo tenía sin consuelo su pobreza. Hay que dar con el truco, pensaba al ver a algunos colegas con los bolsillos colmados de oro, sin entender nunca a qué medios secretos recurrían para conseguir esa holgura. Y sospechaba, envidioso, procedimientos desconocidos y poco claros, favores, todo un contrabando aceptado y consentido. Pero era menester que averiguase aquel misterio, que entrase en aquella asociación tácita, que se impusiera a los compañeros que hacían el reparto sin él.

Y con frecuencia soñaba por las noches, mirando desde la ventana cómo pasaban los trenes, con los medios que podría utilizar.

CAPÍTULO V

Habían transcurrido dos meses; estaba a punto de llegar septiembre y la fortuna rápida que Duroy había esperado le parecía que tardaba mucho. Le preocupaba sobre todo la mediocridad espiritual de su situación y no veía por qué camino podría escalar las cumbres donde residen la consideración y el dinero. Se notaba encerrado en aquel oficio mediocre de reportero, tan emparedado que no podía salir de él. Estaba bien valorado, pero le tenían la estima correspondiente a su categoría. Incluso Forestier, para quien hacía mil servicios, no lo invitaba ya a cenar y lo trataba en todo como a un inferior aunque lo tutease como a un amigo.

Cierto es que, de vez en cuando, Duroy aprovechaba alguna ocasión y colocaba algún breve artículo; al haberle proporcionado la redacción de los ecos de sociedad una pluma dúctil y un tacto de los que carecía al escribir la segunda crónica sobre Argelia, no corría ya riesgo alguno de que le rechazaran sus escritos de actualidad. Pero de ahí a realizar las crónicas que se le antojasen o a ocuparse, opinando como juez, de cuestiones políticas había tanta diferencia como entre llevar un carruaje por las avenidas del bosque de Boulogne siendo el cochero y hacerlo siendo el amo. Lo que lo humillaba sobre todo era notar que se le cerraban las puertas de la buena sociedad, no tener relaciones a las que pudiera tratar de igual a igual, no entrar en la intimidad de las mujeres, aunque varias actrices conocidas lo hubieran recibido a veces con confianza interesada. Sabía, por lo demás, se lo decía la experiencia, que todas las mujeres, las mujeres ligeras y las cómicas, sentían por él una atracción singular, una simpatía instantánea; y no trabar conocimiento con aquellas de las que podría depender su porvenir le infundía una impaciencia de caballo trabado. Había pensado muchas veces en hacerle una visita a la señora Forestier; pero el recuerdo de su último encuentro lo detenía, lo humillaba; y, además, esperaba a que lo animase el marido. Se acordó entonces de la señora de Marelle y, al recordar que lo había invitado a ir a verla, se presentó en su casa una tarde que no tenía nada que hacer.

–Estoy siempre en casa hasta las tres –le había dicho. A las dos y media estaba llamando a su puerta.

Vivía en la calle de Verneuil, en el cuarto piso.

Al ruido del timbre, acudió a abrir una criada, una sirvienta joven y despeinada que se ataba el gorro mientras contestaba:

–Sí, la señora está; pero no sé si está levantada.

Y empujó la puerta del salón, que no estaba cerrada.

Duroy entró. La habitación era bastante amplia, tenía pocos muebles y un aspecto descuidado. Los sillones, ajados y viejos, estaban en fila contra las paredes, según había querido colocarlos la criada, pues no se notaba en nada el primor elegante de una mujer apegada a su hogar. Cuatro tristes cuadros, que representaban una barca en un río, un barco en la mar, un molino en una llanura y un leñador en un bosque, estaban colgados en el centro de los cuatro entrepaños de unos cordones desiguales; y los cuatro, torcidos. Se intuía que llevaban mucho tiempo así de ladeados ante la mirada descuidada de una mujer indiferente.

Duroy se sentó y esperó. Esperó mucho rato. Luego se abrió

una puerta y entró corriendo la señora de Marelle, vistiendo un salto de cama japonés de seda rosa con paisajes de oro, flores azules y pájaros blancos bordados; y exclamó:

–¿Podrá creerse que estaba todavía en la cama? ¡Qué amable ha sido usted al venir a verme! Estaba convencida de que se había olvidado de mí.

Le tendió ambas manos con un ademán encantado de la vida y Duroy, a quien el aspecto mediocre de la vivienda ponía a sus anchas, las tomó y le besó una, como había visto que hacía Norbert de Varenne.

Ella le rogó que se sentara; luego dijo, mirándolo de pies a cabeza:

–¡Qué cambiado está! Ha ganado en prestancia. París le sienta bien. A ver, cuénteme qué hay de nuevo.

Y se pusieron en el acto a charlar, como si se conociesen de antiguo, notando que nacía entre ellos una familiaridad instantánea, que surgía una de esas corrientes de confianza, de intimidad y de afecto que convierte en amigos, en cinco minutos, a dos seres con la misma forma de ser y de la misma raza.

De pronto, la señora de Marelle se interrumpió y dijo, extrañada:

–Es curioso cómo me siento con usted. Me parece que hace diez años que lo conozco. No cabe duda de que vamos a ser unos estupendos amigos. ¿Quiere que lo seamos?

Él respondió: «Por descontado», con una sonrisa que decía algo más.

Le parecía muy tentadora con aquel salto de cama luminoso y suave, menos fina que la señora Forestier con su salto de cama blanco, menos zalamera, menos exquisita, pero más excitante, más picante.

Cuando tenía cerca a la señora Forestier, con aquella sonrisa quieta y grácil que atraía y paraba en seco al mismo tiempo, que parecía decir: «Me gusta usted» y también: «Cuidado con lo que hace», cuyo sentido auténtico nunca se entendía, sentía ante todo el deseo de tenderse a sus pies o de besar el delicado encaje de la pechera y respirar despacio el aire cálido y perfumado que debía de salir de aquel lugar, resbalando entre los pechos. Junto a la señora de Marelle notaba un deseo más brutal, más concreto, que le temblaba en las manos ante los perfiles abultados de la seda liviana.

Ella seguía hablando, salpicando todas las frases con aquel ingenio fácil al que se había acostumbrado, igual que un operario adquiere la destreza necesaria para realizar una tarea con fama de difícil y ante la que se asombran los demás. Él la oía y pensaba: «Estaría bien quedarse con todo esto en la cabeza. Podrían escribirse crónicas parisinas deliciosas haciéndola charlar acerca de los sucesos del día».

Pero llamaron con suavidad, con mucha suavidad, a la puerta por la que había entrado; y la señora de Marelle dijo alzando la voz:

–Puedes pasar, preciosa.

Apareció la niña, que se fue derecha hacia Duroy y le alargó la mano.

La madre, asombrada, susurró:

–Esta sí que es una conquista. No la reconozco.

El joven besó a la niña, la sentó a su lado y le hizo preguntas amables sobre lo que había hecho desde la última vez que se habían visto. Ella contestaba con su vocecita aflautada y su expresión seria de persona mayor.

El reloj dio las tres. El periodista se puso de pie.

–Venga con frecuencia –le pidió la señora de Marelle– y charlaremos como hoy; siempre me agradará su visita. Pero ¿por qué no lo vemos ya en casa de los Forestier?

Él contestó:

–¡Ah, por nada! He tenido mucho que hacer. Tengo la esperanza de que nos encontremos allí un día de estos.

Y se fue con el corazón rebosante de esperanza sin saber por qué.

No le habló a Forestier de aquella visita.

Pero en los días siguientes le quedó el recuerdo, más que el recuerdo algo así como una sensación de la presencia irreal y persistente de aquella mujer. Le parecía que se había quedado con algo de ella, con la imagen de aquel cuerpo, que se le había metido por los ojos, y con el sabor de su entidad espiritual, que se le había metido en el corazón. Seguía obsesionado con su imagen como nos sucede a veces cuando hemos pasado unas cuantas horas deliciosas en compañía de alguien. Es como si nos sometiera una posesión peculiar, íntima, confusa, turbadora y exquisita porque es misteriosa.

Fue a verla otra vez pasados unos días.

La criada lo hizo pasar al salón y Laurine se presentó enseguida. No le tendió ya la mano, sino la frente, y dijo:

–Mamá me ha encargado que le pida que la espere. Tardará un cuarto de hora, porque no está arreglada. Yo le haré compañía.

Duroy, a quien divertían los modales ceremoniosos de la chiquilla, contestó:

–Muy bien, señorita, estaré encantado de pasar un cuarto de hora con usted; pero le advierto que yo no soy ni pizca de serio; me paso el día jugando; así que le propongo que juguemos al corre que te pillo.

La niña se quedó parada; luego sonrió, como habría sonreído una mujer, ante esa idea que la escandalizaba un tanto y también la dejaba asombrada; y susurró:

–En las casas no se juega.

Él insistió:

–Me da lo mismo; yo juego en todas partes. Venga, a ver si me coge.

Y empezó a dar vueltas alrededor de la mesa, incitándola a que lo persiguiera, mientras ella iba en pos de él sin dejar de sonreír con una especie de condescendencia cortés, y alargaba a veces la mano para tocarlo, pero sin consentir en correr. Duroy se detenía, se agachaba y, cuando Laurine se acercaba con pasitos vacilantes, pegaba saltos como los monigotes de resorte que salen de las cajas; iba luego de una zancada hasta la otra punta del salón. A la niña le hacía gracia, acababa por reírse y, animándose, empezaba a dar carreritas detrás de él con gritos breves, alegres y medrosos cuando creía que lo había pillado. Duroy cambiaba de sitio las sillas, las convertía en obstáculos, la obligaba a dar vueltas durante un minuto alrededor de una de ellas y, luego, dándola de lado, agarraba otra. Laurine ahora corría, entregada por completo al juego nuevo y, con la cara sonrosada, se abalanzaba en un amplio impulso de niña contentísima, cada vez que su acompañante se escabullía, le tendía una trampa, le hacía una finta.

De pronto, cuando Laurine creía que iba a alcanzarlo, la cogió en brazos y, alzándola hasta el techo, gritó:

–Te pillé.

La niña, arrobada, pataleaba para soltarse y reía a carcajadas.

La señora de Marelle entró y dijo, estupefacta:

–Cómo... Laurine... Laurine jugando... es usted un brujo, señor mío.

Él dejó en el suelo a la chiquilla, le besó la mano a la madre y se sentaron, con la niña entre ambos. Quisieron charlar; pero Laurine, que solía ser tan callada, hablaba sin parar, embriagada, y hubo que mandarla a su cuarto.

Obedeció sin protestar, pero con los ojos llenos de lágrimas.

No bien se quedaron solos, la señora de Marelle bajó la voz.

–Tengo un proyecto de envergadura, ¿sabe?, y me he acordado de usted. Es lo siguiente. Como ceno todas las semanas en casa de los Forestier, les devuelvo la invitación de vez en cuando en un restaurante. A mí no me gusta recibir a gente en casa, no estoy organizada para algo así y, además, no sé nada de las cosas de la casa, no sé nada de cocina, no sé nada de nada. Me gusta vivir de cualquier manera. Así que de vez en cuando los invito a un restaurante, pero resulta muy poco alegre cuando somos solo nosotros tres y la gente a la que yo conozco no encaja con ellos. Se lo digo para explicarle una invitación tan informal. Se da cuenta, ¿verdad?, de que le estoy pidiendo que nos acompañe el sábado, en el Café Riche, a las siete y media. ¿Conoce el local?

Él aceptó encantado. Ella siguió diciendo:

–Estaremos solo los cuatro, un auténtico encuentro de parejas. Las fiestecitas así nos resultan muy divertidas a las mujeres, que no tenemos costumbre de ellas.

Llevaba un vestido marrón oscuro que se le pegaba a la cintura, las caderas, el pecho y los brazos de forma provocativa y coqueta; y Duroy sentía un asombro impreciso, casi un apuro cuya causa no acababa de entender, por el desacuerdo entre aquella elegancia rebuscada y refinada y la evidente despreocupación por la casa en que vivía.

Todo cuanto se ponía en el cuerpo, todo cuanto le rozaba de forma íntima y directa la carne, era delicado y exquisito, pero lo que tenía alrededor no le importaba nada.

Duroy se fue y le quedó, como la vez anterior, la sensación de su presencia continua mezclada con algo parecido a una alucinación de los sentidos. Y esperó el día de la cena con impaciencia creciente.

Tras alquilar por segunda vez un frac negro, pues no contaba aún con medios que le permitiesen adquirir un atuendo de gala, llegó el primero a la cita, pocos minutos antes de la hora.

Le dijeron que subiera a la primera planta y lo condujeron a un saloncito del restaurante, tapizado de rojo y con una única ventana al bulevar.

En una mesa cuadrada para cuatro personas había un mantel blanco tan resplandeciente que parecía de charol; y las copas, los cubiertos de plata, el infiernillo brillaban alegremente bajo la llama de las doce velas colocadas en dos candelabros altos.

Se veía fuera la extensa mancha verde claro de las hojas de un árbol, que la luz fuerte de los reservados iluminaba.

Duroy se sentó en un sofá muy bajo, rojo como el entelado de las paredes y de muelles gastados, con lo que al hundirse con su peso, le dieron la sensación de que caía en un agujero. Oía, por todo el amplio edificio, un rumor confuso, ese zumbido de los grandes restaurantes, que se compone del ruido de los platos y de los cubiertos al chocar, del ruido del paso veloz de los camareros que atenúan las alfombras de los pasillos, del ruido de las puertas que quedan abiertas por un momento y por las que sale el rumor de las voces de todos esos salones estrechos donde está encerrada la gente que cena. Forestier entró y le dio la mano con una confianza cordial que nunca le manifestaba en la redacción de *La Vie Française.*

–Las señoras llegarán juntas –dijo–. ¡Son estas unas cenas muy simpáticas!

Miró luego la mesa, mandó que apagasen del todo una luz de gas que estaba baja, cerró una de las hojas de la ventana por la corriente de aire que entraba y escogió un sitio abrigado mientras decía:

–Debo tener mucho cuidado; he estado mejor un mes y llevo

ya unos cuantos días peor. Debí de coger frío el martes al salir del teatro.

Abrieron la puerta y aparecieron las dos jóvenes, tras las que venía un maître, veladas, discretas, con ese aspecto de encantador misterio que adquieren las mujeres en sitios así, donde el vecindario y los encuentros son turbios.

Al saludarla Duroy, la señora Forestier lo riñó mucho por no haber vuelto a ir a verla; añadió luego, indicando a su amiga con una sonrisa:

–Claro, prefiere a la señora de Marelle; para ella sí saca tiempo.

Se sentaron luego y, cuando el maître le ofreció a Forestier la carta de vinos, la señora de Marelle exclamó:

–Sirva a los señores lo que ellos quieran; pero para nosotras champán helado, del mejor; eso sí, champán dulce, y nada más.

Tras salir aquel hombre, la señora de Marelle anunció con risa nerviosa:

–Esta noche quiero acabar bebida; vamos a corrernos una juerga, una juerga de verdad.

Forestier, que parecía no haberla oído, preguntó:

–¿Le importaría que cerrásemos la ventana? Llevo unos cuantos días con el pecho algo tomado.

–No, en absoluto.

Fue, por lo tanto, a cerrar la hoja que se había quedado entornada y volvió con la cara más serena, tranquilizado.

Su mujer no decía nada, parecía absorta; y, bajando la vista hacia la mesa, les sonreía a las copas con esa sonrisa inconcreta que parecía prometer siempre para no cumplir nunca.

Trajeron las ostras de Ostende, menudas y gordezuelas, semejantes a orejitas metidas en unas conchas, que se derretían entre el paladar y la lengua igual que caramelos salados.

Luego, después de la sopa, sirvieron una trucha sonrosada como carne de doncella; y los comensales empezaron a charlar.

Hablaron primero de un comadreo que corría por todas partes, la historia de una mujer de buena sociedad a quien había sorprendido un amigo de su marido cenando con un príncipe extranjero en un reservado.

A Forestier le hacía mucha gracia la aventura; las dos mujeres manifestaban que el charlatán indiscreto no era sino un patán y un cobarde. Duroy estuvo de acuerdo con ellas y declaró en voz bien alta que el deber de un hombre es ser en esa clase de asuntos, bien sea protagonista, confidente o simple testigo, mudo como una tumba. Y añadió:

–De cuántas cosas encantadoras estaría colmada la vida si pudiéramos contar todos con la discreción absoluta de los demás. Lo que detiene con frecuencia, con harta frecuencia, casi siempre, a las mujeres es el miedo a que se desvelen los secretos. –Y añadió luego, sonriente–: Veamos, ¿no es acaso cierto? ¿Cuántas dejarían de ceder ante un deseo rápido, un capricho brusco y violento de una hora, una fantasía amorosa, si no temiesen tener que pagar con un escándalo irremediable y lágrimas dolorosas una dicha breve e intrascendente?

Hablaba con un convencimiento contagioso, como si estuviera defendiendo una causa, una causa propia, como si estuviera diciendo: «Conmigo desde luego nadie tendría que temer peligros así. Prueben si quieren ver qué sucede».

Las dos mujeres lo miraban, le daban la razón con los ojos, y les parecía que hablaba bien y con tino, confesando con aquel silencio amistoso que su ética inflexible de parisinas no habría durado gran cosa ante la certidumbre del secreto.

Y Forestier, casi tumbado en el sofá, sentado encima de una

pierna doblada, con la servilleta metida en el chaleco para no mancharse el frac, dijo de pronto, con una risa convencida de escéptico:

–Caray, ya lo creo, menuda vida si el silencio estuviera asegurado. ¡Por todos los demonios! ¡Pobres maridos!

Y se pusieron a hablar de amor. Sin admitir que fuera eterno, Duroy lo concebía como algo duradero, que creaba un vínculo, una amistad tierna, una confianza. La unión de los sentidos no era sino lo que sellaba la unión de los corazones. Pero lo indignaban los celos acosadores, los dramas, las escenas, las bajezas que acompañan casi siempre a las rupturas.

Cuando calló, la señora de Marelle suspiró:

–Sí, es lo único bueno que tiene la vida y lo estropeamos muchas veces con exigencias imposibles.

La señora Forestier, que jugueteaba con un cuchillo, añadió:

–Sí... sí... qué bueno es que la quieran a una...

Y parecía llevar más allá su ensoñación, estar pensando en cosas que no se atrevía a decir.

Y, como no acababan de traer el primer entrante, bebían de vez en cuando un sorbo de champán mientras mordisqueaban las cortezas que le quitaban a la parte de arriba de unos panecillos redondos. Y la idea del amor, despaciosa e invasora, se les metía dentro, les embriagaba un poco el alma, de la misma forma que el vino claro, que caía gota a gota por las gargantas, les acaloraba la sangre y les turbaba las ideas.

Trajeron unas chuletas de cordero tiernas, ligeras, servidas sobre un lecho grueso de yemitas de espárragos.

–¡Demonios, qué cosa tan rica! –exclamó Forestier.

Y comían despacio, saboreando la carne exquisita y la hortaliza untuosa como una crema.

Duroy siguió diciendo:

–Cuando yo quiero a una mujer, todo cuanto la rodea en el mundo desaparece.

Lo decía muy convencido, exaltándose con el pensamiento de aquel goce amoroso al notar el bienestar del goce gastronómico del que disfrutaba.

La señora Forestier susurró, con aquella expresión suya de quien dice las cosas como si no dijera nada:

–No hay dicha comparable a esa primera vez que las manos se aprietan, cuando él pregunta: «¿Me quiere?» y ella responde: «Sí, te quiero».

La señora de Marelle, que acababa de apurar de un trago otra copa de champán, dijo alegremente, dejándola encima de la mesa:

–Yo soy menos platónica.

Y todos se rieron con sorna, con la mirada encendida, aprobando la frase.

Forestier se tumbó en el sofá, abrió los brazos, los apoyó en unos almohadones y dijo muy serio:

–Esa sinceridad la honra y demuestra que es una mujer práctica. Pero ¿puedo preguntarle qué opina el señor de Marelle?

Ella se encogió de hombros despacio, con un desdén infinito, prolongado; luego dijo, con voz clara:

–El señor de Marelle no opina en este tema. Solo se... se abstiene.

Y la charla, bajando del nivel de las teorías elevadas relacionadas con la ternura, entró en el jardín florido de las agudezas pícaras.

Había llegado el momento de los sobrentendidos ingeniosos, de los velos que las palabras alzaban como si levantaran faldas; el momento de las tretas del lenguaje, de las audacias hábiles y disfrazadas; de todas las hipocresías impúdicas; de esa frase que muestra imágenes desnudas con expresiones de tapadillo, que pone en la mirada y en las ideas la visión veloz de todo cuanto no puede decirse y permite a la gente de mundo algo como un amor sutil y misterioso, algo como un contacto impuro de los pensamientos mediante la evocación simultánea, turbadora y sensual como un encuentro amoroso, de todas las cosas secretas, vergonzosas y deseadas de la cópula. Habían traído el asado, unos perdigones rodeados de codornices, luego unos guisantes, luego una terrina de fuagrás acompañada de una escarola que colmaba, como si fuera un musgo verde, una ensaladera grande que parecía una palangana. Se lo comieron todo sin saborearlo, sin darse cuenta, pendientes solo de lo que estaban diciendo, sumidos en un baño de amor.

Ahora las mujeres decían cosas atrevidísimas. La señora de Marelle, con una audacia espontánea que parecía una provocación. La señora Forestier, con una reserva encantadora, con un pudor en la entonación, en la voz, en la sonrisa, en todo su porte, que recalcaban, aunque parecieran atenuarlas, las osadías que le salían de la boca.

Forestier, repantingado en los almohadones, reía, bebía, comía sin parar y soltaba a veces alguna palabra tan atrevida o tan cruda que las mujeres, a quienes escandalizaba un tanto la forma y se escandalizaban para guardar las formas, ponían un mohín apurado que duraba dos o tres segundos. Él, tras soltar alguna picardía excesiva, añadía:

–Vais bien encaminadas, queridas. Si seguís así, acabaréis por hacer alguna tontería.

Llegó el postre, y luego el café; y los licores vertieron en los pensamientos exacerbados una turbación más grávida y más caldeada.

Como había anunciado al sentarse a la mesa, la señora de

Marelle estaba bebida y lo admitía con un encanto alegre y charlatán de mujer que exagera, para divertir a los otros comensales, un inicio muy real de borrachera.

La señora Forestier callaba ahora, tal vez por prudencia; y Duroy, que se notaba demasiado achispado para no comprometerse, se atenía a una reserva hábil.

Encendieron unos cigarrillos y Forestier empezó a toser de pronto.

Fue un golpe de tos terrible, que le desgarraba la garganta; y, con la cara encarnada y la frente sudorosa, se ahogaba en la servilleta. Cuando se le calmó el ataque, refunfuñó con expresión rabiosa:

–Estas salidas no me sientan nada bien; son una estupidez.

Se le había ido por completo el buen humor con el espanto de la enfermedad que le rondaba obsesivamente por la cabeza.

–Vámonos a casa –dijo.

La señora de Marelle llamó al camarero y le pidió la cuenta.

Se la trajeron casi en el acto. Intentó leerla; pero los números le daban vueltas ante la vista y le entregó el papel a Duroy:

–Tome, pague por mí, que ya no veo nada, estoy demasiado borracha.

Y, al tiempo, le arrojó la bolsa entre las manos.

La cuenta ascendía a ciento treinta francos. Duroy la revisó y la comprobó, dio luego dos billetes y cogió el cambio, mientras preguntaba a media voz:

–¿Cuánto hay que dejarles a los camareros?

–Lo que quiera, no sé.

Puso cinco francos en el platillo y luego le devolvió la bolsa a su dueña mientras le decía:

–¿Quiere que la acompañe hasta la puerta de su casa?

–Desde luego. Soy incapaz de acordarme de dónde vivo.

Dieron un apretón de manos a los Forestier y Duroy se vio a solas con la señora de Marelle dentro de un coche de punto en marcha.

La notaba pegada a él, tan cerca, encerrados en aquella caja oscura que iluminaban bruscamente por un momento las farolas de gas de las aceras. Notaba, a través de la manga, el calor de su hombro, y no se le ocurría nada que decirle, nada en absoluto, pues el deseo imperioso de tomarla en sus brazos le paralizaba las ideas.

«Si me atreviera, ¿qué haría ella?», pensaba. Y el recuerdo de todas las picardías cuchicheadas durante la cena le daba ánimos, pero, al tiempo, lo contenía el miedo del escándalo.

Ella tampoco decía nada, inmóvil, hundida en su rincón. Duroy habría podido pensar que dormía si no le hubiera visto brillar los ojos cada vez que entraba en el coche un rayo de luz.

«¿En qué estará pensando?» Se daba cuenta de que no había que hablar, que una palabra, una sola palabra que rompiese el silencio acabaría con su oportunidad; pero le faltaba audacia, la audacia de la acción brusca y brutal.

Notó de repente que ella cambiaba de sitio el pie. Había hecho un movimiento, un movimiento seco, nervioso, de impaciencia, o quizá de llamada. Aquel gesto casi insensible hizo que le recorriera la piel, de la cabeza a los pies, un tremendo escalofrío; y, volviéndose con presteza, se arrojó sobre ella, buscándole la boca con los labios y la carne desnuda con las manos.

La señora de Marelle lanzó un grito, un gritito, quiso incorporarse, revolverse, rechazarlo; luego cedió, como si le faltasen las fuerzas para seguir resistiéndose.

Pero el coche no tardó en detenerse delante de la casa en que vivía ella. A Duroy, sorprendido, no le dio tiempo a buscar palabras apasionadas para darle las gracias, para bendecirla y expresarle su amor agradecido. Pero ella no se incorporaba, no se movía, aturdida por lo que acababa de suceder. Temió él entonces que al cochero le entrasen sospechas y bajó el primero para alargarle la mano.

La señora de Marelle salió por fin del coche a trompicones y sin decir palabra. Él llamó y, según se abría la puerta, le preguntó, trémulo:

–¿Cuándo volveré a verla?

Ella susurró tan bajo que apenas si la oyó:

–Venga a almorzar conmigo mañana.

Y desapareció en la oscuridad del portal empujando, para que se cerrase, la pesada hoja de la puerta, que sonó como un cañonazo.

Le dio cinco francos al cochero y echó a andar en línea recta con paso veloz y victorioso y el corazón rebosante de alegría. Por fin había pescado a una. ¡A una mujer casada! ¡A una mujer de mundo! ¡Del mundo de verdad! ¡Del mundo parisino! ¡Qué fácil y qué inesperado había sido!

Hasta entonces se había imaginado que para acercarse y conquistar a una de esas mujeres tan deseadas se requerían cuidados infinitos, esperas interminables, un asedio hábil compuesto de galanterías, de palabras de amor, de suspiros y de regalos. Y hete aquí que, de pronto, con un mínimo ataque, la primera a la que conocía se le entregaba tan deprisa que lo había dejado estupefacto.

«Estaba borracha –pensaba–; mañana será otro cantar. Me tocarán las lágrimas.» Esa idea lo dejó preocupado; y luego se dijo: «¡Qué le vamos a hacer! Ahora que la he pescado, seguro que me las apañaré para no soltarla».

Y en el espejismo borroso por el que se le extraviaban las esperanzas de grandeza, de éxito, de fama, de fortuna y de amor, divisó de pronto, semejante a esas guirnaldas de comparsas que se van devanando por el cielo de las apoteosis, una procesión de mujeres elegantes, ricas, poderosas, que pasaban sonrientes para desaparecer una tras otra en el fondo de la nube dorada de sus sueños.

Y durmió con un sueño poblado de visiones.

Estaba un tanto conturbado a la mañana siguiente según subía las escaleras de la señora de Marelle. ¿Cómo iba a recibirlo? ¿Y si no lo recibía? ¿Y si le había cerrado la puerta de su casa? ¿Y si contaba...? Pero no era posible, no podía decir nada sin que pudiera adivinarse toda la verdad. Así pues, era dueño de la situación.

La criadita abrió la puerta. Tenía la cara de siempre. Duroy se tranquilizó, como si hubiera estado esperando que la sirvienta tuviera el rostro descompuesto.

Preguntó:

–¿La señora está bien?

Ella contestó:

–Sí, señor, como siempre.

Y lo hizo pasar al salón.

Duroy se fue derecho a la chimenea para comprobar cómo tenía el pelo y si iba bien arreglado; y se estaba retocando la corbata delante del espejo cuando vio a la señora de Marelle, que lo estaba mirando, de pie en el umbral de la puerta.

Hizo como si no la hubiera visto y se estuvieron mirando unos segundos en lo hondo del espejo, observándose, espiándose antes de enfrentarse, cara a cara.

Se dio la vuelta. Ella no se había movido y parecía esperar algo. Duroy se abalanzó hacia ella balbuciendo:

–¡Cuánto la quiero! ¡Cuánto la quiero!

La señora de Marelle abrió los brazos y se le arrojó contra el pecho; luego, alzó la cabeza y se besaron durante mucho rato.

Duroy pensaba: «Resulta más fácil de lo que había creído. Va muy bien la cosa». Y, tras separarse sus bocas, sonreía sin decir palabra intentando poner en la mirada un amor infinito.

También sonreía ella con esa sonrisa que tienen las mujeres para brindar su deseo, su consentimiento, su voluntad de entregarse. Susurró:

–Estamos solos. He mandado a Laurine a almorzar a casa de una compañera.

Duroy suspiró y le besó las muñecas:

–Gracias; la adoro.

Ella le cogió entonces el brazo, como si hubiera sido su marido, para ir hasta el sofá, donde se sentaron juntos.

Duroy necesitaba empezar la charla con algo hábil y seductor; como no se le ocurría nada que le agradase, balbució:

–¿Así que no está demasiado enfadada conmigo?

Ella le puso una mano en la boca:

–¡Calla!

Se quedaron en silencio, con las miradas enredadas y los dedos enlazados y ardorosos.

–¡Cómo la deseaba! –dijo Duroy. Ella repitió:

–Calla.

Oían el ruido de los platos con que andaba la criada en el comedor, del otro lado del tabique.

Él se puso de pie.

–No quiero tenerla tan cerca. Perdería la cabeza.

Se abrió la puerta.

–La señora está servida.

Y Duroy le ofreció el brazo, muy ceremonioso. Almorzaron uno frente a otro, mirándose y sonriéndose continuamente, pendientes solo del otro, envueltos por completo en el encanto tan dulce de una ternura incipiente. Comían sin saber qué comían.

Duroy se encontró con un pie, un piececito que andaba rondando por debajo de la mesa. Lo aprisionó entre los suyos y no lo soltó, apretándolo con todas sus fuerzas.

La criada iba y venía, traía y se llevaba fuentes con expresión indolente y sin parecer notar nada.

Cuando acabaron de comer, volvieron al salón y se sentaron otra vez en el sofá, en el mismo sitio, juntos.

Él, poco a poco, se le iba arrimando e intentaba abrazarla. Pero ella lo rechazaba, sin perder la calma.

–Tenga cuidado, que puede entrar alguien.

Él susurró:

–¿Cuándo podré verla a solas de verdad para decirle cuánto la quiero?

Ella se le acercó al oído y le dijo muy bajo:

–Iré a hacerle una breve visita a su casa un día de estos.

Duroy notó que se ruborizaba:

–Es que... yo vivo... en... en un sitio muy modesto.

Ella sonrió:

–Da igual. A quien iré a ver es a usted y no la vivienda.

Él entonces la apremió para saber cuándo iba a ir. La señora de Marelle habló de un día lejano de la semana siguiente y Duroy le suplicó que adelantase la fecha con balbuceos, con los ojos relucientes, sobándole y estrujándole las manos, con la cara encarnada y febril, presa de un deseo demoledor, ese deseo impetuoso que surge tras los almuerzos a solas.

A la señora de Marelle le hacía gracia ver con qué ardor la imploraba y, de tanto en tanto, cedía en un día. Pero él repetía:

–Mañana... por favor... mañana.

Ella accedió por fin.

–Sí. Mañana. A las cinco.

Duroy lanzó un prolongado suspiro de gozo; y charlaron casi

tranquilamente, con modales propios de la intimidad, como si se conociesen hacía veinte años.

Los sobresaltó un timbrazo; y, de un bote, se separaron. La señora de Marelle susurró:

–Debe de ser Laurine.

Entró la niña; luego se detuvo, cortada; después corrió hacia Duroy aplaudiendo, en un arrebato de gusto al verlo; y exclamó:

–¡Ay! ¡Nuestro buen amigo!

La señora de Marelle se echó a reír.

–¡Anda! ¡Nuestro buen amigo! ¡Laurine lo ha bautizado! Es un apodo cariñoso que le va estupendamente. Yo también voy a llamarlo Nuestro Buen Amigo.

Duroy se había sentado a la niña en las rodillas; y tuvo que jugar con ella a todos los juegos menudos que él le había enseñado.

Se puso de pie a las tres menos veinte para ir al periódico; y, en las escaleras, por la puerta entornada, volvió a susurrar moviendo apenas los labios:

–Mañana. A las cinco.

Ella contestó: «Sí», con una sonrisa; y se esfumó.

No bien hubo acabado Duroy el trabajo del día, pensó en cómo iba a disponer la habitación para recibir a su amante y disimular cuanto pudiera la modestia del lugar. Se le ocurrió la idea de colgar de las paredes adornitos japoneses y compró, por cinco francos, toda una colección de crespones, de abanicos pequeños y de pantallitas, con los que tapó las manchas del papel que más se notaban. Puso en los cristales de la ventana unos transparentes en que se veían barcos navegando por unos ríos, bandadas de aves cruzando por cielos rojos y unas procesiones de hombrecillos negros en llanuras cubiertas de nieve.

Aquella vivienda, cuyo tamaño solo daba para dormir y sentarse, no tardó en asemejarse al interior de un farolillo de papel pintado. A Duroy le pareció que hacía buen efecto y se pasó la velada pegando en el techo unas aves que recortó de las hojas de cromos que le quedaban.

Luego se acostó y lo arrulló el pitido de los trenes.

Al día siguiente volvió temprano con una bolsa de pasteles y una botella de madeira que había comprado en la tienda de ultramarinos. Tuvo que volver a salir para hacerse con dos platos y dos vasos; y dispuso esa colación encima del tocador; y tapó la madera sucia con una servilleta, tras ocultar debajo del mueble la palangana y el jarro del agua.

Luego esperó.

La señora de Marelle llegó a las cinco y cuarto; el revoloteo multicolor de los dibujos la sedujo y exclamó:

–¡Qué cuarto más agradable tiene! Pero cuánta gente hay por las escaleras.

Él la había tomado en sus brazos y le besaba el pelo con vehemencia, entre la frente y el sombrero, a través del velo. Hora y media después, la acompañó a la parada de coches de punto de la calle de Rome. Cuando estuvo ya en el coche, le susurró:

–El martes a la misma hora.

Ella dijo:

–A la misma hora, el martes.

Y, como ya se había hecho de noche, le cogió la cabeza para metérsela por la ventanilla y lo besó en los labios. Luego, cuando el cochero dio con el látigo al caballo, gritó:

–¡Adiós, Buen Amigo!

Y el trote cansado de un caballo blanco se llevó el cupé viejo y deslucido.

Tres semanas estuvo yendo la señora de Marelle a casa de Duroy, cada dos o tres días, a veces por la mañana y a veces a última hora de la tarde.

Una tarde, cuando estaba esperándola, oyó un escándalo en la escalera y se acercó a la puerta. Un niño berreaba. Una voz furiosa, la de un hombre, gritó:

–¿Y ahora qué le pasa a ese bribón?

Le contestó la voz chillona y exasperada de una mujer:

–Ha sido la fulana esa que viene a casa del periodista de arriba que ha tirado a Nicolas en el descansillo. ¡Pelanduscas así, que, por las escaleras, ni se fijan en los niños, no deberían andar sueltas!

Duroy, alarmadísimo, retrocedió al oír un rápido roce de faldas y unos pasos veloces que subían desde el piso inferior.

No tardaron en llamar a la puerta, que acababa de cerrar. Abrió y la señora de Marelle entró precipitadamente en el cuarto, sin aliento, despavorida, balbuciendo:

–¿Has oído?

Él hizo como si no se hubiera enterado de nada.

–No. ¿Qué?

–Cómo me han insultado.

–¿Quiénes?

–Los sinvergüenzas que viven en el piso de abajo.

–No, no he oído nada. ¿Qué ha pasado? Cuenta.

Ella rompió en sollozos sin poder pronunciar palabra. Tuvo que quitarle el sombrero, aflojarle el corsé, tenderla en la cama, darle golpecitos en las sienes con un paño húmedo; la señora de Marelle se ahogaba; luego, cuando se le calmaron un poco los nervios, le estalló toda la indignación y la ira.

Quería que Duroy bajase en el acto, que se batiera en duelo, que los matase.

Él repetía:

–Pero si son unos obreros, unos patanes. Piensa que habría que comparecer ante la justicia, que podrían reconocerte y detenerte, que estarías perdida. Con gente así no hay que comprometerse.

Ella sacó otro tema:

–¿Y ahora qué vamos a hacer? Yo no puedo volver por aquí.

Duroy contestó:

–Muy sencillo. Me mudaré.

La señora de Marelle susurró:

–Sí, pero pasará una buena temporada.

Luego, de pronto, se le ocurrió un arreglo y, ya serena, dijo repentinamente:

–No, verás, ya sé qué vamos a hacer, déjame a mí, no te ocupes de nada. Mañana te mando un «azul».

Llamaba «azules» a esos telegramas cerrados que circulan por París.

Ahora sonreía, encantada con su idea, que no quería revelar, e incurrió en mil locuras amorosas.

Estaba muy trastornada, sin embargo, cuando volvió a bajar las escaleras y se apoyaba con todas sus fuerzas en el brazo de su amante porque se le doblaban las piernas.

No se encontraron con nadie.

Como Duroy se levantaba tarde, todavía estaba en la cama a la mañana siguiente, a eso de las once, cuando el cartero de telégrafos le trajo el «azul» prometido.

Duroy lo abrió y leyó:

> Nos encontramos luego, a las cinco, en la calle de Constantinople, 127. Que te abran el piso que ha alquilado la señora Duroy. Besos de
>
> Clo

A las cinco en punto estaba entrando en la portería de un edificio grande de pisos amueblados y preguntó:

–¿Es aquí donde ha alquilado un piso la señora Duroy?

–Sí, señor.

–¿Quiere acompañarme, por favor?

El portero, acostumbrado seguramente a las situaciones delicadas que requieren prudencia, le preguntó mirándolo a los ojos y escogiendo luego una llave en una fila larga:

–Es usted el señor Duroy, ¿verdad?

–Sí, desde luego.

El portero abrió una vivienda pequeña que se componía de dos habitaciones y estaba en la planta baja, enfrente de su garita.

En el salón, empapelado con un papel rameado bastante reciente, había un mueble de caoba tapizado de reps verdoso con dibujos amarillos y una alfombra de flores tan delgada que el pie notaba la madera que había debajo.

El dormitorio era tan exiguo que las tres cuartas partes las ocupaba la cama. Estaba contra la pared del fondo e iba de un tabique al de enfrente; una cama grande de piso amueblado, que cerraban unas cortinas azules y gruesas, también de reps, y aplastaba un edredón de seda roja con unas manchas sospechosas.

Duroy, preocupado y enfadado, pensaba: «Esta casa me va a costar un buen pico. Tendré que pedir otro préstamo. Menuda tontería ha hecho Clotilde».

Se abrió la puerta y entró la señora de Marelle como un torbellino, con mucho susurro de faldas y con los brazos abiertos. Estaba encantada de la vida.

–Qué mono, ¿verdad? ¿A que es mono? ¡Y no hay que subir, está al nivel de la calle, una planta baja! Podemos entrar y salir por la ventana sin que nos vea el portero. ¡Lo que nos vamos a querer aquí!

Él la besaba con frialdad, sin atreverse a hacerle la pregunta que le venía a los labios.

Clotilde había dejado un paquete grande encima del velador, en el centro de la habitación. Lo abrió y sacó una pastilla de jabón, un frasco de agua de Lubin, una esponja, una caja de horquillas, un abotonador y unas tenacillas para arreglarse los mechones de la frente que siempre se le desrizaban.

Y se puso a jugar a las casitas, buscando un lugar para cada cosa, muy divertida.

Charlaba mientras abría los cajones:

–Tendré que traer algo de ropa blanca para poder mudarme si viene al caso. Será muy cómodo. Si por casualidad me cae un chaparrón cuando esté de compras vendré aquí a secarme. Tendremos cada uno nuestra llave, además de la que dejemos en portería por si se nos olvidan las nuestras. Lo he alquilado por tres meses, a tu nombre, claro, porque no podía dar el mío.

Él preguntó entonces:

–Ya me avisarás cuando haya que pagar.

Ella contestó con sencillez:

–Pero ¡si ya está pagado, mi vida!

Él insistió:

–Entonces, ¿te lo debo a ti?

–Que no, queridito; esto no va contigo; soy yo la que quiero meterme en este pequeño exceso.

Él hizo como que se enfadaba:

–De ninguna manera. No lo permitiré.

Clotilde se le acercó, suplicante, y dijo, poniéndole las manos en los hombros:

–Por favor, Georges, ¡me dará tanto gusto, tanto gusto que nuestro nido sea mío, solo mío! No puede ser que te moleste. ¿En qué te molesta? Querría contribuir con esto a nuestro amor. Dime que te parece bien, Géo, dime que te parece bien...

Imploraba con los ojos, con los labios, con todo el ser. Él se hizo de rogar, negándose con mohínes de irritación; luego cedió y, en el fondo, le parecía justo.

Y cuando Clotilde se hubo ido ya, susurró, frotándose las manos y sin buscarse en las entretelas del corazón de dónde le venía esa opinión aquel día: «La verdad es que es muy buena chica».

Pocos días después recibió otro telegrama que decía:

> Mi marido llega esta noche después de un viaje de inspección de seis semanas. Así que tenemos un descanso de ocho días. ¡Qué cruz, vida mía!
>
> Tu Clo

Duroy se quedó estupefacto. La verdad es que ya no se acordaba de que estaba casada. Le habría gustado verle la cara a aquel hombre, una vez nada más, para conocerlo.

Esperó pacientemente, no obstante, que el marido volviera a irse, pero pasó en Les Folies-Bergère dos veladas que terminaron en casa de Rachel.

Luego, una mañana, otro telegrama con pocas palabras:

> Dentro de un rato, a las cinco.
>
> Clo

Llegaron los dos a la cita antes de la hora. Ella se le echó en brazos con un vehemente arrebato de amor y le cubrió de besos la cara; luego le dijo:

–Si te parece bien, cuando nos hayamos querido mucho, me puedes llevar a cenar a alguna parte. Me he organizado para quedarme libre.

Estaban, precisamente, a primeros de mes; y, aunque el sueldo lo cobraba mucho antes en anticipos y vivía al día con el dinero que cosechaba acá y acullá, Duroy, por casualidad, no tenía vacíos los bolsillos; se alegró de que se le presentase una ocasión de gastar algo en ella.

Contestó:

–Pues claro, mi vida, donde tú quieras.

Salieron, pues, a eso de las siete y fueron hasta el paseo de ronda. Clotilde se apoyaba mucho en él y le decía al oído:

–¡Si supieras lo contenta que estoy de ir por la calle de tu brazo, cómo me gusta notarte pegado a mí!

Él le preguntó:

–¿Quieres ir a Lathuille?

Clotilde contestó:

–Ay, no, que es demasiado elegante. Me gustaría un sitio divertido, vulgar, algún restaurante donde vayan los empleados y las operarias. ¡Me encanta ir a los merenderos! ¡Ojalá hubiéramos podido irnos al campo!

Como Duroy no sabía de nada de semejante categoría por el barrio, anduvieron dando vueltas por el bulevar y acabaron por entrar en una taberna que servía comidas en una sala aparte. Clotilde había visto a través de la vidriera a dos chiquillas sin sombrero sentadas frente a un par de militares.

Tres cocheros de punto cenaban al fondo del local, estrecho y largo, y un individuo de oficio imposible de determinar fumaba en pipa, con las piernas estiradas y las manos metidas en el cinturón, repantingado en una silla y con la cabeza echada hacia atrás por encima del travesaño. La chaqueta que llevaba parecía un museo de manchas y en los bolsillos, inflados como panzas, se le veían el gollete de una botella, un pedazo de pan, un paquete envuelto en papel de periódico y un cabo de cordel que llevaba colgando. Tenía mucho pelo, y rizado, de colores mezclados, gris de mugre; y la gorra estaba en el suelo, debajo de una silla.

La entrada de Clotilde causó sensación porque iba muy elegante. Las dos parejas dejaron de cuchichear, los tres cocheros dejaron de charlar, y el individuo que fumaba, tras quitarse la pipa de la boca y soltar un escupitajo, volvió un tanto la cabeza para mirar.

La señora de Marelle susurró:

–¡Qué sitio tan mono! Estaremos estupendamente. Para la próxima, me vestiré de operaria.

Y fue a sentarse sin apuro ni asco a la mesa de madera que barnizaba la grasa de las comidas, lavaban las bebidas y secaba el mozo pasando un paño. Duroy, algo violento y algo avergonzado, buscaba una percha para colgar la chistera. Como no vio ninguna, la dejó encima de una silla.

Tomaron un estofado de cordero, una tajada de pierna de cordero y una ensalada. Y Clotilde repetía sin parar:

–A mí me encantan estas cosas. Tengo gustos de chusma. Me lo paso aquí mejor que en el Café Anglais.

Añadió:

–Si quieres acabar de complacerme, llévame a un baile de candil. Sé de uno muy divertido por aquí cerca que se llama La Reine Blanche.

Duroy, sorprendido, preguntó:

–¿Y quién te ha llevado al sitio ese?

La estaba mirando y vio que se ruborizaba, algo azarada, como si esa pregunta repentina hubiera despertado en ella un recuerdo peliagudo. Tras uno de esos titubeos femeninos tan breves que hay que intuirlos, contestó:

–Un amigo... –Y luego, tras un silencio, añadió–:... que ha muerto.

Y bajó la vista con una tristeza muy lógica.

Y a Duroy se le ocurrió por primera vez que no sabía gran

cosa de la vida pasada de aquella mujer; y se quedó pensativo. Desde luego que ya había tenido amantes, pero ¿de qué clase? ¿De qué mundo? Unos celos inconcretos, algo parecido a la hostilidad, se le despertaban por dentro, una hostilidad por todo cuanto no sabía, por todo cuanto no le había pertenecido en aquel corazón y en aquella existencia. Y la miraba, irritado por aquel misterio encerrado en esa cabeza bonita y muda que a lo mejor estaba incluso recordando al otro, a todos los otros, y los echaba de menos. ¡Cuánto le habría gustado mirar en esos recuerdos, revolver en ellos y saberlo todo, enterarse de todo!...

Clotilde repitió:

–¿Quieres llevarme a La Reine Blanche? Y así la fiesta estará completa.

Duroy pensó: «¡Bah, qué más da el pasado! Qué bobo soy al alterarme por algo así». Y respondió, sonriente:

–No faltaba más, vida mía.

Ya en la calle, ella siguió diciendo en voz muy baja, con ese tono misterioso con que se hacen las confidencias:

–No me había atrevido hasta ahora a pedírtelo, pero no te imaginas cuánto me gustan estas escapadas de hombre soltero a todos esos sitios a los que no van las mujeres. Cuando llegue carnaval, me vestiré de colegial. Estoy graciosísima vestida de colegial.

Al entrar en el baile, se apretó contra él, asustada y contenta, mirando con ojos arrobados a las mujeres de la vida y a los chulos; y, de vez en cuando, como para tranquilizarse ante un posible peligro, decía, al ver a un guardia serio e inmóvil:

–Ese agente parece fornido.

Al cabo de un cuarto de hora, se hartó; y Duroy la llevó a su casa.

Así dio comienzo una serie de excursiones a todos los sitios de mala nota donde se divierte el pueblo; y Duroy descubrió en su amante una afición apasionada a los vagabundeos de estudiante juerguista.

Llegaba ella a la acostumbrada cita con vestido de algodón y tocada con un gorro de doncella, de doncella de vodevil; y, pese a la sencillez elegante y rebuscada del atuendo, se ponía las sortijas, las pulseras y los pendientes de brillantes; y cuando él le suplicaba que se los quitara, decía: «¡Bah! Todo el mundo pensará que son culos de vaso».

Le parecía que iba estupendamente disfrazada y, aunque en realidad se escondía como los avestruces, iba a las tabernas con peor fama.

Había pretendido que Duroy se vistiera de obrero; pero él se resistió y siguió correctamente ataviado como hombre de los grandes bulevares y ni tan siquiera accedió a dejar la chistera y ponerse un sombrero flexible de fieltro.

Ella se consoló de esta cabezonería con el razonamiento siguiente: «La gente cree que soy una doncella de la que se ha prendado un joven de buena sociedad». Y le parecía una comedia deliciosa.

Entraban así en los cafetuchos populares e iban a sentarse al fondo de los antros fumosos, en sillas paticojas, ante mesas viejas de madera. Una nube de humo acre, con rastros aún del olor del pescado frito de la cena, llenaba el local; hombres con blusones pegaban voces y bebían en vasos chatos; y el mozo, extrañado, pasaba revista a aquella pareja rara mientras les ponía delante dos cerezas en aguardiente.

Clotilde, trémula y encantada, bebía el zumo rojo de la fruta a sorbitos y miraba a su alrededor con ojos intranquilos y muy animados. Cada cereza que se tomaba le daba la sensación de haber cometido un pecado, cada gota del líquido especiado y que quemaba le proporcionaba, al bajarle por la garganta, un placer acre, el alborozo de un goce canallesco y prohibido.

Luego decía a media voz: «Vámonos». Y se iban. Ella andaba deprisa, con la cabeza gacha y pasos menudos, pasos de actriz que sale del escenario, pasando entre los bebedores acodados en las mesas, que la miraban con expresión de desconfianza y desagrado; y, tras salir por la puerta, lanzaba un suspiro hondo, como si acabase de escapar de algún peligro tremendo.

A veces le preguntaba a Duroy, estremeciéndose:

–Si me insultasen en algún sitio de esos, ¿qué harías?

Él contestaba, haciendo gala de mucho temple:

–¡Pues te defendería, qué demonios!

Y ella le apretaba el brazo, feliz, quizá con el deseo confuso de que la insultasen y la defendieran, de ver que unos hombres se peleaban por ella, aunque fueran hombres como aquellos, con su bien amado.

Pero Duroy, a quien le costaba mucho, por lo demás, desde hacía tiempo, conseguir el medio luis necesario para pagar el coche y las consumiciones, estaba empezando a cansarse de esas excursiones, que se repetían dos o tres veces por semana.

Ahora le costaba muchísimo vivir, mucho más que en los tiempos en que era empleado de los Ferrocarriles del Norte, pues, como en los primeros meses de periodista había gastado generosamente, sin contar, con la constante esperanza de ganar al día siguiente cantidades elevadas, había agotado todos sus recursos y todos los medios para conseguir dinero.

Un procedimiento muy sencillo, el de pedirle préstamos al cajero, no había tardado en agotarse y ya le debía al periódico cuatro meses de sueldo y seiscientos francos de artículos computados por líneas. Le debía además cien francos a Forestier, trescientos a Jacques Rival, que abría la bolsa con facilidad, y se lo comían una gran cantidad de deudas pequeñas e inconfesables de veinte o de cinco francos.

A Saint-Potin, a quien había consultado sobre los sistemas a los que podía recurrir para dar con otros cien francos, no se le había ocurrido ningún procedimiento, aunque era hombre de inventiva; y a Duroy lo exasperaba aquella indigencia, que notaba ahora más que antes porque tenía más necesidades. Le hervían por dentro una ira intensa contra todo el mundo y una irritación constante que asomaba por todo y en cualquier momento, por los motivos más fútiles.

A veces se preguntaba cómo había podido gastarse un promedio de mil libras mensuales sin cometer ningún exceso ni permitirse ninguna fantasía; y se daba cuenta de que, si sumaba un almuerzo de ocho francos con una cena de doce en cualquiera de los cafés grandes de los bulevares, enseguida le salía un luis, que, junto con unos diez francos para gastos menudos, ese dinero que se va sin saber cómo, daba un total de treinta francos. Ahora bien, treinta francos diarios son novecientos francos a finales de mes. Y ahí no iban incluidos los gastos en ropa, calzado, ropa blanca, lavandera, etc. Así que el 14 de diciembre se encontró sin un céntimo y sin que se le ocurriera nada para conseguir unas cuantas monedas.

Hizo lo que tantas veces había hecho antaño; no almorzó y se pasó la tarde en el periódico, trabajando, rabiando y preocupado. A eso de las cuatro recibió un telegrama de su amante, que decía: «¿Quieres que cenemos juntos? Luego haremos una escapadita».

Respondió en el acto: «Imposible cenar». Luego pensó que sería una bobada privarse de los momentos agradables que ella podría proporcionarle, y añadió: «Pero te esperaré a las nueve en nuestra casa».

Y, tras enviar a uno de los recaderos a llevar la nota, para ahorrarse el gasto del telegrama, pensó en cómo podría apañarse para cenar.

A las siete, aún no se le había ocurrido nada; y le dolía el estómago de hambre. Recurrió entonces a una estratagema desesperada. Dejó que se fueran, uno a uno, todos sus colegas y, al quedarse solo, se apresuró a llamar. Acudió el ordenanza del dueño, que se quedaba al cuidado de la oficina.

Duroy, de pie y nervioso, se hurgaba en los bolsillos; y dijo, con tono brusco:

–Oiga, Foucart, me he dejado en casa la cartera y tengo que ir a cenar al Luxembourg. Présteme dos francos y medio para pagar el coche.

El hombre se sacó tres francos del bolsillo al tiempo que preguntaba:

–¿No quiere más, señor Duroy?

–No, no. Con eso me basta. Muchas gracias.

Y, después de coger la calderilla, Duroy bajó corriendo las escaleras y se fue a cenar a una casa de comidas de mala muerte donde solía ir a parar los días que estaba en la miseria.

A las nueve estaba esperando a su amante con los pies estirados hacia el fuego, en el saloncito.

Llegó muy animada, muy alegre, con el acicate del aire frío de la calle.

–Si te parece –dijo–, damos primero una vuelta y luego volvemos aquí a las once. Hace un tiempo extraordinario para pasear.

Él contestó, con tono gruñón:

–¿Para qué vamos a salir? Se está muy bien aquí. Ella insistió sin quitarse el sombrero:

–Si supieras la luna llena tan preciosa que hay. Esta noche pasear es una auténtica dicha.

–Es posible, pero a mí no me apetece pasear.

Lo dijo con expresión rabiosa. Clotilde se quedó cortada y herida, y preguntó:

–¿Qué te pasa? ¿Por qué sacas esos modales? Tengo ganas de dar una vuelta y no veo por qué puede enfadarte eso.

Él se incorporó, exasperado:

–No me enfado. Me fastidia. Eso es lo que pasa.

Clotilde era de las mujeres a quienes la resistencia irrita y la falta de cortesía exaspera.

Dijo desdeñosa, con una ira contenida:

–No estoy acostumbrada a que me hablen así. Así que me iré sola. ¡Adiós!

Duroy se dio cuenta de que el asunto era grave y, abalanzándose rápidamente hacia ella, le cogió las manos y se las besó, balbuciendo:

–Perdóname, mi vida, perdóname; estoy muy nervioso esta noche, muy irritable. Es que tengo contrariedades, problemas, ya sabes, cosas del oficio.

Clotilde contestó, un tanto dulcificada, pero no calmada:

–A mí eso me da igual; y no quiero que me toque aguantar de rechazo ese mal humor tuyo.

Duroy la tomó en los brazos y la llevó hacia el sofá:

–Mira, preciosa, no quería herirte; no he pensado en lo que decía.

La había obligado a sentarse y, de rodillas, ante ella, le preguntó:

–¿Me has perdonado? Dime que me has perdonado.

Ella susurró con voz fría:

–Bien está, pero que no vuelva a suceder.

Se puso en pie y añadió:

–Y ahora vamos a dar una vuelta.

Duroy seguía arrodillado y le rodeaba las caderas con ambos brazos; balbució:

–Te lo ruego, quedémonos aquí. Te lo suplico. Dame ese gusto. Me gustaría tanto tenerte esta noche para mí solo, aquí, junto al fuego. Di que sí, te lo suplico, di que sí.

Ella replicó, clara y dura:

–No, tengo empeño en salir y no voy a ceder ante tus caprichos.

Él insistió:

–Te lo suplico; tengo un motivo, un motivo muy serio...

Clotilde repitió:

–No. Y si no quieres salir conmigo, me marcho. Adiós.

Se había soltado con una sacudida y estaba llegando a la puerta. Duroy corrió hacia ella y la envolvió en los brazos:

–Oye, Clo, mi Clo, oye, dame ese gusto...

Ella negaba con la cabeza, sin contestar, zafándose de sus besos e intentado escabullirse del abrazo para irse.

Él tartamudeaba:

–Clo, mi Clo, tengo un motivo.

Ella se quedó quieta y lo miró a la cara:

–Es mentira... ¿Qué motivo?

Él se puso colorado, sin saber qué decir. Clotilde añadió, indignada:

–¿Ves como era mentira? Asqueroso...

Y con ademán rabioso y los ojos llenos de lágrimas se escabulló.

Duroy volvió a agarrarla por los hombros y, desconsolado, dispuesto a confesarlo todo para evitar la ruptura, dijo con acento desesperado:

–Pues que no tengo un céntimo... Ahí lo tienes.

Ella se detuvo en seco y, mirándolo a los ojos para leerle en ellos la verdad, preguntó:

–¿Cómo dices?

Él se había ruborizado hasta el pelo.

–Digo que no tengo un céntimo. ¿Lo entiendes? Ni diez francos, ni cinco, que no tengo ni para pagar una copa de licor de grosellas en el café donde entremos. Me obligas a confesar cosas vergonzosas. Comprenderás que no podía salir contigo y, cuando estuviéramos sentados a una mesa delante de dos consumiciones, decirte tan tranquilo que no podía pagarlas...

Clotilde lo seguía mirando a la cara:

–Así que... ¿es verdad... es verdad?

Duroy tardó un segundo en ponerse del revés todos los bolsillos, los del pantalón, los del chaleco, los de la chaqueta, y susurró:

–Mira... ¿Ya te has quedado contenta?

De repente, Clotilde abrió ambos brazos en un arrebato apasionado y se arrojó en los de él tartamudeando:

–Ay, pobrecito mío... pobrecito mío... ¡si lo hubiera sabido! ¿Cómo ha sido?

Lo obligó a sentarse y se le sentó en las rodillas; luego, cogiéndolo del cuello, besándolo sin parar, besándole el bigote, la boca, los ojos, hizo que le contara de dónde venía semejante infortunio.

Él se inventó una historia enternecedora. Había tenido que acudir en ayuda de su padre, que andaba apurado. No solo le había dado todos sus ahorros, sino que además se había endeudado muchísimo.

Y añadió:

–No voy a tener para comer por lo menos durante seis meses, porque ya me he quedado sin recursos. Qué le vamos a hacer, hay momentos de crisis en la vida. Bien pensado, el dinero no se merece que nos preocupemos por él.

Ella le dijo al oído, en un soplo:

–Yo te prestaré dinero, ¿quieres?

Él contestó, muy digno:

–Eres muy amable, preciosa, pero no hablemos más del asunto, te lo ruego. Me ofenderías.

Clotilde se calló; luego, estrechándolo en los brazos, susurró:

–Nunca sabrás cuánto te quiero.

Fue una de sus mejores veladas de amor.

Cuando Clotilde estaba a punto de irse, añadió, sonriente:

–¿A que cuando se está en una situación como la tuya es muy divertido encontrarse dinero olvidado en un bolsillo, una moneda que se había metido por el forro?

Y él contestó, muy convencido:

–Ya lo creo.

Clotilde quiso volver a casa a pie so pretexto de que la luna estaba preciosa; y se quedaba extasiada mirándola.

Era una noche fría y serena de comienzos del invierno. Los transeúntes y los caballos apretaban el paso por el acicate de una helada transparente. Los tacones retumbaban en las aceras.

Al separarse, Clotilde preguntó:

–¿Quieres que volvamos a vernos pasado mañana?

–Sí, desde luego.

–¿A la misma hora?

–A la misma hora.

–Adiós, vida mía.

Duroy regresó a su casa a zancadas, preguntándose qué se le podría ocurrir al día siguiente para salir del paso. Pero, cuando abrió la puerta de su cuarto, rebuscó en el bolsillo del chaleco para buscar unas cerillas y se quedó estupefacto al encontrarse con una moneda que se movía bajo el dedo.

No bien tuvo luz cogió la moneda para examinarla. ¡Era un luis de veinte francos!

Pensó que se había vuelto loco.

Le dio vueltas y más vueltas cavilando en por qué milagro estaba allí aquel dinero. No podía haberle caído del cielo en el bolsillo.

Luego, de repente, lo adivinó y se apoderó de él una indignación airada. Cierto era que su amante había mencionado el caso de esa moneda que se cuela por el forro y encuentra uno en los momentos de pobreza. Era ella quien le había dado esa limosna.

¡Qué vergüenza!

Se juró: «¡Pasado mañana me va a oír! ¡Va a pasar un mal rato!».

Y se metió en la cama con la humillación y la rabia alterándole el corazón.

Se despertó tarde. Tenía hambre. Intentó volver a dormirse para no levantarse hasta las dos; luego se dijo:

«Con esto no adelanto nada. Sigo teniendo que encontrar dinero».

Salió luego con la esperanza de que en la calle se le ocurriría alguna idea.

No se le ocurrió, pero siempre que pasaba por un restaurante el ardiente deseo de comer le humedecía la boca de saliva. A las doce, como seguía sin ideas, tomó una decisión súbita: «Bueno, voy a almorzar a cuenta de los veinte francos de Clotilde. Eso no quita para que se los devuelva mañana».

Así que almorzó por dos francos con cincuenta céntimos en un café. Al llegar al periódico, le dio además tres francos al ordenanza.

–Tenga, Foucart. Esto es lo que me prestó ayer tarde para tomar un coche.

Y trabajó hasta las siete. Luego se fue a cenar y cogió tres francos de esa misma cantidad. Las dos jarras de cerveza de la velada pusieron en nueve francos con treinta céntimos el gasto del día.

Pero, como no podía dar con quien le prestara algo ni encontrar recursos nuevos en veinticuatro horas, volvió a tomar prestados al día siguiente seis francos con cincuenta de la cantidad que tenía que devolver esa misma noche, de forma tal que llegó a la cita concertada con cuatro francos con veinte céntimos en el bolsillo.

Estaba de un humor de perros y se prometía dejar clara la situación sin tardanza. Le iba a decir a su amante: «¿Sabes? Encontré los veinte francos que me metiste en el bolsillo ayer. No te los devuelvo hoy porque sigo en las mismas y no me ha dado tiempo a ocuparme del tema del dinero. Pero te los daré en la primera ocasión que nos volvamos a ver».

Clotilde llegó con retraso, muy cariñosa, llena de temores. ¿Cómo iba a recibirla? Y lo besó insistentemente para evitar una explicación en los primeros momentos.

Él, por su parte, se decía: «Ya habrá tiempo dentro de un rato para abordar la cuestión. Voy a buscar algo que me dé pie».

No se le ocurrió cómo y no dijo nada; lo echaban para atrás las primeras palabras que debería pronunciar en ese asunto tan delicado.

Ella tampoco dijo nada y estuvo de lo más encantadora.

Se separaron a eso de la medianoche, tras haberse citado para el miércoles de la semana siguiente y no antes porque la señora de Marelle cenaba fuera varios días seguidos.

Al día siguiente, al pagar el almuerzo, mientras Duroy buscaba las cuatro monedas que deberían quedarle, se dio cuenta de que eran cinco y de que una era de oro.

De entrada pensó que la víspera se había equivocado alguien con la vuelta y le había dado veinte francos por error; cayó luego en la cuenta y notó que le latía el corazón más deprisa con la humillación de aquella limosna perseverante.

¡Cuánto lamentó no haber dicho nada! Si hubiera hablado enérgicamente, no habría pasado aquello.

Pasó cuatro días haciendo gestiones y esfuerzos tan numerosos como vanos para conseguir cinco luises, y se le fue el segundo luis de Clotilde.

Esta se las apañó, aunque él le había dicho con expresión furiosa: «Mira, que no se repita la broma de las otras noches, porque me voy a enfadar», para meterle otros veinte francos en el bolsillo del pantalón la primera vez que se vieron.

Cuando los encontró, Duroy soltó una blasfemia: «¡Por Dios vivo!», y se los pasó al chaleco para tenerlos a mano porque estaba sin un céntimo.

Se tranquilizaba la conciencia con el siguiente razonamiento: «Se lo devolveré todo junto. Bien pensado, no es más que un dinero que me presta».

Por fin, el cajero del periódico, ante sus ruegos, desesperados, accedió a darle cinco francos diarios. Con eso le llegaba justo para comer, pero no era suficiente para devolver sesenta francos.

Ahora bien, como a Clotilde volvió a entrarle el desenfreno por las excursiones nocturnas por todos los lugares de mala fama de París, a Duroy empezó a dejar de irritarlo en demasía encontrarse con una moneda de oro en uno de los bolsillos, y un día incluso en una botina y otro en la caja del reloj, después de aquellos paseos aventureros. Puesto que su amante tenía caprichos que él de momento no podía darle, ¿no era acaso natural que prefiriera pagarlos a prescindir de ellos?

Por lo demás, llevaba la cuenta de todo cuanto le daba Clotilde de esta forma para devolvérselo un día.

Una noche le dijo ella:

–¿Podrás creer que nunca he estado en Les Folies-Bergère? ¿Me llevas?

Él titubeó por temor a encontrarse con Rachel. Luego pensó: «¡Bah! En último término, no estoy casado. Si esa mujer me ve, se dará cuenta de la situación y no me dirigirá la palabra. Además, cogeremos un palco».

También se decidió por otra razón. Le agradaba mucho tener aquella ocasión de invitar a la señora de Marelle al teatro y a un palco sin que le costase nada. Era algo así como una compensación.

Dejó de momento a Clotilde en el coche para ir a buscar el vale y que no viera que se lo regalaban; luego fue a recogerla y entraron; los porteros los saludaron.

Un gentío tremendo atestaba el pasillo. Les costó mucho abrirse paso entre aquel tropel de hombres y busconas. Llegaron por fin a su cajón y se acomodaron, encerrados entre la orquesta y el bullicio de la galería.

Pero la señora de Marelle no miraba el escenario; solo estaba pendiente de las mujeres que iban y venían a su espalda; y se volvía continuamente para verlas, con deseos de tocarlas, de palparles la espetera, las mejillas, el pelo, para saber cómo eran aquellos seres.

De repente, dijo:

–Hay una morena y gorda que no para de mirarnos. Hace un rato me pareció que nos iba a hablar. ¿La has visto?

Él contestó:

–No. Debes de haberte confundido.

Pero había visto hacía ya mucho a la mujer. Era Rachel, que los andaba rondando con la ira en los ojos y palabras violentas en los labios.

Duroy había pasado rozándola hacía un rato, al cruzar entre la muchedumbre, y ella le había dicho «hola» en voz muy baja, con un guiño que quería decir: «Ya me hago cargo». Pero él no había correspondido a aquel detalle amable por temor a que lo viera su amante y pasó de largo con frialdad, irguiendo la cabeza y con un mohín desdeñoso en la boca. La mujer, a quien espoleaban ya unos celos inconscientes, dio media vuelta, volvió a pasar rozándolo y dijo con voz más alta:

–Hola, Georges.

Él tampoco respondió esta vez. Entonces a Rachel se le metió en la cabeza que tenía que reconocerla y saludarla y volvía continuamente a la parte trasera del palco a la espera de un momento propicio.

En cuanto vio que la señora de Marelle la estaba mirando, le dio a Duroy con el dedo en el hombro.

–Hola. ¿Qué tal te va?

Pero él no se volvió.

Ella siguió diciendo:

–¿Qué pasa? ¿Te has quedado sordo desde el jueves pasado?

Duroy no contestó, luciendo una expresión despectiva que le impedía comprometerse, siquiera con una palabra, con aquella mujerzuela.

Ella soltó una risa rabiosa y dijo:

–¿Así que te has quedado mudo? ¿Te habrá comido la lengua esta señora?

Duroy hizo un ademán airado y dijo con voz exasperada:

–¿Quién la he dado permiso para hablarme? Lárguese o hago que la detengan.

Entonces Rachel, echando chispas por los ojos y sacando pecho, vociferó:

–¡Ah, conque esas tenemos! ¡Anda, so patán! Cuando se acuesta uno con una mujer, lo menos que hace es saludarla. Que estés con otra no es motivo para que hoy no me conozcas. Solo con que me hubieras hecho una seña cuando pasé por tu lado hace un rato, te habría dejado en paz. Pero ¡has sacado los humos! ¡Pues vas a ver lo que es bueno! ¡Vas a ir servido! Así que cuando nos encontramos no me dices ni hola...

Rachel habría seguido gritando mucho más rato, pero la señora de Marelle había abierto la puerta del palco y escapaba entre el gentío, buscando la salida con desesperación.

Duroy había salido corriendo detrás de ella y hacía por alcanzarla.

Entonces Rachel, al verlos huir, voceó triunfante:

–¡Que la detengan, que la detengan! Me ha robado a mi amante.

Corrieron risas por el público. Dos caballeros, en broma, agarraron por los hombros a la fugitiva y quisieron llevarla conducida mientras intentaban besarla. Pero Duroy la había alcanzado; hizo que la soltasen con violencia y se la llevó a la calle.

Clotilde se abalanzó dentro de un coche de punto vacío que estaba detenido delante del local. Duroy subió detrás de ella de un salto y, al preguntarle el cochero: «¿Adónde vamos, jefe?», contestó:

–Adonde quiera.

El coche echó a andar despacio, dando tumbos por los adoquines. Clotilde, a quien le había dado algo parecido a un ataque de nervios, se asfixiaba, no podía respirar y se tapaba la cara con las manos. Y Duroy no sabía qué hacer ni qué decir. Por fin, al oírla llorar, tartamudeó:

–Clo, mi Clo, oye... ¡deja que te lo explique! No ha sido culpa mía... Conocí a esa mujer hace mucho... al principio del todo...

Ella apartó bruscamente la cara y, presa de una rabia de mujer enamorada y traicionada, una rabia furiosa que le devolvió el uso de la palabra, balbució con frases rápidas y entrecortadas, jadeando:

–Ah, miserable, miserable... ¡Menudo canalla!... ¿Será posible? ¡Qué vergüenza! ¡Ay, Dios mío!... ¡Qué vergüenza!

Dijo luego, cada vez más indignada según se le iban aclarando las ideas y se le ocurrían argumentos:

–La pagabas con mi dinero, ¿verdad? Y yo te daba dinero... para esa mujer... ¡Ah, el muy miserable!

Pareció, por unos segundos, que estaba buscando alguna otra palabra más fuerte, que no le salía; luego, de pronto, expectoró, con el mismo gesto que se hace para escupir:

–Cerdo... cerdo... cerdo... ¡La pagabas con mi dinero... cerdo... cerdo!

No se le ocurría nada más y repetía:

–Cerdo... cerdo...

De pronto, se asomó y, cogiendo al cochero por la manga, le dijo: «¡Pare!»; después abrió la portezuela y saltó a la calle.

Georges quiso seguirla, pero ella gritó: «¡Te prohíbo que bajes!», tan alto que los transeúntes se agolparon a su alrededor; y Duroy no se movió por temor a un escándalo.

Clotilde sacó entonces la bolsa y buscó dinero suelto a la luz del farol del coche; luego, tras coger dos francos con cincuenta, se los puso en la mano al cochero y le dijo con tono vibrante:

–Tenga... aquí tiene una hora de alquiler... Pago yo... Y me lleva a este granuja a la calle de Boursault, que está por Les Batignolles.

El grupo que la rodeaba mostró gran regocijo. Un caballero dijo: «¡Bien por la jovencita!», y un golfo joven, metido entre las ruedas del coche, asomó la cabeza por la portezuela abierta y chilló con voz agudísima:

–¡Adiós, guapo!

Luego el coche arrancó y las risas lo fueron persiguiendo.

Capítulo VI

Georges Duroy tuvo un despertar triste a la mañana siguiente.

Se vistió despacio y se sentó luego delante de la ventana y se puso a pensar. Notaba por todo el cuerpo como unas agujetas, como si le hubieran dado la víspera una tanda de bastonazos.

Por fin lo espoleó la necesidad de conseguir dinero y fue a casa de Forestier.

Su amigo lo recibió en su gabinete con las piernas estiradas hacia la chimenea.

–¿Cómo es que has madrugado tanto?

–Por un asunto muy serio. Tengo una deuda de honor.

–¿De juego?

Duroy titubeó y luego confesó:

–De juego.

–¿Elevada?

–Quinientos francos.

Solo debía doscientos ochenta.

Forestier, escéptico, le preguntó:

–¿A quién se los debes?

Duroy no pudo responder en el acto.

–Pues... a... a... a un señor de Carleville.

–¡Ah! ¿Y dónde vive?

–En la calle... en la calle...

Forestier se echó a reír:

–En la calle de Arrebatacapas, ¿no? Ya conozco a ese señor, mi querido amigo. Si quieres veinte francos, todavía puedo llegar hasta ahí, pero no más.

Duroy aceptó la moneda de oro.

Fue luego de puerta en puerta, a casa de todas las personas que conocía, y a eso de las cinco había acabado por reunir ochenta francos.

Como aún necesitaba reunir otros doscientos, tomó resueltamente las cosas como venían dadas y, quedándose con lo que había recolectado, susurró:

–Al infierno. No voy a andar haciéndome mala sangre por esa zorra. Le pagaré cuando pueda.

Vivió durante quince días una existencia ahorrativa, ordenada y casta, con la cabeza llena de resoluciones enérgicas. Luego lo invadió una gran ansia de amor. Le parecía que habían transcurrido años desde la última vez que había tenido una mujer en los brazos y, lo mismo que el marinero que pierde el control cuando vuelve a pisar tierra, se estremecía ante todas las faldas con las que se cruzaba. Así que volvió una noche a Les Folies-Bergère, con la esperanza de encontrar allí a Rachel. Y efectivamente la vislumbró nada más entrar, porque no salía prácticamente nunca de aquel local.

Fue hacia ella sonriente y con la mano tendida. Pero ella lo miró de arriba abajo:

–¿Qué quiere usted?

Él intentó tomárselo a broma:

–Venga, no seas boba.

Ella le dio la espalda afirmando:

–Yo no me trato con mantenidos.

Había buscado el insulto más grosero. Duroy notó que el rubor le teñía la cara y se fue solo.

Forestier, que no dejaba de toser, enfermo y débil, le hacía la vida imposible en el periódico y parecía devanarse los sesos para encontrarle tareas penosas y aburridas. Un día incluso, en un momento que tenía los nervios de punta, después de un prolongado ataque de ahogo, al ver que Duroy no le traía una información que había pedido, refunfuñó:

–Caray, eres más tonto de lo que creía.

Duroy estuvo a punto de abofetearlo, pero se contuvo y se fue, susurrando: «Ya nos veremos un día las caras». Una idea rápida le cruzó por la cabeza y añadió: «Te voy a poner los cuernos, amiguito». Y se fue, frotándose las manos y regocijado con el proyecto.

Quiso ponerlo en marcha el día siguiente, sin esperar más. Fue a ver a la señora Forestier para ir tanteando el terreno.

La encontró leyendo un libro, echada cuan larga era en un sofá.

Le tendió la mano sin moverse, limitándose a volver la cabeza, y le dijo:

–¿Qué tal, Buen Amigo?

A él le pareció que le daban un cachete:

–¿Por qué me llama así?

Ella respondió, sonriente:

–Vi a la señora de Marelle la semana pasada y me enteré de cómo lo habían bautizado en su casa.

Duroy se tranquilizó al ver la expresión amable de la joven. ¿Cómo habría podido temer algo, por lo demás?

La señora Forestier siguió diciendo:

–¡La mima usted mucho! Y a mí me viene a ver de higos a brevas, o casi.

Duroy se había sentado a su lado y la miraba con una curiosidad nueva, una curiosidad de aficionado que anda eligiendo bibelots. Era deliciosa, rubia, de un rubio suave y cálido, estaba hecha para las caricias; y pensó: «Desde luego que está mejor que la otra». No dudaba de que fuera a tener éxito; le parecía que le bastaría con alargar la mano y cogerla, igual que se corta una fruta.

Dijo, muy decidido:

–No venía a verla porque valía más que no lo hiciera.

Ella preguntó, sin entender:

–¿Cómo? ¿Por qué?

–¿Por qué? ¿No lo adivina?

–Ni poco ni mucho.

–Porque estoy enamorado de usted... Bueno... un poco, solo un poco, y no quiero enamorarme del todo...

La señora Forestier no pareció extrañada, escandalizada ni halagada; seguía sonriendo con la misma sonrisa indiferente; y contestó con mucha tranquilidad:

–¡Ah! Puede venir pese a todo. Nadie se enamora nunca de mí por mucho tiempo.

Duroy se quedó más sorprendido aún del tono que de las palabras y preguntó:

–¿Por qué?

–Porque es inútil y lo hago entender enseguida. Si me hubiera contado antes ese temor suyo, lo habría tranquilizado y lo habría animado, antes bien, a que viniera cuanto más mejor.

Él exclamó con acento patético:

–¡Como si uno pudiera mandar en sus sentimientos!

La señora Forestier se volvió hacia él:

–Mi querido amigo, para mí un hombre enamorado está tachado de la lista de los seres vivos. Se vuelve idiota; no solo idiota, sino peligroso. Dejo de tener cualquier relación íntima con los que me aman, o dicen que me aman; primero, porque me aburren; y luego porque me fío tan poco de ellos como de un perro rabioso, que puede padecer un ataque. Así que los pongo en cuarentena espiritual hasta que se les pase la enfermedad. Que no se le olvide nunca. Ya sé que en los hombres el amor no es sino una especie de apetito, mientras que en mí sería, por el contrario, algo así como una... una comunión de las almas que no concibe la religión de los hombres. Los hombres entienden la letra y yo el espíritu. Pero... míreme bien a la cara...

Ya no sonreía. Tenía un rostro tranquilo y frío; y dijo, recalcando todas las palabras:

–No seré nunca, nunca, su amante, ¿lo oye? Así que es completamente inútil, e incluso sería malo para usted, que persista en ese deseo... Y ahora que... ya hemos acabado con la operación... ¿quiere que seamos amigos, pero amigos de verdad, sin segundas intenciones?

Duroy había comprendido que todo intento sería estéril ante aquella resistencia sin apelación posible. Lo aceptó tal y como era en el acto, con sinceridad; y, encantado de contar con esa aliada en la vida, le tendió ambas manos:

–Soy todo suyo, señora, en la forma que desee usted que lo sea.

Ella le notó en la voz la sinceridad del pensamiento y le entregó ambas manos.

Él se las besó, primero una y luego la otra, y dijo después, sencillamente, alzando la cabeza:

–Caray, ¡si hubiera encontrado una mujer como usted, con qué dicha me habría casado con ella!

Esta vez la señora Forestier se conmovió; aquella frase fue para ella una caricia, como les sucede a las mujeres con los cumplidos que saben llegarles al corazón, y le dirigió una de esas miradas rápidas y agradecidas que nos hacen esclavos de ellas.

Luego, como a Duroy no se le ocurría una transición para seguir adelante con la conversación, la señora Forestier dijo con voz suave, poniéndole un dedo en el brazo:

–Y voy a empezar ahora mismo ese oficio de amiga. Es usted torpe, amigo mío...

Titubeó y preguntó:

–¿Puedo hablar con libertad?

–Sí.

–¿Del todo?

–Del todo.

–Pues vaya a ver a la señora Walter, que lo aprecia mucho, y cáigale en gracia. Por ahí podrá colocar sus cumplidos, aunque sea una mujer honrada, entiéndame bien, completamente honrada. No, tampoco por ahí podrá andar... merodeando. Pero sí podrá sacar mejores resultados si hace por caer bien. Sé que en el periódico todavía está en un puesto inferior. Pero no tema nada, reciben a todos los redactores con la misma benignidad. Vaya por allí, hágame caso.

Duroy dijo, sonriendo:

–Gracias, es usted un ángel... un ángel guardián.

Y luego hablaron de temas varios.

Duroy se quedó mucho rato, para demostrar que le complacía estar con ella; y, al despedirse, le volvió a preguntar:

–¿Queda entendido? ¿Somos amigos?

–Queda entendido.

Y, como se había percatado del efecto de su cumplido de hacía un rato, lo reforzó añadiendo:

–Y, si alguna vez se queda viuda, me apunto en la lista.

Y luego se fue corriendo para no darle oportunidad de enfadarse.

Ir a ver a la señora Walter se le hacía un tanto cuesta arriba a Duroy, porque nunca lo habían autorizado a presentarse en su casa y no quería cometer una torpeza. El dueño le daba muestras de benevolencia, apreciaba su trabajo, le daba preferencia para las tareas difíciles; ¿por qué no aprovecharse de aquella privanza para meterse en su casa?

Así que un día se levantó temprano y se fue al mercado central a la hora en que vendían; consiguió, por unos diez francos, veinte peras espléndidas. Tras atarlas con sumo cuidado dentro de una redecilla para que pareciera que venían de lejos las llevó a la portería de la mujer del dueño con su tarjeta, en la que ponía:

GEORGES DUROY

ruega humildemente a la señora Walter que acepte esta fruta que le han mandado esta mañana desde Normandía.

Se encontró al día siguiente en su buzón del periódico un sobre en que le enviaban, a cambio, la tarjeta de la señora Walter, que «agradecía mucho el obsequio a Georges Duroy y recibía todos los sábados».

Al sábado siguiente, fue.

El señor Walter vivía en el bulevar de Malesherbes, en un edificio doble que era suyo y una de cuyas partes alquilaba, procedimiento ahorrativo propio de las personas con sentido práctico. Un conserje único, alojado entre ambas puertas cocheras, tiraba del cordón para abrirles la puerta al dueño y al inquilino y proporcionaba a ambas entradas una elegancia de palacete de gente rica y respetable con su espléndido comportamiento de pertiguero de iglesia, sus robustas pantorrillas embutidas en medias blancas y su uniforme de gala con botones de oro y vueltas escarlata.

Los salones de recepción estaban en el primer piso, pasado un vestíbulo con las paredes cubiertas de colgaduras y que cerraban unos portiers. Dos lacayos dormitaban en sus asientos. Uno de ellos se hizo cargo del gabán de Duroy y el otro le cogió el bastón, abrió una puerta, se adelantó unos cuantos pasos al visitante y luego se apartó para cederle el paso, voceando su nombre en una estancia vacía. El joven, apurado, miraba para todos lados cuando divisó en un espejo a unas personas sentadas y que parecían hallarse a gran distancia. Se equivocó al principio de dirección porque el espejo le engañó la vista; cruzó luego otros dos salones vacíos para llegar a una especie de gabinetito tapizado de seda azul con ranúnculos donde cuatro señoras charlaban a media voz alrededor de una mesa redonda donde había tazas de té.

Pese al aplomo que había adquirido al vivir en París y, sobre todo, por su oficio de reportero, que lo obligaba continuamente a tratarse con personas relevantes, Duroy se notaba algo intimidado ante la teatralidad de la entrada y la travesía por los salones desiertos.

Balbució: «Señora, me he permitido...», mientras buscaba con la vista a la señora de la casa.

Esta le tendió la mano, que él tomó con una inclinación, y, tras decirle: «Caballero, qué amable ha sido usted al venir a verme», le indicó un asiento donde Duroy cayó, cuando quiso sentarse, porque le había parecido mucho más alto.

Todas las señoras se habían callado. Una rompió de nuevo a hablar. Salió el tema del frío, que se iba intensificando, aunque no lo suficiente para detener la epidemia de tifus ni para que se pudiera patinar. Y todas las demás opinaron sobre aquella aparición de las heladas en París; mencionaron luego sus preferencias por las diferentes estaciones con todos los motivos triviales que andan rodando por las cabezas igual que el polvo por las viviendas.

El leve ruido de una puerta hizo volver la cabeza a Duroy; y divisó, entre dos lunas transparentes, a una señora gruesa que se acercaba. No bien llegó al gabinete, una de las visitantes se levantó, dio la mano a las demás y se marchó; y el joven fue siguiendo con la mirada, por los demás salones, aquella espalda negra donde relucían perlas de jade.

Cuando se calmó el bullicio de aquel cambio de personas, se habló espontáneamente y sin solución de continuidad de los asuntos de Marruecos y de la guerra en Oriente; y también de los apuros de Inglaterra en la otra punta de África.

Las señoras charlaban de todo esto de memoria, como si hubieran estado interpretando una obra de teatro mundana y fiel a los cánones, muchas veces ensayada.

Entró otra señora, una rubita de pelo rizado, ante cuya aparición se ausentó otra, alta, enjuta y de mediana edad.

Y hablaron de las oportunidades que tenía el señor Linet para ingresar en la Academia. La recién llegada tenía la firme opinión de que lo derrotaría el señor Cabanon-Lebas, el autor de la hermosa adaptación francesa para los escenarios y en verso del *Quijote*.

–¡Ya saben que la pondrán el invierno que viene en L'Odéon!

–¿De verdad? Desde luego que iré a ver ese intento tan literario.

La señora Walter contestaba con encanto, sosiego e indiferencia, sin vacilar nunca en lo que debía decir; tenía siempre una opinión preparada de antemano.

Se dio cuenta, en estas, de que estaba cayendo la tarde y llamó para que trajeran luces, sin dejar de atender a la charla, que fluía como un arroyo de melaza, al tiempo que se acordaba de que se le había olvidado ir a encargar las tarjetas de invitación de la cena siguiente.

Estaba algo gruesa y era hermosa aún en esa edad peligrosa en que se acerca la debacle. Se conservaba a fuerza de cuidados, de precauciones, de higiene y de cosméticos. Parecía sensata en todo, moderada y circunspecta, una de esas mujeres cuyo pensamiento tiene el trazado de un jardín francés. Pasear por él no aporta sorpresas, al tiempo que se le ve cierto encanto. Tenía sentido común, un sentido común agudo, discreto y atinado que le hacía las veces de fantasía; bondad; abnegación; y una benevolencia sosegada y amplia, en la que todo y todo el mundo hallaba cabida.

Se fijó en que Duroy no había dicho nada, nadie le había dirigido la palabra y parecía un tanto cohibido; y, como las señoras seguían con el tema de la Academia, que era su preferido y al que siempre dedicaban mucho rato, preguntó:

–Y usted, que debe de estar mejor informado que nadie, señor Duroy, ¿por quién se inclina?

Él contestó sin titubear.

–En este asunto, señora, nunca tomaría en cuenta el mérito, siempre discutible, de los candidatos, sino la edad y el estado de salud. No les preguntaría por los títulos que tengan, sino por las enfermedades que padezcan. No investigaría si han traducido en verso a Lope de Vega, pero me informaría muy mucho de en qué estado tienen el hígado, el corazón, los riñones y la médula espinal. A mí una buena hipertrofia, una buena albuminuria y, sobre todo, un buen comienzo de ataxia locomotora me parecerían cien veces más importantes que cuarenta tomos de digresiones acerca del concepto de la patria en la poesía berberisca.

Tras aquella opinión vino un silencio asombrado.

La señora Walter, sonriente, preguntó:

–¿Y eso por qué?

Duroy contestó:

–Porque nunca pienso sino en el placer que algo puede proporcionar a las damas. Ahora bien, señora, la Academia no les interesa a ustedes de verdad más que cuando fallece un académico. Cuantos más fallezcan, más felices deben ustedes de ser. Pero, para que se mueran deprisa, hay que elegir a los viejos y enfermos.

Y, como la sorpresa perduraba, añadió:

–Por lo demás, soy igual que ustedes. Me agrada mucho leer en los ecos de sociedad de París que ha fallecido un académico. Me pregunto en el acto: «¿Quién va a ocupar su puesto?». Y me hago una lista. Es un juego, un jueguecito amable al que se juega en todos los salones parisinos cada que vez que muere un inmortal: «El juego de la muerte y de los cuarenta ancianos».

Las señoras seguían un tanto desconcertadas, pero empezaban a sonreír al ver lo atinado que era el comentario.

Duroy concluyó, mientras se ponía de pie:

–Ustedes los nombran, señoras, y solo los nombran para verlos morir. Así que escójanlos viejos, muy viejos, lo más viejos que sea posible, y no piensen nunca en lo demás.

Luego se fue con mucho donaire.

No bien se hubo marchado, una de las señoras afirmó:

–Tiene gracia ese muchacho. ¿Quién es?

La señora Walter contestó:

–Uno de nuestros redactores, que en el periódico lleva aún las labores menudas; pero no me cabe duda de que triunfará deprisa.

Duroy iba bulevar de Malesherbes abajo alegremente, a paso de baile, contento de su ocurrencia y susurrando: «Buen comienzo».

Esa noche se reconcilió con Rachel.

La semana siguiente le aportó dos acontecimientos. Lo nombraron jefe de la sección de ecos de sociedad y lo invitó a cenar la señora Walter. Vio enseguida una relación entre las dos novedades.

La Vie Française era ante todo un diario del dinero: el dueño era un hombre adinerado a quien la prensa y el cargo de diputado habían servido de palanca. Convirtiendo en arma la campechanía, siempre había maniobrado tras una careta sonriente de buen hombre, pero para acometer sus empresas, cualesquiera que fueren, no empleaba sino a personas a quienes ya había sopesado, probado y visto venir, a quienes hubiera notado retorcidas, audaces y dúctiles. Duroy, convertido en jefe de la sección de ecos, le parecía un muchacho valiosísimo.

Este trabajo lo había desempeñado hasta entonces el jefe de redacción adjunto, el señor Boisrenard, un periodista veterano, correcto, puntual y meticuloso como un oficinista. En treinta años había sido jefe de redacción adjunto de once diarios diferentes sin alterar en nada ni su forma de proceder ni su forma de ver las cosas. Pasaba de una redacción a otra como quien cambia de restaurante, dándose apenas cuenta de que los guisos no sabían exactamente igual. Las opiniones políticas y religiosas le eran ajenas. Se entregaba en cuerpo y alma al periódico, fuere el que fuere, experto en su cometido y muy valioso por su experiencia. Trabajaba como un ciego que nada ve, como un sordo que nada oye y como un mudo que nunca habla de nada. Era no obstante de gran lealtad profesional y no se habría prestado a nada que no le hubiera parecido honrado, leal y correcto desde el punto de vista particular de su oficio.

El señor Walter, quien no obstante le tenía aprecio, había deseado con frecuencia un hombre diferente para dejar en sus manos los ecos de sociedad, que son, como decía él, la médula del periódico. Con los ecos se lanzan las noticias, se hacen correr los rumores, se influye en el público y en la renta. Hay que saber soltar con disimulo entre dos veladas mundanas, como quien no quiere la cosa, el hecho importante, más insinuado que formulado. Es preciso dejar intuir con sobrentendidos lo que uno quiera, desmentir de forma tal que el rumor se afiance, o afirmar de forma tal que nadie se crea aquello que se está anunciando. En los ecos todo el mundo tiene que dar a diario al menos con una línea que le resulte interesante, para que todo el mundo los lea. Hay que tener en cuenta todo y a todos, todos los ambientes, todas las profesiones, París y provincias, al ejército y a los pintores, al clero y a la universidad, a los magistrados y a las cortesanas.

El hombre que dirija la sección y tenga a su mando al batallón de reporteros debe estar siempre alerta, siempre con la guardia alta, y ser desconfiado, previsor, astuto, ágil y dúctil; debe ir armado con todas las malicias y poseer un olfato infalible para descubrir la noticia falsa a la primera ojeada, para calibrar qué es conveniente decir y qué es conveniente ocultar, para intuir qué interesará al público; y ha de saber presentarlo de forma tal que el efecto se multiplique.

El señor Boisrenard, quien tenía a su favor una prolongada práctica, carecía de maestría y de estilo; carecía sobre todo de la picardía innata que se necesita para adelantarse a diario a lo que piensa el jefe.

Duroy no podía por menos de encajar en ese puesto a la perfección; y era el complemento ideal para aquel diario «que surcaba los fondos del Estado y los bajos fondos de la política», en palabras de Norbert de Varenne.

Los inspiradores y los auténticos redactores de *La Vie Françai-*

se eran media docena de diputados que tenían intereses en todas las especulaciones que organizaba o apoyaba el director. En la Cámara, los llamaban «la banda de Walter», y los envidiaban porque debían de ganar dinero con él y por mediación de él.

Forestier, el redactor de política, no era sino el hombre de paja de aquellos hombres de negocios, el ejecutor de las intenciones que ellos le sugerían. Le soplaban al oído los artículos de fondo, que siempre escribía en su casa para estar tranquilo, así decía.

Pero, para darle al periódico un porte literario y parisino, tenían contratados a dos escritores famosos con estilos diferentes: Jacques Rival, cronista de actualidad, y Norbert de Varenne, poeta y cronista fantasioso, o más bien narrador de la nueva escuela.

Habían conseguido luego por poco dinero a unos cuantos críticos de arte, de pintura, de música, de teatro, un redactor criminalista y un redactor hípico de entre la extensa tribu mercenaria de los escritores para todo. Dos mujeres de la buena sociedad, «Dominó Rosa» y «Santo y Seña», enviaban variedades mundanas y se ocupaban de las cuestiones de moda, vida elegante, etiqueta y modales, y cometían indiscreciones en lo referido a damas de alta cuna.

Y todas esas manos diferentes iban al timón de *La Vie Française* para que «surcase los fondos y los bajos fondos».

Duroy estaba entregado por completo a la alegría de su nombramiento de director de los ecos cuando le llegó una tarjeta grabada en la que leyó: «El señor Walter y señora ruegan al señor Georges Duroy que tenga a bien cenar en su casa el jueves 20 de enero».

Aquella nueva señal de privanza, que llegaba tras la otra, lo colmó de alegría tal que besó la invitación como si fuera una carta de amor. Luego se fue a ver al cajero para hablar de la trascendental cuestión de los fondos.

Un jefe de la sección de ecos tiene por lo general un presupuesto propio con el que paga a los reporteros y las noticias, buenas o mediocres, que traen estos, de la misma forma que los jardineros llevan lo que cultivan a un proveedor de frutas y hortalizas tempranas.

De entrada, Duroy podía disponer de mil doscientos francos mensuales, con buena parte de los cuales pensaba quedarse.

Tan apremiantes cargos le hizo al cajero que este acabó por adelantarle cuatrocientos francos. Al principio tuvo la intención formal de enviar a la señora de Marelle los doscientos ochenta francos que le debía, pero cayó en la cuenta casi en el acto de que no le quedarían ya sino ciento veinte, cantidad insuficiente por completo para que funcionara de forma adecuada su nuevo departamento; y pospuso la devolución a fechas más lejanas.

Estuvo dos días acomodándose, porque le había correspondido la herencia de una mesa personal y una taquilla para la correspondencia en la amplia estancia que compartían todos los redactores. Se hallaba en una punta de dicha estancia, mientras que Boisrenard, quien pese a la edad tenía el pelo de la negrura del ébano, constantemente inclinado sobre algún papel, se hallaba en la punta opuesta.

La larga mesa del centro era de los redactores volantes. Solía servir de banco para sentarse, bien con las piernas colgando por el filo bien a lo moro, en el centro. A veces había hasta cinco o seis, así sentados en aquella mesa, y jugando al boliche con perseverancia en la postura de las estatuillas chinas.

Duroy había acabado por aficionarse a este entretenimiento y empezaba a destacar en él bajo la dirección y gracias a los consejos de Saint-Potin.

Forestier, cada vez más enfermo, le había dejado su precioso boliche de madera de las Antillas, el último que había comprado, y que le parecía que pesaba demasiado; y Duroy manejaba con brazo vigoroso la gruesa bola negra en el extremo de su cordel, contando por lo bajo: «Uno, dos, tres, cuatro, cinco, seis».

Llegó precisamente a veinte aciertos seguidos el mismo día que tenía que ir a cenar a casa de la señora Walter. «Un día bueno –pensó–. Estoy triunfando en todo.» Porque darse buena maña con el boliche otorgaba efectivamente, en las oficinas de *La Vie Française,* algo que se asemejaba a la superioridad.

Salió temprano de la redacción para que le diera tiempo a vestirse e iba calle de Londres arriba cuando vio que caminaba a pasos cortos, delante de él, un mujer menuda que tenía el mismo porte de la señora de Marelle. Notó que le ardía la cara y empezó a latirle con fuerza el corazón. Cruzó la calle para verla de perfil. Ella también se detuvo para cruzar. Se había equivocado; recobró la respiración.

Con frecuencia se había preguntado cómo debería comportarse si se la encontraba cara a cara. ¿La saludaría o haría como que no la veía? «No la vería», pensó.

Hacía frío; por la calle, en el arroyo, persistían taponamientos de hielo. Las aceras estaban secas y grises a la luz del gas.

Al llegar el joven a su casa, pensó: «Tengo que cambiar de domicilio. Este ya no me basta». Se notaba nervioso y alegre, capaz de correr por los tejados, y repetía en voz alta, yendo de la cama a la ventana: «¡Llega la fortuna! ¡Ya llega! Tendré que escribir a papá».

Escribía a su padre de vez en cuando; y la carta llevaba siempre una alegría intensa a la tabernita normanda, a la orilla de la carretera, en la parte de arriba de la empinada cuesta desde la que se dominan Ruán y el ancho valle del Sena.

También de vez en cuando recibía un sobre azul cuyas señas iban escritas con letra grande y temblona; y leía infaliblemente las mismas líneas en el comienzo de la carta paterna:

> Mi querido hijo:
>
> La presente es para decirte que tu madre y yo estamos bien. Por aquí no tenemos novedades. Aunque te diré que...

Duroy seguía sintiendo un interés afectuoso e íntimo por las cosas del pueblo, por las noticias de los vecinos y por el estado de las tierras y las cosechas.

Se repetía, haciéndose el lazo de la corbata blanca delante del espejito: «Tengo que escribir a papá mañana mismo. ¡Si me viera el pobre viejo esta noche en la casa adonde voy, lo pasmado que se quedaría! Caray, dentro de un rato voy a cenar como no ha cenado él en la vida». Y volvió a ver de repente la cocina negra detrás del local vacío del café; las cazuelas lanzando resplandores amarillos por las paredes; el gato en la chimenea, apuntando con el hocico hacia el fuego, con esa postura suya de quimera echada; la mesa de madera que habían empapado de grasa el tiempo y los líquidos vertidos; una sopera humeante en el centro; y una vela encendida entre los dos platos. Y vio también al hombre y a la mujer, al padre y a la madre, a los dos aldeanos de ademanes despaciosos, que tomaban la sopa a sorbitos. Conocía las más mínimas arrugas de aquellas caras viejas, los más mínimos gestos de los brazos y de la cabeza. Sabía incluso lo que se decían todas las noches mientras cenaban cara a cara.

Volvió a pensar: «Si es que tengo que ir a verlos de una vez». Pero, como ya había acabado de arreglarse, apagó la vela de un soplo y bajó.

A lo largo del paseo de ronda, se le arrimaron algunas mujeres. Les contestaba, soltándose el brazo: «¡A ver si me dejáis en paz!», con un desdén virulento, como si lo hubiesen insultado y hecho de menos... ¿Por quién lo tomaban? ¿Es que aquellas peripatéticas no sabían distinguir a los hombres? Llevar un frac negro para ir a cenar a casa de personas muy ricas, muy conocidas, muy importantes, le daba la impresión de que tenía una personalidad nueva y la conciencia de haberse convertido en otro hombre, en un hombre de mundo, del mundo de verdad.

Entró con aplomo en el vestíbulo, que iluminaban los elevados candelabros de bronce, y entregó con ademán espontáneo el bastón y el gabán a los dos lacayos que se le acercaron.

Todos los salones estaban iluminados. La señora Walter recibía en el segundo, que era el mayor. Le dio la bienvenida con una sonrisa encantadora; y Duroy intercambió un apretón de manos con los hombres que habían llegado antes que él, el señor Firmin y el señor Laroche-Mathieu, diputados y redactores anónimos de *La Vie Française.* El señor Laroche-Mathieu tenía en el diario una autoridad especial que le venía de la gran influencia de que gozaba en la Cámara. Nadie dudaba de que un día sería ministro.

Luego llegaron los Forestier; la señora iba de rosa y estaba arrebatadora. Duroy se quedó estupefacto al ver qué trato íntimo tenía con los dos representantes de la nación. Estuvo más de cinco minutos charlando por lo bajo junto a la chimenea con el señor Laroche-Mathieu. Charles parecía extenuado. Había adelgazado mucho en el último mes y tosía continuamente, al tiempo que repetía: «Tendría que decidirme a ir a pasar el final del invierno en el sur».

Norbert de Varenne y Jacques Rival llegaron juntos. Luego, tras abrirse una puerta al fondo de la estancia, entró el señor Walter con dos jovencitas de entre dieciséis y dieciocho años, una fea y otra bonita.

Aunque Duroy sabía que el dueño era padre de familia, se quedó asombrado. Nunca había pensado en las hijas de su director más que de la misma forma en que soñamos con esas comarcas lejanas que nunca veremos. Y además se las había imaginado muy pequeñas y estaba viendo a unas mujeres. Notaba la leve alteración espiritual que causa un cambio a la vista.

Ambas le tendieron la mano por turno cuando se las presentaron y fueron a sentarse a una mesita que estaba seguramente reservada para ellas, donde se pusieron a revolver en un montón de bobinas de seda que había en un cestillo.

Todavía faltaba alguien por llegar y todo el mundo callaba, con esa especie de apuro que antecede a las cenas en que coinciden, tras ocupaciones cotidianas diferentes, personas que no pertenecen al mismo ambiente anímico. Duroy, al no tener nada que hacer, alzó la mirada hacia la pared y el señor Walter le dijo desde lejos, con un deseo visible de alardear de sus bienes:

–¿Está admirando *mis* cuadros? –Aquel *mis* retumbó–. Se los voy a enseñar. –Y cogió una lámpara para que se vieran bien todos los detalles–. Aquí los paisajes –dijo.

En el centro del entrepaño había un lienzo grande de Guillemet, una playa normanda bajo un cielo anaranjado. Debajo, un bosque de Harpignies; luego, una llanura argelina de Guillaumet, con un camello en el horizonte, un camello grande de patas muy altas, que semejaba un monumento extraño.

El señor Walter pasó a la pared vecina y anunció con entonación seria, igual que un maestro de ceremonias: «La gran pintura». Eran cuatro cuadros. *Visita al hospital,* de Gervex; una *Segadora,* de Bastien-Lepage; una *Viuda,* de Bouguereau; y una *Ejecución,* de Jean-Paul Laurens. Esta última obra representaba a un sacerdote de Vendea al que un destacamento de soldados republicanos fusilaba contra la pared de su iglesia.

Al dueño le pasó por la cara seria una sonrisa al señalar el entrepaño siguiente: «Aquí los fantasiosos». Lo primero que se veía era un cuadro pequeño de Jean Béraud llamado: *Arriba y abajo.* Representaba a una bonita parisina subiendo la escalerilla de un tranvía en marcha. Le asomaba la cara al nivel de la imperial y los caballeros sentados en los bancos descubrían con ávida satisfacción el joven rostro que se les acercaba mientras los hombres que estaban de pie en la plataforma le miraban a la joven las piernas con expresión de chasco y codicia.

El señor Walter estiraba el brazo para alzar la lámpara y repetía, con risa pícara:

–¿Eh? ¿A que tiene gracia? ¿A que tiene gracia?

Luego iluminó: *Salvamento* de Lambert.

En el centro de una mesa a medio recoger, un gato joven, sentado en los cuartos traseros, miraba con asombro y perplejidad una mosca que se ahogaba en un vaso de agua. Tenía una pata en alto, lista para coger el insecto de un zarpazo rápido. Pero no estaba decidido del todo. Se lo estaba pensando. ¿Qué haría por fin?

El dueño mostró luego un Bataille: *La clase,* en que aparecía un soldado en el cuartel enseñando a un caniche a tocar el tambor. Y dijo: «¡Este sí que es ingenioso!».

Duroy reía con risa de aprobación y decía con embeleso:

–Qué encantador, qué encantador, enc...

Calló en seco al oír a su espalda la voz de la señora de Marelle, que acababa de entrar.

El dueño seguía iluminando los cuadros y explicándolos.

Estaba enseñando ahora una acuarela de Maurice Leloir: *El obstáculo.* Había una silla de manos detenida porque la calle la tenía cortada una pelea entre dos hombres del pueblo, dos mocetones que luchaban como hércules. Y se veía asomar por la ventanilla un rostro de mujer delicioso que miraba... que miraba... sin impaciencia, sin temor y con cierta admiración por el combate de aquellos salvajes.

El señor Walter seguía diciendo:

–Tengo más en las habitaciones siguientes, pero son de personas menos conocidas, menos situadas. Este salón es para mí lo que el Salón Cuadrado al Louvre. Ahora mismo compro cuadros de pintores jóvenes, jovencísimos, y los tengo en reserva en las habitaciones íntimas, a la espera de que sus autores se hagan famosos. –Luego añadió en voz muy baja–: Es buen momento para comprar cuadros. Los pintores se están muriendo de hambre. No tienen ni un céntimo, ni un céntimo...

Pero Duroy no veía nada y oía sin entender qué le decían. Tenía detrás de él a la señora de Marelle. ¿Qué debía hacer? Si la saludaba, ¿acaso no le volvería la espalda o le soltaría alguna insolencia? Si no se le acercaba, ¿qué iban a pensar los demás?

Se dijo: «De momento voy a ganar tiempo». Estaba tan alterado que por un instante se le ocurrió la idea de fingir una indisposición súbita que le permitiera marcharse.

Ya habían terminado de recorrer las paredes. El dueño fue a dejar la lámpara y a saludar a la recién llegada mientras Duroy volvía a contemplar él solo los cuadros como si no se cansara de admirarlos.

Tenía la cabeza trastornada. ¿Qué debía hacer? Oía las voces, notaba que había una conversación. La señora Forestier lo llamó:

–Oiga, señor Duroy.

Acudió a su lado. Quería recomendarle a una amiga que daba una fiesta y a quien le gustaría salir en los ecos de sociedad de *La Vie Française*.

Balbució:

–Por descontado, por descontado...

Ahora tenía muy cerca a la señora de Marelle. No se atrevía a volverse para irse. De repente, pensó que se había vuelto loco; ella había dicho en voz alta:

–¿Cómo está, Buen Amigo? ¿Es que ya no me conoce?

Dio media vuelta a toda prisa. La señora de Marelle estaba de pie ante él, sonriente, con mirada rebosante de buen humor y de afecto. Y le alargó la mano.

Él la cogió, trémulo, temiendo aún alguna treta, alguna perfidia. Ella añadió muy serena:

–¿Qué es de su vida? Ya no se lo ve por ninguna parte.

Duroy tartamudeaba sin conseguir recuperar la sangre fría:

–He andado con mucho que hacer, señora de Marelle, con mucho que hacer. El señor Walter me ha encargado una tarea nueva que me tiene ocupadísimo.

La señora de Marelle, sin dejar de mirarlo de frente y sin que él pudiera verle en la mirada nada que no fuera benignidad, dijo:

–Estoy enterada. Pero no es una razón para que se olvide de sus amigos.

Los separó una señora gruesa que entraba en aquel momento, una señora gruesa y escotada de brazos encarnados, de mejillas encarnadas, vestida y peinada de forma pretenciosa y que andaba con tanta reciedumbre que, al verla, se le notaba el peso y el grosor de los muslos.

Como todo el mundo parecía tratarla con mucha consideración, Duroy le preguntó a la señora Forestier:

–¿Quién es esa señora?

–La vizcondesa de Percemur; esa que firma «Santo y Seña».

Se quedó estupefacto y con ganas de echarse a reír:

–¡Santo y Seña! ¡Santo y Seña! ¡Y yo que en mi cabeza veía una mujer joven como usted! ¿Y esa es «Santo y Seña»? ¡Ay, menuda guasa, menuda guasa!

Apareció un criado en la puerta y anunció:

–La señora está servida.

La cena fue trivial y alegre, una de esas cenas en que se habla de todo sin decir nada. Duroy estaba sentado entre la hija mayor del dueño, la fea, la señorita Rose, y la señora de Marelle. Esto último lo tenía un tanto violento, aunque aparentase estar muy a gusto y conversase con su ingenio habitual. Al principio se sintió cohibido, titubeante, como un músico que hubiera perdido el diapasón. Poco a poco, no obstante, le volvía el aplomo y los ojos de ambos, al encontrarse continuamente, se hacían preguntas, mezclaban las miradas de forma íntima, casi sensual, como antes.

De pronto, Duroy creyó notar bajo la mesa que algo le rozaba el pie. Adelantó despacio la pierna, que topó con la de su vecina de mesa, que no retrocedió ante aquel contacto. En aquel momento no estaban hablando, pues ambos miraban a sus vecinos del otro lado.

Duroy, con el corazón palpitante, adelantó algo más la rodilla. Le respondió una leve presión. Entonces cayó en la cuenta de que sus amores iban a reiniciarse.

¿Qué dijeron luego? Poca cosa; pero cada vez que se miraban les temblaban los labios.

Entretanto, el joven, que quería ser amable con la hija de su jefe, le dirigía la palabra de vez en cuando. Ella contestaba como habría contestado su madre, sin titubear jamás acerca de lo que debía decir.

A la derecha del señor Walter, la vizcondesa de Percemur adoptaba modales de princesa; y Duroy, a quien ponía de buen humor mirarla, le preguntó por lo bajo a la señora de Marelle.

–¿Conoce a la otra, a la que firma «Dominó Rosa»?

–Ya lo creo. ¡Es la baronesa de Livar!

–¿Y es de la misma cosecha?

–No. Pero es igual de graciosa. Alta, reseca, sesenta años, rizos postizos, dientes de caballo, mentalidad de tiempos de la Restauración y vestidos de la misma época.

–¿De dónde han sacado a esos fenómenos de las letras?

–Los restos del naufragio de la nobleza los recogen siempre los burgueses advenedizos.

–¿No hay ninguna otra razón?

–Ninguna.

Comenzó luego una charla política entre el dueño, los dos diputados, Norbert de Varenne y Jacques Rival; y duró hasta el postre.

Cuando hubieron regresado al salón, Duroy se acercó de nuevo a la señora de Marelle y le preguntó, mirándola de frente y a los ojos:

–¿Quiere que la acompañe a casa esta noche?

–No.

–¿Por qué?

–Porque el señor Laroche-Mathieu, que es vecino mío, me deja en mi casa siempre que ceno aquí.

–¿Cuándo la veré?

–Venga mañana a comer conmigo.

Y se separaron sin decir nada más.

Duroy no se quedó hasta tarde porque la velada le pareció monótona. Cuando bajaba por las escaleras, lo alcanzó Robert de Varenne, que se marchaba también. El anciano poeta lo cogió del brazo. Como ya no tenía que temer rivalidad alguna en el periódico, pues sus colaboraciones eran esencialmente diferentes, ahora tenía con el joven una benevolencia de abuelo.

–¿Qué? ¿Va a hacerme compañía un trecho de camino?

Duroy contestó:

–Será un placer, mi querido maestro.

Y echaron a andar, bulevar Malesherbes abajo.

París estaba casi desierto aquella noche, una noche fría, una de esas noches que parecen más anchurosas que las demás, que las estrellas están más altas, que el aire parece traer en su hálito helado algo que llega de más allá de los astros.

Los dos hombres no hablaron al principio. Luego dijo Duroy, por decir algo:

–Ese Laroche-Mathieu parece muy inteligente y muy culto.

El anciano poeta mascculló:

–¿Usted cree?

El joven, sorprendido, vacilaba:

–Sí... Por lo demás tiene fama de ser uno de los hombres más capaces de la Cámara.

–Es posible. En el reino de los ciegos, el tuerto es rey. Mire, toda esa gente es mediocre porque tiene las ideas emparedadas entre el dinero y la política. Son unos patanes, mi querido amigo, con quienes no se puede hablar de nada, de nada de lo que nos gusta a nosotros. El fondo de su inteligencia es de cieno, o más bien es un albañal, como el Sena en Asnières.

»¡Ay, qué difícil es dar con un hombre que tenga el pensamiento despejado, que le dé a uno la sensación de esos fuertes soplos que vienen de mar abierto y se respiran en las costas! Conocía a algunos y ya han muerto.

Norbert de Varenne hablaba con voz clara, pero contenida, que habría retumbado en el silencio de la noche si le hubiera dado rienda suelta. Parecía exaltado y triste, con una de esas tristezas que le sobrevienen al alma y la vuelven vibrante como la tierra bajo la helada.

Siguió diciendo:

–Por lo demás, ¿qué más da un poco más o un poco menos de genialidad si todo debe concluir?

Y calló. Duroy, que se notaba el corazón alegre aquella noche, dijo, sonriente:

–Hoy lo ve todo muy negro, mi querido maestro.

El poeta contestó:

–Siempre lo veo así, hijo mío, y a usted le pasará lo mismo que a mí dentro de unos años. La vida es una cuesta. Mientras la subimos, miramos la cima y nos sentimos dichosos; pero, al llegar arriba, vemos de pronto la bajada, y el final, que es la muerte. Vamos despacio al subir; pero deprisa al bajar. A la edad de usted, está uno alegre. Se esperan tantas cosas, que por lo demás no llegan nunca. A la mía ya no espera uno nada... solo la muerte.

Duroy se echó a reír:

–Caramba, hace usted que me corra un escalofrío por la espalda.

Norbert de Varenne siguió diciendo:

–No, hoy no me entiende, pero se acordará más adelante de lo que le estoy diciendo ahora mismo.

»¿Sabe? Llega un día, y a muchos les tarda muy poco en llegar, en que se acabó la diversión, como suele decirse, porque detrás de todo cuanto miras lo que divisas es la muerte.

»Ah, usted esa palabra, la muerte, ni la entiende. A su edad no significa nada. A la mía, es terrible.

»Sí, la entiendes de repente, sin saber ni por qué ni en relación con qué; y entonces cambia el aspecto de todo en la vida. Yo hace quince años que noto cómo me socava, como si llevase dentro un roedor. He ido notando poco a poco, mes a mes, hora a hora, cómo me deterioraba, igual que una casa que se hunde. Me ha desfigurado tanto que ya no me reconozco. No me queda nada de mí, de mí, de aquel hombre radiante, rozagante y fuerte que era a los treinta años. He visto cómo me teñía de blanco el pelo negro. ¡Y con qué lentitud sabia y perversa! Me robó la piel firme, los músculos, los dientes, todo mi cuerpo de antaño, dejándome nada más un alma desesperada que no tardará en robarme también.

»Sí, me ha convertido en migajas, la muy zorra, ha llevado a cabo a la chita callando y de forma espantosa la prolongada destrucción de mi ser, segundo a segundo. Y ahora me siento morir en todo cuanto hago. Cada paso que doy me acerca a ella, todos los gestos, todos los alientos apresuran su odiosa labor. Respirar, dormir, beber, comer, trabajar, soñar, todo cuanto hacemos es morir. ¡Vivir es morir, en fin de cuentas!

»¡Ah, ya se enterará usted! Solo con que se parase a pensar un cuarto de hora, la vería.

»¿Qué espera? ¿Amor? Unos pocos besos más y ya será usted impotente.

»¿Y qué más? ¿Dinero? ¿Para qué? ¿Para pagar a las mujeres? ¡Bonita dicha! ¿Para comer mucho, engordar y pasar noches enteras gritando con los mordiscos de la gota?

»¿Y qué más? ¿La fama? ¿Para qué sirve cuando ya no se puede cosechar en forma de amor?

»¿Y qué más? Siempre la muerte, al final.

»A mí, ahora que la veo tan de cerca, me entran con frecuencia ganas de extender los brazos para rechazarla. Cubre la tierra y colma el espacio. La descubro en todas partes. Los animalitos aplastados en las carreteras, las hojas que caen, el pelo blanco que le veo en la barba a un amigo me destrozan el corazón y me gritan: "¡Ahí está!".

»¡Me estropea cuanto hago, cuanto veo, cuanto como y cuanto bebo, cuanto amo, los claros de luna, los amaneceres, el mar abierto, los ríos hermosos y el aire de los atardeceres de verano, tan dulce de respirar!

Caminaba despacio, algo jadeante, pensando en voz alta, casi olvidado de que alguien lo oía.

Siguió diciendo:

–Y un ser vivo no vuelve nunca, nunca... Conservamos los moldes de las estatuas, las huellas que hacen una y otra vez objetos semejantes; pero mi cuerpo, mi rostro, mis pensamientos, mis deseos no volverán a surgir nunca más. Y, no obstante, nacerán millones, miles de millones de seres que tendrán en pocos centímetros cuadrados nariz, ojos, frente, mejillas y boca, como yo, y también alma, como yo, sin que yo vuelva nunca, sin que nunca vuelva a aparecer siquiera algo mío reconocible en esas criaturas incontables y diferentes, indefinidamente diferentes aunque más o menos parecidas.

»¿A qué aferrarnos? ¿A quién lanzarle gritos de desamparo? ¿En qué podemos creer?

»Todas las religiones son estúpidas, con su ética pueril y sus promesas egoístas, monstruosamente necias.

»Solo la muerte es segura.

Se detuvo, agarró a Duroy por las solapas del gabán y le dijo con voz lenta:

–Piense en todo esto, joven, piense en ello días, meses y años y verá la existencia de otra manera. Así que intente desprenderse de todo lo que lo tiene encerrado, haga ese esfuerzo sobrehumano de salir vivo de su cuerpo, de sus intereses, de sus pensamientos y de la humanidad entera para mirar hacia otro sitio y entonces se dará cuenta de qué poca importancia tienen las disputas de los románticos y los naturalistas y la discusión del presupuesto.

Volvió a echar a andar con paso rápido.

–Pero también notará el espantoso desvalimiento de los desesperados. Forcejeará, desatinado, ahogado, entre incertidumbres. Pedirá ayuda a voces por todas partes y nadie le contestará. Tenderá los brazos, llamará para que lo socorran, lo quieran, lo consuelen y lo salven; y no acudirá nadie.

»¿Por qué padecemos así? Porque, seguramente, nacimos para vivir más según la materia y menos según el pensamiento; pero, a fuerza de pensar, apareció una desproporción entre el estado de nuestra inteligencia, incrementada, y las condiciones inmutables de nuestra vida.

»Fíjese en las personas mediocres: a menos que se les vengan encima grandes desastres, se sienten satisfechas y no padecen con la desdicha común. Tampoco los animales sienten estas cosas.

Volvió a detenerse, estuvo unos cuantos segundos pensando y dijo luego, con expresión exhausta y resignada:

–Yo soy un ser perdido. No tengo ni padre, ni madre, ni hermanos, ni hermanas, ni mujer, ni hijos, ni Dios.

Añadió, tras un silencio:

–Solo tengo la rima.

Luego, alzando la cabeza hacia el firmamento, donde lucía la faz pálida de la luna llena, declamó:

Negro y vacío el cielo, solo un lívido astro;
y le pido la clave de este espinoso arcano.

Estaban llegando al puente de La Concorde; lo cruzaron en silencio, fueron luego siguiendo el Palais-Bourbon. Norbert de Varennes habló de nuevo:

–Cásese, amigo mío, no sabe lo que es vivir solo a mi edad. Ahora la soledad me colma de una angustia terrible; la soledad en el hogar, junto al fuego, por las noches. Me parece entonces que estoy solo en la tierra, espantosamente solo, pero que me rodean unos peligros inconcretos, cosas desconocidas y terribles, y el tabique que me separa de mi vecino, a quien no conozco, me aleja de él tanto como de las estrellas que diviso por la ventana. Me invade algo semejante a la fiebre, una fiebre de dolor y de temor; y el silencio de las paredes me espanta. Es tan hondo y tan triste ese silencio del cuarto en que uno vive solo. No es únicamente un silencio que rodea el cuerpo, sino un silencio que rodea al alma; y cuando cruje un mueble, se nos sobresalta hasta el corazón, porque no esperamos ruido alguno en esa taciturna morada.

Calló una vez más y, luego, añadió:

–¡Cuando te haces viejo, no deja de ser bueno tener hijos!

Habían llegado a la mitad de la calle de Bourgogne. El poeta se detuvo delante de un edificio alto, llamó, le dio la mano a Duroy y le dijo:

–Olvídese de toda esta machaconería de viejo, joven, y viva como manda su edad. ¡Adiós!

Y se perdió por el pasillo oscuro.

Duroy echó a andar con el corazón en un puño. Le parecía que acababan de mostrarle un agujero lleno de osamentas, un agujero inevitable donde tendría que caer un día. Susurró: «Caramba, poco alegre debe de ser esa casa suya. ¡Por Dios que no querría yo una butaca de entresuelo para presenciar cómo desfilan sus ideas!».

Pero, al pararse para ceder el paso a una mujer perfumada que bajaba de un coche y entraba en su casa, aspiró una bocanada honda y ávida del aroma a verbena y lirio azul que flotaba por el aire. Le palpitaron de pronto de esperanza y alegría los pulmones y el corazón; y el recuerdo de la señora de Marelle, a quien iba a volver a ver al día siguiente, se adueñó de él de pies a cabeza.

Todo le sonreía, la vida lo acogía con ternura. Qué cosa más buena es que se cumplan las esperanzas.

Se quedó dormido en plena embriaguez y se levantó temprano para dar una vuelta a pie por la avenida de Le Bois-de-Boulogne antes de acudir a la cita.

El viento se había calmado, había subido la temperatura en el transcurso de la noche, el tiempo estaba templado y hacía un sol de abril. Todos los que solían pasear por el bosque de Boulogne habían salido a la calle aquella mañana atendiendo a la invitación del cielo claro y suave.

Duroy caminaba despacio, bebiendo el aire liviano y sabroso como una golosina de primavera. Dejó atrás el arco de triunfo de L'Étoile y se adentró por la ancha avenida, del lado opuesto al de los jinetes. Miraba cómo iban al trote o al galope hombres y mujeres, los ricos de la tierra, y ahora apenas si les tenía envidia. De casi todos sabía el nombre, a cuánto ascendía su fortuna y la historia secreta de su vida, pues su tarea lo había convertido en algo así como un almanaque de las celebridades y de los escándalos parisinos.

Pasaban las amazonas, esbeltas y ceñidas en paño oscuro, con ese algo altanero e inabordable que se les ve a muchas mujeres cuando van a caballo; y Duroy se entretenía en decir a media voz, igual que se rezan letanías en una iglesia, los nombres, títulos y prendas personales de los amantes que habían tenido o que se les atribuían; y a veces, incluso, en vez de decir: «Barón de Tanquelet; príncipe de La Tour-Enguerrand», susurraba: «Del territorio de Lesbos: Louise Michot, de Le Vaudeville; Rose de Marquetin, de la Ópera».

Este juego le resultaba muy entretenido, como si estuviera

comprobando, tras las adustas apariencias, la eterna y honda infamia humana y eso lo regocijase, entusiasmase y consolase.

Dijo luego, en voz alta: «¡Panda de hipócritas!», y buscó con la vista a los jinetes de quienes se contaban las historias más tremendas.

Vio a muchos de quienes se sospechaba que hacían trampas en el juego y para quienes, en cualquier caso, los Círculos eran el recurso principal, el único recurso, un recurso turbio en cualquier caso.

De otros, muy conocidos, se sabía sobradamente que solo vivían de las rentas de sus mujeres; y de otros había quien afirmaba que vivían de las rentas de sus queridas. Muchos habían pagado sus deudas (acción que los honraba) sin que nunca hubiera podido adivinar nadie de dónde habían sacado el dinero (misterio muy sospechoso). Vio a financieros cuya inmensa fortuna había nacido de un robo y a quienes recibían en todas partes, en las casas de más rancio abolengo; y luego a hombres tan respetados que los burgueses de medio pelo se descubrían cuando pasaban, pero cuyos apaños descarados en las grandes empresas nacionales no eran ningún misterio para quienes conocían los entresijos sociales.

Todos ellos tenían expresión altanera, un mohín orgulloso en los labios y una mirada insolente, tanto los que llevaban patillas como los que llevaban bigote.

Duroy seguía riéndose y repetía: «Muy bonito, hatajo de bribones, panda de bandidos».

Pero pasó un coche descubierto, bajo y muy airoso, del que tiraban al trote dos esbeltos caballos blancos, con las crines y la cola revoloteando, y que conducía una joven rubia y menuda, una cortesana conocida, detrás de quien iban sentados dos caballerizos. Duroy se detuvo con ganas de saludar y de aplaudir a aquella nueva rica del amor que exhibía audazmente en aquel paseo y a aquella hora, que era la de los aristócratas hipócritas, el lujo ganado valientemente en las sábanas. Quizá notaba de forma imprecisa que ambos tenían algo en común, un lazo innato, que eran de la misma raza, que tenían la misma alma y que triunfarían con procedimientos audaces de igual categoría.

Volvió, caminando aún más despacio, con el corazón caldeado de satisfacción, y llegó algo antes de la hora ante la casa de su examante.

Ella lo recibió brindándole los labios como si nunca hubiera habido ruptura alguna y olvidó incluso por unos instantes la sensata prudencia con que se oponía en su casa a las caricias. Le dijo luego, besándole las puntas rizadas del bigote:

–¿No sabes qué contrariedad me sucede, mi vida? Esperaba una luna de miel estupenda y resulta que mi marido se me presenta aquí para seis semanas; ha cogido un permiso. Pero yo no quiero estar seis semanas sin verte, sobre todo después de nuestra regañina. Y fíjate en cómo he organizado las cosas. El lunes vendrás a pedirme que te dé de cenar; ya le he hablado de ti. Te presentaré.

Duroy titubeaba, algo perplejo, pues aún no se había visto nunca la cara con un hombre con cuya mujer se estuviera acostando. Temía delatarse en algo, cierta tirantez, una mirada, lo que fuera. Balbucía:

–No, prefiero no conocer a tu marido.

Ella insistió, muy extrañada, de pie ante él y abriendo mucho unos ojos ingenuos:

–Pero ¿por qué? ¡Qué cosa más curiosa! ¡Si eso es algo que ocurre todos los días! La verdad es que nunca habría supuesto que fueras tan pánfilo.

Duroy se ofendió:

–Muy bien, vendré a cenar el lunes.

Ella añadió:

–Para que parezca todo de lo más natural, vendrán también los Forestier. Y eso que no me gusta nada recibir en casa.

Duroy no volvió a acordarse de aquella entrevista hasta el lunes; pero hete aquí que, según subía las escaleras de la señora de Marelle, se iba notando curiosamente alterado, no porque tuviera empacho en darle un apretón de manos al marido, en beber su vino y comer su pan, pero tenía miedo de algo, sin saber de qué.

Lo pasaron al salón y allí se quedó esperando, como siempre. Luego se abrió la puerta de la habitación y vio a un hombre alto con barba blanca, condecorado, serio, educado, que se le acercó con meticulosa cortesía.

–Mi mujer me ha hablado mucho de usted, caballero, y estoy encantado de conocerlo.

Duroy dio unos pasos al frente intentando traslucir en la expresión una cordialidad excesiva y estrechó con energía exagerada la mano que le tendía su anfitrión. Luego, tras tomar asiento, no se le ocurrió nada que decir.

El señor de Marelle añadió un leño a la chimenea y preguntó:

–¿Hace mucho que se dedica usted al periodismo?

Duroy contestó:

–Unos meses nada más.

–¡Ah! Ha progresado deprisa.

–Sí, bastante deprisa.

Y Duroy empezó a hablar al azar, sin pensar gran cosa en lo que decía, soltando todas las vulgaridades al uso entre personas que no se conocen. Se iba tranquilizando y la situación empezaba a hacerle mucha gracia. Miraba la cara seria y respetable del señor de Marelle y los labios querían reírse mientras pensaba:

«Te estoy poniendo los cuernos, muchacho, te estoy poniendo los cuernos». Y lo embargaba una satisfacción íntima, viciosa, una alegría de ladrón a quien le ha salido bien el golpe y de quien nadie sospecha, una alegría solapada y deliciosa. De repente le apetecía tener amistad con aquel hombre, ganarse su confianza, conseguir que le contase los secretos de su existencia.

La señora de Marelle entró de sopetón y, tras abarcarlos con una ojeada sonriente e impenetrable, se acercó a Duroy, quien no se atrevió, delante del marido, a besarle la mano como solía hacerlo.

Estaba tranquila y alegre como persona hecha a todo y a quien este encuentro le parecía natural y sencillo desde su perspectiva de tramposa innata y declarada. Entró Laurine y se acercó para brindarle la frente a Georges, más formalita que de costumbre, porque la presencia de su padre la intimidaba. Su madre le dijo:

–¡Anda! ¿Hoy no lo llamas Nuestro Buen Amigo?

Y la niña se ruborizó como si su madre acabase de cometer una gran indiscreción, de revelar algo que no había que decir, de desvelar un secreto íntimo y algo culpable de su corazón.

Cuando llegaron los Forestier a todo mundo le asustó el estado de Charles. En una semana había adelgazado y perdido el color de forma espantosa y tosía sin parar. Por lo demás, anunció que se iban a Cannes el jueves siguiente, por mandato categórico del médico.

Se retiraron temprano y Duroy dijo, moviendo la cabeza:

–Creo que pinta mal el asunto. No llegará a viejo.

La señora de Marelle aseguró con serenidad:

–¡Ah, está perdido! Con la suerte que había tenido al encontrar una mujer como la suya.

Duroy preguntó:

–¿Lo ayuda mucho?

–La verdad es que lo hace ella todo. Está enterada de todo, conoce a todo el mundo, aunque parezca que nunca se fija en nadie; consigue lo que quiere, como quiere y cuando quiere. ¡Huy, es aguda, hábil, inteligente y más intrigante que nadie! Un tesoro para un hombre que quiera llegar lejos.

Georges siguió diciendo:

–Seguramente volverá a casarse enseguida.

La señora de Marelle contestó:

–Pues sí, no me extrañaría incluso que hubiera ya pensado en alguien... en un diputado... a menos que... que él no quiera... porque... porque... a lo mejor habría grandes obstáculos... morales. Bueno, nada, que no sé nada.

El señor de Marelle refunfuñó con cachazuda impaciencia:

–Siempre andas dando a entender un montón de cosas que no me agradan. No nos metamos nunca en las cosas de los demás. Ya tenemos bastante tarea con llevar el timón de nuestra conciencia. Es algo que todo el mundo debería tener por norma.

Duroy se retiró con el corazón inquieto y la cabeza llena de inconcretos arreglos.

Fue a ver a la mañana siguiente a los Forestier y se los encontró acabando de hacer el equipaje. Charles, echado en un sofá, exageraba la fatiga de la respiración y repetía: «Tendría que haberme ido hace un mes». Luego le hizo a Duroy una serie de recomendaciones referidas al periódico, aunque ya lo había dejado todo arreglado y hablado con el señor Walter.

Georges, al irse, le dio un enérgico apretón de manos a su compañero:

–¡Bueno, chico, pues hasta pronto!

Pero cuando la señora Forestier lo acompañaba hasta la puerta le dijo con vehemencia:

–¿No se le habrá olvidado el pacto que tenemos? Somos amigos y aliados, ¿verdad? Así que si me necesita para lo que sea, no se lo piense dos veces. Un telegrama o una carta y obedeceré.

Ella susurró:

–Gracias, lo tendré en cuenta.

Y con la mirada le dio las gracias de forma más honda y más dulce.

Según bajaba Duroy las escaleras, se encontró con el señor de Vautrec, a quien había visto ya una vez en casa de la señora Forestier, que subía despacio. El conde parecía triste. ¿Sería por aquel viaje a lo mejor?

Al periodista, que quería comportarse como un hombre de mundo, le faltó tiempo para saludarlo.

El conde le devolvió el saludo muy cortés, pero de forma un tanto altanera.

El matrimonio Forestier se marchó el jueves por la noche.

Capítulo VII

La ausencia de Charles hizo que Duroy cobrase mayor importancia en la redacción de *La Vie Française*. Firmó unos cuantos artículos de fondo sin dejar de firmar sus ecos de sociedad, porque el dueño quería que todos se responsabilizasen de lo que publicaban. Se vio metido en algunas polémicas de las que salió airoso; y sus relaciones con los hombres de Estado lo iban preparando poco a poco para convertirse a su vez en un redactor político hábil y perspicaz. En todo el horizonte que tenía por delante no veía sino una sombra. Procedía de un periódico pequeño e inconformista que se metía con él constantemente o, más bien, que se metía con el jefe de la sección de ecos de *La Vie Française*, el jefe de esos ecos con sorpresa dentro que eran la especialidad del periódico del señor Walter, según decía el redactor anónimo de aquel periódico que se llamaba *La Plume*. Todos los días publicaba perfidias, frases mordaces e insinuaciones de todo tipo.

Jacques Rival le dijo un día a Duroy:

–¡Qué paciencia tiene usted!

Él balbució:

–¿Qué quiere usted? No son ataques directos.

Pero una tarde, según entraba en la sala de redacción, Boisrenard le alargó el ejemplar de *La Plume*:

—Mire, otra nota desagradable que va por usted.

—¿Ah sí? ¿Y a santo de qué?

—A santo de nada, a que un agente de la Brigada de Costumbres ha detenido a una tal señora Aubert.

Georges cogió el periódico que le alargaban y leyó, bajo el títular «Duroy se divierte»[2].

> El ilustre reportero de *La Vie Française* nos informa hoy de que la señora Aubert, cuya detención por parte de un agente de la odiosa Brigada de Costumbres habíamos publicado, no existe sino en nuestra imaginación. Ahora bien, dicha señora vive en el número 18 de la calle de L'Écureuil, en Montmartre. Por lo demás entendemos más que a la perfección qué interés o qué intereses pueden tener los agentes de la banca Walter en respaldar los intereses del director de la policía, que hace la vista gorda ante sus negocios. En cuanto al reportero en cuestión, más le valdría proporcionarnos alguna de esas interesantes noticias sensacionalistas cuyo secreto posee: noticias de muertes desmentidas al día siguiente, noticias de batallas que no han ocurrido, anuncio de palabras trascendentales que han pronunciado soberanos que no han dicho nada y, en último término, todas esas informaciones que constituyen las «Ganancias Walter», o incluso alguna de esas menudas indiscreciones sobre las veladas de señoras en el candelero o sobre las excelencias de ciertos productos a los que recurren mucho algunos de nuestros colegas.

El joven se había quedado más sorprendido que irritado y solo se percataba de que allí se decía algo muy desagradable para él.

[2] El periodista de *La Plume* juega con el apellido Duroy («del rey», literalmente) y con el título de la obra de teatro de Victor Hugo *Le roi s'amuse (El rey se divierte).*

Boisrenard siguió diciendo:

–¿Quién le proporcionó ese eco?

Duroy hacía memoria y no se acordaba ya. Luego, de pronto, le volvió a la cabeza:

–Ah, sí, fue Saint-Potin.

Volvió a leer luego el párrafo de *La Plume* y de pronto se puso encarnado, indignado de que lo acusaran de venalidad.

Exclamó:

–¡Cómo! Dicen que cobro por...

Boisrenard lo interrumpió:

–Pues sí. Es engorroso para usted. El jefe mira mucho esas cosas. Es algo que podría ocurrir con tanta frecuencia en los ecos...

Precisamente acababa de llegar Saint-Potin. Duroy se abalanzó hacia él.

–¿Ha visto el suelto de *La Plume*?

–Sí; y vengo de casa de la señora Aubert. Efectivamente existe, pero nadie la ha detenido. Ese rumor no tiene fundamento alguno.

Entonces Duroy entró a toda prisa en el despacho del dueño, a quien encontró un tanto frío y con mirada suspicaz. Tras haber escuchado el caso, el señor Walter contestó:

–Vaya personalmente a casa de esa señora y dé un desmentido de forma tal que nadie vuelva a escribir cosas así de usted. Me refiero a lo que pone al final. Es muy engorroso para el periódico, para mí y para usted. Un periodista no debe dar pie a ninguna sospecha, igual que la mujer de César.

Duroy subió a un coche de punto llevando a Saint-Potin de guía y le gritó al cochero:

–A Montmartre, al 18 de la calle de L'Écureuil.

Era un edificio gigantesco y hubo que escalar los seis pisos. Una anciana con una chambra de lana vino a abrirle:

–¿Y ahora qué se le ofrece a usted? –dijo al ver a Saint-Potin.

Este contestó:

–Le traigo a este señor, que es inspector de policía y tiene mucho interés por enterarse de su caso.

Entonces los hizo pasar mientras explicaba:

–Después de irse usted han venido otros dos, para un periódico, no sé cuál. –Luego, volviéndose hacia Duroy–: Así que es este señor el que quiere enterarse.

–Sí. ¿La detuvo a usted un agente de la Brigada de Costumbres?

La mujer alzó los brazos al cielo.

–De ninguna manera, caballero, de ninguna manera. La cosa fue así. Tengo un carnicero que la atiende a una bien pero pesa mal. Lo he notado muchas veces sin chistar, pero el otro día le pedí dos libras de chuletas, porque tenía a comer a mi hija y a mi yerno, y voy y me fijo en que me está colando en el peso desperdicios, que sí, que eran huesos de chuleta, pero no de las mías. Y también es verdad que podría haber guisado un estofado con ellos, pero yo, cuando pido chuletas, no es para que me larguen los restos de los demás. Así que voy y le digo que ni hablar y él va y me llama rácana y yo lo llamé a él bribón; y como unas cosas traen otras nos enzarzamos y tanto que delante de la tienda había más de cien personas, todas venga a reírse. Y al final llegó un agente y nos dijo que fuéramos a contarle al comisario lo que pasaba. Allá fuimos y nos echaron sin darnos la razón a ninguno. Yo desde ese día voy a comprar a otro lado y ya ni paso delante de su puerta para evitar jaleos.

Calló. Duroy preguntó:

–¿Y nada más?

–Así mismo pasó, señor mío.

Y tras ofrecerle un vaso de licor de grosella, que él no quiso tomar, la vieja insistió en que en el informe se mencionasen las trampas que hacía el carnicero en el peso.

Ya en el periódico, Duroy redactó la respuesta:

Un escritorcillo anónimo y de poca monta de *La Plume* se arrancó una pluma de las suyas para buscarme las vueltas en lo tocante a una anciana que, según afirma él, detuvo un agente de la Brigada de Costumbres, circunstancia que yo niego. He ido en persona a ver a la señora Aubert, que tiene al menos sesenta años, y esta me ha contado con pelos y señales la pelea que tuvo con un carnicero por el peso de unas chuletas, controversia que requirió una explicación ante el comisario de policía.

Y esa es toda la verdad.

En cuanto a las demás insinuaciones del redactor de *La Plume,* las desprecio. Por lo demás, a cosas así no se contesta cuando se escriben con careta.

GEORGES DUROY

Al señor Walter y a Jacques Rival, que acababa de llegar, les pareció suficiente el suelto y quedó decidido que ese mismo día se publicaría en la sección de ecos.

Duroy volvió temprano a casa, algo nervioso, algo preocupado. ¿Qué iba a responder el otro? ¿Quién era? ¿Por qué aquel ataque brutal? Dada la usual brusquedad de los periodistas, aquella bobada podía llegar lejos, muy lejos. Durmió mal.

Cuando volvió a leer su suelto en el periódico al día siguiente le pareció más agresivo en letra de imprenta que escrito a mano. Pensó que podría haber suavizado alguna de las expresiones.

Anduvo febril todo el día y durmió mal otra vez la noche siguiente. Se levantó al alba para ir por el ejemplar de *La Plume* que debía responder a su réplica.

Había vuelto el tiempo frío; helaba más y mejor. El agua del arroyo, que se había congelado mientras corría, estiraba a lo largo de las aceras dos cintas de hielo.

Aún no habían llegado los periódicos a los puntos de venta; y Duroy se acordó del día de su primer artículo: «Recuerdos de un cazador de África». Los pies y las manos, entumecidos, le empezaban a doler, sobre todo las puntas de los dedos; y se puso a correr, dando vueltas alrededor del quiosco acristalado donde de la vendedora, acurrucada junto a la estufilla, solo se veía, por la ventanita, una nariz y unas mejillas coloradas bajo una capucha de lana.

Por fin el repartidor de prensa metió el esperado paquete por la abertura del cristal y la buena mujer le alargó a Duroy *La Plume* desdoblado. Echó una ojeada en busca de su nombre y al principio no vio nada. Ya se estaba tranquilizando cuando vio la respuesta, que enmarcaban dos rayas:

> El tal Duroy, de *La Vie Française,* nos desmiente; y, al desmentirnos, miente. Admite, no obstante, que existe una mujer que se apellida Aubert y que un agente la llevó a la comisaría. No queda, pues, más que añadir estas palabras: «de la Brigada de Costumbres» detrás de la palabra «agente». Y dicho queda.
>
> Aunque la conciencia de algunos periodistas está al mismo nivel de su talento.
>
> Y firmo:
>
> LOUIS LANGREMONT

Entonces a Georges empezó a latirle con fuerza el corazón y volvió a casa para vestirse, sin ser del todo consciente de lo que hacía. Así pues, lo habían insultado, y tanto que no quedaba posibilidad alguna de tomárselo de otra manera. ¿Por qué? Por nada. Por una anciana que se había peleado con su carnicero.

Se vistió a toda prisa y fue a casa del señor Walter, aunque apenas eran las ocho de la mañana.

El señor Walter, que ya estaba levantado, leía *La Plume*.

–Bien –dijo con cara seria al ver a Duroy–, ya no puede usted dar marcha atrás, ¿verdad?

El joven no contestó. El director siguió diciendo:

–Vaya ahora mismo a ver a Rival, que se ocupará de sus intereses.

Duroy balbució unas palabras inconexas y se marchó para ir a casa del cronista, que todavía estaba durmiendo. Saltó de la cama al oír la campanilla y dijo luego, al leer el eco:

–Caramba, hay que ponerse en marcha. ¿Quién se le ocurre que podría ser el otro padrino?

–Pues no tengo ni idea.

–¿Boisrenard? ¿Qué le parece?

–Sí, Boisrenard.

–¿Es usted buen esgrimidor?

–En absoluto.

–¡Ah, demonios! ¿Y la pistola?

–Algo sé de disparar.

–Bien está. Va usted a practicar mientras yo me ocupo de todo. Espéreme un minuto.

Se metió en su cuarto de aseo y no tardó en salir lavado, afeitado y con correcta presencia.

–Venga conmigo –dijo.

Vivía en la planta baja de un palacete e hizo bajar a Duroy al sótano, un sótano enorme convertido en sala de armas y de tiro; habían tapiado todas las aberturas que daban a la calle. Tras encender una hilera de mecheros de gas que llevaban hasta la segunda bóveda, donde se erguía un hombre de hierro pintado de rojo y de azul, puso encima de la mesa dos pares de pistolas de un sistema nuevo, que se cargaban por la culata, y empezó a dar voces de mando, con voz tajante, como si estuvieran ya en la zona del duelo.

–¿Preparado? ¡Fuego! Uno, dos, tres.

Duroy, anonadado, obedecía, alzaba los brazos, apuntaba, disparaba y, como alcanzaba en muchas ocasiones el maniquí en pleno vientre, porque de muy joven había usado mucho una pistola de arzón vieja de su padre para matar pájaros en el corral, Jacques Rival, satisfecho, decía:

–Bien, muy bien, muy bien, saldrá adelante, saldrá adelante.

Luego lo dejó solo, diciendo:

–Siga disparando hasta mediodía. Aquí tiene municiones, no vacile en gastarlas. Vendré a recogerlo para ir a almorzar y traerle noticias.

Y se fue.

Al quedarse solo, Duroy disparó unos cuantos tiros más y luego se sentó y se puso a pensar.

Qué necio era todo aquello, bien pensado. ¿Qué probaba? ¿Un pillo era menos pillo después de batirse? ¿Que salía ganando un hombre de bien a quien insultaban arriesgando la vida contra un sinvergüenza? ¡Y, mientras el pensamiento le deambulaba entre ideas negras, recordó cosas que había dicho Norbert de Varenne de la pobreza de espíritu de los hombres, de la mediocridad de sus ideas y de sus preocupaciones, de la ñoñería de su ética!

Y dijo en voz alta: «¡Qué razón tiene, caray!».

Se dio cuenta luego de que tenía sed y, al oír un ruido de gotas de agua a su espalda, vio una ducha y bebió de la lanza. Luego siguió pensando. Daba tristeza aquel sótano, como si fuera una tumba. El eco distante y sordo de los coches parecía la vibración de una tormenta a lo lejos. ¿Qué hora sería? Allí dentro pasaban las horas como debían de pasar en las cárceles, sin que nada las indicase ni señalase, salvo las idas y venidas del carcelero con las comidas. Esperó mucho, mucho rato.

Luego, de pronto, oyó pasos, voces, y volvió a aparecer Jacques Rival, a quien acompañaba Boisrenard. Dijo a voces en cuanto divisó a Duroy:

–¡Ya está arreglado!

Este creyó que el asunto había concluido con una carta de disculpas; el corazón le dio un brinco y balbució:

–¡Ah!... Gracias.

El cronista añadió:

–El Langremont ese es muy directo, ha aceptado todas las condiciones que le pusimos. Veinticinco pasos y una bala cuando se dé la voz de mando, levantando la pistola. El brazo tiene mucha más seguridad así que bajándola. Fíjese, Boisrenard, a esto me refería.

Y, cogiendo un arma, empezó a disparar para demostrar cómo, alzando el brazo, la línea se mantenía mucho mejor.

Luego dijo:

–Y ahora vamos a almorzar, que son las doce pasadas.

Fueron a un restaurante próximo. Duroy ya no decía nada. Comió para que no pareciera que tenía miedo; luego, en lo que quedaba del día, acompañó a Boisrenard al periódico y cumplió con su tarea de forma distraída y mecánica. A todo el mundo le pareció que tenía mucho temple.

Jacques Rival vino a darle un apretón de manos a media tarde; y quedaron en que sus padrinos lo recogerían en su casa, en un landó, a las siete de la mañana siguiente, para ir al bosque de Le Vésinet, donde acontecería el enfrentamiento.

Todo había ocurrido inopinadamente, sin que Duroy participase en ello, sin que dijera qué le parecía, sin que aceptase ni rechazase nada, y tan deprisa que estaba aturdido, desorientado, sin entender del todo qué estaba pasando.

Se vio en su casa a eso de las nueve, tras haber cenado en casa de Boisrenard, que, abnegadamente, no se había separado de él en todo el día.

No bien se quedó solo, estuvo unos cuantos minutos recorriendo su cuarto con zancadas vehementes. Estaba demasiado alterado para pensar. Solo un pensamiento le llenaba la cabeza: «Un duelo, mañana», sin que esa idea despertase algo que no fuera una emoción confusa y fortísima. Había sido soldado, había disparado contra algunos árabes, sin correr peligro por lo demás, algo así como, al ir de caza, se dispara a un jabalí.

En resumidas cuentas, había hecho lo que tenía que hacer. Se había mostrado como tenía que mostrarse. Se hablaría del asunto, le darían la razón, le darían la enhorabuena. Luego, dijo en voz alta, de la misma forma en que hablamos cuando el pensamiento pasa por una conmoción: «¡Menudo animal, el individuo ese!».

Se sentó y se puso a pensar. Había arrojado sobre la mesita una tarjeta de su adversario que le había entregado Rival para que tuviera la dirección. La volvió a leer como la había leído ya otras veinte veces en el transcurso del día. Louis Langremont. Calle de Montmartre, 176. Nada más.

Miraba esas letras juntas que le parecían misteriosas, llenas de significados inquietantes. «Louis Langremont»: ¿quién era ese hombre? ¿Qué edad tenía? ¿Qué estatura? ¿Qué cara? ¿No era acaso inadmisible que un extraño, un desconocido, alterase así la vida de alguien, de golpe, sin motivo, por puro capricho, porque una anciana se había peleado con su carnicero?

Dijo otra vez en voz alta: «¡Menudo animal!».

Y se quedó quieto, pensativo, sin apartar la vista de la tarjeta. Se le iba despertando una ira contra aquel trozo de papel, una ira rencorosa que iba mezclada con una extraña sensación de malestar. ¡Qué historia tan estúpida! Cogió unas tijeras de uñas que andaban rodando por allí y las clavó en el centro del nombre en letras de imprenta como si apuñalase a alguien.

¡Así que iba a batirse, a batirse a pistola! ¿Por qué no había escogido la espada? Habría salido del paso con un pinchazo en el brazo o en la mano, mientras que con pistola nunca se sabe qué puede pasar.

Dijo: «Vamos, hay que tener temple».

Lo sobresaltó oír su voz y lanzó una ojeada alrededor. Empezaba a notarse muy nervioso. Bebió un vaso de agua y, luego, se metió en la cama.

Nada más acostarse, apagó la luz de un soplo y cerró los ojos.

Tenía mucho calor entre las sábanas, aunque hacía mucho frío en su cuarto, pero no conseguía amodorrarse. Daba vueltas y más vueltas, se quedaba cinco minutos boca arriba, se echaba luego del lado izquierdo y después se daba la vuelta para ponerse del derecho.

Volvía a tener sed. Se levantó para beber; luego se adueñó de él una preocupación: «¿Tendré miedo?».

¿Por qué se le desbocaba el corazón con cada ruido conocido del cuarto? Cuando iba a dar la hora el cuco, el chirridito del resorte lo hacía sobresaltarse; y tanta opresión sentía que tenía que quedarse durante unos segundos con la boca abierta para respirar.

Empezó a filosofar acerca de la posibilidad de que le pasara algo así: «¿Tendré miedo allí?».

No, desde luego que no tendría miedo, ya que había decidido llegar hasta el final, ya que tenía la intención resuelta de batirse y de no temblar. Pero se sentía tan hondamente afectado que se preguntó: «¿Puede uno tener miedo en contra de su voluntad?». ¡Y lo invadió aquella duda, aquella inquietud, aquel espanto! ¿Qué sucedería si una fuerza más poderosa que su voluntad, dominante, irresistible, lo domeñase? Sí, ¿qué podría suceder?

Por supuesto que iría al terreno del duelo, puesto que quería ir. Pero ¿y si temblaba? ¿Y si se desmayaba? Y pensó en su situación, en su reputación, en su porvenir.

Y se adueñó de él de pronto una singular necesidad de levantarse de la cama otra vez para mirarse al espejo. Volvió a encender la vela. Cuando se vio el rostro reflejado en el cristal pulimentado apenas si se reconoció y le pareció que no se había visto nunca. Le pareció que tenía unos ojos enormes; estaba pálido, desde luego, estaba pálido, muy pálido.

De pronto se le metió dentro este pensamiento como si fuera una bala: «Mañana a estas horas a lo mejor estoy muerto». Y otra vez empezó a latirle atropelladamente el corazón.

Miró hacia la cama y se vio claramente, echado boca arriba en esas mismas sábanas de las que se acababa de levantar. Tenía esa cara chupada que tienen los muertos y esa blancura de las manos que no volverán a moverse.

Entonces le dio miedo su cama y, para no seguir viéndola, abrió la ventana para mirar por ella.

Un frío glacial le hincó los dientes en la carne, de pies a cabeza, y retrocedió, jadeando.

Se le ocurrió encender el fuego. Lo atizó despacio, sin volverse. Le temblaban un poco las manos, con un estremecimiento nervioso, cuando tocaba las cosas. Se le iba la cabeza: las ideas, que le daban vueltas, entrecortadas, se tornaban huidizas, dolorosas; le embargaba el pensamiento una embriaguez, como si hubiera bebido.

Y no dejaba de preguntarse: «¿Qué voy a hacer? ¿Qué va a ser de mí?».

Empezó otra vez a andar, repitiendo continua y mecánicamente: «Tengo que ser enérgico, muy enérgico».

Luego se dijo: «Voy a escribir a mis padres por si pasara algo».

Volvió a sentarse, cogió un cuadernillo de papel de cartas y escribió: «Querido papá, querida mamá...».

Luego le pareció una forma demasiado familiar de expresarse en tan trágicas circunstancias. Rompió la primera hoja y volvió a empezar: «Querido padre, querida madre: voy a batirme cuando despunte el día y como puede suceder que...».

No se atrevió a escribir lo demás y se levantó dando una sacudida.

Ahora lo agobiaba aquella idea. Iba a batirse en duelo. No podía evitarlo ya. ¿Qué le estaba pasando por dentro? Quería batirse; tenía esa firme intención y estaba completamente resuelto; y, pese a todo ese esfuerzo de voluntad, le parecía que no iba a poder conservar ni siquiera la fuerza necesaria para llegar al lugar del encuentro.

De vez en cuando le castañeteaban los dientes con un ruidito seco; y se preguntaba: «Se habrá batido ya mi adversario. ¿Suele ir por las salas de tiro? ¿Es conocido? ¿Qué fama tiene?». Nunca había oído pronunciar el apellido aquel. Y, no obstante, si aquel hombre no hubiera sido un tirador notable de pistola, no habría aceptado como lo había hecho, sin vacilar, sin discusión, aquella arma peligrosa.

Entonces se imaginaba el encuentro, cómo se comportaría él y cómo se comportaría el enemigo. Se consumía imaginándose los más mínimos detalles del desafío; y, de pronto, se veía delante de aquel agujerito negro y hondo del cañón, del que iba a salir una bala.

Y de repente le entró un ataque de desesperación tremendo. Le vibraba el cuerpo entero, recorrido por respingos intermitentes. Apretaba los dientes para no gritar y sentía una espantosa necesidad de revolcarse por el suelo, de desgarrar algo, de morder. Pero vio un vaso encima de la chimenea y se acordó de que tenía en el armario una botella de litro de aguardiente casi llena, porque le había quedado la costumbre militar de matar el gusanillo todas las mañanas.

Cogió la botella y bebió a morro, ávidamente, con tragos largos. Y no la soltó hasta que se quedó sin aliento. Se había bebido la tercera parte.

No tardó en quemarle en el estómago un calor parecido a una llama que se le extendió por todos los miembros y le dio mayor firmeza de ánimo al tiempo que lo aturdía.

Se dijo: «Ya he encontrado el medio». Y, como ahora notaba que le ardía la piel, volvió a abrir la ventana.

Nacía el día, tranquilo y glacial. Arriba, las estrellas parecían morir en lo hondo del firmamento más claro; y en la honda trinchera del ferrocarril, las señales verdes, rojas y blancas palidecían.

Las primeras locomotoras salían de las cocheras y acudían, silbando, a buscar los primeros trenes. Otras, a lo lejos, lanzaban llamadas agudas y reiteradas, los gritos del despertar, como hacen los gallos en el campo.

Duroy pensaba: «A lo mejor no vuelvo a ver nada de todo esto». Pero, al notar que iba a volver a apiadarse de sí mismo, reaccionó con violencia: «Vamos, no hay que pensar en nada hasta que llegue el momento del enfrentamiento, es la única forma de portarse con temple».

Empezó a asearse. Mientras se afeitaba desfalleció otra vez un segundo al pensar que era quizá la última vez que se veía la cara. Bebió otro trago de aguardiente y acabó de vestirse.

Le costó pasar la hora siguiente. Caminaba arriba y abajo esforzándose por aquietar el ánimo. Cuando oyó llamar a la puerta, tan violenta fue la conmoción que estuvo a punto de caerse de espaldas. Eran sus padrinos. «¡Ya!»

Iban envueltos en pieles. Rival dijo, tras darle la mano a su representado:

–Hace un frío siberiano.

Luego le preguntó:

–¿Todo bien?

–Sí, muy bien.

–¿Tranquilo?

–Muy tranquilo.

–Entonces todo irá como debe. ¿Ha bebido y comido algo?

–Sí, no necesito nada.

Boisrenard llevaba, para esta circunstancia, una condecoración extranjera, verde y amarilla, que Duroy no le había visto nunca.

Bajaron. Un señor los estaba esperando en el landó.

Rival lo presentó:

–El doctor Le Brument.

Duroy le dio la mano balbuciendo:

–Muy agradecido.

Luego quiso acomodarse en el asiento delantero y se sentó encima de algo duro que lo hizo incorporarse como si lo hubiera puesto de pie un resorte. Era la caja de las pistolas.

Rival repetía:

–¡No! ¡El contendiente y el médico al fondo! ¡Al fondo!

Duroy lo entendió por fin y se desplomó al lado del médico.

Entonces subieron los dos padrinos y el cochero arrancó. Sabía adónde debía ir.

Pero la caja de las pistolas era un estorbo para todos, sobre todo para Duroy, que habría preferido no verla. Intentaron usarla de respaldo; se les clavaba en los riñones a todos; luego la pusieron de pie entre Rival y Boisrenard y no dejaba de caerse. Acabaron por metérsela bajo los pies. La conversación languidecía, aunque el médico fuese contando anécdotas. Solo Rival le contestaba. Duroy habría querido hacer gala de presencia de ánimo, pero le daba miedo perder el hilo de las ideas y que se le notase que tenía el ánimo turbado; y lo obsesionaba el temor torturante de empezar a temblar.

No tardó en llegar el coche a pleno campo. Eran alrededor de las nueve. Era una de esas ásperas mañanas de invierno en que la naturaleza entera reluce y es quebradiza y dura como el cristal. Es como si los árboles, ataviados de escarcha, hubieran sudado hielo; la tierra retumba bajo los pasos; el aire seco propaga hasta muy lejos los ruidos; el cielo azul tiene un brillo semejante al de los espejos y el sol pasa por el espacio, relumbrante pero no menos frío, lanzando sobre la creación congelada unos rayos que no calientan.

Rival le decía a Duroy:

–He cogido las pistolas en la armería de Gastine-Reinette. Las ha cargado él en persona. La caja está lacrada. Por los demás, las echaremos a suertes con las de nuestro adversario.

Duroy respondió mecánicamente:

–Muy agradecido.

Entonces Rival le hizo recomendaciones minuciosas porque tenía mucho empeño en que su representado no cometiera error alguno. Insistía varias veces en todos los puntos:

–Cuando pregunten: «¿Están listos, señores?», tiene que responder en tono muy alto: «¡Sí!». Cuando ordenen: «¡Fuego!», levante deprisa el brazo y dispare antes de que la cuenta llegue al tres.

Y Duroy se repetía mentalmente: «Cuando ordenen: "Fuego", levantaré el brazo; cuando ordenen: "Fuego", levantaré el brazo; cuando ordenen: "Fuego", levantaré el brazo».

Se lo aprendía como se aprenden los niños las lecciones, mascullándolo hasta la saciedad para metérselo bien en la cabeza. «Cuando ordenen: "Fuego", levantaré el brazo.»

El landó se metió en un bosque, torció a la derecha en un paseo y, luego, otra vez a la derecha. Rival abrió de pronto la portezuela para gritarle al cochero: «Por ahí, por ese caminito». Y el coche enfiló una carretera con rodadas entre dos bosquecillos donde temblequeaban unas hojas secas orilladas de hielo.

Duroy seguía mascullando: «Cuando ordenen: "Fuego", levantaré el brazo». Y se le ocurrió que un accidente de coche lo solucionaría todo. «¡Ay, ojalá volcasen! ¡Menuda suerte! ¡Ojalá se rompiese una pierna!...»

Pero divisó al final de un claro otro coche detenido y cuatro señores que daban patadas en el suelo para que les entrasen en calor los pies; y no le quedó más remedio que abrir la boca de tanto como le costaba respirar.

Primero bajaron los padrinos, luego el médico y el contendiente. Rival había cogido la caja de las pistolas y se dirigió, junto con Boisrenard, hacia dos de aquellos extraños que se les estaban acercando. Duroy vio que se saludaban ceremoniosamente y que luego caminaban por el claro, mirando ora el suelo ora los árboles, como si estuvieran buscando algo que hubiera podido caerse o salir volando. Luego contaron unos pasos y clavaron trabajosamente dos bastones en el suelo helado. Se reunieron a continuación, formando un grupo, e hicieron esos gestos con que se tira cara o cruz, como unos niños que estuviesen jugando.

El doctor Le Brument le preguntaba a Duroy:

–¿Se encuentra bien? ¿No necesita nada?

–No, nada; gracias.

Le parecía que estaba loco, que estaba dormido, que soñaba, que había sucedido algo sobrenatural en que estaba inmerso. ¿Sentía miedo? ¿Quizá? Pero no lo sabía. A su alrededor, todo estaba cambiado.

Volvió Jacques Rival y le comunicó por lo bajo, muy satisfecho:

–Todo está listo. En el sorteo de las pistolas hemos ganado nosotros.

Eso era algo que a Duroy no le importaba en absoluto.

Le quitaron el gabán. Lo permitió. Le palparon los bolsillos de la levita para asegurarse de que no llevaba ni papeles ni cartera que pudieran protegerlo.

Seguía repitiéndose en su fuero interno, como una oración: «Cuando ordenen: "Fuego", levantaré el brazo».

Lo condujeron luego hasta uno de los bastones clavados en el suelo y le dieron su pistola. Entonces vio a un hombre enfrente de él, muy cerca; un hombre bajo, barrigón, calvo, que llevaba gafas. Era su adversario.

Lo vio perfectamente, pero lo único que pensaba era: «Cuando ordenen: "¡Fuego!", levantaré el brazo y dispararé». Retumbó una voz en el tremendo silencio ambiente, una voz que parecía llegar desde muy lejos y preguntó:

–¿Están listos, señores?

Georges gritó:

–Sí.

Entonces la misma voz ordenó:

–¡Fuego!

No oyó nada más ni notó nada ni se dio cuenta de nada, solo

notó que levantaba el brazo apretando con todas sus fuerzas el gatillo.

Y no oyó nada.

Pero vio en el acto algo de humo en la punta del cañón de su pistola; y, mientras el hombre de enfrente seguía de pie, y también en la misma postura, vio además otra nubecilla blanca que alzaba el vuelo por encima de la cabeza de su adversario.

Los dos habían disparado ya. Se había acabado.

Sus padrinos y el médico lo tocaban, lo palpaban, le desabrochaban la ropa preguntándole, ansiosos:

–¿No está herido?

Él contestó al azar:

–No, creo que no.

Por lo demás Langremont estaba tan indemne como su enemigo y Jacques Rival susurró con tono de descontento:

–Con esta maldita pistola siempre pasa lo mismo: o yerras o matas o te matan. ¡Qué asco de trasto!

Duroy no se movía, paralizado de sorpresa y de júbilo: «¡Ya se ha acabado!». Tuvieron que quitarle el arma, que seguía apretando en la mano. Ahora le parecía que habría podido batirse con el universo entero. Se había acabado. ¡Qué felicidad! De pronto se sentía con valor para provocar a quien fuera.

Los padrinos de ambos contendientes charlaron unos minutos para citarse a alguna hora del día y redactar el acta.

Subieron luego al coche y el cochero, que se reía en el pescante, arrancó restallando el látigo.

Almorzaron los cuatro en el bulevar comentando el suceso. Duroy contaba sus impresiones.

–No me ha afectado en absoluto. Ya lo habrán notado, por cierto, ¿verdad?

Rival contestó:

–Sí, ha guardado muy bien la compostura.

Cuando estuvo redactada el acta, se la entregaron a Duroy, que tenía que incluirla en los ecos de sociedad. Se extrañó al ver que había cruzado dos balas con el señor Louis Langremont y, algo preocupado, consultó a Rival:

–Pero si solo disparamos una bala.

Este sonrió:

–Sí, una bala... una bala cada uno... eso suma dos balas.

Y como a Duroy lo convenció la explicación, no insistió. Walter le dio un abrazo.

–¡Bravo, bravo! Ha defendido la bandera de *La Vie Française*. ¡Bravo!

Georges hizo acto de presencia esa noche en los principales diarios de gran tirada y en los principales cafés grandes del bulevar. Se encontró dos veces con su adversario, que también se andaba exhibiendo.

No se saludaron. Si uno de los dos hubiera resultado herido, se habrían dado la mano. Ambos aseguraban, por lo demás, con gran convicción, que habían oído silbar la bala del otro.

Al día siguiente, alrededor de las once de la mañana, Duroy recibió un telegrama:

> ¡Dios mío, qué susto! Ven luego a la calle de Constantinople para que te dé un beso, amor mío. ¡Qué valiente eres! Te adoro.
>
> Clo

Acudió a la cita y ella se le echó en los brazos y lo cubrió de besos:

–¡Ay, vida mía, si supieras qué emoción cuando leí esta mañana la prensa! Ay, cuéntame. Cuéntamelo todo. Quiero saberlo.

Georges tuvo que darle detalles minuciosos. Ella preguntaba:

–Qué noche tan mala tuviste que pasar antes del duelo, ¿verdad?

–Qué va. Dormí bien.

–Yo no habría pegado ojo. Y en el terreno del duelo, dime, ¿qué pasó?

Georges hizo un relato dramático:

–Cuando estuvimos ya uno frente a otro, a veinte pasos, lo que mide de largo esta habitación multiplicado por cuatro nada más, Jacques, tras preguntarnos si estábamos listos, ordenó: «¡Fuego!». Levanté el brazo en el acto, bien recto, pero cometí el error de querer apuntarle a la cabeza. Tenía un arma muy dura y estoy acostumbrado a pistolas muy blandas, así que la resistencia del gatillo hizo que el tiro saliera más alto. Fuere como fuere, la bala no debió de pasarle lejos. Él también tira bien, el muy bribón. La bala suya me rozó la sien. Noté el aire.

Ella se le había sentado en las rodillas y lo tenía abrazado como para compartir el peligro. Balbucía:

–¡Ay! Pobrecito mío, pobrecito mío...

Cuando él concluyó el relato, Clotilde le dijo:

–¡Mira, no puedo ya vivir sin ti! Tengo que verte, y con mi marido en París no resulta fácil. Muchas veces podría disponer de una hora por las mañanas, antes de que te levantes, y podría ir a darte un beso, pero no quiero entrar en esa casa tan horrorosa en que vives. ¿Cómo se podría arreglar?

Duroy tuvo una inspiración súbita.

–¿Cuánto pagas aquí?

–Cien francos mensuales.

–Bueno, pues me hago cargo del piso y me vengo a vivir aquí del todo. La casa de ahora ya no me basta con la posición que tengo.

Ella se lo pensó un momento y luego contestó:

–No, no quiero.

Él se extrañó:

–¿Y eso por qué?

–Porque no...

–Eso no es una razón. Esta vivienda me conviene a la perfección. Aquí estoy y aquí me quedo.

Se echó a reír:

–Además está a mi nombre.

Pero ella seguía negándose:

–No, no; no quiero...

–Pero, vamos a ver, ¿por qué?

Entonces ella cuchicheó muy bajo y con voz tierna:

–Porque traerías aquí a mujeres y no quiero.

Él se indignó:

–De ninguna manera. Te lo prometo.

–No; las traerías de todas formas.

–Te lo juro.

–¿De verdad?

–De verdad. Palabra de honor. Esta casa es la nuestra, solo nuestra.

Ella lo abrazó con fuerza, en un arrebato amoroso:

–Entonces de acuerdo, vida mía. Pero ¿sabes?, si me engañas alguna vez, solo una, habremos acabado, acabado para siempre.

Él volvió a jurar con mil promesas y convinieron en que se mudaría ese mismo día para que ella pudiera entrar a verlo cuando pasara por la puerta.

Clotilde le dijo a continuación:

–En cualquier caso, ven a cenar el domingo. A mi marido le pareces encantador.

Duroy se sintió halagado:

–¿Ah, sí?

–Sí, lo has conquistado. Y además, oye, me dijiste que te habías criado en un castillo en el campo, ¿no?

–Sí, ¿por qué?

–Entonces debes de entender algo de cultivos.

–Sí.

–Pues háblale de jardinería y de cosechas, le gustan mucho esas cosas.

–Está bien. No se me olvidará.

Clotilde se fue tras haberle dado infinitos besos; aquel duelo le había exacerbado la ternura.

Y Duroy pensaba según iba hacia el periódico: «¡Qué criatura tan peculiar! ¡Qué cabeza de chorlito! ¿A qué fantasioso se le ocurriría disponer el emparejamiento de ese viejo y esa atolondrada sin seso? ¿Qué razonamiento consiguió que ese inspector se decidiera a casarse con esa estudiante? ¡Misterio! ¿Quién sabe? ¿El amor quizá?».

Y se dijo, a modo de conclusión: «En fin, es una amante deliciosa. Muy tonto sería si la dejara escapar».

Capítulo VIII

El duelo había situado a Duroy entre los cronistas de cabecera de *La Vie Française;* pero, como le costaba un trabajo enorme dar con ideas, se especializó en clamar contra la decadencia de las costumbres, el rebajamiento de los caracteres, el desplome del patriotismo y la anemia del honor francés. (Se le había ocurrido la palabra «anemia», de la que estaba orgulloso.)

Y cuando la señora de Marelle, que rebosaba de ese ingenio guasón, escéptico y crédulo al que llaman ingenio parisino, se burlaba de sus parrafadas y se las pinchaba con una frase satírica, él contestaba, sonriente:

–¡Bah! Con eso me labro una buena reputación para más adelante.

Ahora vivía en la calle de Constantinople, donde había llevado el baúl, la brocha, la navaja y el jabón; en eso consistía toda la mudanza. Dos o tres veces por semana llegaba la joven antes de que se levantase Duroy, se desnudaba y se metía en la cama, tiritando por el frío de la calle.

Él, a cambio, cenaba todos los jueves con el matrimonio y le bailaba el agua al marido hablándole de agricultura; y, como a él también le gustaban las cosas del campo, a veces se engolfaban tanto ambos en la charla que se olvidaban por completo de la mujer que compartían y que dormitaba en el sofá.

También Laurine se quedaba dormida, a veces en las rodillas de su padre y a veces en las rodillas de Nuestro Buen Amigo.

Y cuando el periodista se había marchado ya, el señor de Marelle no dejaba nunca de manifestar con aquel tono doctrinal con que decía las más mínimas cosas:

–La verdad es que este muchacho es de lo más agradable. Tiene una inteligencia muy cultivada.

Estaba concluyendo febrero. Ya empezaba a oler a violetas por las calles cuando pasaba uno cerca de los carritos de los que tiraban las vendedoras de flores.

Duroy vivía sin que nube alguna le empañase el cielo.

Ahora bien, una noche, al volver a casa, se encontró con que le habían metido una carta por debajo de la puerta. Miró el sello y vio: «Cannes». Lo abrió y leyó:

Cannes, villa Jolie

Estimado señor y querido amigo, ¿verdad que me dijo que podía contar con usted para todo? Pues bien, tengo que pedirle un cruel favor: que venga a ayudarme y no me deje sola durante los últimos momentos de Charles, que se va a morir. Es posible que no pase de esta semana, aunque todavía se levanta; pero el médico me ha avisado.

No tengo ya ni fuerzas ni valor para presenciar esta agonía de día y de noche. Y pienso con espanto en los últimos momentos, que se van acercando. Solo puedo pedirle algo así a usted, porque mi marido ya no tiene familia. Usted era amigo suyo; él le abrió las puertas del periódico. Venga, se lo ruego. No tengo a nadie a quien llamar.

Su devota amiga,

MADELEINE FORESTIER

Una sensación singular se le metió en el corazón a Georges como si fuera un soplo de aire, una sensación de liberación y de espacio que se le abría por delante; y susurró: «Claro que iré. ¡Este pobre Charles! ¡Hay que ver, si es que no somos nada!».

El dueño, en cuyo conocimiento puso la carta de Madeleine, le dio permiso a regañadientes. No dejaba de repetir:

–Pero vuelva enseguida, que nos es usted indispensable. Georges Duroy salió para Cannes el día siguiente en el rápido de las siete, tras avisar por telegrama al matrimonio Marelle.

Llegó al día siguiente a eso de las cuatro de la tarde.

Un recadero lo llevó a la villa Jolie, que se alzaba a media cuesta, en ese bosque de pinos poblado de casas blancas que va de Le Cannet a Golfe-Juan.

La vivienda era pequeña, baja, de estilo italiano, a la orilla de la carretera que sube haciendo eses entre los árboles y brinda en cada recodo panorámicas admirables.

El criado abrió la puerta y exclamó:

–¡Ay, señor! La señora lo está esperando con muchísima impaciencia.

Duroy preguntó:

–¿Cómo está su señor?

–Ay, señor, nada bien. No le queda ya mucho.

El salón en el que entró el joven estaba tapizado de tela de Persia rosa con dibujos azules. La ventana, ancha y alta, daba a la ciudad y al mar.

Duroy murmuraba: «Caramba, menuda elegancia para una casa de campo. ¿De dónde sacarán tanto dinero?».

El ruido del roce de un vestido lo hizo volverse.

La señora Forestier le tendía ambas manos:

–¡Qué amabilidad la suya, qué amabilidad la suya al venir!

Y, de repente, lo besó. Luego se miraron.

Estaba un poco pálida y algo más delgada, pero seguía igual de lozana, y quizá más bonita aún con aquella apariencia más frágil. Susurró:

–Está terrible, ¿sabe? No se le oculta que está perdido y me tiraniza de forma espantosa. Le he anunciado que venía usted. Pero ¿y su baúl?

Duroy contestó:

–Lo he dejado en la estación porque no sabía en qué hotel me iba a recomendar que parase para estar cerca de ustedes.

Ella titubeó y, luego, siguió diciendo:

–Se queda usted aquí, en la villa. Tiene ya su cuarto preparado, por lo demás. Puede morirse en cualquier momento y, si sucediera de noche, estaría sola. Mandaré a recoger su equipaje.

Él hizo una inclinación de asentimiento:

–Como quiera.

–Subamos ahora –dijo ella.

La siguió. Abrió una puerta del primer piso y Duroy vio, cerca de una ventana, sentado en un sillón y envuelto en mantas, lívido en la claridad roja del sol poniente, algo así como un cadáver que lo miraba. Apenas si lo reconocía; más bien intuyó que era su amigo.

Olía en aquella habitación a fiebre, a tisanas, a éter, a alquitrán, ese olor indefinible y agobiante de las casas donde respira un enfermo del pecho.

Forestier levantó la mano con un gesto trabajoso y lento.

–Aquí estás –dijo–. Vienes a verme morir. Te lo agradezco.

Duroy hizo como que se reía:

–¡A verte morir! No tendría ninguna gracia el espectáculo y no escogería una ocasión semejante para ver Cannes. Vengo a decirte hola y a descansar un poco.

Charles susurró:

–Siéntate.

Y agachó la cabeza, como si estuviera absorto en unas meditaciones desesperadas.

Respiraba deprisa y sin resuello y a veces soltaba algo que parecía un quejido, como si quisiera recordar a los demás lo enfermo que estaba.

Al ver que no hablaba, su mujer fue a apoyarse en la ventana y dijo, indicando el horizonte con un ademán de la cabeza:

–¡Mire! ¿No es precioso?

Ante ellos, la cuesta, salpicada de villas, bajaba hasta la ciudad, que estaba tendida a lo largo de la orilla, en semicírculo, con la cabeza a la derecha, hacia el espigón que dominaba la ciudad vieja, de la que sobresalía una atalaya antigua, y los pies a la izquierda, hacia la punta de La Croisette, frente a las islas de Lérins. Aquellas dos islas semejaban dos manchas verdes en el agua, tan azul. Tan planas parecían desde aquella elevación que se hubiera dicho que flotaban como dos hojas gigantescas.

Y muy lejos, cerrando el horizonte del otro lado del golfo, por encima del espigón y de la atalaya, una prolongada secuencia de montañas azuladas dibujaba en el cielo resplandeciente una línea extraña y encantadora de cimas ora redondeadas, ora engarfiadas, ora picudas, que acababa en un monte grande y piramidal que hundía los pies en el mar.

La señora Forestier indicó:

–Es el Estérel.

El cielo, detrás de las cumbres oscuras, estaba rojo, de un rojo sanguinolento y dorado que la mirada no podía soportar.

Duroy sentía, sin poder remediarlo, la impronta de la majestad de aquel día que acababa.

Susurró, al no ocurrírsele otra palabra más expresiva para demostrar su admiración:

–Ah, sí, ¡qué sensacional!

Forestier alzó la cabeza hacia su mujer y dijo:

–Que entre un poco de aire.

Ella contestó:

–Ten cuidado que es tarde, el sol se está poniendo y vas a coger frío otra vez. Ya sabes que en tu estado no te conviene.

Él hizo con la mano un ademán febril y débil, que habría querido ser un puñetazo, y susurró con una mueca de ira, una mueca de moribundo que recalcaba la delgadez de los labios, lo flaco de las mejillas y el bulto de todos los huesos:

–Te digo que estoy asfixiado. ¿Qué más te da que me muera un día antes o un día después si de todas formas estoy malditamente acabado?

Ella abrió la ventana de par en par.

La ráfaga que entró los sorprendió a los tres como una caricia. Era una brisa floja, tibia, apacible, una brisa primaveral que se nutría ya de los aromas de los arbustos y de las flores embriagadoras que crecen en esa loma. Sobresalía un fuerte sabor a resina y el acre paladar de los eucaliptos.

Forestier bebía aquella brisa con aliento breve y febril. Se le crisparon las uñas de las manos en los brazos del sillón y dijo con voz baja, sibilante y rabiosa:

–Cierra la ventana. Duele. Preferiría reventar en un sótano.

Y su mujer cerró la ventana despacio y, luego, miró a lo lejos, apoyando la frente en el cristal.

A Duroy, incómodo, le habría gustado charlar con el enfermo, tranquilizarlo.

Pero no se le ocurría nada que pudiera reconfortarlo.

Balbució:

–¿Así que no has mejorado desde que estás aquí?

Su amigo se encogió de hombros con impaciencia desalentada:

–Ya lo ves.

Y volvió a agachar la cabeza.

Duroy siguió diciendo:

–Caray, lo bueno que hace aquí si lo comparamos con París. Allí estamos todavía en pleno invierno. Nieva, hiela, llueve y está el tiempo tan encapotado que hay que encender las lámparas desde las tres de la tarde.

Forestier preguntó:

–¿Algo nuevo en el periódico?

–Nada nuevo. Para sustituirte han cogido a Lacrin, ese chico que viene del *Voltaire;* pero no está maduro. ¡Ya va siendo hora de que vuelvas!

El enfermo balbució:

–¿Yo? Yo ahora iré a escribir crónicas a seis pies bajo tierra.

Aquella idea fija volvía como una campanada a cuento de todo, aparecía una y otra vez, continuamente, con cada pensamiento, con cada frase.

Hubo un prolongado silencio; un silencio doloroso y profundo. La hoguera de la puesta de sol iba bajando, despacio; y las montañas se volvían negras contra el cielo rojo, que se ponía oscuro. Una sombra teñida de color, un comienzo de noche que conservaba fulgores de brasero moribundo, entraba en la habitación, parecía teñir los muebles, las paredes, las colgaduras, los rincones, con tonos mezclados de tinta y púrpura. El espejo de la chimenea, donde se reflejaba el horizonte, semejaba una placa de sangre.

La señora Forestier seguía sin moverse, aún de pie, dando la espalda a la estancia y con la cara pegada al cristal de la ventana.

Y Forestier rompió a hablar con voz entrecortada, jadeante, cuyo sonido era desgarrador:

–¿Cuántas puestas de sol me quedan por ver? Ocho... diez...

quince... viente... quizá treinta... nada más... Vosotros tenéis tiempo... Para mí se acabó... Y todo seguirá... cuando yo no esté, como si estuviera. –Enmudeció unos minutos, y luego siguió diciendo–: Todo cuanto veo me recuerda que dentro de unos días ya no lo veré... Es horrible... Ya no veré nada... nada de lo que existe... los objetos más mínimos que usamos... los vasos... los platos... las camas donde da tanto gusto descansar... los coches. Qué bueno es pasear en coche al caer la tarde... Cómo me gustaban todas esas cosas.

Hacía con los dedos de ambas manos un movimiento nervioso y leve, como si estuviera tocando el piano en los dos brazos del asiento. Y todos los silencios eran más penosos que las palabras, porque se notaba que debía de estar pensando en cosas espantosas.

Y Duroy se acordó de repente de lo que le decía pocas semanas antes Norbert de Varenne: «A mí, ahora que veo la muerte tan de cerca, me entran con frecuencia ganas de extender los brazos para rechazarla... La descubro en todas partes. Los animalitos aplastados en las carreteras, las hojas que caen, el pelo blanco que le veo en la barba a un amigo me destrozan el corazón y me gritan: "¡Ahí está!"».

No lo había entendido aquel día, pero ahora lo entendía al mirar a Forestier. Y se le metía dentro una angustia desconocida, atroz, como si hubiera notado muy cerca, en aquel sillón donde jadeaba ese hombre, al alcance de la mano, la repulsiva muerte. ¡Le entraban ganas de levantarse, de irse, de escapar, de volver a París inmediatamente! Ay, de haberlo sabido, no habría venido.

Ahora la oscuridad se había extendido por todo el cuarto igual que un luto prematuro que se le hubiera venido encima al moribundo. Solo la ventana seguía viéndose y perfilaba, dentro de aquel cuadrado más claro, la silueta inmóvil de Madeleine.

Y Forestier preguntó, irritado:

–¿Qué pasa? ¿Por qué no traen hoy la lámpara? Vaya forma de atender a un enfermo.

La sombra del cuerpo que destacaba contra los cristales de la ventana desapareció y se oyó un timbre eléctrico que despertó los ecos de la casa.

No tardó en entrar un criado que dejó una lámpara encima de la chimenea. La señora Forestier le dijo a su marido.

–¿Quieres acostarte o vas a bajar a cenar?

Él susurró:

–Bajaré.

Y la espera de la cena los tuvo casi otra hora quietos a los tres, diciendo solo de vez en cuando una palabra, una palabra cualquiera, inútil, trivial, como si hubiese residido un peligro misterioso en permitir que el silencio durase demasiado, en dejar que se petrificase el aire mudo de aquel cuarto, de aquel cuarto por el que rondaba la muerte.

Por fin anunciaron la cena. A Duroy se le hizo larga, interminable. No hablaban, comían sin ruido; luego, desmigajaban el pan con las yemas de los dedos. Y el criado que servía la mesa caminaba, iba y venía sin que se oyeran las pisadas porque, como el ruido de las suelas irritaba a Charles, iba en alpargatas. Solo el tic-tac de un reloj de madera alteraba la calma de las paredes con su vaivén mecánico y regular.

No bien hubieron acabado, Duroy se retiró a su cuarto, alegando cansancio y, de codos en la ventana, miraba cómo de la luna llena, en el centro del cielo, igual que el globo de una lámpara enorme, caía sobre las paredes blancas de las villas una claridad seca y velada y cómo sembraba por el mar una especie de concha de luz movediza y suave. Y buscaba un motivo para irse corriendo; inventaba artimañas, telegramas que iba a recibir, una llamada del señor Walter.

Pero al día siguiente, cuando se despertó, le pareció más difícil llevar a cabo la resolución de salir huyendo. La señora Forestier no picaría en sus mañas y, por cobardía, perdería todo el beneficio de su abnegación. Se dijo: «¡Bah, es fastidioso! Bueno, pues qué se le va a hacer, en la vida hay que pasar momentos desagradables; y, además, a lo mejor no dura mucho».

Hacía un tiempo azul, de ese azul del sur que nos colma el corazón de alegría. Y Duroy bajó hasta el mar, pensando que ya tendría tiempo de ver a Forestier durante el día y que no le corría prisa.

Cuando volvió, a la hora del almuerzo, el criado le dijo:

–El señor ya ha preguntado por el señor dos o tres veces. Si el señor tuviera a bien subir al cuarto del señor.

Subió. Forestier parecía dormir en un sillón. Su mujer leía, tendida en el sofá.

El enfermo alzó la cabeza. Duroy preguntó:

–Bueno, ¿qué tal estás? Esta mañana pareces en muy buena forma.

Forestier susurró:

–Sí, estoy mejor. He recobrado fuerzas. Date prisa en almorzar con Madeleine, porque vamos a ir a dar una vuelta en coche.

La joven, no bien se quedó a solas con Duroy, le dijo:

–¡Ya ve! Hoy se cree salvado. Lleva desde por la mañana haciendo planes. Dentro de un rato vamos a ir a Golfe-Juan a comprar cerámica para el piso de París. Quiere salir a toda costa, pero me da un miedo terrible que pase algo. No va a poder aguantar los baches del camino.

Cuando llegó el landó, Forestier bajó por las escaleras paso a paso, apoyándose en el criado. Pero, en cuanto vio el coche, quiso que bajasen la capota.

Su mujer se resistía:

–Vas a coger frío. Es una locura.

Él se empecinó:

–No. Estoy mucho mejor. Lo noto perfectamente.

Pasaron primero por esos caminos umbríos que corren siempre entre dos jardines y convierten Cannes en algo así como un parque inglés; luego llegaron a la carretera de Antibes, por la orilla del mar.

Forestier explicaba cosas de la zona. Primero indicó la villa del conde de París. Fue nombrando otras. Estaba alegre, con una alegría voluntaria, ficticia y frágil de condenado. Alzaba el dedo porque no tenía fuerzas para estirar el brazo.

–Mira, la isla de Sainte-Marguerite y el castillo del que se escapó Bazaine.[3] ¡La de cuentos que nos contaron sobre ese asunto!

Se acordó luego de cosas que habían pasado en el regimiento; nombró a oficiales que les recordaron a ambos algunas anécdotas. Pero, de pronto, tras una revuelta de la carretera, apareció El Golfe-Juan entero, con el pueblo blanco al fondo y la punta de Antibes en el extremo opuesto.

Y Forestier, presa de súbito de un júbilo infantil, balbució:

–¡Ah, la escuadra! ¿Ves la escuadra?

En el centro de la anchurosa bahía, se veía, efectivamente, media docena de barcos grandes que parecían rocas cubieras de ramas. Eran raros, deformes, gigantescos, con excrecencias, torres, espolones que se hundían en el agua como si quisieran echar raíces bajo el mar.

Tan pesados parecían y tan atados al fondo que resultaba incomprensible que pudieran cambiar de sitio, moverse. Una

[3] François-Achille Bazaine (1811-1888), mariscal de Francia procesado, tras la caída de Napoleón III, por la derrota de Francia en la guerra franco-prusiana de 1870. En 1874 se evadió y fue a refugiarse a Madrid, donde murió.

batería flotante, redonda, alta, con forma de observatorio, semejaba uno de esos faros que se construyen encima de un arrecife.

Y estaba pasando por su lado un barco de tres mástiles, camino de alta mar, con todas las velas desplegadas, blancas y jubilosas. Era grácil y bonito junto a aquellos monstruos guerreros, monstruos de hierro, monstruos feos agazapados encima del agua.

Forestier se esforzaba en reconocerlos. Iba nombrando: «El Colbert, el Suffren, el Amiral-Duperré, el Redoutable, el Dévastation»; y luego rectificaba: «No, me he confundido, el Dévastation es aquel otro».

Llegaron ante una edificación que parecía un pabellón grande donde podía leerse «Cerámicas artísticas de Golfe-Juan»; y el coche, tras dar la vuelta entorno a una extensión de césped, se detuvo ante la puerta.

Forestier quería comprar dos jarrones para ponerlos en la biblioteca. Como no podía bajarse del coche, le traían los modelos uno tras otro. Tardó mucho en decidirse y pedía opinión a su mujer y a Duroy:

–¿Sabes? Es para el mueble del fondo que hay en mi gabinete. Cuando estoy en el sillón, lo tengo continuamente ante la vista. Quiero una forma antigua, una forma griega.

Examinaba las muestras, mandaba que le trajesen más, volvía a las primeras. Por fin se decidió; y, tras pagar, exigió que se los mandasen enseguida.

–Vuelvo a París dentro de unos días –decía.

Tomaron el camino de regreso, pero, cuando iban siguiendo la costa del golfo, los alcanzó de pronto una corriente de aire frío que se había metido por el pliegue de un valle, y el enfermo empezó a toser.

Al principio no fue nada, un ataque breve; pero fue creciendo, se convirtió en una tos ininterrumpida y luego en algo así como un hipo, un estertor.

Forestier se asfixiaba y, cada vez que quería respirar, la tos, que le salía de lo hondo del pecho, le desgarraba la garganta. No se le calmaba con nada, no se aplacaba con nada. Hubo que llevarlo del landó a su cuarto; y Duroy, que lo tenía cogido por las piernas, notaba las sacudidas de los pies con todas y cada una de las convulsiones de los pulmones.

La tibieza de la cama no detuvo el ataque, que duró hasta las doce de la noche; luego, los narcóticos acabaron por embotar los espasmos mortales de la tos. Y el enfermo estuvo, hasta que se hizo de día, sentado en la cama con los ojos abiertos.

Las primeras palabras que dijo fueron para pedir que viniera el barbero, porque tenía mucho empeño en que lo afeitasen todas las mañanas. Se levantó para asearse; pero hubo que volver a acostarlo en el acto, y empezó a respirar de forma tan breve, dura y penosa que la señora Forestier, espantada, mandó que despertasen a Duroy, que acababa de acostarse, para rogarle que fuese a buscar al médico.

Volvió casi enseguida con el doctor Gavaud, que recetó una pócima y aconsejó unas cuantas cosas; pero, cuando lo estaba acompañando a la puerta el periodista para preguntarle qué le parecía, le dijo:

–Es la agonía. Mañana por la mañana estará muerto. Adviértaselo a esa pobre joven y mande a buscar a un sacerdote. Yo no tengo ya nada más que hacer. Pero quedo, de todas formas, a su completa disposición.

Duroy mandó llamar a la señora Forestier:

–Se muere. El doctor aconseja que mandemos llamar a un sacerdote. ¿Qué quiere usted hacer?

Ella se lo estuvo pensando un buen rato; luego dijo despacio, tras tomar todo en cuenta:

–Sí, es preferible... por muchos conceptos... Voy a prepararlo, a decirle que el cura quiere verlo... Algo por el estilo, vamos. Sería usted muy amable si fuera a buscarme a uno, a un cura, y lo escogiera. Elija a uno que no nos venga con demasiados remilgos. Intente que se conforme con confesarlo y que nos ahorre lo demás.

El joven volvió con un clérigo viejo y complaciente que se adaptaba a la situación. En cuanto entró en el cuarto del agonizante, la señora Forestier salió y se sentó con Duroy en la habitación contigua.

–Se ha quedado trastornado –dijo–. Cuando le he mencionado al sacerdote se le ha puesto una expresión espantosa... como si hubiera notado... notado... una ráfaga... ya sabe... Se ha dado cuenta de que por fin se había acabado todo y que había que contar las horas... –Estaba muy pálida. Añadió–: Nunca se me olvidará esa expresión en su cara. Desde luego que en ese momento vio la muerte. La vio...

Oyeron al sacerdote, que hablaba un poco alto porque era algo sordo y que estaba diciendo:

–No, de ninguna manera, no está usted tan acabado. Está enfermo, pero no en peligro. Y la prueba es que vengo como amigo, como vecino.

No oyeron la respuesta de Forestier. El anciano siguió diciendo:

–No, no voy a darle la comunión. Ya hablaremos de eso cuando esté bien. Si quiere aprovechar que he venido de visita para confesarse, en cambio, me parecerá muy bien. Yo soy un pastor y cojo al vuelo todas las ocasiones de llevar al redil a mis ovejas.

Luego, de pronto, dijo, con tono diferente, el tono del oficiante en el altar:

–La misericordia de Dios es infinita. Rece el Credo, hijo mío. A lo mejor no lo recuerda, voy a ayudarlo. Repita commigo: *Confiteor Deo omnipotenti... Beatae Mariae semper virgini...*

Se paraba a trechos para que el moribundo pudiera alcanzarlo. Luego dijo:

–Ahora confiésese...

La joven y Duroy ya no se movían; los embargaba una turbación singular, los conmovía una espera ansiosa.

El enfermo había susurrado algo. El sacerdote repitió:

–Ha caído en goces culpables... ¿de qué tipo, hijo mío?

Madeleine se levantó y dijo con sencillez:

–Vamos a bajar al jardin. No debemos escuchar sus secretos.

Y fueron a sentarse en un banco, delante de la puerta, bajo un rosal en flor y detrás de un macizo de claveles que lanzaba al aire puro su aroma recio y dulce.

Duroy, tras unos minutos de silencio, preguntó:

–¿Tardará usted mucho en regresar a París?

Ella contestó:

–No, no. En cuanto todo acabe, volveré.

–Dentro de unos diez días.

–Sí, como mucho.

Él añadió:

–¿Así que Forestier no tiene parientes?

–Ninguno, salvo unos primos. Sus padres murieron cuando era muy joven.

Ambos miraban una mariposa que libaba la vida en los claveles e iba de uno a otro con un rápido latir de alas, que seguían palpitando despacio cuando se posaba en la flor. Se quedaron callados mucho rato.

El criado vino a avisarlos de que «el señor cura había terminado». Y subieron juntos.

Forestier parecía haber adelgazado aún más desde la víspera. El sacerdote le tenía cogida la mano.

–Adiós, hijo, volveré mañana por la mañana.

Y se fue.

No bien hubo salido, el moribundo, jadeante, intentó alzar ambas manos hacia su mujer y tartamudeó:

–Sálvame... Sálvame... querida mía... No quiero morirme... no quiero morirme... Ay, salvadme... Decidme qué hay que hacer, id a buscar al médico... Me tomaré lo que sea... No quiero... No quiero...

Lloraba. De los ojos le corrían gruesas lágrimas por las mejillas descarnadas; y las comisuras delgadas de la boca se le fruncían como las de los niños cuando tienen una pena.

Entonces, las manos, tras volver a caer sobre la cama, iniciaron un movimiento continuo, lento y regular, como para coger algo de las sábanas.

Su mujer, echándose a llorar también, balbucía:

–No, no, no pasa nada. Es un ataque, mañana estarás mejor, ayer te cansó el paseo.

Forestier tenía la respiración más acelerada que la de un perro que acabase de dar una carrera, tanto que apenas si podían contarse los hálitos y tan débil que apenas si se oía.

Seguía repitiendo:

–¡No quiero morirme!... ¡Ay, Dios mío... Dios mío! ¿Qué va a ser de mí? Ya no veré nada... nada nunca más... nunca. ¡Ay, Dios mío!

Miraba lo que tenía enfrente, algo invisible para los demás y repulsivo, cuyo espanto se reflejaba en los ojos fijos. Ambas manos seguían haciendo al tiempo aquel ademán horrible y cansado.

Lo sobresaltó de pronto un escalofrío repentino que le vieron correr de punta a cabo del cuerpo y balbució:

–El cementerio... yo... ¡Dios mío!

Y no volvió a decir nada. Estaba inmóvil, desencajado y jadeante.

Pasaba el tiempo; dieron las doce campanadas de mediodía en el reloj de un convento cercano. Duroy salió del cuarto para ir a comer algo. Volvió una hora después. La señora Forestier se negó a comer. El enfermo no se había movido. Seguía arrastrando los dedos flacos por la sábana como para llevársela a la cara.

La joven estaba en un sillón, a los pies de la cama. Duroy se sentó en otro contiguo y esperaron en silencio.

Había venido una enfermera, a quien había enviado el médico; se había quedado amodorrada junto a la ventana.

El propio Duroy empezaba a quedarse dormido cuando notó que algo llegaba. Abrió los ojos para ver cómo, en ese preciso momento, los cerraba Forestier, como dos luces que se apagan. La garganta del moribundo se movió con un leve hipido y dos hilillos de sangre le aparecieron en las comisuras de los labios y le corrieron luego por la camisa. Las manos cesaron en el repulsivo paseo. Ya no respiraba.

Su mujer cayó en la cuenta y, lanzando algo así como un grito, cayó de rodillas sollozando encima de la sábana. Georges, sorprendido y espantado, se santiguó mecánicamente. La enfermera, que se había despertado, se acercó a la cama. «Ya», dijo. Y Duroy, recobrando la sangre fría, susurró, con un suspiro de alivio:

–Ha sido más corto de lo que pensaba.

Cuando pasó el primer pasmo, tras llorar las primeras lágrimas, se ocuparon de todos los cuidados y todas las gestiones que requiere un muerto. Duroy anduvo arriba y abajo hasta la noche.

Volvió con muchísima hambre. La señora Forestier comió un poco; luego, se instalaron ambos en la habitación del muerto para velar el cuerpo.

Ardían dos velas en la mesilla junto a un plato en que, en un poco de agua, había una rama de mimosa porque no habían encontrado la ramita de boj preceptiva.

Los dos jóvenes, él y ella, estaban solos, junto al que ya no estaba. No hablaban, pensaban y lo miraban.

Pero Georges, a quien inquietaba verse a oscuras junto a aquel cadáver, lo miraba con obstinación. No apartaba ni los ojos ni el pensamiento de aquel rostro descarnado, que lo atraía y fascinaba y, a la luz temblona, parecía aún más consumido. ¡Aquel era su amigo, Charles Forestier, que la víspera sin ir más lejos hablaba con él! ¡Qué cosa tan extraña y espantosa ese fin absoluto de un ser! ¡Ay y cómo se acordaba ahora de las palabras de Norbert de Varenne, a quien obsesionaba el temor a la muerte: «Un ser vivo no vuelve nunca». Nacerían millones y miles de millones de seres casi iguales, con ojos, nariz, boca, frente, mejillas y una cabeza, y dentro un pensamiento, sin que volviera a aparecer nunca aquel que estaba tendido en esa cama.

Durante unos cuantos años había vivido, comido, reído, amado, albergado esperanzas, como todo el mundo. Y para él ya se había acabado todo para siempre. ¡Una vida! ¡Unos cuantos días y luego nada! Nacemos, crecemos, somos felices, esperamos, luego nos morimos. ¡Adiós! ¡Hombre o mujer, ya no regresarás a la tierra! Y, no obstante, todos llevamos dentro el deseo febril e irrealizable de la eternidad; todos somos algo así como un universo en el universo; y no tardamos todos en desaparecer por completo en el estiércol de las nuevas germinaciones. Las plantas, los animales, los hombres, las estrellas, los mundos, todo cobra vida y muere luego para transformarse. ¡Y ningún ser vivo vuelve nunca, ni insecto, ni hombre, ni planeta!

A Duroy le pesaba en el alma un terror confuso, abrumador, el terror a esa nada ilimitada, inevitable, que destruía indefinidamente todas las existencias, tan breves y tan míseras. Ya estaba él agachando la frente bajo aquella amenaza. Se acordaba de las moscas que viven unas pocas horas, de los animales que viven unos pocos días, de los hombres que viven unos pocos años, de las tierras que viven unos pocos siglos. ¿En qué se diferencian unos de otros? Unos cuantos amaneceres más, eso es todo.

Desvió la vista para no seguir mirando el cadáver.

La señora Forestier, con la cabeza gacha, parecía estar sumida también en pensamientos dolorosos. Su pelo rubio era tan bonito coronando la cara triste que una sensación dulce, como el roce de una esperanza, le pasó al joven por el corazón. ¿Por qué desconsolarse cuando aún le quedaban tantos años por delante?

Se puso a contemplarla. Ella no lo veía, perdida en sus meditaciones. Duroy se decía: «¡Y esto es sin embargo lo único en la vida: el amor! ¡Tener en los brazos a la mujer amada! Ese es el colmo de la dicha humana».

Qué suerte había tenido el muerto aquel de haber dado con esta compañera inteligente y encantadora. ¿Cómo se habían conocido? ¿Cómo había accedido ella a casarse con aquel muchacho mediocre y pobre? ¿Cómo había conseguido convertirlo por fin en alguien?

Pensó entonces en todos los misterios que ocultan las existencias. Recordó que se decía en voz baja que el conde de Vaudrec le había dado una dote y la había casado.

¿Y ahora qué iba a hacer? ¿Con quién se iba a casar? Con un diputado, creía la señora de Marelle. ¿O con algún hombre brillante y con porvenir, un Forestier de categoría superior? ¿Tenía proyectos, planes, determinaciones? ¡Cuánto le habría gustado saberlo! Pero ¿por qué le preocupaba tanto lo que hiciera ella? Se lo preguntó y cayó en la cuenta de que el desasosiego le venía de uno de esos pensamientos ocultos, confusos, secretos, que no nos confiamos ni a nosotros, y que solo descubrimos cuando nos rebuscamos por dentro.

Sí, ¿por qué no intentar él esa conquista? ¡Qué fuerte sería a su lado, y qué temible! ¡Qué deprisa podría llegar y con cuánta seguridad!

Y ¿por qué no iba a conseguirlo? Veía que era del agrado de Madeleine, que esta sentía por él algo más que simpatía, uno de esos afectos que nacen entre dos caracteres semejantes y en los que se da tanto una seducción recíproca cuanto una suerte de complicidad muda.

Ella sabía que Duroy era inteligente, resuelto y tenaz; podía fiarse de él.

¿No lo había hecho venir en aquella circunstancia tan grave? Y ¿por qué lo había llamado? ¿No debía acaso ver en ello algo como una elección, como una confesión, como una designación? Si se había acordado de él en el preciso momento en que iba a enviudar, es que a lo mejor había pensado en quién iba a convertirse en un nuevo compañero, un aliado.

Y se adueñó de él un deseo impaciente de saberlo, de preguntarle, de enterarse de sus intenciones. Tenía que irse dos días después, no podía quedarse a solas con aquella mujer joven en esa casa. Así que tenía que darse prisa; tenía, antes de volverse a París, que sorprender con habilidad, con tacto, los proyectos que tenía y no dejar que regresase, que accediese quizá a los requerimientos de otro y se comprometiera sin posibilidad de vuelta de hoja.

El silencio de la habitación era hondo; solo se oía el péndulo del reloj, que marcaba encima de la chimenea su tictac metálico y regular.

Él susurró:

–Debe de estar muy cansada.

Ella contestó:

–Sí; pero sobre todo estoy desconsolada.

Les extrañó el ruido de sus voces, que sonaban raras en aquel aposento lúgubre. Y le miraron de repente la cara al muerto, como si esperasen verlo moverse, oír que les hablaba, como pocas horas antes.

Duroy siguió diciendo:

–Sí, para usted es un gran golpe; y un cambio tan completo en su vida, un trastorno auténtico del corazón y de toda la existencia.

Ella lanzó un prolongado suspiro sin contestar.

Duroy siguió diciendo:

–Es tan triste para una mujer joven verse sola, como se va usted a ver.

Luego se quedó callado. Ella no dijo nada. Georges balbució:

–Fuere como fuere, ya sabe el pacto que habíamos hecho. Puede disponer de mí como desee. Le pertenezco.

Ella le alargó la mano con una de esas miradas melancólicas y dulces que emocionan a cualquiera hasta la médula.

–Gracias, es usted bueno, es excelente. Si me atreviera y si pudiera hacer algo por usted, también le diría: cuente conmigo.

Él le había cogido la mano que le ofrecía y no la soltaba; se la apretaba con un deseo ardiente de besársela. Al fin se decidió a hacerlo y, acercándosela despacio a los labios, los tuvo mucho rato pegados a aquella epidermis fina, algo caliente, febril y perfumada.

Luego, cuando se dio cuenta de que aquella caricia amistosa

iba a resultar excesivamente larga, supo soltar aquella manita que volvió blandamente a la rodilla de Madeleine, quien dijo con mucha seriedad:

–Sí, voy a estar muy sola, pero me esforzaré en ser valiente.

Duroy no sabía cómo darle a entender que se sentiría dichoso, muy dichoso de que le tocase a él tenerla por mujer. No podía, desde luego, decírselo en aquel momento, en aquel lugar, en presencia de aquel cuerpo; pero le parecía que sí podía dar con una de esas frases ambiguas, decentes y complicadas, bajo cuyas palabras hay sentidos ocultos y que expresan todo lo que quiera uno decir con sus reticencias bien calculadas.

Pero el cadáver lo hacía sentirse apurado, aquel cadáver tieso, tendido ante ellos y que notaba interpuesto entre ambos. Por lo demás hacía ya un rato que le parecía captar en el ambiente cerrado de la habitación un olor sospechoso, un hálito podrido que salía de aquel pecho descompuesto, ese primer soplo de carroña que los pobres muertos tendidos en la cama sueltan a los familiares que los velan, un soplo espantoso con el que no tardan en llenar la caja hueca del ataúd.

Duroy preguntó:

–¿No podríamos abrir un rato la ventana? El aire parece corrompido.

Madeleine contestó:

–Sí, claro. Yo también acababa de notarlo.

Duroy fue a la ventana y la abrió. Entró toda la frescura aromática de la noche, alborotando la llama de las dos velas encendidas cerca de la cama. La luna vertía, como la noche anterior, su luz caudalosa y apacible por las paredes blancas de las villas y la ancha extensión reluciente del mar. Respiraba a pleno pulmón y notó de repente que unas esperanzas lo asaltaban, como si lo alzase en vilo la proximidad trémula de la dicha.

Se volvió:

–Venga a tomar un poco el fresco –dijo–. Hace un tiempo admirable.

Ella se acercó sosegadamente y se acodó a su lado.

Duroy susurró entonces, en voz baja:

–Escúcheme y no interprete mal lo que voy a decirle. Sobre todo no se indigne si le hablo de algo así en un momento como este, pero me voy pasado mañana y, cuando vuelva usted a París, a lo mejor es ya demasiado tarde. Esto es lo que quiero decirle... No soy sino un pobre diablo sin dinero y con una posición aún por hacer, como ya sabe. Pero soy voluntarioso y creo que no me falta inteligencia; y voy de camino y por buen camino. Con un hombre que ha llegado, sabido es ya lo que se toma; de un hombre que está empezando nunca se sabe hasta dónde irá. Puede ser para mal o para bien. En resumidas cuentas, le dije un día, en su casa, que mi sueño más caro habría sido casarme con una mujer como usted. Hoy le repito ese deseo. No me conteste. Déjeme seguir. No le estoy pidiendo su mano. Una petición así en este lugar y este instante la volverían odiosa. Solo quiero que no deje de saber que puede hacerme feliz con una sola palabra, que puede convertirme o en un amigo fraterno o incluso en un marido de su agrado, que mi corazón y mi persona le pertenecen. No quiero que me conteste ahora; no quiero que volvamos a hablar de esto aquí. Cuando nos volvamos a ver en París, me dará usted a entender lo que haya decidido. Hasta entonces, ni una palabra más, ¿de acuerdo?

Lo había soltado todo sin mirarla, como si estuviera lanzando las palabras hacia delante, en la oscuridad, como quien siembra. Y ella parecía no haberlo oído, pues había estado inmóvil, mirando hacia delante también, con pupilas quietas y perdidas, el dilatado paisaje que alumbraba la luna.

Se quedaron mucho rato juntos, codo con codo, callados y meditabundos.

Luego, Madeleine susurró:

–Hace algo de frío.

Y, dándose media vuelta, volvió hacia la cama. Él la siguió. Al acercarse, se dio cuenta de que, efectivamente, Forestier empezaba a heder; y apartó el sillón porque no habría podido aguantar mucho rato aquel olor a podredumbre. Dijo:

–Habrá que meterlo en la caja en cuanto sea por la mañana.

Ella contestó:

–Sí, sí, ya está previsto; el carpintero vendrá a eso de las ocho.

Y, al decir Duroy en un suspiro: «¡Pobre muchacho», ella también lanzó un prolongado suspiro de resignación consternada.

Lo miraban con menos frecuencia, hechos ya a la idea de aquella muerte; y empezaban a admitir mentalmente esa desaparición que, poco rato antes, aún los rebelaba y los indignaba porque ellos también eran mortales.

Ya no hablaban; seguían velándolo, como es debido, sin quedarse dormidos. Pero, a eso de las doce de la noche, Duroy fue el primero en amodorrarse. Cuando se despertó, vio que también la señora Forestier dormitaba; y, tras buscar una postura más cómoda, volvió a cerrar los ojos mascullando: «¡Caray! La verdad es que se está mejor en la cama de uno».

Un ruido repentino lo sobresaltó. Estaba entrando la enfermera. Era pleno día. A la joven, en el sillón de enfrente, se la veía tan sorprendida como él. Estaba algo pálida, pero seguía bonita, lozana y grata de ver pese a haber pasado la noche sentada.

Entonces, al mirar el cadáver, Duroy dio un respingo y exclamó:

–¡Ay, la barba!

La barba había crecido en pocas horas en aquella carne en descomposición igual que crecía en unos pocos días en la cara de un hombre vivo. Y les entró un medroso desconcierto al ver aquella vida que seguía en ese muerto, como si estuvieran ante un prodigio espantoso, ante una amenaza sobrenatural de resurrección, ante una de esas cosas anómalas, horribles, que conmocionan y confunden la inteligencia.

Fueron luego ambos a descansar hasta las once. Metieron después a Charles en la caja y se sintieron en el acto aliviados y más serenos. Se sentaron frente a frente para almorzar, con el despertar de un deseo de hablar de cosas que consolasen, más alegres, y de regresar a la vida, puesto que ya habían terminado con la muerte.

Por la ventana, abierta de par en par, entraba el suave calor de la primavera, trayendo el soplo perfumado del macizo de claveles en flor que había delante de la puerta.

La señora Forestier propuso a Duroy que diesen una vuelta por el jardín, y echaron a andar despacio alrededor de la breve pradera de césped, respirando con deleite el aire tibio colmado del olor de los abetos y los eucaliptos. Y, de repente, ella le habló, sin volver la cabeza hacia él, de la misma forma que había hecho él por la noche en el piso de arriba. Articulaba las palabras despacio, con voz baja y seria:

–Atienda, mi querido amigo, he pensado mucho... ya... en lo que me propuso y no quiero dejarlo marchar sin contestarle algo. Por lo demás, no voy a decirle ni que sí ni que no. Esperaremos, veremos, nos conoceremos mejor. Por su parte, piénselo a fondo. No obedezca a una atracción excesivamente fácil. Pero, si le hablo de esto antes incluso de que el pobre Charles haya bajado a la sepultura, es porque me importa mucho, después de lo que me dijo, que sepa perfectamente quién soy para que no siga alimentando el propósito del que me ha hecho partícipe si no tiene usted una... una... forma de ser capaz de entenderme y de soportarme.

»Entiéndame bien. El matrimonio no es para mí una cadena, sino una asociación. Pretendo tener libertad, libertad completa, en mis actos, mis ocupaciones, mis salidas, siempre. No podría tolerar ni controles, ni celos, ni discusiones acerca de mi comportamiento. Me comprometería, por descontado, a no poner nunca en entredicho el apellido del hombre con quien me hubiera casado, a no hacer nunca de él una persona repulsiva o ridícula. Pero también sería preciso que ese hombre se comprometiese a ver en mí a una igual, a una aliada, y no a una inferior ni a una mujer obediente y sumisa. Ya sé que no pienso como todo el mundo, pero no voy a cambiar de ideas. Así son las cosas.

»Añado: no me responda, sería inútil e indecoroso. Volveremos a vernos y quizá volvamos a hablar de todo esto más adelante.

»Ahora, vaya a dar una vuelta. Yo regreso junto a él. Hasta última hora de la tarde.

Duroy le dio un largo beso en la mano y se fue sin decir palabra.

No volvieron a verse hasta la hora de cenar. Luego subieron a sus habitaciones, porque a ambos los quebrantaba el cansancio.

A Charles Forestier lo enterraron a la mañana siguiente, de forma nada ceremoniosa, en el cementerio de Cannes. Y Georges Duroy quiso tomar el rápido de París, que pasa a la una y media.

La señora Forestier lo acompañó a la estación. Pasearon tranquilamente por el andén mientras esperaban la hora de salida y hablaron de cosas indiferentes.

Llegó el tren, muy corto, un auténtico rápido con solo cinco vagones.

El periodista elegió sitio y volvió a bajar luego para hablar un momento más con Madeleine; lo embargaba de pronto una tristeza, una pena; lamentaba con vehemencia separarse de ella, como si fuera a perderla para siempre.

Un empleado gritaba: «¡Viajeros para Marsella, Lyon, París! ¡El tren va a efectuar su salida!». Duroy subió y se acodó luego en la ventanilla para decirle aún unas cuantas palabras. La locomotora pitó y el tren arrancó despacio.

El joven, asomado, miraba a la mujer inmóvil en el andén, que lo seguía con la mirada. Y de pronto, cuando iba a perderla de vista, se tomó de los labios con ambas manos un beso y se lo arrojó.

Ella se lo devolvió con un ademán más discreto, titubeante, esbozado solo.

Segunda parte

Capítulo I

Georges Duroy había recobrado todas sus antiguas costumbres.

Estaba ya acomodado en el pisito de planta baja de la calle de Constantinople y vivía en él muy formal, como hombre que está preparando una nueva existencia. E incluso sus relaciones con la señora de Marelle habían adoptado un aspecto conyugal, como si se estuviera entrenando de antemano para el acontecimiento que se avecinaba; y su amante, extrañándose muchas veces de la sosegada regularidad de su unión, repetía entre risas: «Eres aún más casero que mi marido; no me ha compensado el cambio».

La señora Forestier no había regresado. Se demoraba en Cannes. Duroy recibió una carta suya que le anunciaba que no volvería hasta mediados de abril y en la que no había ni una palabra que hiciera alusión a la despedida. Esperó. Ahora estaba completamente resuelto a recurrir a todos los medios para casarse con ella en el caso de que le pareciese que aún titubeaba. Pero tenía confianza en su buena suerte, confianza en esa fuerza de seducción que notaba en sí, una fuerza inconcreta e irresistible a la que quedaban sometidas todas las mujeres.

Una notita lo avisó de que iba a sonar la hora decisiva:

> Estoy en París. Venga a verme.
>
> Madeleine Forestier

Solo eso. La recibió en el correo de las nueve. Ese mismo día, a las tres de la tarde, estaba entrando en su casa.

Ella le tendió ambas manos, sonriendo con aquella sonrisa suya tan bonita y tan amable; y se miraron a los ojos unos segundos.

Luego, ella susurró:

–Qué bueno fue cuando acudió en aquellas circunstancias terribles.

Él contestó:

–Habría hecho cuanto me hubiera mandado usted.

Y tomaron asiento. Madeleine pidió noticias de los Walter, de todos los colegas y del periódico. Tenía muy presente el periódico.

–Lo echo mucho de menos –decía–. Pero mucho. En espíritu, me había convertido en periodista. Qué quiere, me gusta ese oficio.

Luego se quedó callada. Duroy creyó entender, creyó verle en la sonrisa, en el tono de voz, en las propias palabras, algo así como una invitación; y, aunque se había prometido no forzar las cosas, balbució:

–Pues... ¿por qué... por qué no iba a reanudar... ese oficio... con... con el apellido Duroy?

Ella volvió a ponerse seria de pronto, y apoyándole la mano en el brazo, susurró:

–No hablemos aún de eso.

Pero él intuyó que aceptaba y, cayendo de rodillas, empezó a besarle apasionadamente las manos mientras repetía, tartamudeando:

–Gracias, gracias, ¡cuánto la quiero!

Madeleine se puso de pie. Duroy hizo otro tanto y notó que estaba muy pálida. Se dio cuenta entonces de que le gustaba, quizá desde hacía mucho; y, como estaban cara a cara, la abrazó y luego le dio un beso en la frente, un beso prolongado, tierno y formal.

Cuando ella se hubo soltado, escurriéndose por el pecho de él, añadió con tono serio:

–Mire, amigo mío, todavía no estoy decidida a nada. Aunque entra dentro de lo posible que sea que sí. Pero va a prometerme un secreto absoluto hasta que yo le permita romperlo.

Él se lo juró y se fue con el corazón rebosante de alegría.

A partir de ese momento fue muy discreto al visitarla y no le pidió consentimiento más específico porque Madeleine hablaba del porvenir, decía «más adelante», hacía proyectos en que las existencias de ambos iban juntas de una manera que equivalía continuamente, mejor y con mayor delicadeza a un asentimiento en toda regla.

Duroy trabajaba mucho, gastaba poco e intentaba ahorrar algo para no verse sin un céntimo cuando llegase la boda; y se iba volviendo tan tacaño como pródigo había sido anteriormente.

Transcurrió el verano y luego, el otoño, sin que nadie tuviera sospecha alguna, porque se veían poco y con mucha naturalidad.

Una noche, Madeleine le dijo, mirándolo de frente a los ojos:

–¿Todavía no le ha anunciado nuestro proyecto a la señora de Marelle?

–No, querida mía. Le prometí el secreto y no he abierto la boca con nadie en el mundo.

–Pues sería cosa de avisarla ya. Yo me encargo de los Walter. Lo hará esta semana, ¿verdad?

Duroy se había ruborizado.

–Sí, mañana mismo.

Madeleine desvió la vista despacio, como para no tener que fijarse en aquella turbación; y siguió diciendo:

–Si le parece, podríamos casarnos a principios de mayo. Sería muy buena fecha.

–La obedezco en todo con alegría.

–El 10 de mayo, que cae en sábado, me gustaría mucho porque es el día de mi cumpleaños.

–Decidido, el 10 de mayo.

–Sus padres viven cerca de Ruán, ¿verdad? O al menos eso me dijo.

–Sí, cerca de Ruán, en Canteleu.

–¿A qué se dedican?

–Pues... son unos rentistas modestos.

–¡Ah! Estoy deseando conocerlos:

Él titubeó, muy perplejo:

–Pero... es que son...

Luego tomó una decisión, como hombre fuerte de verdad, y dijo:

–Son aldeanos, querida mía, tienen una taberna y se sacrificaron muchísimo para que yo estudiase. No es que yo me avergüence de ellos, pero son tan... sencillos, tan... rústicos que, a lo mejor, no se siente a gusto con ellos.

Madeleine sonrió con sonrisa deliciosa, y una dulce bondad le iluminaba el rostro.

–No. Los querré mucho. Iremos a verlos. Quiero ir. Ya volveremos a hablar de esto. Yo también soy hija de gente modesta... pero me quedé sin padres. Ya no tengo a nadie en el mundo... –le tendió la mano y añadió–... sino a usted.

Duroy notó que se enternecía, que se conmovía, que lo conquistaba como no lo había conquistado nunca otra mujer.

–Tengo una idea –dijo ella–, pero resulta bastante difícil de explicar.

Él le preguntó:

–¿Y qué es?

–Pues es lo siguiente, amigo mío: soy como todas las mujeres, tengo mis... mis debilidades, mis flaquezas, me gusta todo lo que brilla, lo que suena. Me habría encantado llevar un apellido noble. ¿No podría, aprovechando nuestro matrimonio, no podría... ennoblecerse un poco?

Ahora era ella quien se ruborizaba, como si le estuviera proponiendo algo contrario al decoro.

Duroy respondió con mucha sencillez:

–Lo había pensado muchas veces, pero no me parece fácil.

–¿Y eso por qué?

Él se echó a reír:

–Por temor a hacer el ridículo.

Madeleine se encogió de hombros:

–De ninguna manera, de ninguna manera. Todo el mundo lo hace y nadie se burla. Separe su apellido en dos palabras: «Du Roy». Queda la mar de bien.

Él respondió en el acto, como hombre enterado:

–No, no queda bien. Es un procedimiento demasiado sencillo, demasiado corriente, demasiado sabido. Yo había pensado tomar el nombre de mi tierra chica, como seudónimo literario de entrada; e ir añadiéndolo luego poco a poco a mi apellido; e incluso, despues, dividir ese apellido en dos como me propone usted.

Ella preguntó:

–¿Su tierra chica es Canteleu?

–Sí.

Ella titubeaba:

–No, no me gusta cómo termina. A ver... ¿no podríamos cambiar un poco la palabra esa... Canteleu?

Había cogido de la mesa una pluma y garabateaba apellidos mirando a ver qué aspecto tenían. De pronto, exclamó:

–Mire, mire, ya he dado con ello.

Él estuvo unos segundos pensando y luego dijo con gran seriedad:

–Sí, está muy bien.

Madeleine estaba encantada y repetía:

–Duroy de Cantel, Duroy de Cantel, señora Duroy de Cantel. ¡Excelente, excelente! –Y añadió, con expresión convencida–: Y ya verá qué fácil resulta que lo acepte todo el mundo. Pero hay que coger la ocasión por los pelos. Porque luego sería ya demasiado tarde. Mañana mismo empiece a firmar las crónicas D. de Cantel; y los ecos, Duroy sencillamente. Es algo que se hace a diario en la prensa y a nadie le extrañará que adopte un nombre de guerra. En el momento de la boda, podremos retocarlo algo más diciéndoles a las amistades que había renunciado al «de» por modestia, por su posición; o incluso podemos no decir nada. ¿Cómo se llama su padre de nombre de pila?

–Alexandre.

Madeleine cuchicheó dos o tres veces seguidas: «Alexandre, Alexandre», atendiendo a la sonoridad de las sílabas; luego escribió en una hoja en blanco:

> Alexandre Du Roy de Cantel y señora tienen el gusto de participarles el enlace de su hijo, Georges Du Roy de Cantel, con Madeleine Forestier.

Miraba lo que había escrito alejándolo un tanto, encantada con el efecto; y manifestó:

–Con un poco de método, consigue uno todo lo que quiere.

Cuando se vio Georges en la calle, completamente decidido

a llamarse a partir de ese momento Du Roy, e incluso Du Roy de Cantel, le pareció que acababa de adquirir una importancia nueva. Andaba con más atrevimiento, con la frente alta, con el bigote más ufano, como tiene que andar un noble. Se notaba un deseo jubiloso de decirles a los transeúntes:

–Me llamo Du Roy de Cantel.

Pero, nada más llegar a su casa, se acordó de la señora de Marelle, y se inquietó; le escribió en el acto para pedirle una cita al día siguiente.

–Va a resultar duro –pensaba–. Me va a caer un buen chaparrón.

Luego se hizo a la idea con aquella despreocupación espontánea que lo movía a dar de lado las cosas desagradables de la vida y se puso a escribir un artículo fantasioso sobre los nuevos impuestos que habría que crear para garantizar el equilibrio de los presupuestos.

Incluyó en ellos la partícula nobiliaria por cien francos anuales y los títulos, desde barón a príncipe, por cantidades entre quinientos y mil francos.

Y firmó: D. de Cantel.

Al día siguiente recibió un telegrama de su amante donde le anunciaba que llegaría a la una.

La esperó algo febril y, por demás, resuelto a no andarse con paños calientes, a decirlo todo en el primer momento y, luego, tras la primera conmoción, argumentar con sensatez para demostrarle que no podía seguir toda la vida soltero y que, ya que el señor de Marelle se obstinaba en no morirse, había tenido que pensar en otra mujer para hacer de ella su compañera legítima.

Pese a todo, se notaba alterado. Cuando oyó sonar la campanilla, empezó a palpitarle el corazón.

Clotilde se le echó en los brazos.

–Hola, Buen Amigo.

Luego, al notar que la abrazaba con frialdad, lo miró y preguntó:

–¿Qué te pasa?

–Siéntate –dijo él–. Vamos a hablar en serio.

Ella se sentó, sin quitarse el sombrero, limitándose a levantarse el velillo hasta más arriba de la frente; y esperó.

Georges había bajado la vista; estaba preparando la forma de empezar. Lo hizo con voz lenta:

–Querida mía, me ves muy alterado, muy triste y muy apurado por lo que tengo que confesarte. Te quiero mucho, te quiero de verdad, de corazón; así que el temor a apenarte me aflige más aún que la propia noticia que tengo que darte.

Clotilde se estaba poniendo pálida, notaba que temblaba, y balbució:

–¿Qué pasa? ¡Dímelo enseguida!

Él dijo con voz triste, pero resuelta, con ese agobio fingido con que se comunican las desgracias afortunadas:

–Pasa que me caso.

Clotilde lanzó un suspiro de mujer a punto de desmayarse, un suspiro doloroso que le salió de lo hondo del pecho; y empezó a ahogarse, sin poder hablar, de tanto como jadeada.

Georges, al ver que ella no decía nada, añadió:

–No te imaginas cuánto he padecido antes de llegar a tomar esta decisión. Pero no tengo ni situación ni dinero. Estoy solo, perdido en París. Necesitaba a mi lado a alguien que fuera sobre todo una consejera, un apoyo y un sostén. Lo que busqué fue una asociada, una aliada, y la he encontrado.

Calló, aguardando la respuesta de ella, esperando una ira rabiosa, actos violentos, insultos.

Clotilde se había apoyado una mano en el corazón, como

para refrenarlo, y seguía respirando con sacudidas penosas que le alzaban los pechos y la obligaban a cabecear. Él le tomó la mano que se le había quedado en el brazo del sillón, pero ella la retiró con brusquedad. Luego susurró, como si hubiera caído en algo parecido al estupor.

–¡Ay, Dios mío!

Georges se arrodilló ante ella, sin atreverse a tocarla no obstante, y balbució, más afectado por aquel silencio que por lo que lo habrían afectado unos arrebatos:

–Clo, Clo, queridita, comprende mi situación, entiende lo que soy. ¡Ah, qué felicidad si hubiera podido casarme contigo! Pero estás casada. ¿Qué podía hacer yo? ¡Piénsalo, vamos, piénsalo! Tengo que situarme en sociedad y no puedo hasta que tenga un hogar. Si supieras... Hubo días en que me entraban ganas de matar a tu marido...

Hablaba con su voz suave, velada, seductora, una voz que se metía por el oído como una música. Vio cómo le iban creciendo dos lágrimas a su amante en los ojos quietos; las vio luego correrle por las mejillas mientras ya se le estaban formando otras dos al filo de los párpados.

Susurró:

–Ay, no llores, Clo, no llores, te lo ruego. Me partes el corazón.

Clotilde hizo un esfuerzo entonces, un esfuerzo tremendo, para mostrarse digna y orgullosa; y preguntó con ese tono temblón de las mujeres que van a romper en sollozos:

–¿Quién es?

Georges titubeó un segundo; luego, comprendiendo que no quedaba más remedio, dijo:

–Madeleine Forestier.

La señora de Marelle tuvo un respingo de todo el cuerpo;

luego, se quedó callada, pensando con tanta concentración que parecía haberse olvidado de que tenía a Georges a sus pies.

Y se le formaban sin cesar en los ojos dos gotas transparentes, caían, volvían a formarse.

Se puso de pie. Duroy intuyó que iba a irse sin decirle una sola palabra, sin reproches y sin perdón: y se sintió herido, humillado hasta lo más hondo. Quiso retenerla y se le abrazó al vestido, le estrechó a través de la tela aquellas pantorrillas carnosas, notando que se tensaban para resistir.

Le suplicaba:

–Te lo imploro, no te vayas así.

Entonces ella lo miró, desde arriba; lo miró con esos ojos húmedos y desesperados, tan encantadores y tan tristes, que revelan por completo el dolor de un corazón de mujer, y balbució:

–No tengo... no tengo nada que decir... nada... nada que hacer... Tienes... tienes razón... Has... has... elegido perfectamente lo que necesitabas...

Y, dando un paso atrás para soltarse, se fue sin que Georges siguiese intentando detenerla.

Tras quedarse solo, se puso de pie, aturdido como si le hubieran dado un golpazo en la cabeza; luego, aceptando los hechos, susurró: «La verdad, qué le vamos a hacer... o más vale así. Ya está... sin escenas. Mucho mejor». Y, aliviado de un peso enorme, sintiéndose de pronto liberado, a gusto para emprender una vida nueva, se puso a boxear contra la pared, dándole fuertes puñetazos, con una especie de embriaguez de triunfo y de fuerza, como si hubiera estado peleando con el Destino.

Cuando la señora Forestier le preguntó: «¿Ha avisado a la señora de Marelle?», él contestó reposadamente: «Desde luego...».

Ella lo examinaba con sus ojos claros.

–¿Y no la vio afectada?

–No, no, en absoluto. Antes bien, le pareció estupendamente.

No tardó en saberse la noticia. Hubo quien se asombró, hubo también quien aseguró que lo había previsto y otros más sonrieron dando a entender que no los sorprendía.

El joven, que ahora firmaba como D. de Cantel las crónicas, como Duroy los ecos y como Du Roy los artículos de política que empezaba a publicar de vez en cuando, pasaba la mitad de los días en casa de su prometida, quien lo trataba con una confianza fraternal en la que había, no obstante, una ternura cierta, pero oculta, algo parecido a un deseo que disimulaba como si fuera una flaqueza. Madeleine había decidido que la boda se celebraría muy en secreto, sin más presencia que la de los testigos, y que esa misma tarde se irían a Ruán. Irían a darles un beso a los ancianos padres del periodista y se quedarían con ellos unos cuantos días.

Duroy se había esforzado en que renunciase a ese proyecto, pero, al no conseguirlo, se había sometido al fin.

Así pues el 10 de mayo los recién casados, a quienes habían parecido inútiles las ceremonias religiosas ya que no habían invitado a nadie, volvieron a casa para cerrar los baúles, tras un breve paso por la tenencia de alcaldía, y tomaron en la estación de Saint-Lazare el tren de las seis de la tarde que arrancó hacia Normandía con ellos a bordo.

No habían cruzado ni veinte palabras hasta el momento en que se vieron solos en el vagón. En cuanto notaron que estaban en camino se miraron y se echaron a reír para disimular cierto apuro que no querían que se les notase.

El tren iba cruzando despacio la larga estación de Les Batignolles; dejó luego atrás la playa de cantos rodados que va de las fortificaciones al Sena.

Duroy y su mujer decían de vez en cuando unas cuantas palabras vacuas y volvían luego a mirar por la ventanilla.

Tras pasar por el puente de Asnières, les alegró ver el río cubierto de barcas, de pescadores y de remeros. El sol, un recio sol de mayo, repartía su luz oblicua por las embarcaciones y el río tranquilo, que parecía inmóvil, sin corriente y sin remolinos, estancado en el calor y la claridad del crepúsculo. Un barco de vela, en el centro del río, tras tender de borda a borda dos triángulos grandes de lienzo blanco para recoger las más mínimas ráfagas de brisa, parecía un ave gigantesca presta para alzar el vuelo.

Duroy susurró:

–Me encantan los alrededores de París; hubo por aquí unas cuantas fritadas que son los mejores recuerdos de mi vida.

Ella contestó:

–¿Y las barcas? Qué bonito eso de deslizarse por el agua mientras se pone el sol.

Callaron luego como si no se atreviesen a seguir con esos desahogos acerca de sus vidas pasadas; y se quedaron en silencio, saboreando ya quizá la poesía de la añoranza.

Duroy, sentando enfrente de su mujer, le cogió la mano y se la besó despacio.

–Cuando volvamos –dijo–, iremos de vez en cuando a cenar a Chatou.

Ella susurró: «¡Tendremos tanto que hacer!», con un tono que parecía querer decir: «Habrá que sacrificar lo agradable en aras de lo útil».

Georges le seguía teniendo cogida la mano y se preguntaba, preocupado, con qué transición iba a llegar a las caricias. No se habría sentido tan turbado ante la ignorancia de una muchacha; pero la inteligencia despierta y astuta que notaba en Madeleine lo ponía en una situación embarazosa. Temía parecerle un pánfilo, demasiado tímido o demasiado brusco, demasiado lento o demasiado pronto.

Le estrechaba la mano con apretones breves, sin que ella respondiera a la llamada. Dijo:

–Se me hace rarísimo que sea mi mujer.

Ella pareció sorprenderse:

–¿Por qué?

–No lo sé. Me parece curioso. Tengo ganas de besarla y me asombro de poder hacerlo porque estoy en mi derecho.

Ella le tendió tranquilamente la mejilla y él se la besó como habría besado la de una hermana.

Siguió diciendo:

–La primera vez que la vi (ya sabe, en aquella cena a la que me invitó Forestier), pensé: «Caray, si pudiera yo encontrar una mujer así». Bueno, pues ya está. Ya la tengo.

Ella susurró:

–Qué detalle por su parte.

Y seguía mirándolo de frente, sutilmente, sin dejar de sonreír con los ojos.

Él pensaba: «Soy demasiado frío. Soy un idiota. Debería correr más».

Y preguntó:

–¿Cómo conoció a Forestier?

Ella contestó con malicia provocadora:

–¿Para hablar de él vamos a Ruán?

Él se ruborizó:

–Soy un bobo. Me intimida usted mucho.

Madeleine se quedó encantada.

–¿Yo? ¡No puede ser! ¿Y eso a santo de qué?

Georges se había sentado a su lado, muy junto. Ella exclamó:

–¡Ay, un ciervo!

El tren estaba cruzando el bosque de Saint-Germain; y había visto cómo un corzo asustado cruzaba de un salto un paseo.

Duroy se había inclinado mientras ella miraba por la ventanilla abierta y le dio un beso prolongado, un beso de amante, en el pelo de la nuca.

Madeleine se quedó quieta unos instantes; luego, alzando la cabeza:

–Me hace cosquillas, déjelo ya.

Pero él no se apartaba y le paseaba despacio por la carne blanca, con una caricia excitante y prolongada, el bigote rizado.

Ella se sacudió:

–Déjelo ya, le digo.

Georges le había cogido la cabeza con la mano derecha, que le había pasado por detrás, y la hacía volverse hacia él. Luego, se abalanzó sobre su boca como gavilán sobre la presa.

Ella se defendía, lo rechazaba, intentaba soltarse. Por fin lo consiguió y repitió:

–Que lo deje ya.

Georges ya no la escuchaba; la estrechaba en sus brazos, la besaba con labios ávidos y trémulos, intentaba tenderla boca arriba en los almohadones del vagón.

Ella se soltó con gran esfuerzo y, levantándose con vehemencia, dijo:

–Ya está bien, Georges, basta. Que no somos ya unos chiquillos y podemos esperar perfectamente hasta llegar a Ruán.

Él seguía sentado, encarnadísimo; lo habían dejado helado esas palabras sensatas; luego, tras recobrar hasta cierto punto la sangre fría, dijo con buen humor:

–Está bien, esperaré, pero no creo que me salgan ni veinte palabras de aquí a que lleguemos. Y piense que estamos cruzando Poissy.

–Hablaré yo –dijo ella.

Y volvió a sentarse despacio a su lado.

Habló con precisión de lo que harían a la vuelta. Iban a quedarse en el piso en que había vivido ella con su primer marido; y Duroy heredaba también el cometido y el sueldo de Forestier en *La Vie Française*.

Por lo demás, antes de la unión Madeleine había arreglado, con la seguridad de un hombre de negocios, todos los detalles financieros de la pareja.

Se habían asociado con el régimen de separación de bienes y quedaban previstos todos los casos que podían acontecer: muerte, divorcio, nacimiento de un hijo o de varios. El joven aportaba cuatro mil francos, según decía, aunque, de esa cantidad, mil quinientos eran prestados. Lo demás salía de lo que había ahorrado durante el año en previsión del acontecimiento. La joven aportaba cuarenta mil francos que le había dejado Forestier, según decía.

Volvió a sacarlo a colación poniéndolo de ejemplo:

–Era un muchacho muy ahorrativo, muy formal, muy trabajador. Se habría hecho rico en poco tiempo.

Duroy ya no la escuchaba, concentrado en otros pensamientos.

Ella callaba a veces para ir en pos de una idea íntima; y luego seguía hablando:

–Dentro de tres o cuatro años, puede muy bien estar ganando entre treinta y cuarenta mil francos al año. Es lo que habría ganado Charles si hubiera vivido.

Georges, a quien empezaba a parecerle larga la clase, contestó:

–Creía que no íbamos a Ruán para hablar de él.

Ella le dio un cachetito en la mejilla:

–Es verdad; hago mal.

Se reía.

Él tenía con ostentación las manos puestas en las rodillas, igual que los niños muy formales.

–Así tiene pinta de pánfilo –dijo ella.

Él contestó:

–Es el papel que me corresponde, que, por cierto, me ha recordado usted hace un rato, y no pienso volver a salir de él.

–¿Por qué?

–Porque es usted quien ha tomado la dirección de la casa e incluso la de mi persona. ¡Y desde luego que, como viuda, es lo que le toca!

Ella se asombró:

–¿Qué quiere decir exactamente?

–Que cuenta con una experiencia que tiene que disipar mi ignorancia y con una práctica del matrimonio que tiene que espabilar mi inocencia de soltero, ¡hale, eso es!

Ella exclamó:

–¡Esa sí que es buena!

Georges contestó:

–Así son las cosas. Yo no sé nada de las mujeres, hale, y usted sí que sabe de los hombres porque es viuda, hale, y será usted quien me instruya... esta noche, hale, y puede incluso empezar ahora mismo si quiere, hale.

Madeleine exclamó, muy alegre:

–¡Anda que como cuente conmigo para eso...!

Él articuló con voz de niño de colegio que masculla la lección:

–Pues sí, hale, cuento con ello. Y cuento incluso con que me dé una instrucción sólida... en veinte lecciones... diez para los rudimentos... la lectura, la gramática... diez para el perfeccionamiento y la retórica... Porque yo no sé nada, hale.

Ella exclamó, divertidísima:

–Eres bobo.

Él contestó:

–Si empiezas a tutearme, también seguiré ese ejemplo y te diré, amor mío, que te adoro cada vez más, más cada segundo que pasa, ¡y que me parece que Ruán está lejísimos!

Ahora hablaba con entonación de actor, poniendo caras chistosas que divertían a la joven, acostumbrada a los modales y a las gracias de la alta bohemia de los hombres de letras.

Lo miraba de reojo y le parecía realmente encantador; le entraban unas ganas como las que entran de comerse una fruta en el árbol, y notaba el titubeo del sentido común que aconseja que se espere a la hora de la cena para tomarla a su hora.

Dijo entonces, algo colorada por los pensamientos que la asaltaban:

–Alumnito mío, fíese de mi experiencia, de mi gran experiencia. Los besos en los vagones no convienen. Le sientan mal al estómago. –Y luego se ruborizó más mientras susurraba–: No hay que beberse nunca el vino en agraz.

Duroy reía tontamente y lo excitaban los sobrentendidos que notaba que salían de aquella boca tan bonita; se santiguó, mascullando algo como si cuchichease una oración, y luego manifestó:

–Acabo de encomendarme a san Antonio, patrono de las tentaciones. Ahora soy de bronce.

Caía la noche despacio, envolviendo en una sombra transparente como un crespón liviano la dilatada campiña que se extendía a la derecha. El tren iba siguiendo las orillas del Sena y los jóvenes se pusieron a mirar en el río, que se desenroscaba junto a las vías como una ancha cinta de metal pulimentado, unos reflejos rojos, unas manchas caídas del cielo que el sol, según se iba, había teñido de púrpura y de fuego. Se apagaban poco a poco aquellos resplandores, se volvían más oscuros, se ensombrecían tristemente. Y el campo se ahogaba en la oscuridad con ese escalofrío lúgubre, ese escalofrío de muerte que todos los crepúsculos infunden a la tierra.

Aquella melancolía del atardecer, que entraba por la ventanilla abierta, se les metía en el alma, tan jubilosa hacía un rato, a ambos cónyuges, que ahora callaban.

Se habían arrimado uno a otro para mirar cómo agonizaba el día, el hermoso día claro de mayo.

En Mantes, les encendieron el pequeño quinqué de aceite que derramaba por el paño gris de la tapicería acolchada una luz amarilla y temblona.

Duroy le pasó el brazo por la cintura a su mujer y la estrechó. El deseo agudo de hacía un rato se volvía ternura, una ternura lánguida, un deseo perezoso de caricias menudas, consoladoras, de esas caricias con que arrullan a los niños.

Susurró muy bajo:

–Voy a quererte mucho, Made, tesoro.

La dulzura de la voz emocionó a la joven, le hizo pasar por el cuerpo un estremecimiento breve; y le brindó la boca, inclinándose, porque él le había puesto la cabeza en el tibio apoyo de los pechos.

Fue un beso muy largo, mudo y hondo; luego, un respingo, un abrazo brusco y frenético, una breve lucha jadeante, una cópula violenta y torpe. Se quedaron luego abrazados, algo decepcionados ambos, lasos y tiernos otra vez, hasta que el pitido del tren anunció la cercanía de una estación.

Ella manifestó, retocándose con la yema de los dedos el pelo alborotado de las sienes:

–Ha sido una bobada muy grande. Somos unos chiquillos.

Pero él le besaba las manos, pasando de una a otra con velocidad febril, y le contestó:

–Te adoro, Made, tesoro mío.

Siguieron casi inmóviles hasta llegar a Ruán, mejilla con mejilla, con la vista en la ventanilla oscura por donde se veían pasar a veces las luces de las casas; y soñaban a medias, contentos de sentirse tan cerca y a la espera creciente de un abrazo más íntimo y más libre.

Pararon en un hotel cuyas ventanas daban al muelle y se metieron en la cama después de cenar algo, muy poco. La doncella los despertó a la mañana siguiente cuando acababan de dar las ocho.

Tras tomarse la taza de té que les había dejado en la mesilla de noche, Duroy miró a su mujer y luego, de pronto, con el arrebato jubiloso de un hombre feliz que acaba de dar con un tesoro, la tomó en sus brazos balbuciendo:

–Made, mi vida, me doy cuenta de que te quiero mucho... mucho... mucho...

Ella sonreía con aquella sonrisa suya confiada y satisfecha y susurró, devolviéndole los besos:

–Y yo también... a lo mejor...

Pero a Duroy le seguía preocupando la visita a sus padres.

Ya había avisado repetidamente a su mujer; la había preparado, sermoneado. Le pareció oportuno hacerlo de nuevo.

–Ya sabes, son aldeanos, aldeanos de aldea y no de una ópera cómica.

Ella se reía:

–Que sí, que ya lo sé, que ya me lo has dicho de sobra. Venga, levántate y deja que me levante también yo.

Él saltó de la cama y, mientras se ponía los calcetines, decía:

–Estaremos muy mal en mi casa, muy mal. No hay en mi

cuarto más que una cama vieja con un jergón. En Canteleu no se conocen los somieres.

Madeleine parecía encantada de la vida:

–Mejor. Será delicioso dormir mal... a tu... a tu lado... y que me despierte el canto de los gallos.

Se había puesto la bata, una bata ancha de franela blanca que Duroy reconoció en el acto. Le desagradó ese espectáculo. ¿Por qué? Sabía perfectamente que su mujer tenía una docena de atuendos así, de mañana. ¿No podía descabalar el ajuar para comprarse una nueva? En cualquier caso, a él le habría gustado que su ropa de casa, su ropa de cama, su ropa de amor no fuera la misma que con el otro. Le parecía que la tela mullida y cálida debía de conservar algo del contacto de Forestier.

Fue hacia la ventana mientras encendía un cigarrillo. La vista del puerto, del río ancho repleto de embarcaciones de mástiles ligeros y de vapores rechonchos que unas máquinas giratorias vaciaban en los muelles con gran escándalo, lo conmovió aunque conociera todo aquello hacía mucho. Y exclamó:

–¡Caramba, qué hermosura!

Madeleine acudió y, poniéndole ambas manos en el hombro a su marido, inclinada hacia él con un ademán confiado, se quedó encantada, emocionada:

–¡Ay, qué bonito, qué bonito! No sabía que hubiera tantos barcos.

Se fueron una hora después, porque tenían que almorzar con los padres, que llevaban avisados varios días. Un coche de punto descubierto y oxidado se los llevó con un ruido de calderos removidos. Fueron por un bulevar largo y bastante feo, cruzaron luego unas praderas por donde corría un río y empezaron, luego, a subir la cuesta. Madeleine, cansada, se había quedado traspuesta bajo la caricia penetrante del sol que la calentaba de forma deliciosa en lo hondo de aquel coche viejo, como si hubiera estado tendida en un baño tibio de luz y de aire campestre.

Su marido la despertó:

–Mira –dijo.

Acababan de detenerse tras subir los dos tercios de la cuesta, en un lugar reputado por las vistas, al que llevaban a todos los viajeros.

Se dominaba el enorme valle, alargado y ancho, que el río claro recorría de punta a punta con amplias ondulaciones. Se lo veía venir desde allá lejos, manchado de multitud de islas y describiendo una curva antes de cruzar Ruán. Surgía luego en la orilla derecha la ciudad, que velaba un tanto la niebla matutina, con fulgores de sol en los tejados y sus mil campanarios livianos, puntiagudos o rechonchos, quebradizos y tallados como alhajas gigantes, sus torres cuadradas o redondas que remataban coronas heráldicas, sus atalayas, sus pináculos, toda la plétora gótica de las cumbres de las iglesias de la que sobresalía la aguja puntiaguda de la catedral, sorprendente aguja de bronce, fea, extraña y desmedida, la más alta del mundo.

Pero enfrente, en la otra orilla del río, se alzaban, redondas y con la cúspide panzuda, las estrechas chimeneas fabriles del dilatado arrabal de Saint-Sever.

En cantidad mayor que sus hermanos los campanarios, erguían hasta la lejana campiña sus largas columnas de ladrillo y lanzaban al cielo azul su aliento negro de carbón.

Y la más alta de todas, tan alta como la pirámide de Keops, la segunda cima fruto del trabajo humano, pareja casi a su altiva comadre, la aguja de la catedral, la bomba de vapor de la fábrica La Foudre parecía la reina de la raza laboriosa y humeante de las fábricas, de la misma forma que su vecina era la reina de la muchedumbre puntiaguda de los monumentos sacros.

Más allá, detrás de la ciudad obrera, se extendía un bosque de abetos; y el Sena, tras pasar entre ambas villas, seguía su camino, bordeaba una cuesta empinada y ondulante, coronada de árboles y que mostraba a trechos los huesos de piedra blanca, y desaparecía luego en el horizonte tras haber trazado otra curva amplia y redondeada. Podían verse barcos que iban río arriba y abajo, de los que tiraban unas lanchas de vapor del tamaño de una mosca y que escupían una humareda densa. Unas cuantas islas, que se dilataban en la superficie del río, iban todas en fila, una tras otra o dejando grandes intervalos, como las cuentas desiguales de un rosario de vegetación.

El cochero esperaba a que los viajeros hubiesen concluido de manifestar su embeleso. Estaba al tanto, por experiencia, de cuánto le duraba la admiración a cada raza de paseantes.

Pero, cuando acababa de arrancar, Duroy divisó de pronto, a unos cuantos cientos de metros, a dos ancianos que se acercaban y bajó de un brinco del coche, exclamando:

–Aquí llegan. Los reconozco.

Eran dos aldeanos, hombre y mujer, que caminaban con paso regular, balanceándose y tropezando a ratos con el hombro del otro. El hombre era bajo, rechoncho, encarnado y algo tripón, robusto pese a la edad que tenía; la mujer era alta, flaca, encorvada, triste, la auténtica jornalera para todo del campo que trabajó desde pequeña y nunca se rió, mientras que el marido bromeaba bebiendo con los parroquianos.

También Madeleine se había bajado del coche y miraba cómo se acercaban aquellos dos pobres seres con el corazón oprimido, con una tristeza que no había previsto. No reconocían a su hijo, aquel señor tan elegante, y nunca habrían podido imaginar que su nuera fuese aquella señora tan elegante de vestido claro.

Caminaban sin hablar y deprisa, yendo al encuentro del hijo

al que estaban esperando, sin fijarse en aquellas personas de la ciudad tras las que rodaba un coche.

Pasaban de largo. Georges, riendo, gritó:

–¿Qué tal, compadre Duroy?

Se pararon ambos en seco, pasmados de entrada y, luego, alelados con la sorpresa. La vieja fue la primera en reaccionar y balbució, sin dar un paso:

–¿Es nuestro chico?

El joven contestó:

–¡Pues claro que soy yo, madre Duroy!

Y, acercándosele, la besó en ambas mejillas con un beso sonoro de hijo. Se frotó luego las sienes con las del padre, que se había quitado la gorra, una gorra al estilo de Ruán, de seda negra, muy alta, parecida a las de los tratantes de bueyes.

Georges anunció después:

–Y esta es mi mujer.

Y los dos aldeanos miraron a Madeleine. La miraron como se mira un fenómeno, con un desasosiego medroso al que se sumaba, en el padre, lo que parecía una aprobación satisfecha y, en la madre, una ojeriza envidiosa.

El marido, hombre de carácter dicharachero a quien le rezumaba un buen humor de sidra dulce y licores, perdió el miedo y preguntó, mirando de reojo con malicia:

–Se le podrá dar un beso, digo yo.

El hijo contestó:

–Anda, claro.

Y Madeleine, apurada, brindó ambas mejillas a los besitos ruidosos del campesino, que se limpió luego los labios con el dorso de la mano.

Luego le tocó la vez a la vieja, que besó a la nuera con reserva hostil. No, no era la nuera con la que había soñado, una oronda y lozana granjera colorada como una manzana y robusta como una yegua para crianza. La señorona aquella parecía una cualquiera, con tantos perifollos y tanto almizcle. Porque para la vieja todos los perfumes eran almizcle.

Echaron todos a andar detrás del coche en el que iba el baúl de los recién casados.

El viejo cogió a su hijo del brazo y, quedándose atrás con él, le preguntó muy interesado:

–Y qué, ¿te van bien las cosas?

–Desde luego, muy bien.

–Pues basta con eso. ¡Me alegro! Oye, ¿y tu mujer tiene posibles?

Georges contestó:

–Cuarenta mil francos.

El padre soltó un breve silbido de admiración y la cantidad lo dejó tan conmocionado que solo pudo susurrar:

–Demontre. –Luego añadió, con firme convencimiento–: A fe que es toda una real hembra.

La encontraba muy de su gusto y, en sus tiempos, había tenido fama de entendido.

Madeleine y la madre caminaban juntas, sin decir palabra. Los hombres las alcanzaron.

Estaban llegando al pueblo, una aldea a la orilla de la carretera, que constaba de diez casas de cada lado, casas de burgo y granjas en ruinas, aquellas de ladrillo y estas de barro, estas tejadas de paja y aquellas de pizarra. El café de Duroy, À la Belle Vue, una casucha que constaba de planta baja y desván, estaba a la entrada, a la izquierda. Una rama de pino colgada encima de la puerta informaba, según la antigua costumbre, de que la gente sedienta podía entrar.

Estaba puesta la mesa en la taberna: eran dos mesas juntas

que cubrían dos servilletas. Una vecina, que había venido para echar una mano y servir, saludó con una marcada reverencia al ver aparecer a una señora tan bien puesta; luego reconoció a Georges y exclamó:

–Jesús, María y José... ¿este es el chico?

Él contestó jovialmente:

–¡Sí que soy yo, madre Brulin!

Y en el acto le dio un beso, como se lo había dado a sus padres.

Luego se volvió hacia su mujer:

–Ven a nuestro cuarto –dijo– a quitarte el sombrero.

La hizo entrar, por la puerta de la derecha, en una habitación fría, con suelo de baldosas, blanca de arriba abajo, con paredes enjalbegadas y una cama con cortinas de algodón. Un crucifijo encima de una pililla de agua bendita y dos cromos de colores, que representaban a Paul y Virginie debajo de una palmera azul y a Napoleón I, subido a un caballo amarillo, eran los únicos ornatos de aquel cuarto limpio y desconsolador.

No bien estuvieron a solas, Duroy besó a Madeleine:

–Hola, Made. Me alegro de volver a ver a los viejos. Cuando está uno en París, no se acuerda; y luego, cuando nos reunimos, no deja de dar gusto.

Pero el padre estaba pegando gritos y puñetazos en el tabique:

–Venga, venga, que ya está la comida.

Y hubo que sentarse a la mesa.

Fue un almuerzo largo y aldeano, con una secuencia de platos mal avenidos: embutido después de la pierna de cordero, tortilla después del embutido. Duroy padre, alegre con la sidra y unos cuantos vasos de vino, abrió el caño de sus mejores gracias, las que tenía reservadas para las fiestas importantes, historias picantes y cochinas que les habían pasado a amigos suyos, según decía. Georges, que se las sabía ya todas, reía, no obstante; el aire de la tierra lo achispaba y había vuelto a adueñarse de él el cariño innato por la patria chica, los lugares familiares de la infancia, todas las sensaciones, todos los recuerdos recuperados, todas las cosas de antaño que volvía a ver, naderías, una marca de navaja en una puerta, una silla coja que le traía a la memoria un hecho menudo, esencias del suelo, el ancho aliento de resina y árboles que llegaba del bosque vecino, los olores del hogar, del albañal, del estiércol.

La madre no hablaba, seguía triste y adustamente seria, y espiaba a su nuera con el rabillo del ojo; le había nacido un odio en el corazón, un odio de mujer que llevaba toda la vida trabajando, de anciana rústica a quien las duras tareas habían desgastado los dedos y deformado los miembros, contra aquella mujer de la ciudad que le repugnaba por maldita, por réproba, por ser impuro concebido para la holgazanería y el pecado. Se levantaba continuamente para ir a buscar las fuentes, para llenar los vasos con la bebida amarilla y agria de la jarra o con la sidra rojiza, espumosa y dulce de las botellas, cuyo corcho saltaba como el de la gaseosa.

Madeleine no comía apenas, no hablaba apenas, estaba triste, con la sonrisa habitual clavada en los labios, pero una sonrisa taciturna y resignada. Estaba decepcionada, consternada. ¿Por qué? Había venido por su gusto. Estaba al tanto de que iba a casa de unos aldeanos, de unos campesinos modestos. ¿Cómo los había soñado, ella que no solía soñar?

¿Lo sabía? ¿Acaso las mujeres no esperan siempre algo diferente de las cosas tal y como son? ¿Le habían parecido de lejos más poéticos? No, pero quizá sí más literarios, más nobles, más afectuosos, más decorativos. Y eso que no deseaba que fueran distiguidos, como los de las novelas. ¿Por qué, pues, le molestaban mil cosas mínimas, invisibles, mil zafiedades inaprensibles, su propia índole de rústicos, sus ademanes y su buen humor?

Se acordaba de su madre, de quien nunca le hablaba a nadie, una institutriz seducida, criada en Saint-Denis y muerta de pobreza y de pena cuando Madeleine contaba doce años. Un desconocido se hizo cargo de la educación de la niña. ¿Su padre seguramente? ¿Quién era? Nunca lo supo con exactitud, aunque tenía vagas sospechas.

El almuerzo no acababa nunca. Ahora iban llegando clientes, le estrechaban la mano a Duroy padre, lanzaban exclamaciones al ver al hijo y, mirando de reojo a la joven, hacían un guiño malicioso que quería decir: «¡Menudo pillo está hecho este! ¡Anda y que no está de buen ver la costilla de Georges Duroy!».

Otros, que tenían menos confianza, se sentaban a las mesas de madera y pedían a voces: «¡Una botella! ¡Una jarra! ¡Dos aguardientes! ¡Una copa de Raspail!». Y se ponían a jugar al dominó metiendo escándalo al dejar del golpe los cuadraditos de hueso blancos y negros.

La madre seguía yendo y viniendo, sirviendo a los parroquianos con aquella expresión suya tristísima, cobrando, limpiando las mesas con la punta del delantal azul.

El humo de las pipas de arcilla y de los puros de cinco céntimos llenaba la sala. Madeleine empezó a toser y preguntó:

–¿Y si saliéramos? No aguanto más.

Aún no habían acabado de comer. A Duroy padre lo contrarió. Entonces Madeleine se levantó y fue a sentarse en una silla, delante de la puerta que daba a la carretera, mientras esperaba a que su suegro y su marido terminasen de tomarse el café y la copita.

Georges no tardó en ir con ella.

–¿Quieres que bajemos hasta el Sena? –preguntó.

Ella aceptó muy contenta:

–Ay, sí. Vamos.

Bajaron la montaña, alquilaron una barca en Croisset y pasaron el resto de la tarde a orillas de una isla, bajo los sauces, soñolientos ambos entre el calor suave de la primavera, acunados por las olitas del río.

Volvieron a subir al caer la tarde.

La cena, a la luz de una vela, le resultó a Madeleine aún más penosa que el almuerzo. Duroy padre, que estaba medio borracho, ya no decía nada. La madre seguía con la misma cara de pocos amigos.

La luz escasa proyectaba sobre las paredes grises las sombras de las cabezas, con narices enormes y ademanes desmesurados. A veces, cuando alguien, al volverse un poco, brindaba el perfil a la llama amarilla y temblona, se veía cómo una mano gigantesca alzaba un tenedor semejante a una horca hasta una boca que se abría como las fauces de un monstruo.

No bien acabaron de cenar, Madeleine se llevó a su marido fuera para no quedarse en aquel local oscuro donde siempre andaba flotando un olor acre a pipas viejas y bebidas derramadas.

Nada más salir, Duroy dijo:

–Ya estás harta.

Ella quiso protestar. Él la interrumpió:

–No. Lo he visto perfectamente. Si quieres, nos vamos mañana.

Ella susurró:

–Sí, me parece bien.

Ambos caminaban despacio, recto. Era una noche tibia cuya oscuridad acariciadora y honda parecía colmada de ruidos leves, de roces, de ráfagas. Se habían metido por un camino estrecho, bajo árboles muy elevados, entre dos sotos de una negrura impenetrable.

Madeleine preguntó:

–¿Dónde estamos?

Él contestó:

–En el bosque.

–¿Es muy grande?

–Mucho, uno de los mayores de Francia.

Un olor a tierra, a árboles, a musgo, ese aroma fresco y viejo de los bosques frondosos, hecho con la savia de los capullos y con la hierba muerta y mohosa de la maleza, parecía dormir en aquel camino. Si alzaba la cabeza, Madeleine divisaba estrellas entre las cimas de los árboles y, aunque no había brisa que las moviera, notaba alrededor el tenue palpitar de aquel océano de hojas.

Le pasó por el alma un escalofrío singular y le corrió por la piel; una angustia confusa le oprimió el corazón. ¿Por qué? No lo entendía. Pero le parecía que estaba perdida, hundida, rodeada de peligros, abandonada por todos, sola, sola en el mundo bajo aquella bóveda viva que se estremecía allá arriba.

Susurró:

–Tengo un poco de miedo. Me gustaría volver.

–Pues volvamos.

–Y... ¿nos vamos a París mañana?

–Sí, mañana...

–¿Mañana por la mañana?

–Mañana por la mañana si así lo quieres.

Volvieron. Los viejos ya estaban acostados. Madeleine durmió mal, la despertaron continuamente todos los ruidos del campo, que le resultaban nuevos, los chillidos de las lechuzas, el gruñido de un cerdo encerrado en una cabaña pegada a la pared, y el canto de un gallo que retumbó desde medianoche.

Estaba levantada y lista para irse con las primeras luces del alba.

Cuando Georges les anunció a sus padres que se iban, se quedaron sobrecogidos ambos; luego comprendieron de dónde venía esa decisión.

El padre preguntó sencillamente:

–¿Y volveremos a verte pronto?

–Pues claro. Este verano.

–Me alegro.

La vieja refunfuñó:

–Ojalá que no tengas que arrepentirte de lo que has hecho.

Les dio doscientos francos de regalo para que se quedasen menos descontentos; y, al presentarse a eso de las diez el coche de alquiler que había ido a avisar un chiquillo, los recién casados dieron un beso a los viejos aldeanos y se fueron.

Según bajaban la cuesta, Duroy se echó a reír:

–Bueno –dijo–, pues ya te había avisado. No habría debido traerte a que conocieras a mis padres, los señores Du Roy de Cantel.

Ella se rió también y contestó:

–Ahora estoy encantada. Son muy buenas personas, estoy empezando a quererlos mucho. Les mandaré regalitos desde París. –Luego susurró–: Du Roy de Cantel... ya verás como a nadie le extrañan nuestras participaciones de matrimonio. Diremos que hemos pasado ocho días en la finca de tus padres. –Y, arrimándose a él, le rozó con un beso la punta del bigote–: ¡Hola, Géo!

Él le contestó, pasándole una mano por detrás de la cintura:

–¡Hola, Made!

Se veía a lo lejos, en lo hondo del valle, el ancho río, desenroscado como una cinta de plata bajo el sol de la mañana y todas las chimeneas de las fábricas, que lanzaban al cielo sus nubes de carbón, y todos los campanarios puntiagudos que se erguían en la ciudad antigua.

Capítulo II

Los Du Roy llevaban dos días en París y el periodista había vuelto a su antiguo cometido en tanto llegaba el momento de dejar la sección de ecos de sociedad para quedarse definitivamente con el trabajo de Forestier y dedicarse por completo a la política.

Iba aquel atardecer hacia su casa, el hogar de su antecesor, para cenar, con el corazón alegre y el súbito deseo de besar dentro de un rato a su mujer, a cuyos encantos físicos e insensible dominio estaba muy sometido. Al pasar delante de un florista, en la parte de abajo de la calle de Notre-Dame-de-Lorette, se le ocurrió comprarle un ramo a Madeleine y escogió un manojo grande de rosas apenas abiertas, de capullos perfumados.

En todos los pisos de sus nuevas escaleras se complacía en mirarse en aquellos espejos cuya vista le recordaba continuamente la primera vez que había entrado en aquella casa.

Llamó, porque se había dejado la llave, y el mismo criado, con el que también se había quedado por consejo de su mujer, vino a abrir.

Georges preguntó:

–¿Ha vuelto la señora?

–Sí, señor.

Pero, al cruzar por el comedor, se quedó muy sorprendido al

vislumbrar tres cubiertos; y, como el portier del salón estaba recogido, vio a Madeleine colocando en un jarrón de la chimenea un manojo de rosas igual en todo al suyo. Se quedó contrariado y descontento, como si le hubieran robado la idea, el detalle y todo el gusto que esperaba sacarle.

Preguntó al entrar:

–¿Has invitado a alguien?

Ella contestó sin darse la vuelta, mientras seguía arreglando las flores:

–Sí y no. Es mi antiguo amigo, el conde de Vaudrec, que suele cenar aquí todos los lunes y ha venido como hacía antes.

Georges susurró:

–Ah, muy bien.

Estaba de pie detrás de ella, con el ramo en la mano y con ganas de esconderlo, de tirarlo. Pero dijo:

–¡Toma, te he traído unas rosas!

Ella se volvió de golpe, muy sonriente y exclamando:

–¡Ay, qué detalle tan bonito que se te haya ocurrido!

Y le tendió los brazos y los labios con un arrebato de gusto tan sincero que Georges se sintió consolado.

Madeleine cogió las flores y, con presteza infantil y arrobada, las puso en el jarrón vacío que estaba frente al otro. Luego susurró, mirando el efecto:

–¡Qué contenta estoy! Ahora ya tengo la chimenea equipada.

Añadió casi en el acto, con expresión convencida:

–Vaudrec es encantador, ¿sabes? Intimarás con él enseguida.

Un timbrazo anunció al conde. Entró tranquilamente, muy a sus anchas, como si estuviera en su casa. Tras besarle galantemente los dedos a la joven se volvió hacia el marido y le alargó la mano cordialmente, preguntando:

–¿Qué tal, mi querido Du Roy?

No tenía ya el aspecto estirado, la expresión envarada de antaño, sino una expresión afable, que daba a entender a las claras que la situación ya no era la misma. El periodista, sorprendido, intentó comportarse con amabilidad para corresponder a esa cordialidad que Vaudrec se anticipaba a brindarle. Pasados cinco minutos, se habría dicho que se conocían y se querían muchísimo desde hacía diez años.

Entonces Madeleine, con el rostro radiante, les dijo:

–Los dejo solos. Tengo que dar una vuelta por la cocina.

Y se escabulló mientras ambos hombres la seguían con la mirada.

Cuando volvió se los encontró hablando de teatro a cuento de una obra nueva; y estaban tan de acuerdo que, al descubrir aquella paridad absoluta de ideas, les asomaba a los ojos algo así como una amistad naciente y rápida.

La cena fue encantadora, muy íntima y cordial; y el conde se quedó hasta bien entrada la velada, pues se sentía muy a gusto en aquella casa, en aquel hogar reciente y tan grato.

En cuanto se fue, Madeleine le dijo a su marido:

–¿Verdad que es perfecto? Y hay que ver lo que gana cuando se lo conoce bien. Este sí que es un amigo excelente, seguro, abnegado y fiel. ¡Ay, si no hubiera sido por él...!

No acabó de decir lo que estaba pensando; y Georges contestó:

–Sí, me parece muy agradable. Creo que nos vamos a llevar muy bien.

Pero ella siguió diciendo, acto seguido:

–No sabes aún que tenemos que trabajar esta noche, antes de irnos a la cama. No me ha dado tiempo a mencionártelo antes de la cena, porque Vaudrec llegó enseguida. Me han traído noticias graves hace un rato, noticias de Marruecos. Me las ha proporcionado Laroche-Mathieu, el diputado, el futuro ministro. Tenemos que hacer un artículo largo, un artículo que cause sensación. Tengo hechos y cifras. Vamos a poner manos a la obra ahora mismo. Toma, coge la lámpara.

Él la cogió y fueron al gabinete de trabajo.

Había las mismas filas de libros en la estantería; encima estaban ahora los tres jarrones que Forestier compró en Golfe-Juan la víspera de su día postrero. Debajo de la mesa, el folgo del difunto estaba a la espera de los pies de Du Roy, quien tomó, tras sentarse, el palillero de marfil cuyo extremo habían mascado un poco los dientes del otro.

Madeleine se apoyó en la chimenea y, después de encender un cigarrillo, le contó las noticias que tenía; expuso luego lo que opinaba y el guión del artículo que tenía en la cabeza.

Georges la escuchaba atentamente mientras garabateaba unas cuantas notas; y cuando ella acabó, hizo objeciones, volvió al principio del asunto, lo hizo ir a más, desarrolló a su vez no ya un guión para el artículo, sino un plan de campaña contra el actual Gabinete. Aquel ataque sería el principio. Su mujer había dejado de fumar, porque sentía un interés cada vez mayor y se le abría un panorama dilatado y ambicioso según iba en pos del pensamiento de Georges.

De vez en cuando susurraba:

–Sí... sí... Eso está muy bien... Excelente... Muy rotundo...

Y, cuando hubo acabado él de hablar a su vez, dijo:

–Ahora vamos a escribirlo.

Pero a Du Roy le costaba siempre arrancar y buscaba trabajosamente las palabras. Entonces ella se acercó, se le inclinó sobre el hombro con suavidad y empezó a soplarle las frases por lo bajo, al oído.

De vez en cuando, titubeaba y le preguntaba:

–Es eso lo que quieres decir, ¿verdad?

Él contestaba:

–Sí, eso mismo.

Madeleine tenía agudezas mordaces, venenosas agudezas femeninas para herir al jefe del Gabinete y se burlaba al tiempo de su cara y de su política, de una forma tan graciosa que movía a risa sin dejar de impresionar por lo atinado del comentario.

Du Roy añadía de vez en cuando unas cuantas líneas que daban a los ataques un alcance de más calado y mayor fuerza. Dominaba, además, el arte de los sobrentendidos pérfidos, que había aprendido sacándoles punta a los ecos de sociedad, y cuando algún hecho que Madeleine daba por cierto le parecía dudoso o comprometedor, sobresalía en la técnica de insinuarlo y metérselo a los demás en la cabeza con fuerza mayor que si lo hubiera afirmado.

Tras acabar el artículo, Georges lo leyó en voz alta, con tono declamatorio. A los dos, de común acuerdo, les pareció admirable; y se sonreían, encantados y sorprendidos, como si acabase de ocurrir una revelación mutua. Se miraban a los ojos, con emoción admirada y enternecida, y se besaron impulsivamente, con un ardor amoroso que les pasaba del intelecto al cuerpo.

Du Roy cogió otra vez la lámpara:

–Y ahora a la camita –dijo con mirada pícara.

Madeleine contestó:

–Pasad delante, amo mío, ya que sois vos quien ilumina el camino.

Él se adelantó y ella fue detrás hasta su cuarto haciéndole cosquillas entre el cuello de la camisa y el pelo para que anduviera más deprisa, porque a Georges no le gustaba esa caricia.

Se publicó el artículo con la firma de Georges Du Roy de Cantel y dio mucho que hablar. Causó conmoción en la Cámara. Walter felicitó al autor y lo puso al frente de la redacción de política de *La Vie Française.* Y los ecos de sociedad volvieron a Boisrenard.

Empezó entonces en el periódico una campaña hábil y violenta contra el Gabinete. El ataque, siempre diestro y alimentado con hechos, tan pronto irónico cuanto serio, a veces gracioso, a veces virulento, golpeaba con una seguridad y una constancia que tenía asombrado a todo el mundo. Los demás periódicos citaban continuamente *La Vie Française,* le cogían párrafos completos, y los hombres del ejecutivo hicieron gestiones a ver si se podía amordazar con un cargo de prefecto a aquel enemigo desconocido y encarnizado.

Du Roy se iba haciendo famoso en los grupos políticos. Notaba cómo iba a más su influencia en la presión de los apretones de manos y el talante de los sombrerazos. Por lo demás, su mujer lo tenía colmado de asombro y de admiración por lo ingenioso de sus ideas, la habilidad de sus informaciones y la cantidad de personas a las que conocía.

Se encontraba continuamente en el salón de su casa, cuando volvía, a un senador, a un diputado, a un magistrado, a un general, que trataban a Madeleine como a una antigua amiga, con confianza, pero con formalidad. ¿Dónde había conocido a todas esas personas? Es sociedad, decía ella. Pero ¿cómo había sabido ganarse su confianza y su afecto? Georges no lo entendía.

«Menudo miembro del cuerpo diplomático sería», pensaba.

Madeleine llegaba a comer tarde muchas veces, sin aliento, encarnada, trémula; e incluso antes de quitarse el velillo decía:

–Hoy traigo cosas de lo más sabrosas. Fíjate, el ministro de Justicia acaba de nombrar a dos magistrados que pertenecieron a las comisiones mixtas. Le vamos a meter un vapuleo que no se le va a olvidar en la vida.

Y le metían un vapuleo al ministro; y otro, al día siguiente; y un tercero, al otro día. El diputado Laroche-Mathieu, que cenaba en la calle de Fontaine todos los martes, después del conde de Vautrec, que inauguraba la semana, les estrechaba con fuerza las manos a la mujer y al marido con demostraciones de júbilo extremosas. Repetía sin parar:

–Caray, qué campaña. Si con esto no lo conseguimos...

Tenía grandes esperanzas, efectivamente, de conseguir hacerse con la cartera de Asuntos Exteriores, a la que aspiraba hacía mucho.

Era uno de esos políticos con varias caras, sin convicción, sin grandes recursos, sin audacia y sin conocimientos rigurosos, abogado provinciano, buen mozo de capital de provincias, que conservaba un equilibrio taimado entre todos los partidos radicales, algo así como un jesuita republicano y una seta liberal nada de fiar, como tantas otras que crecen en el estiércol popular del sufragio universal.

Su maquiavelismo de aldea le daba fama de competente entre sus colegas, entre todos esos desclasados y todos esos abortos que llegan a diputados. Era lo bastante atildado, lo bastante correcto, lo bastante campechano, lo bastante amable para triunfar. Tenía éxito en sociedad, en ese mundo mezclado, turbio y poco sutil de los altos funcionarios del momento.

Decían de él en todas partes: «Laroche será ministro», y él pensaba también, con mayor seguridad que todos los demás, que Laroche sería ministro.

Era uno de los principales accionistas del periódico de Walter y colega y socio de este en muchos asuntos financieros.

Du Roy lo apoyaba con confianza y con esperanzas confusas para más adelante. Por lo demás, no hacía sino proseguir con la obra que había empezado Forestier, a quien Laroche-Mathieu había prometido la Legión de Honor cuando llegase el día de la victoria. La condecoración iría a parar al pecho del nuevo marido de Madeleine, y listo. En resumidas cuentas, nada había cambiado.

Tanto se notaba que nada había cambiado que los colegas de Du Roy andaban con una muletilla que empezaba a enojarlo.

Ya no lo llamaban sino Forestier.

En cuanto llegaba al periódico, alguien voceaba:

–Oye, Forestier...

Él fingía no oírlo e iba a buscar las cartas a su casillero.

La voz repetía con más fuerza:

–¡Eh, Forestier...!

Corrían de boca en boca unas cuantas risas ahogadas.

Según iba a entrar Du Roy en el despacho del director, el colega que lo había llamado lo detenía:

–Huy, perdona, si es contigo con quien quería hablar. Qué bobada, es que siempre me hago un lío contigo y con el pobre Charles. Es que tus artículos se parecen tanto a los suyos. Todo el mundo se confunde.

Du Roy no contestaba nada, pero rabiaba; y le iba naciendo una ira sorda contra el difunto.

Incluso Walter había dicho, al oír a gente que se extrañaba del parecido flagrante en los giros y en la inspiración que había entre las crónicas del nuevo redactor de política y las del anterior: «Sí, escribe como Forestier, pero un Forestier más consistente, con más nervio, más viril».

En otra ocasión, Du Roy, al abrir por casualidad el armario de los bilboquetes, se encontró con que los de su antecesor llevaban un crespón alrededor del mango y el suyo, con el que había aprendido el uso bajo la dirección de Saint-Potin, lucía el adorno de una cinta rosa. Los habían colocado todos en el mismo estante, por tamaños; y en una cartela como la de los museos ponía: «Antigua colección Forestier y Cía; Forestier-Du Roy, heredero; patente S. G. D. G.[4] Artículos a toda prueba, que pueden usarse en todas las circunstancias, incluso estando de viaje».

Volvió a cerrar el armario sin alterarse, diciendo con voz lo bastante alta para que lo oyeran:

–En todas partes hay imbéciles y envidiosos.

Pero estaba herido en su orgullo, herido en su vanidad, en la vanidad y el orgullo ariscos y recelosos del escritor que son la causa de esa susceptibilidad siempre en guardia, semejante en el reportero y en el poeta genial.

La palabra «Forestier» le hacía daño en los oídos; temía oírla y notaba que se ruborizaba cuando la oía.

Ese apellido era para él una burla hiriente, más que una burla, casi un insulto. Le decía a voces: «Es tu mujer quien te hace el trabajo, igual que se lo hacía al otro. No serías nada sin ella».

Y él estaba dispuesto a admitir que Forestier no habría sido nada sin Madeleine. Pero él ¡de ninguna manera!

Luego, al volver a casa, la obsesión proseguía. Ahora era la casa entera la que le recordaba al muerto; todos los muebles, todos los adornos, todo cuanto tocaba. Al principio no se le había ocurrido; pero la muletilla de sus colegas le había hecho en el pensamiento una especie de llaga que una gran cantidad de naderías, de las que no se había percatado hasta entonces, le envenenaban ahora.

No podía ya coger objeto alguno sin que le pareciese ver en el acto la mano de Charles encima. No veía ni usaba más que cosas que él había utilizado antes, cosas que había comprado,

---

[4] «Sin garantía del Gobierno.»

querido y poseído él. Y empezaba a irritarlo incluso pensar en las antiguas relaciones de su amigo y su mujer.

Lo asombraba a veces que se le rebelase así el corazón, no lo entendía y se preguntaba: «¿Cómo demonios me pasa esto? No tengo celos de Madeleine. Nunca me preocupa lo que hace. Entra y sale como quiere. ¡Y acordarme de ese animal de Charles me pone rabioso!».

Añadía *in mente:* «En el fondo, no era más que un cretino; seguramente eso es lo que me molesta. Me enfada que Madeleine se casara con un tonto así».

Y se repetía continuamente: «Pero ¿cómo puede ser que una mujer así aguantase ni por un segundo a un borrico como aquel?».

Y le aumentaban el rencor a diario mil detalles insignificantes que lo pinchaban como agujas, el recuerdo incesante del otro que procedía de una palabra de Madeleine, de una palabra del criado o de una palabra de la doncella.

Una noche, Du Roy, que era goloso, preguntó:

–¿Por qué no tomamos nunca dulces de postre? Nunca mandas que los pongan.

La joven contestó alegremente:

–Es verdad, ni se me ocurre. Como a Charles no le gustaban nada...

Georges le cortó la palabra en un arrebato de impaciencia que no pudo reprimir.

–Mira, empiezo a estar harto de Charles. Siempre Charles por aquí y Charles por allá. A Charles le gustaba esto, a Charles le gustaba lo otro... Charles ya la espichó, tengamos la fiesta en paz.

Madeleine miraba estupefacta a su marido, sin entender esa ira repentina. Luego, como era perspicaz, intuyó algo de lo que le pasaba por dentro, aquella labor lenta de los celos póstumos que con todo lo que le recordaba al otro iban a más por momentos.

Le pareció quizá pueril, pero la halagó y no contestó nada.

Georges se reprochó esa irritación que no había sabido ocultar. Y resultó que, cuando estaban escribiendo aquella noche un artículo para el día siguiente, tropezó con el folgo. Al no conseguir darle la vuelta, lo apartó de una patada y preguntó, riendo:

–Pero ¿es que Charles tenía siempre frío en los pies?

Madeleine contestó, riendo también:

–Huy, el miedo a acatarrarse lo traía a mal traer. Tenía el pecho débil.

Du Roy añadió ferozmente:

–Cosa que demostró con creces, por cierto. –Luego añadió, galante–: Afortunadamente para mí.

Y le besó a su mujer la mano.

Pero, al acostarse seguía obsesionado con lo mismo y continuó preguntando:

–¿Llevaba Charles gorro de dormir de algodón para evitar que le diera la corriente en las orejas?

Madeleine se prestó a la broma y contestó:

–No, se ataba un pañuelo de madrás a la frente.

Charles se encogió de hombros y dijo con desprecio de ser superior:

–Menudo lelo.

A partir de entonces, Charles se convirtió en tema continuo de conversación. Lo mencionaba por todo y no lo llamaba ya sino «ese pobre Charles», con expresión de compasión infinita.

Y, al regresar del periódico, donde había oído cómo lo llamaban dos o tres veces Forestier, se vengaba acosando al muerto en lo hondo del sepulcro con burlas rebosantes de odio. Traía a colación sus defectos, sus ridiculeces, sus bajezas, se complacía en enumerarlos, les sacaba partido y los volvía mayores como si hubiese querido contrarrestar en el corazón de su mujer la influencia de un rival temido.

Repetía:

–Oye, Made, ¿te acuerdas del día en que el tontorrón de Forestier quería demostrarnos que los hombres gordos eran más fuertes que los flacos?

Quiso saber luego muchos detalles íntimos del difunto y secretos que la joven, apurada, se negaba a contar. Pero Du Roy insistía y se empecinaba.

–Venga, anda, cuéntamelo. Debía de estar muy chistoso en ese momento.

Ella susurraba, evasiva:

–Vamos, déjalo en paz de una vez.

Él seguía:

–No, cuenta. ¡La verdad es que debía de ser un torpón en la cama el borrico ese!

Y siempre llegaba a la misma conclusión:

–¡Si es que era un animal!

Un atardecer de finales de junio, mientras estaba fumando un cigarrillo asomado a la ventana, era la velada tan bochornosa que le entraron ganas de dar un paseo.

Preguntó:

–Made, tesoro, ¿quieres venir hasta el bosque de Boulogne?

–Sí, desde luego.

Cogieron un coche de punto con la capota bajada y fueron por Les Champs-Élysées y luego por la avenida de Le Bois-de-Boulogne. Era una noche sin viento, una de esas noches de estufa en que el aire recalentado de París se mete en el pecho como el vapor de un horno. Un ejército de coches de punto paseaba bajo los árboles a una multitud de enamorados. Avanzaban, pegados, y no se acababan nunca.

Georges y Madeleine se entretenían mirando a todas aquellas parejas abrazadas que pasaban en los coches, la mujer con vestido claro, el hombre vestido de oscuro. Era un río inmenso de enamorados que fluía hacia el bosque de Boulogne bajo el cielo estrellado y ardoroso. No se oía más ruido que el rodar sordo de las ruedas en la tierra. Iban pasando los dos ocupantes de cada coche, recostados en los almohadones, mudos, muy juntos, perdidos en la alucinación del deseo, estremecidos con la espera del abrazo cercano. La oscuridad tibia parecía repleta de besos. Una sensación de ternura que iba flotando, de amor bestial expandido, entorpecía el aire y lo tornaba más asfixiante. Todos aquellos seres emparejados, a quienes embriagaba el mismo pensamiento, el mismo ardor, hacían que fluyese entorno a ellos una fiebre. Todos aquellos coches cargados de amor, sobre los que parecían revolotear caricias, dejaban a su paso algo parecido a un soplo sensual, sutil y turbador.

También Georges y Madeleine notaron que se les contagiaba aquella ternura. Se cogieron suavemente de la mano, sin decir palabra, algo agobiados por la gravidez del ambiente y por la emoción que se iba adueñando de ellos.

Al llegar a la curva que bordea las fortificaciones se besaron y ella balbució, un tanto azorada:

–Nos estamos portando como unos chiquillos, lo mismo que cuando fuimos a Ruán...

La corriente caudalosa de coches se había dividido al entrar en los sotos. En el camino de los lagos, por el que iban los jóvenes, los coches se habían espaciado algo, pero la oscuridad densa de los árboles, el aire que vivificaban las hojas, la humedad de los riachuelos que se oían correr bajo las ramas y una suerte de frescon el dilatado espacio nocturno tachonado de estrellas les daban a los besos de aquellas parejas sobre ruedas un encanto más penetrante y una sombra más misteriosa.

Georges estrechando contra sí a su mujer susurró:

–Ay, Made, tesoro mío.

Ella le dijo:

–¿Te acuerdas de lo tétrico que era el bosque de al lado de tu casa? Me daba la impresión de que estaba lleno de animales espantosos y que no tenía fin. Mientras que esto es una delicia. Se notan las caricias del viento y sé perfectamente que Sèvres está del otro lado del bosque.

Él contestó:

–Bah, en el bosque de al lado de mi casa no había más que ciervos, zorros, corzos, jabalíes y, de trecho en trecho, la casa de un guarda forestal.

Aquella palabra que empezaba como el apellido del difunto y le había brotado de los labios lo sorprendió como si alguien se la hubiera gritado desde lo hondo de la maleza; y se calló de repente, al volver a apoderarse de él aquel malestar raro y persistente, aquella irritación celosa, devoradora, invencible que llevaba ya tiempo amargándole la vida.

Al cabo de un minuto, preguntó:

–¿Habías venido aquí alguna vez como ahora, de noche, con Charles?

Ella contestó:

–Claro, muchas veces.

Y a Georges, de pronto, le entraron ganas de volverse a casa, unas ganas crispadas que le oprimían el corazón. Pero la imagen de Forestier se le había metido en el alma, lo poseía, lo estrechaba con fuerza. Ya no podía sino pensar en él, hablar de él.

Dijo con entonación malvada:

–Oye, Made.

–¿Sí, querido?

–Le pusiste los cuernos al pobre Charles.

Ella susurró con desdén:

–Hay que ver qué cantinela tan tonta te ha dado...

Pero él no soltaba la idea:

–A ver, Made, tesoro, sé sincera y confiésalo. Le pusiste los cuernos, ¿a que sí? Admite que le pusiste los cuernos.

Madeleine callaba, molesta con aquella expresión, como les sucede a todas las mujeres.

Georges añadió, empecinado:

–Caray, desde luego que tenía la jeta ideal para que se los pusieran. Ya lo creo, ya lo creo. ¡Y eso sí que me haría gracia, saber si Forestier era un cornudo! ¡Con esa carita tan simpática de lelo!

Notó que Madeleine sonreía, quizá por algún recuerdo, e insistió:

–Venga, dilo ya. ¿Qué más dará? Pero si sería de lo más divertido que me confesases que lo engañaste, que me lo confesases a mí.

Y efectivamente estaba trémulo de esperanza y de deseos de que Charles, el odioso Charles, el muerto aborrecido, el muerto odioso, hubiera cargado con aquella vergüenza ridícula. Y, no obstante... no obstante otra emoción más confusa le espoleaba el deseo de enterarse.

Repetía:

–Made, Made, tesoro, dilo por favor. Si le hubiera estado bien empleado. Si habría sido un gran error por tu parte no ponerle una cornamenta. Venga, Made, admítelo.

Ahora a Madeleine debía de parecerle divertida semejante insistencia porque se reía con risitas breves y entrecortadas.

Georges le había pegado los labios al oído a su mujer.

–Venga... venga... admítelo.

Madeleine se apartó con un ademán seco y dijo con brusquedad:

–Pero no seas estúpido. Las preguntas así no se contestan.

Lo dijo con una entonación tan peculiar que a su marido le pasó por las venas un escalofrío y se quedó cortado, asustado, algo jadeante, como si hubiera sufrido una conmoción moral.

Ahora el coche iba por las orillas del lago, donde parecía haber desgranado el cielo sus estrellas. Dos cisnes, difusos, nadaban muy despacio y apenas si se los vislumbraba en la oscuridad.

Georges le gritó al cochero:

–Media vuelta.

Y el coche tomó el camino de regreso, cruzándose con los demás, que iban al paso y cuyos grandes faroles relucían como ojos en la oscuridad del bosque de Boulogne.

¡De qué forma tan rara lo había dicho! Du Roy se preguntaba: «¿Será una confesión?». Y ahora la ira de aquella cuasi certidumbre de que había engañado a su primer marido le hacía perder los estribos. ¡Tenía ganas de golpearla, de estrangularla, de arrancarle el pelo!

¡Ay! ¡Si le hubiera contestado: «Pero, mi vida, de haberlo engañado, habría sido contigo»! ¡Cuánto la habría besado, abrazado, adorado!

Estaba inmóvil, con los brazos cruzados, clavando la mirada en el cielo, con las ideas demasiado perturbadas para seguir pensando. Solo notaba que le fermentaba por dentro aquel rencor y le crecía esa ira que incuban en el corazón todos los varones ante los caprichos del deseo femenino. ¡Por primera vez notaba esa angustia inconcreta del marido que sospecha! Estaba celoso, en resumidas cuentas, ¡celoso por el muerto, celoso por cuenta de

Forestier! Celoso de una manera extraña y dolorosa en la que, de repente, había una parte de odio a Madeleine. ¡Si había engañado al otro, cómo iba Du Roy a poder fiarse de ella!

Luego, poco a poco, se le calmaron un tanto los ánimos y, acopiando fuerzas contra el sufrimiento, pensó: «Todas las mujeres son unas mujerzuelas; hay que usarlas y no darles nada de uno mismo».

La amargura del corazón se le subía a los labios en forma de palabras de desprecio y de asco. Pero no las dejó salir: se repetía: «El mundo es de los fuertes. Hay que ser fuerte. Por encima de todo, hay que ser fuerte».

El coche iba más deprisa. Volvió a pasar por las fortificaciones. Du Roy miraba de frente, miraba una claridad rojiza en el cielo, semejante al resplendor de una fragua desmesurada; y oía un rumor confuso, tremendo, continuo, constituido de ruidos innúmeros y diferentes, un rumor sordo, cercano y lejano, un latir inconcreto y enorme de vida, el hálito de París, que respiraba, en aquella noche de verano, como un coloso exhausto.

Georges pensaba: «Bien tonto sería si me hiciera mala sangre. Cada cual que mire por sí. La victoria es de los audaces. Todo es egoísmo y nada más. El egoísmo que pretende ambición y riqueza vale más que el egoísmo que pretende mujeres y amor».

El arco de triunfo de L'Étoile se alzaba, erguido a la entrada de la ciudad sobre sus dos patas monstruosas, semejante a un gigante informe que parecía listo para echar a andar y bajar por la ancha avenida que se abría ante él.

Georges y Madeleine estaban ahora metidos en el desfile de coches que llevaban a casa, al lecho ansiado, a la eterna pareja silenciosa y abrazada. Era como si la humanidad entera resbalase por su lado, ebria de alegría, de placer, de dicha.

La joven, que había intuido, desde luego, algo de lo que le rondaba por dentro a su marido, le preguntó con su voz suave:

–¿En qué piensas, querido? Llevas media hora sin decir palabra.

Él contestó con risa sarcástica:

–Pienso en todos esos idiotas que se besan y me digo que está claro que en la vida hay otras cosas por hacer.

Ella susurró:

–Sí... pero a veces gusta.

–¡Sí, gusta... gusta... cuando no se tiene nada mejor!

Los pensamientos de Georges seguían adelante, desnudando la vida de su vestido de poesía con una especie de rabia perversa: «Bien tonto sería si anduviera con miramientos, si me privase de lo que fuere, si me azarase, si me preocupase, si me siguiera atormentando como vengo haciendo desde hace una temporada». Le cruzó por la cabeza la imagen de Forestier sin causarle irritación alguna. Le pareció que acababan de reconciliarse, que volvían a ser amigos. Le daban ganas de decirle a voces: «Buenas noches, muchacho».

Madeleine, que se sentía molesta con aquel silencio, preguntó:

–¿Y si fuéramos a Tortoni a tomar un helado antes de volver a casa?

La miró de reojo. Vio el delicado perfil rubio en la claridad violenta de una guirnalda de luces de gas que anunciaba un café cantante.

Pensó: «¡Es bonita! Pues mejor. Tal para cual, compañera. Pero antes criarán pelo las ranas que vuelva yo a padecer por ti».

Luego le contestó:

–Pues claro, mi vida.

Y, para que no se diera cuenta de nada, le dio un beso.

A la joven le pareció que su marido tenía los labios helados.

Sin embargo sonreía con su sonrisa acostumbrada cuando le dio la mano para que bajase del coche ante las escaleras del café.

CAPÍTULO III

Al llegar al periódico el día siguiente, Du Roy fue a ver a Boisrenard.

–Mi querido amigo –le dijo–, tengo que pedirte un favor. Desde hace una temporada hay algunos a quienes les parece chistoso llamarme Forestier. Y a mí empieza a parecerme una necedad. ¿Quieres tener la amabilidad de avisar sin aspavientos a los compañeros de que abofetearé al primero que vuelva a permitirse gastarme esa broma?

»A ellos les toca plantearse si esa guasa merece que crucemos los estoques. Recurro a ti porque eres un hombre tranquilo que puede impedir que se llegue a extremos enojosos y también porque me hiciste de testigo en aquel asunto nuestro.

Boisrenard aceptó el encargo.

Du Roy salió a hacer unos recados y volvió una hora después. Nadie lo llamó Forestier.

Al entrar en su casa oyó voces de mujer en el salón. Preguntó:

–¿Quién ha venido?

El criado contestó:

–La señora Walter y la señora de Marelle.

El corazón le latió algo más deprisa; luego se dijo: «Vamos a ver qué pasa».

Y abrió la puerta.

Clotilde estaba sentada junto a la chimenea, en un rayo de luz que entraba por la ventana. Le pareció a Georges que se ponía algo pálida al verlo. Tras saludar primero a la señora Walter y a sus dos hijas, sentadas como dos centinelas a ambos lados de su madre, se volvió hacia su antigua amante. Ella le alargó la mano; él la tomó y se la apretó con segundas intenciones como para decir: «La sigo queriendo». Ella respondió al apretón.

Du Roy le preguntó:

–¿Le ha ido bien en este siglo que ha transcurrido desde la última vez que nos vimos?

La señora de Marelle respondió con soltura:

–Muy bien, Buen Amigo. ¿Y a usted? –Luego, volviéndose hacia Madeleine, añadió–: ¿Me permites que siga llamándolo Buen Amigo?

–Desde luego, querida, te permito todo lo que quieras.

En aquella frase parecía ocultarse un matiz irónico.

La señora Walter estaba hablando de una fiesta que iba a dar Jacques Rival en su piso de soltero, una gran exhibición de esgrima a la que asistirían las mujeres de la buena sociedad; decía:

–Será interesantísimo. Pero estoy desconsolada porque no tenemos quien nos lleve. Mi marido estará de viaje en esa fecha.

Du Roy se ofreció en el acto. La señora Walter aceptó:

–Mis hijas y yo le estaremos muy agradecidas.

Du Roy miraba a Suzanne, la menor de las señoritas Walter, y pensaba: «No está nada mal la chiquilla esta, pero que nada mal». Parecía una frágil muñeca rubia, demasiado menuda, pero exquisita, de cintura estrecha, aunque con caderas y pecho desarrollados; la cara era la de una miniatura, con ojos de esmalte azul grisáceo, perfilados a pincel, con matices que parecían obra de un pintor minucioso y caprichoso; la carne era demasiado blanca, demasiado lisa, pulimentada, de tono uniforme, sin grano, sin un toque de color; y el pelo, alborotado, rizado, un matorral sabiamente conseguido, liviano, una nube deliciosa, que causaba el mismo efecto que las melenas de las primorosas muñecas de lujo que vemos pasar en brazos de las chiquillas, mucho menos altas que su juguete.

La hermana mayor, Rose, era fea, anodina, insignificante, una de esas muchachas a quienes nadie ve, a quienes nadie habla y de quienes no se dice nada.

La madre se levantó y dijo, volviéndose hacia Georges:

–Así que cuento con usted el jueves que viene a las dos. Él contestó:

–Cuente conmigo, señora Walter.

En cuanto se hubo marchado, la señora de Marelle se levantó a su vez:

–Adiós, Buen Amigo.

Ella fue entonces quien le apretó la mano muy fuerte y mucho rato; a Georges lo conmovió esa confesión silenciosa; le había vuelto un repentino capricho por aquella burguesita bohemia y tan buena persona, que a lo mejor lo quería de verdad.

«Iré a verla mañana», pensó.

En cuanto se quedó a solas con su mujer, Madeleine se echó a reír con risa franca y alegre y, mirándolo a la cara, le dijo:

–¿Sabes que la señora Walter siente pasión por ti?

Georges contestó, incrédulo:

–¿Qué me dices?

–Que sí, que te lo aseguro; me ha hablado de ti entusiasmadísima. ¡Es tan raro en ella! ¡Querría encontrarles a sus hijas dos maridos como tú!... Menos mal que con ella esas cosas carecen de importancia.

Georges no entendía qué le quería decir:

–¿Cómo que carecen de importancia?

Madeleine contestó con convencimiento de mujer segura de sus opiniones:

–Huy, la señora Walter es de esas de quienes nunca se ha murmurado nada, pero nunca, nunca, ¿sabes? Es irreprochable se la mire por donde se la mire. A su marido lo conoces como yo. Pero ella es otra cosa. Por lo demás, ha padecido bastante por haberse casado con un judío, pero le ha sido fiel. Es una mujer honesta.

Du Roy se quedó sorprendido:

–Creía que ella también era judía.

–¿Ella? De ninguna manera. Es benefactora de todas las obras de caridad de La Madeleine. E incluso está casada por la iglesia. No me acuerdo ya de si hubo un simulacro de bautizo del jefe o si la Iglesia hizo la vista gorda.

Georges murmuró:

–¡Ah! ¿Y le... le... parezco bien?

–No podrías caerle mejor. Si fueras un hombre libre, te aconsejaría que pidieras la mano de... de Suzanne... mejor que la de Rose, ¿verdad?

Él contestó, retorciéndose el bigote:

–La madre todavía está de buen ver.

Pero Madeleine se impacientó:

–Mira, chico, bien estaría la madre. Pero no me preocupa. Nadie da el primer resbalón a la edad que tiene ella. Esas cosas se empiezan a hacer antes.

Georges pensaba: «¿Y si fuera verdad que podría haberme llevado a Suzanne?».

Luego se encogió de hombros: «¡Bah! ¡Qué locura! ¿Acaso me habría aceptado el padre?».

Pero se prometió, sin embargo, fijarse mejor en cómo lo trataba la señora Walter, sin preguntarse, por lo demás, si alguna vez podría sacarle partido.

Toda la noche lo obsesionaron los recuerdos de sus amores con Clotilde, recuerdos tiernos y sensuales al tiempo. Se acordaba de lo divertida que era, de sus mimos, de las aventuras que corrían. Y se repetía: «La verdad es que es encantadora. Sí, iré a verla mañana».

Nada más almorzar, al día siguiente, fue efectivamente a la calle de Verneuil. Le abrió la puerta la misma criada y, con toda confianza, como hacen los sirvientes de la clase media, preguntó:

–¿Qué tal, señor?

Él contestó:

–Muy bien, hijita.

Entró en el salón, donde una mano torpe hacía escalas en el piano. Era Laurine. Pensó que se le echaría en los brazos. Se levantó, muy seria, lo saludó ceremoniosamente, como si fuera una persona mayor, y se retiró con mucha dignidad.

Tenía un aspecto tal de mujer ofendida que Du Roy se quedó sorprendido. Entró la madre de la niña. Él le cogió las manos y se las besó.

–¡Cuánto me he acordado de usted! –dijo Du Roy.

–Y yo –dijo ella.

Se sentaron. Se sonreían, mirándose a los ojos y con ganas de besarse en los labios.

–Clo, preciosa, la quiero.

–Y yo también.

–Entonces... entonces... ¿no me guardaste mucho rencor?

–Sí y no... Me dolió y luego entendí tus razones y me dije: «¡Bah! Antes o después volverá».

–No me atrevía a venir; me preguntaba cómo me recibirías. No me atrevía, pero lo estaba deseando. Por cierto, dime, ¿qué le pasa a Laurine? Casi ni me ha dicho hola y se ha ido con cara de estar furiosa.

–No lo sé. Pero desde que te casaste ya no se le puede hablar de ti. Creo que en realidad está celosa.

–¡Vamos!

–Que sí, que sí. Ya no te llama Nuestro Buen Amigo, sino el señor Forestier.

Du Roy se ruborizó; luego acercándose a Clotilde le dijo:

–Bésame.

Ella lo besó.

–¿Dónde podríamos seguir viéndonos? –preguntó él.

–Pues... en la calle de Constantinople.

–¡Ah!... ¿Está libre el piso?

–¡Sí, lo he seguido alquilando yo!

–¿Lo has seguido alquilando?

–Sí, pensé que volverías.

A Du Roy le henchió el pecho una ráfaga de gozo orgulloso. Así que aquella mujer lo quería, con un amor verdadero, constante, hondo.

Susurró:

–Te adoro. Luego preguntó:

–¿Tu marido sigue bien?

–Sí, estupendamente. Acaba de pasar un mes aquí; se fue anteayer.

Du Roy no pudo por menos de echarse a reír:

–¡Qué oportuno!

Ella contestó ingenuamente:

–Sí, de lo más oportuno. Pero cuando está no se puede decir que moleste. ¡Ya lo sabes!

–Eso es cierto. Y además es un hombre encantador.

–¿Y tú? –dijo ella–. ¿Cómo llevas la nueva vida?

–Ni bien ni mal. Mi mujer es una compañera, una socia.

–¿Nada más?

–Nada más... En lo tocante al corazón...

–Me hago cargo. Eso no quita para que esté muy bien.

–Sí, pero no me hace tilín.

Se arrimó a Clotilde y le preguntó:

–¿Cuándo volvemos a vernos?

–Pues... mañana... si te parece bien.

–Sí. Mañana a las dos.

–A las dos.

Se levantó para irse; luego balbució, un poco azorado:

–¿Sabes? Pienso hacerme cargo yo solo del piso de la calle de Constantinople. Estoy decidido. Solo faltaría que lo pagases tú.

Fue ella quien le besó las manos con un gesto de adoración mientras susurraba:

–Como quieras. Me basta con haberlo conservado para que volviéramos a vernos en él.

Y Du Roy se fue con el alma rebosante de satisfacción.

Al pasar delante del escaparate de un fotógrafo, el retrato de una mujer de ojos grandes le recordó a la señora Walter y se dijo: «En cualquier caso no debe de estar mal todavía. ¿Cómo es que nunca me fijé en ella? Estoy deseando ver qué cara me pone el jueves».

Se frotaba las manos, según andaba, con un júbilo íntimo, con ese júbilo del éxito en todas sus formas, ese júbilo egoísta del hombre hábil que está triunfando, ese júbilo sutil, compuesto de vanidad halagada y de sensualidad satisfecha, que proporciona el cariño de las mujeres.

El jueves le dijo a Madeleine:

–¿No vienes a la competición en casa de Rival?

–¡Ay, no! No me interesa nada; iré a la Cámara de Diputados.

Y Du Roy fue a recoger a la señora Walter en landó abierto porque hacía un tiempo espléndido.

La vio tan guapa y tan joven que se quedó sorprendido.

Llevaba un vestido claro cuyo cuerpo, algo escotado, dejaba intuir bajo un encaje rubio el bulto de los pechos. Nunca le había parecido tan lozana. Opinó que era deseable en verdad. Por su expresión sosegada y decente y cierto porte de mamá pacífica pasaba casi inadvertida a los conquistadores. Por lo demás no hablaba sino para decir cosas sabidas y aceptadas, tenía ideas sensatas y metódicas, bien ordenadas, al amparo de todos los excesos.

Su hija Suzanne, toda vestida de rosa, parecía un Watteau recién barnizado; y su hermana mayor parecía la institutriz que le hacía de señorita de compañía a aquella chiquilla primorosa.

Delante de la puerta de Rival había una hilera de coches. Du Roy le ofreció el brazo a la señora Walter y entraron.

La exhibición era en beneficio de los huérfanos del distrito sexto de París y la patrocinaban todas las mujeres de senadores y diputados que tenían que ver con *La Vie Française*.

La señora Walter había prometido acudir con sus hijas, pero había rechazado el título de benefactora porque no prestaba su nombre sino a obras que dependiesen del clero, no porque fuese excesivamente devota, sino porque el hecho de estar casada con un israelita la obligaba, en su opinión, a determinado comportamiento religioso; y la fiesta que había organizado el periodista tenía cierto significado republicano que podía parecer anticlerical.

Los periódicos de todas las tendencias llevaban tres semanas publicando:

> A nuestro eminente colega Jacques Rival se le acaba de ocurrir la idea tan ingeniosa como generosa de organizar, a beneficio de los huérfanos del distrito sexto de París, una gran exhibición de esgrima en la preciosa sala de armas contigua a su piso de soltero.

> Invitan a ella las señoras Laloighe, Remontel y Rissolin, esposas de los senadores así apellidados; y las señoras Laroche-Mathieu, Percerol y Firmin, esposas de esos bien conocidos diputados. Durante el entreacto se celebrará una sencilla colecta y la recaudación se entregará acto seguido al teniente de alcalde del distrito sexto o a la persona que lo represente.

Se trataba de una propaganda tremenda que el hábil periodista había ideado en provecho propio.

Jacques Rival recibía a los asistentes que iban llegando en la entrada de su domicilio, donde habían instalado un bufé cuyo coste se descontaría de la recaudación.

Indicaba luego con ademán amable la escalerita por donde se bajaba al sótano, donde tenía instalada la sala de armas y de tiro; y decía:

–Abajo, señoras, abajo. La competición se celebra en unas estancias subterráneas.

Se abalanzó para salir a recibir a la mujer de su director; luego le estrechó la mano a Du Roy:

–Qué tal, Buen Amigo.

Este se quedó sorprendido:

–¿Quién le ha dicho que...?

Rival lo interrumpió:

–La señora Walter, aquí presente, a quien le parece un apodo muy bonito.

La señora Walter se ruborizó:

–Sí, admito que, si lo conociera más, haría lo que Laurine y lo llamaría también Nuestro Buen Amigo. Le sienta estupendamente.

Du Roy reía:

–Hágalo, señora, se lo ruego.

Ella había bajado la vista:

–No, no tenemos tanta relación como para eso.

Él susurró:

–¿Tendría a bien permitirme la esperanza de que lleguemos a tenerla?

–Si llega ese momento, ya veremos –contestó ella.

Du Roy le cedió el paso ante las escaleras estrechas que alumbraba un mechero de gas; y en aquella brusca transición de la claridad diurna a ese resplandor amarillo había un punto lóbrego. Un olor a subterráneo subía por las escaleras de caracol, un vaho de humedad bochornosa, de paredes mohosas limpiadas para la ocasión, y también ráfagas de benjuí que recordaban los oficios sacros, y emanaciones femeninas de agua de Lubin, de verbena, de lirio morado y de violeta.

En ese agujero se oía un escándalo de voces, una vibración de gentío efervescente.

Todo el sótano estaba iluminado con guirnaldas de luces de gas y farolillos venecianos ocultos entre follajes que tapaban las paredes de piedra cubiertas de salitre. Solo se veían ramas frondosas. El techo estaba adornado con helechos y el suelo tapizado de hojas y de flores.

A todo el mundo le parecía encantador y fruto de una imaginación deliciosa. En la bovedilla del fondo se alzaba una tarima para los tiradores entre dos hileras de sillas para los jueces.

Y por todo el sótano, en los bancos colocados en filas de diez tanto a la derecha cuanto a la izquierda, podían sentarse cerca de doscientas personas. Habían invitado a cuatrocientas.

Delante de la tarima, unos jóvenes con traje de competición, esbeltos, de miembros largos y bigotes ganchudos, sacaban pecho y metían la cintura, poniendo ya posturas ante los espectadores, quienes los citaban por sus nombres, indicaban quiénes eran los maestros y quiénes los aficionados, nombraban a todas las celebridades de la esgrima. A su alrededor charlaban unos señores de levita, jóvenes y viejos, que tenían un parecido con los tiradores vestidos para los asaltos. También querían que los vieran, que los reconocieran y citasen sus nombres, eran príncipes de la espada vestidos de paisano, expertos del botonazo.

Casi todos los bancos estaban repletos de mujeres, con lo que había mucho roce de telas y un fuerte murmullo de voces. Se abanicaban como en el teatro porque en aquella gruta llena de hojas hacía ya un calor de estufa. Un chistoso gritaba de vez en cuando: «¡Agua de cebada! ¡Gaseosa! ¡Cerveza!».

La señora Walter y sus hijas fueron a los asientos que tenían reservados en primera fila. Du Roy, tras acomodarlas, se disponía a marcharse; cuchicheó:

–No me queda más remedio que dejarlas. Los caballeros no pueden acaparar los bancos.

Pero la señora Walter contestó, titubeando:

–Pese a todo me siento muy inclinada a retenerlo, tiene que irme nombrando a los tiradores. Mire, si se queda de pie en la punta de ese banco, no molesta a nadie. –Lo miraba con sus ojos grandes y dulces. Insistió–: Vamos, quédese con nosotras... señor... señor Buen Amigo. Lo necesitamos.

Él contestó:

–Obedezco... con mucho gusto, señora Walter.

Por todas partes se oía repetir al público: «Qué gracia tiene este sótano, es muy agradable».

¡Qué bien conocía Georges aquella sala abovedada! Se acordaba de la mañana que había pasado en ella la víspera del duelo, solo, frente a un cartoncito blanco que lo miraba desde el fondo de la segunda bóveda como un ojo enorme y temible.

La voz de Jacques Rival retumbó desde las escaleras:

–Señoras, vamos a empezar.

Y seis caballeros, con la ropa muy ajustada para que les resaltase más el torax, subieron a la tarima y se sentaron en las sillas destinadas al jurado.

Corrieron sus nombres de boca en boca: el general Rinaldi, el presidente, un hombre bajo de poblado bigote; el pintor Joséphin Rouget, un hombre algo calvo de luenga barba; Matthéo de Ujar, Simon Ramoncel, Pierre de Carvin, tres jóvenes elegantes, y Gaspard Merleron, un maestro.

Colgaron dos carteles a ambos lados de la bóveda. En el de la derecha ponía: «Sr. Crèvecœur»; y en el de la izquierda: «Sr. Plumeau».

Se trataba de dos maestros, dos buenos maestros de segunda fila. Aparecieron ambos, enjutos, con aspecto militar y ademanes un tanto rígidos. Tras hacer el saludo reglamentario con movimientos de autómata, empezaron a acometerse, semejantes, con aquellos atuendos de tela y cuero blancos, a dos soldados-pierrots que se estuvieran batiendo en broma.

De vez en cuando se oía la palabra *touché*. Y los seis caballeros del jurado asentían con la cabeza con expresión de entendidos. El público solo veía a dos marionetas vivas que se movían mucho estirando el brazo; no entendía nada, pero estaba contento. Aquellos dos muñecos le parecían no obstante poco armoniosos y algo ridículos. Recordaban a esos luchadores de madera que venden por los bulevares el día de Año Nuevo.

A esos dos primeros tiradores los sustituyeron los señores Planton y Carapin, un maestro civil y otro militar. El señor Plantin era muy bajo y el señor Carapin muy gordo. Podría pensarse que el primer golpe de florete iba a desinflar aquel globlo como si fuera un elefante de caucho. Todo el mundo se reía. El señor Plantin brincaba como un mono. El señor Carapin solo movía el brazo, porque la obesidad le inmovilizaba el resto del cuerpo; y tiraba a fondo cada cinco minutos con tanto peso y un esfuerzo tal que parecía estar tomando la decisión más enérgica de su vida. Luego le costaba mucho enderezarse.

Los entendidos opinaron que combatía con mucha firmeza y sin resquicios. Y el público se fió y lo valoró bien.

Aparecieron luego los señores Porion y Lapalme, un maestro y un aficionado que se entregaron a una gimnasia frenética, abalanzándose uno contra otro con furia, obligando a los jueces a escapar llevándose las sillas, cruzando de punta a punta la tarima una y otra vez, avanzando uno hacia el contrario y retrocediendo el otro con saltos vigorosos y cómicos. Daban brinquitos hacia atrás, que hacían reír a las señoras, y zancadas hacia delante que, pese a todo, emocionaban un poco. Aquel asalto a paso gimnástico lo definió un golfillo desconocido que gritó: «¡No os lo toméis tan a pecho, que os pagan por horas!». La asistencia, molesta con aquella zafiedad, dijo: «¡Chissss!». La opinión de los expertos fue recorriendo la concurrencia. Los tiradores habían hecho gala de un gran vigor y a veces no habían estado muy oportunos.

La primera parte se cerró con un combate espléndido entre Jacques Rival y el famoso profesor belga Lebègue. Rival gustó mucho a las señoras. Era en verdad muy buen mozo, con buena planta, flexible, ágil y con más armonía en los movimientos que todos cuantos lo habían precedido. Prestaba a su forma de ponerse en guardia y de tirar a fondo cierta elegancia mundana que contrastaba con las formas enérgicas, pero ordinarias, de su adversario. «Se le nota que es un hombre educado», decían.

Tenía mucho arte. Lo aplaudieron.

Pero desde hacía unos cuantos minutos, un ruido singular en la planta de arriba tenía intranquilos a los espectadores. Era el barullo de muchos pies al que acompañaba un escándalo de risas. Los doscientos invitados que no habían podido bajar al sótano debían de estarse divirtiendo a su manera. En la escalerita de caracol se apiñaban alrededor de cincuenta hombres. Abajo, el calor se iba haciendo terrible. Había quien gritaba: «¡Aire!» y «¡Algo de beber!». El mismo guasón de antes chillaba con voz aguda, que sobresalía por encima del murmullo de las conversaciones: «¡Agua de cebada! ¡Gaseosa! ¡Cerveza!».

Apareció Rival muy encarnado y sin quitarse el traje de competición.

–Voy a traer refrescos –dijo.

Y se fue corriendo hacia las escaleras. Pero estaba cortada cualquier posibilidad de comunicación con la planta baja. Habría sido igual de fácil perforar el techo que atravesar la muralla humana agolpada en los peldaños.

Rival gritaba:

–¡Vayan pasando helados para las señoras!

Cincuenta voces repetían: «¡Helados!». Por fin apareció una bandeja. Pero solo había en ella vasos vacíos, porque los refrescos habían volado por el camino.

Una voz fuerte tronó:

–Aquí se asfixia uno. Acabemos deprisa y larguémonos.

Otra voz soltó:

–¡La colecta!

Y todo el público, con la lengua fuera pero alegre pese a todo, repitió: «La colecta... la colecta...».

Seis señoras empezaron entonces a circular por entre los bancos y se oyó un ruidito de dinero que caía en las bolsas.

Du Roy le nombraba a la señora Walter las celebridades. Hombres de mundo, periodistas, los de los grandes periódicos, los de los periódicos de toda la vida, que miraban con superioridad *La Vie Française,* con cierta reserva fruto de la experiencia. Habían visto morir tantas hojas de esas, político-financieras, fruto de algún apaño turbio y que aplastaba la caída de un ministerio. También había pintores y escultores, que suelen ser personas amantes del deporte; un académico poeta, a quien los presentes señalaban con el dedo; dos músicos; y muchos extranjeros nobles, tras cuyo apellido Du Roy colocaba la sílaba *Rast.* (que significaba rastacuero), para imitar, a lo que decía, a los ingleses, que ponen *Esq.* en las tarjetas.

Alguien le dijo a voces: «¿Qué tal, mi querido amigo?». Era el conde de Vaudrec. Du Roy se disculpó con las señoras y fue a darle un apretón de manos.

Al volver, dijo:

–Vaudrec es una persona encantadora. Cómo se le nota la raza.

La señora Walter no contestó nada. Estaba algo cansada y se le alzaba el pecho con cada hálito, lo que atraía la mirada de Du Roy. Y, de vez en cuando, se le cruzaba la mirada con la de «la Jefa», una mirada turbia, titubeante, que se posaba en él y huía en el acto. Y se decía: «Mira... mira... mira... ¿Será que a esta también me la he llevado de calle?».

Pasaron las señoras que hacían la colecta. Llevaban las bolsas llenas de monedas de plata y de oro. Y colgaron otro cartel encima de la tarima, que anunciaba: «¡Grrrran sorpresa!». Los miembros del jurado volvieron a sus sitios. Y todo el mundo se puso a la expectativa.

Aparecieron dos mujeres, con el florete en la mano y con traje de sala; vestían unas mallas oscuras, una faldita muy corta, que les llegaba a medio muslo, y un peto tan abultado en el pecho que las obligaba a llevar la barbilla alta. Eran bonitas y jóvenes. Sonreían según saludaban a los asistentes. Las estuvieron aplaudiendo mucho rato.

Y se pusieron en guardia entre un rumor galante y un cuchicheo de bromas.

A los jueces se les había quedado clavada en los labios una sonrisa amable y aprobaban las estocadas con un breve «bravo».

El público gustaba mucho de aquel encuentro y se lo manifestaba a ambas contrincantes, que encendían los deseos de los hombres y despertaban en las mujeres el gusto espontáneo del público parisino por las cosas amables y algo pícaras, por las elegancias un tanto canallas, por lo falsamente bonito y lo falsamente primoroso, las cantantes de café concierto y las canciones de opereta.

Cada vez que una de las tiradoras tiraba a fondo, un escalofrío de alegría recorría la sala. Al mirar a la que daba la espalda al público, una espalda rellenita, se abrían las bocas y se salían de las órbitas los ojos; y no era en el juego de muñeca en lo que más se fijaban.

Las aplaudieron con frenesí.

Luego vino un encuentro con sable, pero nadie lo vio, porque distrajo la atención lo que estaba sucediendo en la planta de arriba. Se había oído durante unos minutos un movimiento de muebles muy escandaloso y cómo los arrastraban por el suelo igual que si fuera una mudanza. Luego, de pronto, el sonido del piano atravesó el techo; y oyeron con toda claridad un ruido rítmico de pies que brincaban al compás. Los de arriba habían organizado un baile como compensación por no estar presenciando el espectáculo.

De entrada, se alzó una gran carcajada entre el público de la sala de armas; luego, al despertárseles a las mujeres las ganas de bailar, dejó de importarles lo que ocurría en la tarima y emperaron a hablar en voz alta.

Les hacía gracia la idea de que los que habían llegado tarde hubiesen organizado un baile. Se lo debían de estar pasando estupendamente. Y les habría gustado estar en el piso de arriba.

Pero dos nuevos contrincantes habían cruzado el saludo; y se pusieron en guardia con tanta autoridad que todas las miradas estaban pendientes de los movimientos que hacían.

Tiraban a fondo y se incorporaban con una armonía elástica, con un empuje medido, con tanta seguridad en la fuerza, tanta sobriedad en los ademanes, tanto comedimiento en el porte, tanta mesura en el juego que la muchedumbre ignorante se quedó sorprendida y hechizada.

Su sosegada prontitud, su prudente flexibilidad, sus movimientos veloces, tan calculados que parecían lentos, atraían y cautivaban la mirada con el único poder de la perfección. El público notaba que estaba presenciando algo hermoso e infrecuente, que dos grandes artistas le estaban mostrando lo mejor que podía presenciarse, toda la habilidad, la astucia, la ciencia razonada y la habilidad física de la que eran capaces dos maestros.

Tanto los miraban que nadie hablaba ya. Luego, cuando se hubieron dado la mano, tras el último botonazo, estallaron gritos y hurras. Los asistentes pegaban con los pies en el suelo y vociferaban. Todo el mundo sabía cómo se llamaban: eran Sergent y Ravignac.

Los ánimos exaltados inclinaban a la bronca. Los hombres miraban a sus vecinos con ganas de pelea. Se habrían desafiado por una sonrisa. Los que nunca habían tenido un florete en la mano esbozaban con el bastón ataques y paradas.

Pero, poco a poco, el gentío volvía a subir la escalerita. Por fin iba la gente a beber algo. Cundió la indignación cuando comprobaron que los del baile habían arrasado el bufé y luego se habían ido manifestando que era una grosería importunar a doscientas personas para no brindarles ningún espectáculo.

No quedaba ni una pasta, ni una gota de champán, de sirope o de cerveza, ni un caramelo, ni una pieza de fruta, nada, nada de nada. Habían saqueado, asolado y limpiado todo.

Todo el mundo pedía detalles a los camareros, que ponían cara compungida mientras disimulaban las ganas de reírse. «Las señoras andaban más desenfrenadas que los caballeros –afirmaban– y comieron y bebieron como para ponerse malas.» Se habría podido pensar que aquello era el relato de unos supervivientes después del pillaje y el saqueo de una ciudad durante una invasión.

Así que tuvieron que irse. Algunos caballeros se quejaban de haber aportado veinte francos a la colecta; los indignaba que los de arriba se hubieran puesto las botas sin pagar nada.

Las damas benefactoras habían recogido más de tres mil francos. Tras pagar todos los gastos, quedaron doscientos veinte francos para los huérfanos del distrito sexto.

Du Roy, que servía de escolta a la familia Walter, estaba esperando el landó. Al llevar a casa a la Jefa, como iba sentado enfrente de ella, volvió a tropezarse una vez más con su mirada acariciadora y huidiza, que parecía turbada. Pensaba: «Caramba, me parece que pica»; y sonreía al admitir que tenía, la verdad, mucha suerte con las mujeres, porque la señora de Marelle, desde que habían vuelto a tener relaciones amorosas, parecía quererlo con frenesí.

Volvió a su casa con andares alegres.

Madeleine lo estaba esperando en el salón.

–Tengo noticias –le dijo–. El tema de Marruecos se complica. No sería imposible que Francia enviase un cuerpo expedicionario dentro de unos meses. En cualquier caso, con esto va a caer el Gabinete, y Laroche aprovechará para echarle el guante a Asuntos Exteriores.

Du Roy hizo como que no se lo creía para hacer rabiar a su mujer. Nadie iba a estar tan loco como para repetir la tontería de Túnez.

Pero Madeleine se encogía de hombros, impaciente.

–¡Te digo que sí, te digo que sí! ¿No te das cuenta de que para ellos es una cuestión que mueve muchísimo dinero? Hoy en día, mi querido amigo, en los apaños políticos no hay que «buscar a la mujer», sino que hay que «buscar el dinero».

Él susurró con expresión despectiva, para pincharla:

–¡Bah!

Madeleine se irritaba:

–Mira, eres tan ingenuo como Forestier.

Quería herirlo y esperaba que montase en cólera. Pero Du Roy sonrió y contestó:

–¿Que el cornudo de Forestier?

Ella se quedó sobrecogida y susurró:

–¡Oh! ¡Georges!

Él tenía cara insolente y burlona e insistió:

–¿Qué pasa? ¿No me confesaste acaso el otro día que le habías puesto los cuernos a Forestier? –Y añadió con tono de honda compasión–: ¡Pobre diablo!

Madeleine le dio la espalda y no se dignó responder; luego, tras un minuto de silencio, siguió diciendo:

–El martes tendremos gente a cenar: vendrá la señora Laroche-Mathieu con la condesa de Percemur. ¿Te importa invitar a Rival y a Norbert de Varenne? Iré mañana a ver a la señora Walter y a la señora de Marelle. A lo mejor viene también la señora Rissolin.

Llevaba una temporada haciendo relaciones, utilizando la influencia política de su marido para conseguir que frecuentasen su casa, de buen o de mal grado, las mujeres de los senadores y de los diputados que necesitaban que los apoyase *La Vie Française.*

Du Roy contestó:

–Muy bien. Yo me encargo de Rival y de Norbert.

Estaba contento y se frotaba las manos porque había dado con una buena muletilla para fastidiar a su mujer y satisfacer ese oscuro rencor, esos confusos y punzantes celos que habían nacido en él desde el paseo por el bosque de Boulogne. Pensaba, siempre que mencionase a Forestier, llamarlo cornudo. Notaba que conseguiría exasperar a Madeleine. Y se las apañó diez veces durante la velada para sacar a colación, con ironía campechana, al «cornudo de Forestier».

Ya no sentía resentimiento por el muerto; lo estaba vengando.

Su mujer hacía como si no lo oyera y seguía, frente a él, risueña e indiferente.

A la mañana siguiente, Madeleine pensaba ir a invitar a la señora Walter y Du Roy quiso tomarle la delantera para encontrar a solas a la Jefa y ver si de verdad estaba loca por él. Era algo que lo divertía y halagaba. Y además... por qué no... si la cosa era posible.

Se presentó en el bulevar de Malesherbes nada más dar las dos. Le hicieron pasar al salón. Esperó.

Apareció la señora Walter, tendiéndole la mano con alegre complacencia:

–¿Qué feliz casualidad lo trae por aquí?

–No es una casualidad, sino el deseo de verla. Una fuerza me ha impulsado a venir, no sé por qué, porque no tengo nada que decirle. He venido ¡y aquí estoy! ¿Podrá perdonarme esta visita a hora tan temprana y la franqueza de la aclaración?

Lo decía con tono galante y jocoso, con una sonrisa en los labios y un acento serio en la voz.

Ella estaba asombrada, algo ruborizada, y balbucía:

–Pues... la verdad... no lo entiendo... Me sorprende usted...

Du Roy añadió:

–Es una declaración en tono alegre, para no asustarla.

Se habían sentado juntos. La señora Walter lo tomó a broma.

–¿Así que es una declaración... formal?

–¡Por supuesto! Hace mucho que quería declararme, muchísimo incluso. Y no me atrevía. Dicen que es usted tan seria, tan rígida...

La señora Walter había recuperado el aplomo.

–¿Y por qué ha escogido el día de hoy?

–No lo sé. –Luego bajó la voz–: O, mejor dicho, es que desde ayer solo puedo pensar en usted.

Ella balbució, palideciendo de golpe:

–Vamos, ya está bien de chiquilladas; cambiemos de conversación.

Pero Du Roy había caído de rodillas ante ella tan repentinamente que la señora Walter se asustó. Quiso levantarse, pero él la obligaba a seguir sentada y, rodeándole la cintura con ambos brazos, repetía con voz apasionada:

–Sí, es cierto que la quiero con locura hace mucho. No me conteste. ¡Qué quiere usted, estoy loco! La amo... ¡Ah, si supiera cuánto la amo!

Ella se ahogaba, jadeaba, intentaba hablar y no podía decir palabra. Lo rechazaba con ambas manos y le tiraba del pelo para impedir que se le acercase aquella boca que notaba que se aproximaba a la suya. Y volvía la cabeza a derecha e izquierda, con un gesto rápido, cerrando los ojos para dejar de verlo.

Él la tocaba a través del vestido, la sobaba, la palpaba; y ella desfallecía con aquella caricia brutal y recia. Él se levantó de golpe y quiso abrazarla más estrechamente, pero, al quedar libre durante un segundo, la señora Walter se escabulló, echándose hacia atrás, y ahora escapaba de sillón en sillón.

A Du Roy le pareció ridículo perseguirla y se dejó caer en una silla, con la cara entre las manos, fingiendo sollozos convulsos.

Luego se enderezó, gritó: «¡Adiós! ¡Adiós!», y se fue corriendo.

En el vestíbulo, recogió tranquilamente el bastón y salió a la calle diciéndose: «Caray, creo que ya está en el bote». Y pasó por telégrafos para mandarle un telegrama a Clotilde y citarla para el día siguiente.

Al volver a su casa a la hora acostumbrada, le preguntó a su mujer:

–¿Qué? ¿Vienen todos los invitados?

Madeleine contestó:

–Sí; la única que no tiene seguridad de estar libre es la señora Walter. Se lo está pensando; me ha mencionado no sé qué de un compromiso, de un caso de conciencia. En fin, que la he notado muy rara. Pero espero que venga pese a todo.

Él se encogió de hombros:

–Ya lo creo que vendrá.

Sin embargo, no estaba seguro y anduvo intranquilo hasta la hora de la cena.

Esa misma mañana, Madeleine recibió una notita de la Jefa.

> He conseguido quedarme libre, aunque me ha costado mucho, y estaré con ustedes. Pero mi marido no podrá acompañarme.

Du Roy pensó: «He hecho estupendamente en no volver por allí. Ya se ha calmado. Mucho ojo».

Esperó a que llegase, sin embargo, con cierta inquietud. Se presentó muy tranquila, algo fría, algo altanera. Él se mostró muy humilde, muy discreto y muy dócil.

Las señoras Laroche-Mathieu y Rissolin venían con sus maridos. La vizcondesa de Percemur habló de la buena sociedad. La señora de Marelle estaba preciosa con un vestido de singular fantasía, amarillo y negro, un traje de española que le perfilaba bien la atractiva cintura, el pecho y los brazos carnosos y prestaba energía a aquella cabecita de pájaro.

Du Roy tenía a su derecha a la señora Walter y no le habló durante la cena sino de cosas serias y con un respeto exagerado. De vez en cuando miraba a Clotilde. «Es, desde luego, mucho más bonita y más lozana», pensaba. Luego volvía la mirada hacia su mujer, que tampoco le parecía nada mal aunque siguiera sintiendo contra ella una ira refrenada, tenaz y malévola

Pero la Jefa lo enardecía porque era una conquista difícil; y por esa novedad que siempre ansían los hombres.

La señora Walter quiso irse temprano.

–La acompañaré –le dijo Du Roy.

Ella no aceptó. Él insistía:

–¿Por qué no quiere que la acompañe? Me va a herir de verdad. No me deje en la creencia de que no me ha perdonado. Ya ve lo tranquilo que estoy.

Ella contestó:

–No puede dejar abandonados a sus invitados.

Él sonrió:

–¡Bah! Estaré fuera veinte minutos. Nadie se enterará. Si no acepta, me ofenderá hasta lo más hondo.

Ella susurró:

–Está bien, acepto.

Pero, no bien estuvieron en el coche, Du Roy le cogió la mano y decía, besándosela con pasión:

–La quiero, la quiero. Déjeme que se lo diga. No la tocaré. Solo quiero repetirle que la quiero.

Ella balbucía:

–¡Ay! Después de lo que me había prometido... Está mal... está mal...

Pareció que Du Roy hacía un gran esfuerzo; luego siguió, con voz contenida:

–Mire, fíjese en cómo me controlo. Y sin embargo... Pero déjeme nada más que le diga esto: la quiero... y déjeme repetírselo todos los días... Sí, déjeme que vaya a su casa y que me arrodille a sus pies cinco minutos para decir esas dos palabras mirando su rostro adorado.

Ella no retiraba la mano y contestó, jadeando:

–No, no puedo, no puedo. Piense en el qué dirán, en mis criados, en mis hijas. No, no, es imposible...

Du Roy añadió:

–Ya no puedo vivir sin verla. O en su casa o en otra parte, tengo que verla a diario aunque solo sea un minuto, tengo que tocar su mano, que respirar el viento que levante su vestido, que contemplar la silueta de su cuerpo y esos ojos tan grandes y tan hermosos que me hacen perder los estribos.

La señora Walter escuchaba, trémula, aquella trivial música amorosa y tartamudeaba:

–No, no, es imposible. ¡Cállese!

Él le hablaba muy bajo, al oído, dándose cuenta de que a aquella mujer sencilla había que irla atrapando poco a poco, que había que convencerla de que le concediera citas, primero donde ella quisiera, y luego donde quisiera él:

–Oígame... Tiene que oírme... La veré... La esperaré delante de su puerta... como un pobre... Si no baja, subiré... pero la veré... la veré... mañana.

Ella repetía:

–No, no, no venga. No lo recibiré. Piense en mis hijas.

–Pues entonces dígame dónde nos encontramos... en la calle... donde sea... a la hora que usted quiera... con tal de que la vea... La saludaré... Le diré: «La quiero», y me iré.

Ella titubeaba, extraviada. Y, según se metía el cupé por la puerta cochera del palacete, susurró muy deprisa:

–Pues entonces estaré en la iglesia de la Trinidad mañana a las tres y media.

Luego, tras apearse, le gritó a su cochero:

–Lleve de vuelta a su casa al señor Du Roy.

Nada más entrar, su mujer le preguntó:

–¿Dónde te habías metido?

Él contestó en voz baja:

–Me he llegado a telégrafos para poner un telegrama urgente.

La señora de Marelle se acercaba:

–¿Me acompaña a casa, Buen Amigo? Ya sabe que no salgo a cenar tan lejos sino con esa condición.

Luego, volviéndose hacia Madeleine:

–¿No estarás celosa?

La señora Du Roy contestó despacio:

–No, no mucho.

Los invitados se iban marchando. La señora Laroche-Mathieu parecía una criadita de provincias. Era hija de un notario y Laroche se había casado con ella cuando no era sino un abogado de medio pelo. La señora Rissolin, vieja y pretenciosa, recordaba a una excomadrona que se hubiera formado en los gabinetes de lectura. La vizcondesa de Percemur las miraba por encima del hombro; aquellas mujeres tan vulgares no eran dignas de su «Santo y Seña».

Clotilde, envuelta en encajes, le dijo a Madeleine según salía por la puerta de la calle:

–Ha estado perfecta esta cena tuya. Dentro de poco tendrás el primer salón político de París.

En cuanto se vio a solas con Georges, lo estrechó entre sus brazos:

–Ay, mi Buen Amigo querido, cada día te quiero más.

El coche de punto en que iban cabeceaba como un barco.

–No tiene ni comparación con nuestro cuarto –dijo Clotilde.

–Desde luego que no –contestó él.

Pero estaba pensando en la señora Walter.

Capítulo IV

La plaza de La Trinité estaba casi desierta bajo el resplandeciente sol de junio. Un calor agobiante pesaba sobre París, como si el aire de las alturas, más compacto y achicharrado, se le hubiera venido encima a la ciudad, un aire denso que quemaba y dolía en el pecho.

Los surtidores de delante de la iglesia caían sin fuerza. Parecían cansados de fluir, lasos y flojos también; y el agua del pilón, donde flotaban hojas y pedazos de papel, tenía una apariencia algo verdosa, viscosa y glauca.

Un perro, que había saltado el reborde de piedra, se bañaba en aquella agua tan poco de fiar. Algunas personas, sentadas en los bancos del jardincillo redondo que rodea el pórtico, miraban con envidia al animal.

Du Roy sacó el reloj. Eran las tres nada más. Llegaba con treinta minutos de antelación.

Se reía al pensar en aquella cita. «Las iglesias le valen para todo –se decía–. La consuelan de haberse casado con un judío; le proporcionan una postura de protesta en el mundo político, una compostura como Dios manda en el mundo elegante y un refugio para los encuentros amorosos. Lo que cunde esta costumbre de usar la religión igual que se usa un antucá. Si hace bueno, es un bastón; si hace sol, es una sombrilla; si llueve, es un paraguas; y, si no sales de casa, lo dejas en el recibidor. Y así las hay a cientos, a quienes les importa Dios un bledo, pero no quieren que se hable mal de él y, llegado el caso, lo toman de alcahuete. Si uno les propusiera entrar en un hotel de citas, les parecería una infamia; y les parece normalísimo tener amoríos al pie de los altares.»

Caminaba despacio, bordeando el pilón; volvió luego a mirar la hora en el reloj del campanario, que pasaba dos minutos de la hora de su reloj. Marcaba las tres y cinco.

Le pareció que estaría mejor dentro; y entró.

Se adueñó de él una frescura de sótano; la respiró con deleite y luego dio la vuelta a la nave para familiarizarse con el lugar.

Otros pasos regulares, que a veces se detenían y seguían luego, respondían, al fondo del anchuroso monumento, al ruido de sus pies que se alzaba, sonoro, bajo la elevada bóveda. Le entró curiosidad por conocer a aquel paseante. Lo buscó. Era un hombre algo grueso y calvo, que andaba mirando al techo y con el sombrero detrás de la espalda.

De trecho en trecho, alguna anciana arrodillada rezaba, con la cara entre las manos.

Una sensación de soledad, de desierto, de descanso embargaba el ánimo. La luz, que las vidrieras matizaban, descansaba la vista.

A Du Roy le pareció que allí dentro se estaba «la mar de bien».

Volvió a acercarse a la puerta y miró otra vez el reloj. No eran aún más que las tres y cuarto. Se sentó al principio del pasillo central, lamentando que no fuera posible fumar un cigarrillo. Seguía oyéndose, al fondo de la iglesia, cerca del coro, el paseo lento del señor gordo.

Entró alguien. Georges se dio la vuelta con brusquedad. Era

una mujer del pueblo, con falda de lana; una pobre mujer que cayó de rodillas junto a la primera silla que se encontró y se quedó quieta, con los dedos cruzados y mirando al cielo, con el alma arrebatada en la oración.

Du Roy la miraba interesado, preguntándose qué dolor, qué desesperación podían estar destrozando aquel corazón ínfimo. A todas luces, vivía en la mayor miseria. A lo mejor tenía un marido que la mataba a golpes o un niño agonizante.

Du Roy susurraba mentalmente: «¡Qué poca cosa son estos seres! Y sin embargo hay algunos que padecen». Le entró la ira contra la naturaleza despiadada. Luego pensó que aquellos infelices creían al menos que allá arriba alguien los tenía en cuenta y que su estado civil figuraba en los registros del cielo junto a la balanza del deber y el haber.

«Allá arriba.» ¿Dónde?

Y Du Roy, a quien el silencio de la iglesia movía a sueños dilatados, juzgó con un solo pensamiento la creación y dijo, moviendo apenas los labios: «Pero qué tontería más grande».

Lo sobresaltó el roce de un vestido. Era ella.

Se levantó y se le acercó velozmente. La señora Walter no le alargó la mano y susurró, en voz baja:

–Solo cuento con unos pocos momentos. Tengo que volver a casa. Arrodíllese a mi lado para no llamar la atención. Y se adentró en la amplia nave, buscando un lugar oportuno y seguro, como persona que conoce bien el lugar. Le tapaba la cara un velo tupido y caminaba con pasos sordos que apenas si se oían.

Al llegar junto al coro, se volvió y masculló con ese tono eternamente misterioso que se usa en las iglesias:

–Mejor en las naves laterales. Aquí está una muy a la vista.

Le hizo una honda inclinación de cabeza al tabernáculo del altar mayor, a la que sumó una leve reverencia, y giró a la derecha, anduvo un poco hacia la entrada y, luego, se decidió, cogió un reclinatorio y se arrodilló.

Georges se adueñó del reclinatorio de al lado y, en cuanto se quedaron quietos, en actitud de orar, dijo:

–Gracias, gracias. La adoro. Querría estar siempre diciéndoselo, contarle cómo empecé a quererla, cómo me sedujo la primera vez que la vi... ¿Me permitirá algún día que le diga todo lo que llevo en el corazón y que le cuente todas esas cosas?

Ella lo escuchaba en una postura de honda meditación, como si no oyera nada. Contestó, hablando entre los dedos:

–Es una locura que permita que me hable así, una locura haber venido, una locura estar haciendo lo que hago, dejarlo que crea que esta... esta... esta aventura puede seguir adelante. Olvídelo, tiene que olvidarlo y no volver a mencionármelo jamás.

Esperó. Du Roy buscaba una respuesta, unas palabras decisivas, apasionadas, pero, como no podía acompañar esas palabras con los ademanes, se notaba paralizado.

Volvió a hablar:

–No espero nada... no espero nada. La quiero. Haga usted lo que haga, se lo repetiré tan a menudo, con tanta fuerza y tanto ardor, que no le quedará más remedio que entenderlo al fin. Quiero que se le meta dentro mi ternura, quiero vertérsela en el alma, palabra tras palabra, hora tras hora, día tras día, de forma tal que al fin se impregne de ella, como de un licor que cae gota a gota, que la dulcifique, que la ablande y que la obligue, más adelante, a contestarme: «Yo también lo quiero a usted».

Du Roy notaba que el hombro de ella temblaba pegado al suyo y que le palpitaba el pecho; y la señora Walter balbució muy deprisa:

–Yo también lo quiero a usted.

Él pegó un respingo, como si le hubiesen dado un golpazo en la cabeza; y suspiró:

–¡Ay, Dios mío!

Ella siguió diciendo con voz jadeante:

–Yo no debería decirle esto. Me siento culpable y despreciable... yo... que tengo dos hijas... Pero no puedo... no puedo... Nunca habría creído... nunca habría supuesto... Esto puede más... puede más que yo. Fíjese, fíjese... Nunca quise a nadie... solo a usted... se lo juro. Y llevo un año queriéndolo, en secreto, en el secreto de mi corazón. Ay, lo que he sufrido, si usted supiera, y lo que he luchado; no puedo más, lo quiero...

Lloraba detrás de los dedos cruzados, que le tapaban la cara, y se le estremecía todo el cuerpo, que le sacudía la violencia de la emoción.

Georges susurró:

–Deme la mano, para que la toque, para que la estreche...

Ella se apartó despacio la mano de la cara. Du Roy le vio la mejilla húmeda y, al filo de las pestañas, una gota más, a punto de caer.

Le había cogido la mano y se la estrechaba:

–¡Ay, cuánto me gustaría beberme sus lágrimas!

Ella dijo con voz baja y quebrada, que parecía un gemido:

–No abuse de mí... ¡Yo misma he perdido!

A Du Roy le entraron ganas de sonreír. ¿Cómo iba a abusar de ella allí? Se puso la mano que le tenía cogida en el corazón, preguntándole: «¿Nota cómo me late?». Porque se le habían agotado las frases apasionadas.

Pero desde hacía unos momentos el paso regular del paseante se iba acercando. Había recorrido todos los altares y volvía a bajar por segunda vez por la nave lateral derecha. Cuando la señora Walter oyó que estaba muy cerca del pilar que la ocultaba, retiró de un tirón los dedos que le estrechaba Georges y volvió a taparse la cara.

Se quedaron ambos inmóviles, arrodillados, como si estuviesen ambos alzando al cielo fervientes ruegos. El señor gordo pasó por su lado, les lanzó una mirada indiferente y se alejó hacia la entrada de la iglesia, siempre con el sombrero a la espalda.

Pero Du Roy, que contaba con conseguir una cita en otro lugar que no fuese La Trinité, susurró:

–¿Dónde la veré mañana?

Ella no contestó. Parecía inanimada, transformada en la estatua de la Oración.

Georges siguió diciendo:

–¿Quiere que la vea mañana en el parque de Monceau?

La señora Walter volvió hacia él la cara, destapada ahora, una cara lívida, que le crispaba un sufrimiento atroz, y le dijo con voz entrecortada:

–Déjeme... Déjeme ahora... Váyase... Váyase... cinco minutos nada más; sufro demasiado a su lado... Quiero rezar... y no puedo... Váyase... Déjame rezar... a solas... cinco minutos... No puedo... Déjeme implorarle a Dios que me perdone... que me salve... Déjeme... cinco minutos...

Tenía una expresión tan trastornada, una cara tan doliente, que Du Roy se levantó sin decir palabra; luego, tras un breve titubeo, preguntó:

–¿Vuelvo dentro de un rato?

Ella hizo con la cabeza un gesto que quería decir: «Sí, dentro de un rato». Y Du Roy se fue hacia el coro.

La señora Walter, entonces, intentó rezar. Se esforzó, con invocación sobrehumana, en llamar a Dios; y con el cuerpo estremecido y el alma extraviada, le gritó al cielo: «¡Piedad!».

¡Cerraba los ojos con rabia para no volver a ver al hombre que acababa de irse! Lo expulsaba del pensamiento, luchaba contra él, pero en vez de la aparición celestial que esperaba en la angustia de su corazón, siempre se le aparecía el bigote rizado del joven.

Llevaba un año luchando así, todos los días y todas las noches, contra aquella obsesión creciente, contra aquella imagen que le obsesionaba los sueños, que le obsesionaba la carne y le turbaba las noches. Se notaba presa como un animal en una red, atada, arrojada a los brazos de aquel varón que la había vencido y conquistado solo con aquel vello que llevaba en el labio y aquel color de ojos que tenía.

Y ahora, en esa iglesia, tan cerca de Dios, se sentía más débil, más abandonada, más perdida aún que en su casa. Ya no podía rezar, no podía pensar sino en él. Ya estaba padeciendo porque se había alejado. Pero luchaba no obstante con desesperación, se defendía, pedía socorro con todas las fuerzas del alma. Habría querido morir antes que caer de aquella manera, ella que nunca había caído. Susurraba palabras extraviadas de súplica; pero atendía al ruido de los pasos de Georges, que se iba debilitando bajo las bóvedas alejadas.

¡Se dio cuenta de que todo había acabado, de que la lucha era inútil! Y, sin embargo, no quería ceder; se adueñó de ella uno de esos ataques de nervios que hacen caer al suelo a las mujeres, trémulas, vociferantes y retorciéndose. Le temblaban todos los miembros, notaba que iba a desplomarse, a revolcarse entre las sillas lanzando chillidos agudos.

Alguien se acercaba con pasos rápidos. Volvió la cabeza. Era un sacerdote. Entonces se puso de pie, corrió hacia él alargándole las manos juntas, y balbució:

–¡Ay, sálveme! ¡Sálveme!

El sacerdote se detuvo, sorprendido:

–¿Qué desea, señora?

–Quiero que me salve. Compadézcase de mí. Si no acude en mi ayuda, estoy perdida.

Él la miraba, preguntándose si no estaría loca. Repitió:

–¿Qué puedo hacer por usted?

Era un hombre joven, alto, algo grueso, de mejillas llenas que le colgaban y que teñía de negro la barba cuidadosamente afeitada, un hermoso ejemplar de vicario urbano de barrio acaudalado, acostumbrado a las penitentes ricas.

–Confiéseme –dijo la señora Walter– y aconséjeme. ¡Dígame qué debo hacer!

Él respondió:

–Confieso todos los sábados de tres a seis.

Ella le había agarrado el brazo y se lo apretaba, repitiendo:

–¡No! ¡No! ¡No! ¡Ahora mismo! ¡Ahora mismo! ¡Es preciso! ¡Está aquí! ¡En esta iglesia! ¡Me está esperando!

El sacerdote preguntó:

–¿Quién la está esperando?

–Un hombre... que va a ser mi perdición... que va a hacerme suya si usted no me salva... Yo no puedo seguir huyendo de él... ¡Soy demasiado débil... demasiado débil... tan débil... tan débil...! –Cayó de rodillas y decía, sollozando–: ¡Ay, compadézcase de mí, padre! ¡Sálveme, en nombre de Dios, sálveme!

Lo había agarrado por la sotana para que no pudiera escaparse; y él, intranquilo, miraba para todos lados por si algunos ojos malintencionados o beatos veían a aquella mujer caída a sus pies.

Por fin, comprendiendo que no iba a poder librarse de ella, dijo:

–Levántese. Precisamente llevo encima la llave del confesionario.

Y, rebuscando en el bolsillo, sacó una anilla con llaves, escogió luego una y se encaminó, con paso rápido, hacia los cubículos de madera, esos a modo de cubos de basura del alma donde los creyentes tiran sus pecados.

Se metió por la puerta del centro, que volvió a cerrar; y la señora Walter, que se había arrojado dentro del estrecho compartimento colindante, balbució fervorosamente, con un vehemente arrebato de esperanza:

–Bendígame, padre, porque he pecado...

Du Roy, tras darle la vuelta al coro, bajó por la nave de la izquierda. Estaba llegando a la mitad cuando se topó con el señor gordo y calvo que seguía por allí con su paso tranquilo; y se preguntó: «¿Qué estará haciendo aquí este individuo?».

También el paseante había aminorado el paso y miraba a Georges con ganas visibles de hablar con él. Cuando estuvo muy cerca, saludó y dijo, con mucha educación:

–Disculpe que lo moleste, caballero, pero ¿podría decirme cuándo se edificó este monumento?

Du Roy contestó:

–La verdad es que no lo sé muy bien, pero creo que hará veinte o veinticinco años. Por cierto, es la primera vez que entro.

–Y yo. Nunca lo había visto.

Entonces, el periodista, a quien se le estaba despertando el interés, añadió:

–Me da la impresión de que lo está usted visitando con mucha meticulosidad. Estudia todos los detalles.

El señor contestó, con tono de resignación:

–No lo estoy visitando, caballero, estoy esperando a mi mujer que ha quedado aquí conmigo y llega tardísimo.

Se calló luego y, tras unos segundos, comentó:

–Hay que ver el calor que hace en la calle.

Du Roy, que lo miraba detenidamente y le encontraba traza de buena persona, pensó de pronto que se parecía a Forestier.

–¿Es usted de provincias? –preguntó.

–Sí, soy de Rennes. Y usted, caballero, ¿ha entrado en esta iglesia por curiosidad?

–No. Yo estoy esperando a una mujer.

Y, tras despedirse, el periodista se alejó con una sonrisa en los labios.

Al acercarse a la puerta principal, volvió a ver a la mendiga, que seguía arrodillada y rezando. Pensó: «¡Caray! Lo tenaz que es para la oración».

Ya no estaba conmovido ni la compadecía.

Pasó de largo y, despacio, empezó a subir por la nave de la derecha para volver con la señora Walter.

Acechaba de lejos el sitio en que la había dejado y le extrañaba no divisarla. Pensó que se había equivocado de pilar, fue hasta el último y, luego, dio media vuelta. ¡Así que se había ido! Estaba sorprendido y furioso. Luego pensó que lo estaría buscando y volvió a recorrer toda la iglesia. Al no encontrarla, regresó y se sentó en la silla en que había estado ella, con la esperanza de que fuera allí a buscarlo. Y esperó.

No tardó en llamarle la atención un leve murmullo de voces. No había visto a nadie en aquel rincón de la iglesia. ¿De dónde venía ese cuchicheo? Se levantó para indagar y divisó, en la capilla vecina, las puertas del confesionario. De una de ellas asomaba la punta de un vestido, que arrastraba por el suelo. Se acercó para mirar a la mujer. Y la reconoció. ¡Se estaba confesando!

Notó un deseo virulento de agarrarla por los hombros y sacarla a rastras de aquel cajón. Luego pensó: «¡Bah! Ahora le toca la vez al cura; mañana me tocará a mí». Y se sentó tranquilamente enfrente de las ventanillas de la penitencia, esperando su hora y riéndose con sarcasmo, ahora, de aquella aventura.

Esperó mucho rato. Por fin, la señora Walter se puso de pie, se volvió, lo vio y se le acercó. Tenía un rostro frío y adusto.

–Caballero –le dijo–, le ruego que no me acompañe, que no me siga y que no vuelva solo a mi casa. No lo dejarían entrar. ¡Adiós!

Y se fue con andares muy dignos.

Du Roy dejó que se alejara, porque era en él cuestión de principios no forzar nunca los acontecimientos. Luego, como el sacerdote, algo alterado, salía a su vez del cuchitril, se fue hacia él en derechura y, mirándolo a los ojos, le refunfuñó en plena cara:

–Usted, si no llevase faldas, menudo par de cachetes que se iba a llevar en esa cara tan fea.

Luego dio media vuelta y se marchó, silbando entre dientes.

De pie en el pórtico, el señor gordo, con el sombrero calado y las manos a la espalda, cansado de esperar, recorría con la vista la amplia plaza y todas las calles que van a dar a ella.

Cuando Du Roy pasó junto a él se saludaron.

El periodista, al quedarse libre, se fue a *La Vie Française*. Nada más entrar, vio, por la pinta atareada de los mozos, que estaban pasando cosas anómalas y entró de golpe en el despacho del director.

Walter, de pie, nervioso, estaba dictando un artículo con frases entrecortadas y, entre dos líneas, encomendaba tareas a sus reporteros, hacía recomendaciones a Boisrenard y abría cartas.

Al entrar Du Roy, el dueño soltó un grito de alegría:

–¡Vaya, qué suerte, aquí llega Buen Amigo! –Se detuvo en seco, un tanto azarado, y se disculpó–: Perdone que lo haya llamado así, me tienen muy alterado las circunstancias. Y además me paso el día oyendo a mi mujer y a mis hijas llamarlo

«Buen Amigo» y acaba por pegárseme la costumbre. ¿No se ha enfadado?

Georges se reía:

–En absoluto. No hay en ese apodo nada que me desagrade.

Walter siguió hablando:

–Muy bien, pues entonces lo bautizo Buen Amigo, como todo el mundo. Bueno, pues esto es lo que hay, han pasado cosas muy gordas. El Gabinete ha caído por una votación de trescientos diez votos contra ciento dos. Tenemos que volver a aplazar las vacaciones, aplazarlas *ad calendas græcas,* y ya estamos a 28 de julio. España se enfada por el asunto de Marruecos, eso es lo que ha acabado con Durand de l'Aine y sus acólitos. Estamos metidos hasta el cuello en un buen lío. Han encomendado a Marrot que forme nuevo Gabinete. Mete al general Boutin d'Acre en el ministerio de la Guerra y a nuestro amigo Laroche-Mathieu en el de Asuntos Exteriores. Y él se queda con la cartera de Interior y con la presidencia del Consejo. Vamos a convertirnos en un diario oficioso. Estoy haciendo el editorial, una simple declaración de principios, y trazándoles el camino a los ministros. –El buen hombre sonrió y siguió diciendo–: El camino por el que piensan tirar, desde luego. Pero necesitaría algo interesante acerca de la cuestión de Marruecos, algo de actualidad, una crónica que causara efecto, que causara sensación, no sé qué. ¿Qué se le ocurre a usted?

Du Roy se quedó pensando unos segundos y luego contestó:

–Tengo lo que necesita. Le ofrezco un estudio de la situación política de todas nuestras colonias africanas, con Túnez a la izquierda, Argelia en medio y Marruecos a la derecha, la historia de todas las razas que pueblan ese extenso territorio, y el relato de una expedición en la frontera marroquí hasta el gran oasis de Figuig, que nunca pisó europeo alguno y es la causa del conflicto actual. ¿Le conviene?

Walter exclamó:

–¡Admirable! ¿Y con qué título?

–«¡De Túnez a Tánger!»

–Soberbio.

Y Du Roy se fue a rebuscar en la colección de *La Vie Française* para dar con su primer artículo: los «Recuerdos de un cazador de África», que, tras quitarle el nombre de pila, darle unos cuantos toques y modificarlo, encajaría a la perfección y de principio a fin, porque se hablaba en él de política colonial, de la población argelina y de una excursión por la provincia de Orán.

En tres cuartos de hora ya estaba redactado de nuevo, remendado, puesto a punto, con un sabor de actualidad y unos cuantos elogios al nuevo Gabinete.

El director, tras leer el artículo, declaró:

–Está perfecto... perfecto... perfecto. Es usted un hombre de valor inestimable. Lo felicito.

Y Du Roy se fue a casa a cenar, encantado del día que había pasado, pese al fracaso en La Trinité, porque notaba que tenía ganada la partida.

Su mujer lo estaba esperando, febril. Exclamó al verlo:

–¿Sabes que Laroche es ministro de Asuntos Exteriores?

–Sí; e incluso acabo de escribir al respecto un artículo sobre Argelia.

–¿Y qué has puesto?

–Ya lo conoces, el primero que escribimos juntos: los «Recuerdos de un cazador de África», revisado y corregido para esta ocasión.

Ella sonrió:

–Ah, pues sí, encaja estupendamente.

Luego, tras haberse quedado unos instantes pensativa, dijo:

–Ahora que lo pienso, esa continuación que tenías que haber

escrito entonces y que dejaste... a medias, podemos ponernos ahora con ella. Nos saldrá una serie muy vistosa y muy actual.

Él contestó, sentándose ante el plato de sopa:

–Efectivamente. No hay nada que lo impida ahora que ya está muerto el cornudo de Forestier.

Madeleine contestó con vehemencia y tono seco y molesto:

–Esa broma está muy fuera de lugar y te ruego que acabes con ella. Ya ha durado demasiado.

Du Roy iba a responder con ironía; le trajeron un telegrama donde, sin firma, había esta única frase:

> Había perdido la cabeza. Perdóneme y venga mañana a las cuatro al parque de Monceau.

Entendió lo que pasaba y, con el corazón rebosante de pronto de alegría, le dijo a su mujer, metiéndose el papelito azul en el bolsillo:

–No lo haré más, querida mía. Es una sandez, lo admito.

Y siguió cenando.

Mientras comía se repetía esas pocas palabras: «Había perdido la cabeza. Perdóneme y venga mañana a las cuatro al parque de Monceau». Así que la señora Walter cedía. Era como decir: «Me rindo, soy suya, donde quiera, cuando quiera».

Se echó a reír. Madeleine preguntó:

–¿Qué te pasa?

–Poca cosa. Me estoy acordando de un cura con quien coincidí hace un rato y que tenía cara de infeliz.

Du Roy llegó en punto a la cita del día siguiente. En todos los bancos del parque había personas de clase media sentadas, agobiadas de calor, y niñeras indolentes que parecían estar sumidas en un ensueño mientras los niños se revolcaban por la arena de los paseos.

Encontró a la señora Walter en el rincón de las ruinas antiguas donde brota un manantial. Andaba alrededor del estrecho circo de columnillas con expresión intranquila y desdichada.

No bien la hubo saludado Du Roy, dijo ella:

–¡Cuánta gente hay en este parque!

Él aprovechó la ocasión:

–Sí, es cierto; ¿quiere que vayamos a otra parte?

–Pero ¿adónde?

–Donde sea; cojamos un coche, por ejemplo. Puede bajar la cortinilla de su lado y así estará a buen recaudo.

–Sí, lo prefiero; aquí me muero de miedo.

–Pues venga dentro de cinco minutos a la puerta que da al paseo de ronda. Llegaré con un coche de punto.

Y se fue a toda carrera. No bien subió la señora Walter al coche y cegó bien el cristal de su lado, preguntó:

–¿Adónde le ha dicho al cochero que nos lleve?

Georges contestó:

–No se preocupe por nada; ya está al tanto.

Le había dado al hombre la dirección de su piso de la calle de Constantinople.

Ella siguió diciendo:

–No se imagina cómo sufro por su culpa, qué atormentada y torturada me siento. Ayer fui dura, en la iglesia, pero quería huir de usted como fuera. Me da tanto miedo quedarme a solas con usted. ¿Me ha perdonado?

Él le estrechaba las manos:

–Sí, sí. ¿Qué no le perdonaría, queriéndola como la quiero?

Ella lo miraba con expresión suplicante.

–Mire, tiene que prometerme que me respetará... que no... que no... porque en caso contrario no podría volver a verlo.

De entrada no le contestó; sonreía, bajo el bigote, con esa sonrisa sutil que turbaba a las mujeres. Acabó por susurrar:

–Soy su esclavo.

Entonces ella empezó a contarle cómo se había dado cuenta de que lo quería al enterarse de que se iba a casar con Madeleine Forestier. Daba detalles, detalles nimios de fechas y de cosas íntimas.

Se calló de pronto. El coche acababa de detenerse. Du Roy abrió la portezuela.

–¿Dónde estamos? –preguntó ella.

Du Roy contestó:

–Baje y entre en esa casa. Estaremos más tranquilos.

–Pero ¿dónde estamos?

–En mi casa. Es mi piso de soltero, que he vuelto a alquilar... por unos días... para tener un sitio donde podamos vernos.

La señora Walter se aferraba a la tapicería del coche, espantada al pensar en ese encuentro a solas, y balbucía:

–¡No, no, no quiero! ¡No quiero!

Él dijo con voz enérgica:

–Le juro que la respetaré. Venga. Ya ve que nos están mirando, que la gente va a hacernos corro. Dese prisa... dese prisa... baje. –Y repitió–: Le juro que la respetaré.

Un tabernero, que estaba en el umbral de su comercio, los miraba con expresión de curiosidad. A la señora Walter le entró el pánico y se abalanzó dentro de la casa.

Iba a subir las escaleras. Él la sujetó por el brazo:

–Es aquí, en la planta baja.

Y la metió en el piso.

No bien hubo cerrado la puerta, la agarró como a una presa. Ella resistía, luchaba, tartamudeaba:

–¡Ay, Dios mío!... ¡Ay, Dios mío!...

Georges la besaba en el cuello, en los ojos, en los labios, con frenesí, sin que pudiera ella evitar aquellas caricias rabiosas; y, al tiempo que lo rechazaba, al tiempo que le rehuía la boca, le devolvía los besos a su pesar.

De repente dejó de resistirse y, vencida, resignada, dejó que la desnudase. Él le iba quitando, con presteza y maña, todas las partes del vestido con dedos ingrávidos de doncella.

La señora Walter le arrancó de las manos la blusa para taparse la cara con ella; y se quedó quieta, de pie, blanca, en medio de su ropa, que le tapaba los pies.

Georges le dejó las botinas y se la llevó en brazos a la cama. Ella, entonces, le susurró al oído con voz quebrada:

–Le juro... le juro... que nunca he tenido amantes.

Igual que una muchacha habría dicho: «Le juro que soy virgen».

Y él pensaba: «Pues sí que me importa a mí eso mucho».

Capítulo V

Llegó el otoño. Los Du Roy habían pasado todo el verano en París, entregados a una campaña enérgica en *La Vie Française* a favor del nuevo Gabinete, durante las breves vacaciones de los diputados.

Aunque no fueran aún sino los primeros días de octubre, las Cámaras iban a reanudar las sesiones porque los asuntos de Marruecos se estaban poniendo amenazadores.

Nadie creía, en realidad, en una expedición rumbo a Tánger aunque, el día de clausura del Parlamento, un diputado de derechas, el conde de Lambert-Sarrazin, en un discurso rebosante de ingenio, que cosechó incluso los aplausos de los centristas, se ofreció a apostarse el bigote contra las patillas del jefe del Gobierno y a dejarlo en prenda, como había hecho antaño un famoso virrey de la India, a que el nuevo Gabinete no podría contenerse e imitaría al anterior enviando un ejército a Tánger, que hiciera juego con el de Túnez, por mor de la simetría, igual que se colocan dos jarrones encima de la chimenea. Y añadió: «La tierra de África es efectivamente para Francia una chimenea, señores, una chimenea donde quemamos nuestra mejor madera, una chimenea con mucho tiro que encendemos con el papel de la Banca. Se han permitido ustedes el capricho de artista de adornar la esquina de la izquierda con un bibelot tunecino que les sale caro; ya verán cómo el señor Marrot querrá imitar a su antecesor y adornar la esquina de la derecha con un bibelot marroquí».

Este discurso, que ha quedado en los anales, le sirvió de tema a Du Roy para diez artículos sobre la colonia argelina, la serie completa que había quedado interrumpida en sus primeros tiempos en el periódico; y defendió con energía la idea de una expedición militar, por más que estuviera convencido de que era algo que no iba a ocurrir. Hizo vibrar la cuerda patriótica y bombardeó a España con todos los argumentos despectivos que se esgrimen en contra de los pueblos cuyos intereses son contrarios a los nuestros.

La Vie Française había adquirido una importancia considerable por sus vínculos bien conocidos con el poder. Publicaba, antes que otros periódicos de más enjundia, las noticias políticas, insinuaba con matices las intenciones de los ministros, que eran amigos suyos; y todos los diarios de París y de provincias buscaban información en él. Lo citaban, lo temían, empezaban a respetarlo. No era ya el órgano sospechoso de un grupo de chanchulleros políticos, sino el órgano admitido del Gabinete. Laroche-Mathieu era el alma del periódico, y Du Roy, su portavoz. Walter, diputado sin voto y director cauteloso y que sabía no destacar, se ocupaba en la sombra, así decían, de un negocio de mucha envergadura, unas minas de cobre en Marruecos.

El salón de Madeleine se había convertido en un centro de influencia donde se reunían todas las semanas varios miembros del Gabinete. E incluso había cenado allí dos veces el jefe de Gobierno; y las mujeres de los hombres de Estado, que, tiempo ha, titubeaban a veces antes de cruzar el umbral de su casa, se jactaban ahora de ser amigas suyas y le hacían más visitas de las que les hacía ella.

El ministro de Asuntos Exteriores ejercía casi de señor de la casa. Se presentaba en ella a cualquier hora, trayendo telegramas, informaciones y noticias que dictaba bien al marido, bien a la mujer, como si fueran secretarios suyos.

Cuando Du Roy, después de irse el ministro, se quedaba a solas con Madeleine, se indignaba, con amenazas en el tono de voz e insinuaciones pérfidas en las palabras, contra la formas de aquel advenedizo mediocre.

Pero Madeleine se encogía de hombros con desprecio y decía siempre:

–Haz tú lo que ha hecho él. Llega a ministro; y podrás enfadarte. Hasta entonces, a callar.

Él se retorcía el bigote mirándola de reojo.

–Nadie sabe de lo que soy capaz –decía–. A lo mejor se entera todo el mundo algún día.

Ella contestaba, filosóficamente:

–Vivir para ver.

La mañana de la reanudación de las sesiones de las Cámaras, Madeleine, aún acostada, le hacía mil recomendaciones a su marido, que se estaba vistiendo para ir a almorzar a casa del señor Laroche-Mathieu y recibir instrucciones antes de la sesión para el artículo de política del día siguiente en *La Vie Française,* artículo que tenía que ser algo así como una declaración oficiosa de los proyectos reales del Gabinete.

Madeleine le decía:

–Sobre todo que no se te olvide preguntarle si van a mandar a Orán al general Belloncle, tal y como se anda diciendo. Sería algo muy significativo.

Georges, nervioso, contestó:

–Pero si yo sé tan bien como tú lo que tengo que hacer. Déjame en paz con tanta machaconería.

–Querido, siempre se te olvidan la mitad de los recados que te doy para el ministro.

Georges refunfuñó:

–¡Ya me tiene harto ese ministro tuyo! Menudo lelo.

Ella dijo muy tranquila:

–No es más mío que tuyo. A ti te resulta más útil que a mí.

Él se volvió a medias hacia ella, riendo con sorna:

–Perdona, a mí no me tira los tejos. Madeleine dijo despacio:

–Ni a mí; pero labra nuestra fortuna.

Georges calló; luego, tras unos instantes, dijo:

–Si tuviera que elegir de entre todos tus adoradores, quien más me gustaría sería el buenazo de Vaudrec. ¿Qué es de su vida, por cierto? Llevo ocho días sin verlo.

Ella contestó, imperturbable:

–Está enfermo; e incluso me escribió para decirme que estaba en la cama con un ataque de gota. Deberías pasar a ver cómo se encuentra. Ya sabes que te quiere mucho; y le agradaría.

Georges contestó:

–Sí, desde luego. Iré después.

Ya había acabado de arreglarse y, con el sombrero puesto, miraba a ver si no se le había olvidado algún detalle. Como no dio con nada, se acercó a la cama y le dio un beso en la frente a su mujer.

–Hasta luego, mi vida; volveré como muy pronto a las siete.

Y se fue. El señor Laroche-Mathieu lo estaba esperando, porque aquel día almorzaba a las diez, ya que el Gabinete se reunía a las doce, antes de la reanudación de las sesiones del Parlamento.

No bien se sentaron a la mesa, solos con el secretario particular del ministro, porque la señora Laroche-Mathieu no había querido almorzar a aquella hora, Du Roy habló de su artículo e indicó la línea que iba a seguir, consultando las notas que llevaba garabateadas en tarjetas de visita; luego, cuando hubo acabado, preguntó:

–¿Se le ocurre algo que deba cambiar, mi querido ministro?

–Muy poca cosa, amigo mío. Quizá se pasa usted un poco de taxativo en la cuestión de Marruecos. Hable de la expedición como si fuera a hacerse, pero dejando claro que no se llevará a cabo y que usted no lo cree ni poco ni mucho. Haga que el público lea claramente entre líneas que no nos meteremos en esa aventura.

–Muy bien. Entendido; y haré que todo el mundo lo entienda. Mi mujer me ha encargado que le pregunte, al respecto, si van a mandar a Orán al general Belloncle. Después de lo que me acaba usted de decir, he llegado a la conclusión de que no.

El hombre de Estado contestó:

–No.

Hablaron luego de la apertura de la sesión. Laroche-Mathieu se puso a perorar, preparando el efecto de las frases que iba a desparramar sobre sus colegas pocas horas después. Movía la mano derecha, enarbolaba tan pronto la cuchara como el cuchillo o un trozo de pan y, sin mirar a nadie, dirigiéndose a una Asamblea invisible, expectoraba su elocuencia licorosa de buen mozo bien peinado. Un bigotillo mínimo y enroscado enderezaba, en el labio de arriba, dos puntas parecidas a colas de escorpión; y el pelo, untado de brillantina y con raya en medio, le ponía en las sienes unos aladares abultados de provinciano presumido. Estaba un tanto grueso, un tanto abotagado, aunque fuera joven; la tripa le tensaba el chaleco. El secretario particular comía y bebía tan tranquilo, acostumbrado sin duda a aquellas duchas de facundia; pero Du Roy, a quien le hincaban los dientes en el corazón los celos del éxito ajeno, pensaba: «¡Anda, so bobo! ¡Qué cretinos son estos políticos!».

Y, comparando su propia valía con la charlatanería jactanciosa de aquel ministro, se decía: «Caray, solo con que tuviera cien mil francos limpios para presentarme a diputado en mi hermosa tierra de Ruán, para liar en su rústica malicia a mis buenos normandos, astutos y torpones, menudo hombre de Estado iba a ser yo comparado con estos pícaros despreocupados».

El señor Laroche-Mathieu no paró de hablar hasta que sirvieron el café; luego, viendo que se hacía tarde, llamó para que estuviera su cupé delante de la puerta y, tendiéndole la mano al periodista, le preguntó:

–¿Todo ha quedado claro, mi querido amigo?

–Clarísimo, mi querido ministro, cuente conmigo.

Y Du Roy se fue con mucha calma camino del periódico, para empezar el artículo, porque no tenía nada que hacer hasta las cuatro. A las cuatro había quedado, en la calle de Constantinople, con la señora de Marelle, a quien veía allí con regularidad, dos veces por semana, los lunes y los viernes.

Pero, al entrar en la redacción, le entregaron un telegrama cerrado; era de la señora Walter, y ponía:

> Tengo que verte hoy irremisiblemente. Es algo muy grave, muy grave. Espérame a las dos en la calle de Constantinople. Puedo hacer un grandísimo favor.
>
> Tu amiga hasta la muerte
>
> VIRGINIE

Soltó una maldición: «¡Me cago en Dios! ¡Qué pelma!». Y, como le dio un arrebato excesivo de mal humor, volvió a salir en el acto, demasiado irritado para trabajar.

Llevaba seis semanas intentado romper con ella sin conseguir desanimar aquel apego encarnizado que ella le tenía.

La señora Walter tuvo, después de la caída, un ataque de remordimientos espantoso y, en tres citas sucesivas, agobió a su amante con reproches y maldiciones. Aburrido de aquellas escenas y ahíto ya de aquella mujer madura y melodramática, Du Roy se había distanciado sin más, con la esperanza de que así la aventura se diera por concluida. Pero entonces la señora Walter se aferró a él desesperadamente, arrojándose a aquel amor como se tira uno a un río con una piedra atada al cuello. Du Roy consintió en volver por debilidad, por afabilidad, por consideración; y ella lo encerró en una pasión desenfrenada y agotadora, lo persiguió con su ternura.

Quería verlo a diario, lo llamaba con telegramas continuos para encuentros rápidos en una esquina, en una tienda, en un parque.

Le repetía entonces, en unas cuantas frases, siempre las mismas, que lo adoraba y que lo idolatraba; luego se iba tras jurarle «que se sentía muy feliz por haberlo visto».

Era muy diferente de como la había imaginado, intentaba seducirlo con monerías pueriles, con chiquilladas amorosas ridículas a su edad. Como hasta entonces había sido de una estricta honestidad, virgen de corazón, cerrada a cualquier sentimiento, ignorante de toda sensualidad, había aparecido de pronto en aquella mujer formal, en aquella cuarentona sosegada que parecía hallarse en un otoño pálido tras un verano frío, había aparecido algo así como una primavera marchita llena de florecillas que brotasen defectuosas y de capullos abortados, una extraña eclosión de amor de chiquilla, de amor tardío, ardiente e ingenuo, consistente en arrebatos imprevistos, en chilliditos de dieciséis años, en mimos embarazosos, en monerías envejecidas sin haber sido jóvenes. Le escribía diez cartas al día, cartas simples y absurdas, con un estilo raro, poético y risible, engalanado como el de los indios, lleno de nombres de animales y de aves.

En cuanto se quedaban a solas, lo besaba con carantoñas de niña crecida, con muecas algo grotescas de los labios, con brincos que le sacudían los pechos, excesivamente abundantes bajo la tela de la blusa. A Du Roy lo asqueaba sobre todo oírla decir: «Ratoncito mío», «Cachorrito mío», «Gatito mío», «Alhaja mía», «Mi pájaro azul», «Tesoro mío», y ver cómo se ofrecía a él invariablemente con una pobre comedia de pudor infantil, con breves ademanes de temor, que a ella le parecían graciosos, y con jueguecitos de alumna depravada de internado.

Preguntaba: «¿De quién es esta boquita?». Y si él no contestaba en el acto: «Mía», insistía hasta ponerlo lívido de irritación.

A Du Roy le parecía que la señora Walter tendría que haber caído en la cuenta de que, en amor, se requieren un tacto, una maña, una prudencia y un término medio extremados; de que si, siendo una mujer madura, una madre de familia y una mujer de mundo, se había entregado a él, debería entregarse con seriedad, con algo así como un arrebato contenido y adusto, quizá con lágrimas, pero con las lágrimas de Dido, no con las de Julieta.

Le repetía ella sin cesar:

–¡Cuánto te quiero, nenito mío! ¿Me quieres tanto como te quiero yo, eh, chiquitín mío?

Y él ya no podía oírle decir «nenito mío» ni «chiquitín mío» sin que le entrasen ganas de llamarla «abuelita».

La señora Walter le decía:

–Qué locura cometí al ceder. Pero no me arrepiento. Es tan bueno querer.

Y a Georges le parecía todo irritante en esos labios. Susurraba «Es tan bueno querer» como lo habría hecho una ingenua en el teatro.

Lo exasperaba además la torpeza de sus caricias. La habían vuelto sensual de pronto los besos de aquel joven apuesto que tanto le había encendido la sangre; y ponía en sus abrazos un ardor desmañado y una aplicación concienzuda que a Du Roy le daban risa y le recordaban a los ancianos que intentan aprender a leer.

Y siendo así que habría debido lastimarlo al estrecharlo en los brazos, mirándolo ardientemente con aquellos ojos profundos y terribles que tienen algunas mujeres marchitas, espléndidas en su amor postrero, cuando habría debido morderlo con boca muda y trémula, aplastándolo bajo su carne grávida y cálida, ajada pero infatigable, bullía como una chiquilla y hablaba como una niña pequeña para hacerse simpática:

–Yo querer tanto al nenito. Quererlo tanto. ¡El nenito hacerle un mimo a su mujercita!

A Georges le entraban entonces unas ganas tremendas de blasfemar, de agarrar el sombrero y de irse dando un portazo.

Al principio se vieron con frecuencia en la calle de Constantinople, pero a Du Roy, que temía un encuentro con la señora de Marelle, se le ocurrían ahora mil pretextos para negarse a esas citas.

Tuvo, pues, que ir casi a diario a casa de ella, a almorzar o a cenar. La señora Walter le apretaba la mano por debajo de la mesa, le ofrecía los labios detrás de las puertas. Pero a él lo que le gustaba era jugar con Suzanne, que lo ponía de buen humor con sus gracias. En aquel cuerpo de muñeca bullía un pensamiento ágil y sagaz, imprevisto y socarrón, que siempre estaba dando una función, como una marioneta de feria. Se burlaba de todo y de todos con tino corrosivo. Georges le espoleaba la elocuencia, la animaba a que fuera irónica y se llevaban de maravilla.

Ella se pasaba la vida llamándolo.

–Oiga, Buen Amigo... Venga, Buen Amigo...

Él dejaba en el acto a la madre para acudir corriendo junto a la chiquilla que le susurraba alguna maldad al oído; y los dos reían a carcajadas.

Entretanto, asqueado del amor de la madre, estaba llegando a sentir una repugnancia invencible; ya no podía verla, ni oírla, ni pensar en ella sin ira. Dejó, pues, de ir por su casa, de contestar a sus cartas y de atender a sus llamadas. La señora Walter se dio cuenta, por fin, de que ya no la quería, y padeció horriblemente. Pero se emperró, lo espió, lo siguió, lo esperó en un coche de punto con las cortinillas bajadas a la puerta del periódico, a la puerta de su casa, en las calles por las que pensaba que iba a pasar.

A Du Roy le entraban ganas de maltratarla, de insultarla, de golpearla, de decirle claramente: «Hala, ya está bien, es usted un fastidio». Pero seguía teniéndole ciertos miramientos por *La Vie Française;* e intentaba, a fuerza de frialdad, de rudezas envueltas en consideración, e incluso a veces con palabras duras, hacerle entender que aquello tenía que terminar a la fuerza.

La señora Walter se empecinaba sobre todo en dar con artimañas para llevarlo a la calle de Constantinople; y Du Roy estaba siempre en vilo por temor a que ambas mujeres se encontrasen un buen día cara a cara delante de la puerta.

En cambio, el cariño que le tenía a la señora de Marelle había aumentado durante el verano. La llamaba su «muchachito» y estaba clarísimo que le gustaba. Sus dos caracteres encajaban como los átomos ganchudos; eran ambos, desde luego, de la raza aventurera de los vagabundos de la vida, de esos vagabundos de la buena sociedad que tienen gran parecido, sin saberlo, con los gitanos que van por el camino real.

Pasaron un verano de enamorados delicioso, un verano de

estudiantes juerguistas que echaban una cana al aire para ir a almorzar o a cenar a Argenteuil, a Bougival, a Maisons, a Poissy, y se pasaban horas en una barca cortando flores por las orillas. A Clotilde la entusiasmaban las fritadas del Sena, la carne guisada con vino blanco y las calderetas de pescado, los cenadores de los merenderos y los gritos de los remeros. A Georges le gustaba viajar con ella, en un día despejado, subidos en la imperial de un tren periférico y cruzar, diciendo alegres bobadas, el campo tan feo que hay entorno a París, donde proliferan hotelitos burgueses espantosos.

Y cuando no le quedaba más remedio que volver para ir a cenar a casa de la señora Walter, aborrecía a la amante vieja y testaruda al acordarse de la mujer joven a la que acababa de dejar y que le había desflorado los deseos y había cosechado sus ardores en la hierba que crecía a la orilla del agua.

Creía al fin que se había librado casi de la Jefa, a quien había manifestado de forma clara y casi brutal su decisión de romper con ella, cuando recibió en el periódico el telegrama que lo citaba a las dos en la calle de Constantinople.

Volvía a leerlo otra vez según caminaba: «Tengo que verte hoy irremisiblemente. Es algo muy grave, muy grave. Espérame a las dos en la calle de Constantinople. Puedo hacer un grandísimo favor. Tu amiga hasta la muerte. VIRGINIE».

Y pensaba: «¿Y ahora qué tripa se le ha roto a la lechuza vieja esta? Apuesto lo que sea a que no tiene nada que decirme. Va a repetirme que me adora. Pero hay que ir a ver. Habla de algo muy grave y de un gran favor; a lo mejor es verdad. ¡Y Clotilde viene a las cuatro! Tengo que largar a esta a las tres como muy tarde. ¡Caramba! Con tal de que no se encuentren... ¡Ay, qué malditas zorras son las mujeres!».

Y se le ocurrió que, efectivamente, la única que nunca le daba la lata era la suya. Vivía por su cuenta y parecía quererlo mucho en las horas destinadas al amor, porque no admitía alteraciones en el orden inmutable de las ocupaciones habituales de la vida.

Andaba despacio hacia su piso de citas, enardeciéndose *in mente* contra la Jefa: «¡Ya verá como no tenga nada que decirme! ¡Académico iba a quedar lo que se habla en los cuarteles comparado con lo que yo le suelte! De entrada, le planto que no pienso volver a pisar por su casa».

Entró para esperar a la señora Walter.

Esta llegó casi enseguida y, nada más verlo, exclamó:

–¡Ah, recibiste mi telegrama! ¡Qué suerte!

Du Roy tenía una cara torva:

–Sí, claro, me lo he encontrado en el periódico cuando ya me iba a la Cámara. ¿Y ahora qué quieres?

Ella había alzado el velillo para darle un beso y se le estaba acercando con expresión medrosa y sumisa de perro acostumbrado a que le den muchos golpes.

–Qué cruel eres conmigo... Con qué dureza me hablas... ¿Qué te he hecho yo? ¡No te figuras cuánto me haces sufrir!

Él refunfuñó:

–No pensarás volver a las andadas.

Ella estaba de pie, muy cerca, esperando una sonrisa, un ademán, para arrojarse en sus brazos.

Susurró:

–No tenías que haberme buscado para tratarme así, había que dejarme que siguiera formal y feliz. ¿Te acuerdas de lo que me decías en la iglesia y cómo me metiste a la fuerza en esta casa? ¡Y mira cómo me hablas ahora! ¡Y cómo me recibes! ¡Dios mío! ¡Dios mío! ¡Cuánto daño me haces!

Él dio una patada en el suelo y dijo con violencia:

–¡Demonios, ya está bien! No puedo verte ni un minuto sin

oír la misma canción. La verdad, parece que te haya seducido a los doce años y que fueras ignorante como un ángel. No, querida amiga, vamos a dejar las cosas claras, aquí no ha habido corrupción de una menor. Te entregaste a mí en plena edad de la razón. Te lo agradezco, te estoy agradecidísimo, pero no me siento obligado a quedarme pegado a tus faldas hasta la muerte. Tienes un marido y yo tengo una mujer. Ninguno de los dos es libre. Nos hemos permitido un capricho y hasta aquí hemos llegado, se acabó.

Ella dijo:

–¡Ay, qué brutal eres! ¡Qué grosero, qué infame! ¡No! No era ya doncella, pero nunca había amado, y nunca había pecado...

Du Roy la interrumpió:

–Ya lo sé, me lo has repetido veinte veces. Pero habías tenido dos hijas... así que no te desfloré...

Ella retrocedió:

–¡Ah, Georges! ¡Eso es una indignidad!

Y, llevándose ambas manos al pecho, empezó a ahogarse con los sollozos que le subían a la garganta.

Cuando Georges vio avecinarse las lágrimas, cogió el sombrero de la esquina de la repisa de la chimenea.

–¡Ah, que vas a llorar! Pues adiós muy buenas. ¿Para esta función me has hecho venir?

Ella dio un paso adelante para cortarle el camino y, sacándose prestamente el pañuelo del bolsillo, se secó los ojos con un ademán brusco. Con un esfuerzo de voluntad afianzó la voz y dijo, mientras la interrumpía un trémolo de dolor:

–No, he venido para... para darte una noticia... una noticia política... para ponerte en condiciones de ganar cincuenta mil francos... o más incluso, si quieres.

Él preguntó, repentinamente afable:

–¿Cómo? ¿Qué quieres decir?

–Ayer por la noche sorprendí por causalidad unas cuantas palabras de mi marido y de Laroche. No es que disimulasen mucho delante de mí, por lo demás. Pero Walter le estaba recomendando al ministro que no te contase el secreto porque lo sacarías todo a relucir.

Du Roy había vuelto a dejar el sombrero encima de una silla. Esperaba, muy atento:

–Vamos a ver, ¿qué sucede?

–¡Van a apoderarse de Marruecos!

–No puede ser. He almorzado con Laroche, que casi casi me ha dictado las intenciones del Gabinete.

–No, mi vida, te han engañado porque tienen miedo de que la gente se entere de su apaño.

–Siéntate –dijo Georges.

Y él también se sentó en un sillón. La señora Walter tiró entonces de un taburetito y se sentó en él, acurrucada entre las piernas del joven. Y siguió diciendo con voz mimosa.

–Como siempre estoy pensando en ti, ahora me fijo en todo cuanto cuchichean a mi alrededor.

Y se puso a explicarle a media voz cómo había intuido hacía mucho que estaban tramando algo a espaldas de Du Roy y que lo utilizaban al tiempo que temían su colaboración.

Decía:

–Cuando estás enamorada, te vuelves astuta, ¿sabes?

Por fin, la víspera lo había entendido. Era un negocio muy grande, grandísimo, preparado en la sombra. Ahora sonreía, feliz por su buena maña; se exaltaba hablando como mujer de un financiero acostumbrada a presenciar las maquinaciones de los golpes de mano en Bolsa, la evolución de los valores, las crisis a la alta y a la baja que arruinan en dos horas de especulación a miles de burgueses de clase media, rentistas modestos que invirtieron sus ahorros en fondos que contaban con la garantía del apellido de hombres honrados, respetados, políticos o banqueros.

Y repetía:

–Ay, han sido muy hábiles. Muy hábiles. Por cierto que todo lo ha dirigido Walter, que sabe lo que se hace. La verdad es que ha sido algo de primer orden.

A Du Roy lo impacientaban tantos preparativos.

–A ver, cuéntalo de una vez.

–Pues se trata de lo siguiente. Ya tenían decidido enviar una expedición a Tánger el mismo día que Laroche se hizo cargo de los Asuntos Exteriores; y, poco a poco, han ido comprando toda la emisión de deuda marroquí, que había bajado a sesenta y cuatro o setenta y cinco francos. Y lo compraron con mucha maña mediante agentes poco claros y de mala muerte que no despertaban desconfianza. Han engañado hasta a los Rothschild, que se extrañaban al ver lo solicitados que estaban los bonos marroquíes. Les contestaron dándoles el nombre de los intermediarios, que eran todos unos tarados y unos pobretones. Y eso tranquilizó a los grandes banqueros. Y ahora van a mandar la expedición y, en cuanto estemos allí, el Estado francés garantizará la deuda. Y nuestros amigos habrán ganado entre cincuenta y sesenta millones. ¿Entiendes el negocio? Entenderás también que le tengan miedo a todo el mundo, miedo a la mínima indiscreción.

Había reclinado la cabeza en el chaleco del joven y, apoyándole los brazos en las piernas, se arrimaba, se pegaba a él, al notar que ahora sí tenía interés en ella, dispuesta a hacer de todo, a hacer lo que fuera, por una caricia, por una sonrisa.

Du Roy le preguntó:

–¿Estás completamente segura?

Ella contestó con mucha confianza en sí misma:

–Yo lo creo.

Du Roy dijo:

–Desde luego que es muy hábil. El sinvergüenza ese de Laroche ya me las pagará. ¡Menudo bribón! ¡Ya puede andarse con ojo! ¡Se me quedará en las manos su carcasa de ministro!

Se paró luego a pensar y susurró:

–El caso es que habría que aprovecharse de eso.

–Todavía puedes comprar bonos –dijo ella–. Están solo a setenta y dos francos.

Él contestó:

–Sí, pero no puedo disponer de dinero.

La señora Walter alzó hacia él unos ojos rebosantes de súplicas.

–Ya había pensado en eso, queridito, y, si fueras bueno, muy bueno, si me quisieras un poco, me dejarías que te lo prestara.

Él contestó con brusquedad, casi con dureza:

–Eso de ninguna manera.

Ella susurró con voz implorante:

–Mira, hay algo que puedes hacer sin pedir dinero prestado. Yo quería comprar diez mil francos en bonos, para tener unos ahorrillos. ¡Puedo comprar veinte mil! Vas a medias conmigo. Como comprenderás, no se lo pienso devolver a Walter. Así que de momento no hay que pagar nada. Si sale bien, ganas setenta mil francos. Si sale mal, me debes diez mil francos que puedes pagarme como te venga bien.

Él siguió diciendo:

–No, no me gustan esos apaños.

Entonces ella le expuso sus razonamientos para que se decidiera, le demostró que en realidad estaba comprometiendo diez mil francos sin más garantía que la palabra, que por consiguiente corría riesgos y que ella no le adelantaba nada ya que el desembolso lo hacía la Banca Walter.

Le demostró que, además, era él quien había dirigido en *La Vie Française* toda la campaña política que permitía llevar a cabo aquel negocio y que sería muy cándido si no le sacara partido.

Du Roy seguía sin decidirse. La señora Walter añadió:

–Piensa que en realidad quien te adelanta esos diez mil francos es Walter y que tú le has prestado servicios que valen más.

–Está bien –dijo él–. Voy a medias contigo. Si perdemos, te devuelvo diez mil francos.

Ella se puso tan contenta que se levantó, le cogió con ambas manos la cabeza y empezó a besarlo con avidez.

Du Roy no se defendió de entrada; luego, al ver que se iba atreviendo cada vez más, que lo abrazaba, que se lo comía a caricias, pensó que Clotilde iba a llegar en un rato y que, si se ablandaba, perdería tiempo y se dejaría en los brazos de la vieja un ardor que valía más reservar para la joven.

Y entonces la rechazó con suavidad.

Ella lo miró con ojos desconsolados:

–¡Ay, Georges, ya no me dejas ni besarte!

Él contestó:

–No, hoy no. Me duele un poco la cabeza y me molesta bastante.

La señora Walter se le volvió a sentar entonces dócilmente entre las piernas.

–¿Quieres venir a cenar mañana a casa? ¡No sabes qué gusto me darías!

Él vaciló y luego no se atrevió a decir que no.

–Sí, claro. Por supuesto.

–Gracias, mi vida.

Se frotaba despacio la mejilla contra el pecho del joven, con un gesto mimoso y sistemático, y se le quedó enganchado en el chaleco uno de los largos cabellos negros.

Se dio cuenta y le cruzó por la cabeza una idea desatinada, una de esas ideas supersticiosas que con frecuencia constituyen todo el razonamiento de las mujeres.

Empezó a enroscar con suavidad ese cabello alrededor de un botón. Luego enroscó otro en el botón siguiente, y otro más en el de más arriba. Anudó uno a cada botón.

Dentro de un rato, cuando él se levantase, se los arrancaría. Le haría daño, ¡qué dicha! Y se llevaría algo de ella sin saberlo, se llevaría un mechoncito de su pelo, algo que nunca le había pedido. Era un lazo con que lo ataba. ¡Un lazo secreto e invisible! Un talismán que ella le ponía. Pensaría en ella sin pretenderlo, soñaría con ella, la querría un poco más al día siguiente.

Du Roy dijo de repente:

–Voy a tener que dejarte porque me están esperando en la Cámara al final de la sesión. Hoy no puedo faltar.

Ella suspiró:

–¡Ay, tan pronto!

Luego dijo, resignada:

–Vete, mi vida; pero ven a cenar mañana.

Y se apartó de golpe. Notó en la cabeza un dolor breve y agudo, como si le hubiesen clavado agujas en la piel. Le latía el corazón; estaba contenta de haber sufrido un poco por causa suya.

–¡Adiós! –dijo.

Él la tomó en sus brazos sonriendo compasivamente y le besó los ojos con frialdad.

Pero ella, perdiendo los estribos con aquel contacto, susurró otra vez: «¡Tan pronto!». Y con ojos suplicantes le indicaba el dormitorio, que tenía la puerta abierta.

Él la apartó y dijo con tono apresurado:

–Tengo que irme corriendo, voy a llegar tarde.

Ella entonces le brindó los labios, que él apenas si rozó; y, tras darle la sombrilla, que se le olvidaba, añadió:

–Vamos, vamos, deprisa, que son más de las tres.

La señora Walter salió delante de él; iba repitiendo:

–Mañana, a las siete.

Du Roy contestó:

–Mañana, a las siete

Se separaron. Ella se fue hacia la derecha y él hacia la izquierda.

Du Roy llegó hasta el paseo de ronda. Luego volvió a bajar por el bulevar de Malesherbes, por el que fue andando despacio. Al pasar delante de una pastelería, vio unos *marrons glacés* en una copa de cristal. Y pensó: «Voy a llevarle una libra a Clotilde». Compró una bolsa de esos dulces que a la señora de Marelle le gustaban con locura. A las cuatro ya estaba de vuelta para esperar a su amante joven.

Llegó con un poco de retraso porque su marido había vuelto por ocho días. Preguntó:

–¿Puedes venir a cenar mañana? Estará encantado de verte.

–No; ceno en casa del Jefe. Nos tienen ocupados un montón de apaños políticos y financieros.

Ella se había quitado el sombrero y se estaba quitando la blusa, que la oprimía.

Georges le indicó la bolsa que había encima de la chimenea:

–Te he traído *marrons glacés*.

Clotilde dio palmas:

–¡Qué suerte! ¡Qué mono eres!

Los cogió, probó uno y declaró:

–Son deliciosos. Noto que me los voy a comer todos.

Luego añadió, mirando a Georges con regocijo sensual:

–¿Así que me halagas todos los vicios?

Comía los dulces despacio y lanzaba ojeadas constantes al fondo de la bolsa para ver si aún quedaban.

Dijo:

–Anda, siéntate en el sillón, que me voy a acurrucar entre tus piernas para comérmelos a mordisquitos. Estaré muy a gusto.

Du Roy sonrió, se sentó y la acogió entre los muslos abiertos, como a la señora Walter hacía un rato.

Clotilde alzaba la cabeza para hablarle y decía, con la boca llena:

–¿Sabes, vida mía? He soñado contigo, he soñado que nos íbamos los dos de viaje muy lejos, subidos en un camello. Tenía dos jorobas, íbamos a horcajadas, cada uno en una, y cruzábamos el desierto. Nos habíamos llevado bocadillos envueltos en un papel y vino en una botella y tomábamos un tentempié subidos en las jorobas. Pero a mí me fastidiaba porque nada más podíamos hacer eso, estábamos demasiado alejados, y yo quería bajar.

Él contestó:

–Yo también quiero bajar.

Se reía, le hacía gracia la historia, la pinchaba para que dijera bobadas, para que charlase, para que contase todas esas chiquilladas, todas esas ñoñerías tiernas que dicen los enamorados. Aquellas cosas de niños que le parecían tan gratas en los labios de la señora de Marelle lo habrían exasperado en los de la señora Walter.

Clotilde también lo llamaba: «Mi vida, nenito mío, gatito mío». Y le parecían palabras dulces y acariciadoras. Porque las palabras de amor, que son siempre iguales, saben como los labios de los que salen.

Pero, al tiempo que lo entretenían aquellos disparates, pensaba en los setenta mil francos que iba a ganar y, de pronto, interrumpió, con dos golpecitos en la cabeza, el cotorreo de su amante:

–Atiende, preciosa. Te voy a dar un recado para tu marido. Dile de mi parte que compre mañana diez mil francos de empréstito marroquí, que está a setenta y dos francos; y le garantizo que antes de tres meses habrá ganado entre sesenta y ochenta mil francos. Recomiéndale que no diga ni palabra. Dile de mi parte que está decidido el envío de la expedición de Tánger y el Estado francés garantizará la deuda marroquí. Pero no te vayas de la lengua con nadie más. Te estoy revelando un secreto de Estado.

Ella lo escuchaba, muy formal. Susurró:

–Te lo agradezco. Esta misma noche avisaré a mi marido. Puedes contar con él; no dirá nada. Es un hombre muy de fiar. No hay peligro.

Pero ya se había comido todos los *marrons*. Arrugó la bolsa y la tiró a la chimenea. Luego dijo:

–Vámonos a la cama.

Y, sin levantarse, empezó a desabrocharle el chaleco a Georges.

Se detuvo de pronto y, tirando con dos dedos de un largo cabello, que le sacaba del ojal, se echó a reír:

–¡Anda! Llevas un pelo de Madeleine. ¡Vaya marido fiel!

Luego se puso seria, se quedó mucho rato mirando, en la mano, la imperceptible hebra que se había encontrado y susurró:

–No es de Madeleine, es moreno.

Él sonrió:

–Seguramente será de la doncella.

Pero ella le estaba pasando revista al chaleco con atención de policía y encontró otro pelo enroscado en un botón; luego vio otro más; y pálida, algo temblorosa, exclamó:

–¡Ah! Te has acostado con una mujer que te ha llenado de pelos todos los botones.

Él, asombrado, balbucía:

–Pues claro que no. Estás loca...

De pronto se acordó, lo entendió todo, se azaró al principio y luego negó, riendo con sorna; en el fondo no le desagradaba que ella sospechase que tenía suerte con las mujeres.

Clotilde seguía buscando y seguía encontrando pelos que desenroscaba con gesto veloz y arrojaba luego a la alfombra.

Lo había adivinado todo, con un instinto astuto de mujer, y balbucía, furiosa, rabiando y a punto de echarse a llorar:

–Esta sí que te quiere... y ha querido que te llevases puesto algo de ella... ¡Ay! Eres un traidor...

Pero soltó un grito, un grito estridente de regocijo nervioso.

–¡Huy... huy... si es una vieja! Aquí hay un pelo blanco... Ah, así que ahora las buscas viejas... ¿Te pagan? ¿Di, te pagan? Así que ya estás en las ancianas... Pues entonces ya no me necesitas... Quédate con la otra...

Se levantó, fue corriendo por la blusa, que había arrojado encima de una silla, y se la puso con presteza.

Él quería sujetarla, avergonzado, y balbucía:

–Que no... Clo... eres boba... No sé qué ha pasado... Escúchame... No te vayas... Vamos a ver... No te vayas...

Ella repetía:

–Quédate con esa vieja tuya... Quédate con ella... Hazte una sortija con su pelo... con su pelo blanco... Hay aquí bastante para que te alcance...

Había vuelto a vestirse y a peinarse y se había bajado el velillo con ademanes bruscos y veloces; y, al querer él agarrarla, ella le cruzó la cara con un fuerte cachete. Mientras Du Roy estaba aturdido, abrió la puerta y salió huyendo.

En cuanto se quedó solo, se adueñó de Du Roy una furia rabiosa contra la zorra aquella de la Walter. ¡A buena parte la iba a mandar! ¡Y sin miramientos!

Se puso agua en la mejilla encarnada. Luego salió, pensando en cómo vengarse. Esta vez no iba a perdonarla. ¡De ninguna manera!

Fue calle abajo hasta el bulevar y, paseando ocioso, se detuvo delante de una joyería para mirar un cronómetro que llevaba mucho apeteciéndole y que valía mil ochocientos francos.

De repente, se le ocurrió, mientra el corazón le daba un respingo de alegría: «Si gano esos setenta mil francos, podré comprármelo». Y se puso a soñar en todas las cosas que haría con aquellos setenta mil francos.

Para empezar, sería diputado. Y además se compraría el cronómetro y también jugaría en Bolsa, y también... y también...

No quería volver al periódico; prefería charlar con Madeleine antes de volver a ver a Walter y de escribir el artículo; y se encaminó hacia su casa.

Estaba llegando a la calle de Drouot cuando se detuvo en seco; se le había olvidado ir a preguntar cómo estaba el conde de Vaudrec, que vivía en la Chaussée-d'Antin. Así que dio media vuelta, sin dejar de pasear, pensando en mil cosas en una ensoñación feliz, en cosas dulces, en cosas buenas, en la fortuna que tenía cerca y también en aquel crápula de Laroche y en el mal bicho de la Jefa. Por lo demás, no le preocupaba el enfado de Clotilde, porque sabía muy bien que lo perdonaba enseguida.

Le preguntó al portero de la casa en que vivía el conde de Vaudrec:

–¿Cómo sigue el señor de Vaudrec? Me han dicho que llevaba unos días enfermo.

Y el hombre le contestó:

–El señor conde está muy mal, señor. Creen que no pasará de esta noche, la gota se le ha subido al corazón.

¡Du Roy se quedó tan espantado que no sabía ya qué hacer! ¡Vaudrec agonizaba! Le pasaban por la cabeza ideas confusas, tantas y que lo trastornaban tanto que no se atrevía a confesárselas a sí mismo.

Balbució, sin darse cuenta de lo que decía:

–Gracias... luego vuelvo...

Después se metió a toda prisa en un coche de punto y dio la dirección de su casa.

Su mujer ya había vuelto. Du Roy entró en el dormitorio sin aliento y le comunicó en el acto:

–¿No te has enterado? ¡Vaudrec se está muriendo!

Madeleine estaba sentada, leyendo una carta. Alzó la vista y repitió tres veces seguidas.

–¿Cómo? ¿Qué dices?... ¿Qué dices?... ¿Qué dices?...

–Digo que Vaudrec se está muriendo de un ataque de gota que se le ha subido al corazón.

Luego añadió:

–¿Qué piensas hacer?

Madeleine se había puesto de pie, lívida; le sacudía las mejillas un temblor nervioso; luego rompió en un llanto espantoso, tapándose la cara con las manos. Seguía de pie, la estremecían los sollozos, la pena la destrozaba.

Pero, de pronto, dominó el dolor y dijo, secándose los ojos:

–Me... me voy... No te preocupes por mí... No sé a qué hora volveré... No me esperes...

Du Roy contestó:

–Muy bien. Vete.

Se estrecharon la mano y ella se fue tan deprisa que se le olvidó coger los guantes.

Georges cenó solo y se puso a escribir el artículo. Se atuvo exactamente a las indicaciones del ministro, dando a entender a los lectores que no habría expedición a Marruecos. Luego lo llevó al periódico, charló un momento con el jefe y se volvió a marchar, fumando y con el corazón contento sin saber por qué.

Su mujer no había vuelto. Se metió en la cama y se durmió.

Madeleine volvió a eso de las doce de la noche. Georges, que se despertó de golpe, se sentó en la cama.

Preguntó:

–¿Qué ha pasado?

Nunca la había visto tan pálida y tan afectada. Susurró:

–Ha muerto.

–¡Ah! Y... ¿no te dijo nada?

–Nada. Cuando llegué había perdido el conocimiento.

Georges se había quedado pensativo. Se le venían a los labios preguntas que no se atrevía a hacer.

–Acuéstate –dijo.

Ella se desnudó deprisa y luego se metió en la cama, a su lado.

Georges siguió diciendo:

–¿Había familia junto a su lecho de muerte?

–Un sobrino nada más.

–¡Ah! ¿Y era un sobrino al que veía mucho?

–Nunca. Llevaban diez años sin verse.

–¿Tenía más parientes?

–No... No creo.

–Entonces... ¿el heredero es ese sobrino?

–No lo sé.

–¿Era muy rico Vaudrec?

–Sí, muy rico.

–¿Sabes más o menos cuánto tenía?

–Con exactitud, no. Uno o dos millones quizá.

Georges no preguntó nada más. Madeleine apagó la vela. Y se quedaron echados, juntos, en la oscuridad, callados, despiertos, pensando.

A Du Roy se le habían quitado las ganas de dormir. Ahora le parecían poca cosa los setenta mil francos que le había prometido la señora Walter. De pronto, le pareció que Madeleine estaba llorando. Le preguntó, para asegurarse de ello:

–¿Estás durmiendo?

–No.

Tenía la voz llorosa y trémula. Du Roy añadió:

–Antes se me olvidó decirte que ese ministro tuyo nos había tomado el pelo.

–¿Y eso?

Le contó con pelos y señales, con todo detalle, el apaño que habían preparado entre Laroche y Walter.

Cuando hubo terminado, ella le preguntó:

–¿Cómo lo sabes?

Le contestó:

–Vas a permitirme que no te lo diga. Tú tienes tus sistemas de información en los que yo no me meto. Yo tengo los míos y me los quiero reservar. En cualquier caso, respondo de la exactitud de mis informaciones.

Madeleine susurró entonces:

–Sí, es posible... Ya estaba sospechando que andaban metidos en algo sin nosotros.

Pero Georges, a quien no le venía el sueño, se había arrimado a su mujer y le besó, despacio, la oreja. Ella lo rechazó con vehemencia:

–Mira, déjame en paz, ¿eh? No estoy de humor para retozos.

Du Roy, resignado, se volvió de cara a la pared y, tras cerrar los ojos, acabó por quedarse dormido.

Capítulo VI

La iglesia tenía colgaduras negras y, en el pórtico, un escudo grande, que remataba una corona, anunciaba a los transeúntes que estaban enterrando a un noble.

Acababa de concluir la ceremonia; los asistentes se iban despacio tras pasar en fila ante el féretro y ante el sobrino del conde de Vaudrec, que daba apretones de manos y devolvía los saludos.

Cuando Georges Du Roy y su mujer salieron a la calle, echaron a andar juntos para volver a casa. Callaban, preocupados.

Por fin, Georges dijo, como si hablase consigo mismo:

–¡La verdad es que es muy sorprendente!

Madeleine preguntó:

–¿Qué es sorprendente, querido?

–¡Que Vaudrec no nos haya dejado nada!

Madeleine se puso encarnada de golpe, como si de pronto le hubieran corrido ante la piel blanca un velo rosa que le ascendiese del pecho al rostro.

–¿Y por qué nos iba a dejar algo? ¡No había razón alguna! –Luego añadió, tras unos instantes de silencio–: Es posible que haya un testamento en casa de algún notario y que aún no estemos enterados.

Georges se quedó pensativo y susurró luego:

–Sí, es probable, porque, vamos, era nuestro mejor amigo, de los dos. Cenaba en casa dos veces por semana, venía continuamente. En casa estaba como en la suya propia. Te quería como un padre y no tenía familia, ni hijos, ni hermanos, solo un sobrino, un sobrino lejano. Sí, debe de haber un testamento. No es que yo quiera nada del otro mundo, un recuerdo, para que quede patente que se acordó de nosotros, que nos quería, que se daba cuenta del cariño que le teníamos. Nos debía una prueba de amistad. Madeleine dijo, con expresión pensativa e indiferente:

–Efectivamente, es posible que exista un testamento.

Al llegar a casa, el criado le entregó una carta a Madeleine. Esta la abrió y, luego, se la alargó a su marido.

Notaría Lamaneur
Calle de Les Vosges, 17

Muy señora mía:

Le ruego que tenga a bien acudir a mi estudio, entre las dos y las cuatro de la tarde, martes, miércoles o jueves, para un asunto de su interés.

Reciba, etc.

LAMANEUR

Ahora era Georges quien se había puesto encarnado:

–Ahí lo tenemos, creo. Es curioso que te convoque a ti y no a mí, que soy el cabeza de familia según la ley.

Madeleine, de entrada, no contestó. Luego dijo, tras quedarse un momento pensativa:

–¿Quieres que vayamos esta tarde?

–Sí, me parece bien.

Cuando entraron en la notaría del señor Lamaneur, el primer

pasante se levantó muy solícito y los hizo pasar al despacho de su jefe.

El notario era un hombrecillo redondo, redondo por completo. La cabeza parecía una bola clavada encima de otra bola que sostenían dos piernas tan pequeñas, tan cortas, que también parecían casi unas bolas.

Los saludó, les rogó que se sentasen y dijo, volviéndose hacia Madeleine:

–La he hecho venir, señora, para poner en su conocimiento el testamento del conde de Vaudrec en lo que a usted se refiere.

Georges no pudo por menos de susurrar:

–Si ya decía yo.

El notario añadió:

–Voy a proceder a ponerla al tanto de ese documento, que es muy breve por lo demás.

Cogió una hoja de papel de un clasificador que tenía delante y leyó:

> El abajo firmante, Paul-Émile-Cyprien-Gontran, conde de Vaudrec, en posesión de todas sus facultades físicas y mentales, deja aquí constancia de sus últimas voluntades.
>
> Como la muerte puede llevarme consigo en cualquier momento, quiero tomar, en previsión de su llegada, la precaución de redactar mi testamento, que quedará depositado en el estudio notarial del señor Lamaneur.
>
> Al no contar con herederos directos, lego toda mi fortuna, que se compone de valores bursátiles por valor de seiscientos mil francos y de bienes inmuebles y fincas por un valor aproximado de quinientos mil francos, a Claire-Madeleine Du Roy, sin más cargas ni condiciones. Le ruego que acepte este don de un amigo muerto como prueba de su afecto devoto, hondo y respetuoso.

El notario añadió:

–Esto es todo. El documento tiene fecha del pasado mes de agosto y sustituye a un documento de idéntica naturaleza firmado hace dos años a nombre de Claire-Madeleine Forestier. Obra en mi poder ese primer testamento que podría dar fe, en caso de impugnación de la familia, de que la voluntad del señor conde de Vaudrec no había variado.

Madeleine, muy pálida, se miraba los pies. Georges, nervioso, se retorcía la punta del bigote. El notario añadió, tras un silencio:

–Por supuesto, caballero, la señora no puede aceptar este legado sin el consentimiento de usted.

Du Roy se levantó y dijo secamente:

–Solicito algo de tiempo para pensarlo.

El notario, sonriente, asintió con una inclinación y dijo con voz amable:

–Comprendo el escrúpulo que lo hace dudar, caballero. Debo añadir que el sobrino del señor de Vaudrec, a quien he comunicado esta misma mañana las últimas voluntades de su tío, está dispuesto a respetarlas si se le concede una suma de cien mil francos. En mi opinión, el testamento no puede impugnarse, pero un juicio supondría un escándalo que posiblemente sería conveniente para ustedes evitar. La gente suele profesar opiniones malintencionadas. Fuere como fuere, ¿podrán darme a conocer su respuesta en lo referido a todos estos puntos antes del sábado?

Georges hizo una inclinación:

–Desde luego, caballero.

Luego saludó ceremoniosamente, le cedió el paso a su mujer, que no había dicho nada, y salió con una expresión tan envarada que el notario dejó de sonreír.

No bien estuvieron en casa, Du Roy cerró la puerta con brusquedad y tiró el sombrero encima de la cama:

–¿Fuiste la querida de Vaudrec?

Madeleine, que se estaba quitando el velo, se volvió con un respingo:

–¿Yo? ¡Oh!

–Sí, tú. Nadie le deja toda su fortuna a una mujer si no...

Madeleine había empezado a temblar y no conseguía quitarse los agujones que sujetaban el tejido transparente.

Tras quedarse pensativa un momento, balbució con voz convulsa:

–Vamos... vamos... Estás loco... estás... estás... ¿No eras tú... hace un rato... quien tenía la esperanza... de que te dejase algo?

Georges seguía de pie a su lado y atendía a todas las emociones de su mujer como un magistrado que intenta sorprender la mínima flaqueza de un acusado. Dijo, remachando todas las palabras:

–Sí... podía dejarme algo, a mí... a mí, a tu marido... a mí, su amigo... ¿oyes?... pero no a ti... a ti... su amiga... a ti, mi mujer. La diferencia es capital, esencial desde el punto de vista del decoro... y de la opinión pública.

Ahora era Madeleine quien lo miraba fijamente, directamente a los ojos, de forma honda y singular, como para leer algo en ellos, para descubrir en ellos esa parte ignota de los seres que nunca se conoce a fondo y que apenas puede vislumbrarse durante unos segundos veloces, durante esos momentos en que las personas bajan la guardia, o ceden a la confianza, o se descuidan, y que son como puertas que se entornan y tras las que se hallan las misteriosas interioridades del pensamiento. Y dijo despacio:

–Pues me parece que si... que un legado de esa importancia de él... a ti... habría parecido al menos igual de raro.

Du Roy preguntó con brusquedad:

–¿Y eso por qué?

Ella dijo:

–Porque sí...

Titubeó y, luego, añadió:

–Porque eres mi marido... porque en resumidas cuentas hacía poco que lo conocías... porque yo soy amiga suya hace mucho... porque yo... porque su primer testamento, hecho en vida de Forestier, era ya a mi favor.

Georges se había puesto a pasear a zancadas. Dijo:

–No puedes aceptarlo.

Madeleine contestó, indiferente:

–Muy bien; entonces no merece la pena esperar al sábado; podemos avisar ya al señor Lamaneur sin darle más largas al asunto.

Georges se le plantó delante; y volvieron a quedarse unos cuantos instantes mirándose a los ojos, esforzándose por llegar hasta el impenetrable secreto de sus corazones, de sondearse hasta el meollo del pensamiento. Intentaban verse desnudas las conciencias con aquella consulta ardiente y muda: lucha íntima de dos seres que, aunque viviendo juntos, siguen sin conocerse, sospechan uno de otro, se husmean, se acechan, pero no se han calado hasta el encenagado fondo del alma.

Y, de repente, Georges le susurró en plena cara, en voz baja:

–Vamos, confiesa que eras la querida de Vaudrec.

Madeleine se encogió de hombros:

–Qué estúpidez... Vaudrec me tenía mucho cariño, mucho... pero nada más... nunca.

Georges dio una patada en el suelo:

–Mientes. No es posible.

Madeleine contestó, muy tranquila:

–Pues es así sin embargo.

Él se puso a pasear; luego preguntó, deteniéndose de nuevo:

–Entonces explícame por qué te deja a ti toda su fortuna...

Ella lo hizo con expresión indolente y carente de interés:

–Es de lo más sencillo. Como decías tú antes, no tenía más amigos que nosotros... que yo, más bien, porque me conoció de niña. Mi madre era señorita de compañía en casa de unos parientes suyos. Venía continuamente a esta casa y, como no tenía herederos naturales, pensó en mí. Que me haya querido un poco es posible. Pero ¿a qué mujer no la han querido así alguna vez? Que ese cariño oculto, secreto, le trajera mi nombre a la pluma cuando pensó en redactar sus últimas voluntades, ¿por qué no? Me traía flores todos los lunes. A ti no te extrañaba, y a ti no te traía flores, ¿verdad? Hoy me da su fortuna por idéntica razón y porque no tiene a nadie a quien dársela. En cambio, habría sido muy sorprendente que te la hubiera dejado a ti. ¿Por qué te la iba a dejar? ¿Qué eras tú de él?

Hablaba con tanta naturalidad y tanta tranquilidad que Georges vacilaba.

Pero añadió:

–Da lo mismo; no podemos aceptar esa herencia en condiciones semejantes. Causaría un efecto deplorable. Todo el mundo creería que eras su amante, todo el mundo cotorrearía y se burlaría de mí. Demasiado dispuestos están ya los colegas a tenerme envidia y a meterse conmigo. Tengo que preocuparme por mi honor más que nadie y cuidar mi reputación. No puedo ni admitir ni permitir que mi mujer acepte un legado así de un hombre a quien las habladurías han dado ya por amante suyo. A lo mejor Forestier lo habría consentido, pero yo no.

Madeleine susurró con suavidad:

–Pues no lo aceptemos, querido. Tendremos un millón menos en el bolsillo y ya está.

Du Roy seguía dando paseos y empezó a pensar en voz alta, hablándole a su mujer sin dirigirse a ella.

–Pues sí... un millón... qué le vamos a hacer. No cayó en la cuenta al hacer testamento de que estaba incurriendo en una falta de tacto, en un olvido de la urbanidad. No vio en qué posición falsa y ridícula iba a ponerme... En la vida todo es cuestión de matices... Tenía que haberme dejado a mí la mitad, y con eso quedaba todo arreglado.

Se sentó, se cruzó de piernas y empezó a retorcerse las puntas del bigote como hacía en los momentos de fastidio, de preocupación y de reflexiones dificultosas.

Madeleine cogió una labor de cañamazo con la que llevaba ya una temporada y dijo, mientras escogía las lanas:

–A mí solo me toca callar. El que tiene que pensar eres tú.

Georges tardó mucho en contestar; luego dijo, titubeando:

–La gente no entenderá nunca ni que Vaudrec te hiciera su heredera universal ni que yo lo admitiese. Recibir así esa fortuna sería confesar... confesar una relación culpable tuya y un consentimiento infame mío... ¿Te das cuenta de cómo interpretarían que la aceptásemos? Habría que dar con un artificio, con un medio hábil para paliar el hecho. Habría que dar a entender, por ejemplo, que repartió esa fortuna entre los dos, que le da la mitad al marido y la otra mitad a la mujer.

Madeleine dijo:

–No sé cómo iba a ser eso posible, porque el testamento es taxativo.

Él respondió:

–Ah, pues muy sencillo. Podrías dejarme la mitad de la herencia por donación entre vivos. No tenemos hijos, así que es posible. Así le cerraríamos la boca a la maledicencia pública.

Ella replicó, con cierta impaciencia:

–Tampoco veo cómo le íbamos a cerrar la boca a la maledicencia pública si el documento existe y lo firma Vaudrec.

Él repuso, airado:

–¿Es que necesitamos exhibirlo y pegarlo por las paredes? Pareces tonta. Diremos que el conde de Vaudrec nos ha dejado a cada uno la mitad de su fortuna... Y ya está... No puedes aceptar el legado sin mi permiso. Te lo doy sin más condición que un reparto que impida que todo el mundo se ría de mí.

Madeleine volvió a mirarlo con ojos agudos.

–Como quieras. Estoy dispuesta.

Entonces Du Roy se puso de pie y volvió a pasear. Parecía dudar de nuevo y ahora evitaba la mirada penetrante de su mujer. Decía:

–No... definitivamente, no... Es posible que valga más renunciar del todo... Es más digno... más correcto, más honorable... Y, sin embargo, de esa forma nadie tendría por qué sospechar nada, nada en absoluto. Incluso las personas más escrupulosas tendrían que admitirlo.

Se paró ante Madeleine:

–Pues, si te parece bien, mi vida, voy a volver yo solo a la notaría del señor Lamaneur para consultar y explicarle el asunto. Le contaré mis escrúpulos y añadiré que se nos ha ocurrido la idea de un reparto, por respetar las formas, para que nadie pueda chismorrear. Si yo acepto la mitad de esa herencia, está clarísimo que nadie tiene ya derecho a sonreír. Es como decir alto y claro: «Mi mujer acepta porque acepto yo, que soy su marido y juez de lo que puede hacer ella sin comprometerse». De otra manera, habría sido un escándalo.

Madeleine se limitó a susurrar:

–Como quieras.

Él empezó a hablar por los codos:

–Sí, todo queda claro como la luz del día con ese arreglo de la división a medias. Somos los herederos de un amigo que no ha querido hacer diferencias entre los dos, que no ha querido hacer distinción, que no ha querido que pareciese que estaba diciendo: «Prefiero a este o al otro después de muerto igual que lo preferí en vida». Quería más a la mujer, claro, pero al dejarles su fortuna a ambos ha querido dejar claro que esa preferencia era completamente platónica. Y puedes estar segura de que, si se le hubiera ocurrido, eso es lo que habría hecho. Como muy bien decías hace un rato, a ti era a quien regalaba flores todas las semanas; y a ti quiso dejarte su recuerdo postrero sin darse cuenta de que...

Ella lo interrumpió con cierta irritación:

–De acuerdo. Ya lo he entendido. No hacen falta tantas explicaciones. Ve a ver al notario ahora mismo.

Él balbució, ruborizándose:

–Tienes razón. Ya voy.

Cogió el sombrero y, cuando salía, preguntó:

–Voy a intentar que la dificultad que pone el sobrino nos salga por cincuenta mil francos, ¿te parece?

Madeleine contestó con altivez:

–No. Dale los cien mil francos que pide. Y cógelos de mi parte, si quieres.

Du Roy susurró, avergonzado de pronto:

–De ninguna manera. Nos lo repartiremos. Si cada uno le damos cincuenta mil francos, todavía salimos a un millón neto.

Luego añadió:

–Hasta luego, Made, bonita mía.

Y se fue a explicarle al notario el apaño, diciendo que se le había ocurrido a su mujer.

Firmaron al día siguiente una donación entre vivos de

quinientos mil francos que Madeleine Du Roy cedía a su marido.

Luego, al salir de la notaría, como hacía bueno, Georges propuso que fuesen andando hasta los bulevares. Se portaba de forma encantadora, lleno de atenciones, de detalles, de ternura. Reía, feliz con todo, mientras que Madeleine estaba pensativa y algo adusta.

Era un día de otoño bastante frío. La gente parecía tener prisa y apretaba el paso. Du Roy llevó a su mujer hasta la tienda donde había mirado tantas veces el cronómetro anhelado.

–¿Quieres que te regale una joya? –preguntó.

Madeleine susurró, indiferente:

–Como quieras.

Entraron. Georges preguntó:

–¿Qué prefieres, un collar, una pulsera o unos pendientes?

La vista de aquellos adornos de oro y piedras finas disipaba la frialdad deliberada de Madeleine, quien recorría con mirada encendida y curiosa las vitrinas llenas de joyas.

Y, de pronto, le hizo mella un capricho:

–¡Qué pulsera tan bonita!

Era una cadena con una forma peculiar, en cada uno de cuyos eslabones había una piedra diferente.

Georges preguntó:

–¿Qué vale esta pulsera?

El joyero contestó:

–Tres mil francos, caballero.

–Si me la deja en dos mil quinientos, me la llevo.

El hombre titubó y contestó luego:

–No, caballero, es imposible.

Du Roy insistió:

–Mire, me llevaré también este cronómetro, por mil quinientos francos. Se nos pone todo en cuatro mil francos que le pago al contado. ¿De acuerdo? Si no le parece bien, me voy a otro sitio.

El joyero, perplejo, acabó por aceptar.

–Está bien, caballero, de acuerdo.

Y el periodista, tras dar sus señas, añadió:

–Que graben en el cronómetro mis iniciales: G. R. C., en letras entrelazadas debajo de una corona de barón.

Madeleine, sorprendida, sonrió. Y, cuando salieron se le cogió del brazo con cierta ternura. Le parecía que era en verdad muy hábil y muy dispuesto. Ahora que tenía rentas, necesitaba un título, desde luego.

El joyero se estaba despidiendo:

–Puede estar tranquilo, señor barón; lo tendrá el jueves.

Pasaron delante del teatro de Le Vaudeville. Estaban poniendo una obra nueva.

–Si quieres –dijo Du Roy–, podemos ir esta noche al teatro. A ver si encontramos un palco.

Había un palco y lo sacaron. Él añadió:

–¿Y si cenásemos en un café cantante?

–Ay, sí, me apetece.

Georges era feliz a más no poder y pensaba en qué más podrían hacer.

–¿Y si fuéramos a buscar a la señora de Marelle y a su marido para que pasasen la velada con nosotros? Por lo visto, su marido está aquí. Estaré encantado de darle un apretón de manos.

Fueron a su casa. A Georges, que le tenía cierto miedo al primer encuentro con su amante, no le parecía nada mal que estuviera presente su mujer para evitar cualquier explicación.

Pero Clotilde no parecía acordarse de nada e incluso obligó a su marido a aceptar la invitación.

La cena fue alegre y la velada deliciosa.

Georges y Madeleine volvieron a casa a una hora muy avanzada. Ya habían apagado el gas. Para iluminar los peldaños, el periodista iba encendiendo cerillas de trecho en trecho.

Al llegar al rellano del primer piso, la llama repentina, que brotó al rascar la cerilla, hizo aparecer en el espejo las caras de ambos, iluminadas entre las tinieblas de la escalera.

Eran como aparecidos a punto de esfumarse en la oscuridad.

Du Roy levantó la mano para iluminarlos bien a ambos y dijo, con risa triunfal:

–Aquí van unos millonarios.

Capítulo VII

La conquista de Marruecos había ocurrido hacía dos meses. Francia, dueña de Tánger, poseía toda la costa africana desde el Mediterráneo hasta el gobierno de Trípoli, y había garantizado la emisión de deuda del país recién anexionado.

Corría la voz de que dos ministros habían ganado en esa operación alrededor de veinte millones de francos y se nombraba casi en voz alta a Laroche-Mathieu.

En cuanto a Walter, nadie ignoraba en París que había matado dos pájaros de un tiro y se había embolsado entre treinta y cuarenta millones a cuenta del empréstito y entre ocho y diez millones de unas minas de cobre y hierro, sin contar las ganancias fruto de tierras extensísimas compradas por muy poco antes de la conquista y vueltas a vender inmediatamente después de la ocupación francesa a compañías colonizadoras.

En pocos días se había convertido en uno de los amos del mundo, en uno de esos financieros omnipotentes, más poderosos que reyes, ante los que se inclinan las cabezas, balbucean las bocas y aflora cuanta bajeza, cobardía y envidia hay en lo hondo del corazón humano.

Ya no era el judío Walter, dueño de un banco muy poco claro, director de un diario muy poco claro, diputado a quien se le sospechaban chanchullos de mala muerte. Era el señor Walter, el rico israelita.

Y quiso que se notara.

Como sabía de los apuros en que andaba el príncipe de Carlsbourg, que tenía uno de los palacetes más hermosos de la calle de Le Faubourg-Saint-Honoré, cuyo jardín daba a Les Champs-Élysées, le propuso comprarle en veinticuatro horas el edificio con todos los muebles, sin mover de sitio ni un sillón. Le ofrecía tres millones. El príncipe, a quien tentó esa cantidad, aceptó.

Al día siguiente, Walter se mudó a su nuevo domicilio.

Se le ocurrió entonces otra idea, una auténtica idea de conquistador que quiere tomar París, una idea a lo Bonaparte.

La ciudad en pleno estaba acudiendo por entonces a ver un cuadro de buen tamaño del pintor húngaro Karl Marcowitch que exponía el experto Jacques Lenoble y representaba a Cristo caminando sobre las aguas.

Los críticos de arte, entusiasmados, clamaban que aquel lienzo era la obra de arte más soberbia del siglo.

Walter lo compró por quinientos mil francos y se lo llevó, interrumpiendo así, de la noche a la mañana, el flujo que había creado la curiosidad del público y obligando a París entero a hablar de él para envidiarlo, censurarlo o darle la razón.

Hizo luego que se anunciase en los periódicos que pensaba invitar a todas las personas conocidas de la buena sociedad parisina a que fueran a contemplar a su casa, una noche, la obra magistral del maestro extranjero para que nadie pudiera decir que tenía secuestrada una obra de arte.

Sería una velada de puertas abiertas. Podría ir quien quisiera. Bastaría con enseñar en la puerta la carta de la convocatoria.

Esto era lo que decía: «Los señores Walter le ruegan que les haga el honor de acudir a su casa el 30 de diciembre entre las nueve y las doce de la noche para ver el cuadro de Karl Marcowitch *Jesús caminando sobre las aguas* iluminado "con luz eléctrica"».

Venía luego una posdata en letra muy menuda, que rezaba: «Habrá baile a partir de medianoche».

Por lo tanto, quienes quisieran quedarse se quedarían; y entre ellos los Walter reclutarían a sus amistades futuras.

Los demás mirarían el cuadro, el palacete y a sus dueños con curiosidad mundana, insolente o indiferente, y luego se irían por donde habían venido. Y Walter sabía muy bien que volverían más adelante, igual que habían ido a casa de sus hermanos israelitas que se habían hecho ricos como él.

Para empezar, tenían que entrar en su casa todos esos pobretones con título a quienes citan los periódicos; y entrarían para ver qué cara tenía un hombre que había ganado cincuenta millones en seis semanas; también entrarían para ver a los que acudieran y para contarlos; y entrarían además porque él había tenido el buen gusto y la maña de llamarlos para que fueran a admirar un cuadro cristiano en su casa, en la casa de un hijo de Israel.

Era como si les estuviera diciendo: «Mirad, he pagado quinientos mil francos por la obra de arte religiosa de Marcowitch, *Jesús caminando sobre las aguas.* Y esa obra de arte se va a quedar en mi casa, donde yo la estaré viendo siempre, en casa del judío Walter».

En la buena sociedad, la buena sociedad de las duquesas y del Jockey Club, se había hablado mucho de aquella invitación que no comprometía a nada, en resumidas cuentas. Irían igual que si fuesen a ver unas acuarelas a la galería Petit. Los Walter tenían una obra maestra y abrían las puertas de su casa una noche para que todo el mundo pudiera admirarla. Nada mejor.

La Vie Française llevaba quince días publicando todas las mañanas un eco de sociedad referido a aquella velada del 30 de diciembre y se esforzaba por inflamar la curiosidad del público.

Du Roy rabiaba con el triunfo del jefe.

Se había creído rico con los quinientos mil francos que le había sacado a su mujer; y ahora le parecía que era pobre, espantosamente pobre, si comparaba su mísera fortuna con la lluvia de millones que habían caído a su alrededor sin que hubiera sabido recoger nada.

Su ira envidiosa crecía a diario. Le guardaba rencor a todo el mundo, a los Walter, a cuya casa no había vuelto a ir de visita; a su mujer, quien, engañada por Laroche, le había desaconsejado que comprase bonos marroquíes; y, sobre todo, le guardaba rencor al ministro, que sc la había jugado, que lo había utilizado y cenaba en su casa dos veces por semana; Georges le hacía las veces de secretario, de agente, de portapluma, y, cuando escribía al dictado, notaba unos deseos insensatos de estrangular a aquel triunfador tan fatuo. Laroche era modesto en lo referido a sus logros como ministro y, para conservar la cartera, no dejaba intuir que estaba cargado de oro. Pero Du Roy olía el oro aquel en la forma de hablar más altanera del abogado nuevo rico; en su porte, más insolente; en sus afirmaciones más atrevidas; en la total confianza que tenía en sí.

Laroche era ahora quien mandaba en casa de Du Roy, tras ocupar el sitio y los días de visita del conde de Vaudrec; y les hablaba a los criados como si fuera su segundo amo.

Georges lo toleraba temblando como un perro que quiere morder y no se atreve. Pero con frecuencia era duro y brutal con Madeleine, que se encogía de hombros y lo trataba como a un niño torpe. Por lo demás, le extrañaba el mal humor constante de su marido y repetía:

–No te entiendo. Siempre te andas quejando. Y eso que tienes una posición soberbia.

Él se daba media vuelta y no contestaba nada.

De entrada, había manifestado que no pensaba ir a la fiesta

del jefe y que no quería volver a poner los pies en casa de aquel asqueroso judío.

La señora Walter llevaba dos meses escribiéndole a diario para suplicarle que fuera a su casa, para citarlo donde él quisiera para darle, a lo que decía, los setenta mil francos que había ganado para él.

Du Roy no contestaba y arrojaba al fuego aquellas cartas desesperadas. No es que hubiera renunciado a cobrar su parte de los beneficios, pero quería hacerle perder los estribos, tratarla con desprecio, pisotearla. ¡Era demasiado rica! Y él quería hacer gala de altanería.

El día mismo de la exposición del cuadro, cuando Madeleine le estaba haciendo los cargos y diciéndole que cometía un gran error al no ir, Du Roy le contestó:

–Déjame en paz. Me quedo en casa.

Luego, después de cenar, decidió de repente:

–Bien pensado, vale más pasar por ese trago. Vístete enseguida.

Madeleine ya se lo esperaba.

–Estaré lista dentro de un cuarto de hora –dijo.

Du Roy se arregló refunfuñando y siguió echando bilis incluso en el coche de punto.

El patio central del palacete de Carlsbourg lo iluminaban, en las cuatro esquinas, cuatro globos eléctricos que parecían cuatro lunas pequeñas y azuladas. Una alfombra espléndida cubría los peldaños de la escalinata exterior y, en cada uno de ellos, había un hombre de librea, tieso como una estatua.

Du Roy susurró:

–Vaya forma de deslumbrar a los tontos.

Se encogía de hombros, con la envidia crispándole el corazón.

Su mujer le dijo:

–Calla y haz tú lo mismo.

Entraron y entregaron la pesada ropa de abrigo a los lacayos que se les acercaron.

Había allí varias mujeres con sus maridos, que también se estaban quitando las pieles. Se oían susurros: «¡Qué hermosura! ¡Qué hermosura!».

Cubrían las paredes del inmenso vestíbulo unos tapices que representaban la aventura amorosa de Marte y Venus. A derecha e izquierda nacían las dos ramas de una escalera monumental, que se encontraban en el primer piso. La barandilla era una maravilla de hierro forjado, cuyo antiguo dorado, opaco, recorría con un fulgor discreto las escaleras de mármol rojo.

A la entrada del salón, dos niñas, vestidas una de rosa y otra de azul, con cascabeles de bufón, regalaban ramos de flores a las señoras. A todo el mundo le parecía un detalle encantador.

Los salones estaban ya de bote en bote.

La mayoría de las mujeres iban de calle, para dejar bien sentado que estaban allí como en cualquier otra exposición particular. Las que pensaban quedarse al baile iban escotadas y con los brazos al aire.

La señora Walter, rodeada de amigas, estaba en la segunda estancia y devolvía los saludos a los visitantes.

Muchos no la conocían y se paseaban como en un museo, sin hacer caso a los dueños de la casa.

Cuando divisó a Du Roy, se puso lívida y esbozó un ademán para ir a su encuentro. Pero se quedó quieta, esperándolo. Él la saludó ceremoniosamente, mientras Madeleine le prodigaba demostraciones afectuosas y cumplidos. Entonces Georges dejó a su mujer con la Jefa y se perdió por entre el público para oír las cosas malévolas que seguramente debían de andar diciendo.

Había cinco salones en hilera, tapizados de telas de gran valor, de bordados italianos o de tapices de Oriente de matices y estilos diferentes, y en cuyas paredes había cuadros de maestros antiguos. Lo que más se paraba a admirar la gente era una habitacioncita Luis XVI, algo parecido a un gabinete, forrada de arriba abajo con seda acolchada con ramos de color de rosa sobre fondo azul pálido. Los muebles bajos, de madera dorada, tapizados con la misma seda de las paredes, eran de un primor admirable.

Georges reconocía a personas famosas, a la duquesa de Terracine, a los condes de Ravenel, al general príncipe de Andremont, a la guapísima princesa de Les Dunes; y además a todos esos a quienes se ve en los estrenos.

Lo agarraron del brazo y una voz joven, una voz feliz, le susurró al oído:

–¡Ah! Por fin ha venido, Buen Amigo malo. ¿Por qué no hay ya quien le eche la vista encima?

Era Suzanne Walter, que lo miraba con sus ojos de esmalte delicado, bajo la nube rizada del pelo rubio.

Du Roy se quedó encantado de volver a verla y le estrechó francamente la mano. Luego, se disculpó:

–No he podido. He andado tan ocupado en los dos últimos meses que no he salido.

Ella siguió diciendo, con expresión muy seria:

–Pues mal, muy mal, muy mal. Nos disgusta mucho a mamá y a mí porque lo adoramos. Y yo, además, ya no puedo prescindir de usted. Si no está, me aburro espantosamente. Ya ve que se lo digo sin rodeos para que no tenga ya derecho a desaparecer así como así. Deme el brazo, que le voy a enseñar personalmente *Jesús caminando sobre las aguas*. Está al fondo del todo, detrás del invernadero. Papá lo ha colocado ahí para que la gente tenga que recorrerlo todo. Es asombroso lo pavo real que se ha puesto papá con este palacete.

Andaban despacio, entre la muchedumbre. La gente se volvía para mirar a aquel joven tan apuesto y a aquella muñeca preciosa. Un pintor conocido dijo:

–¡Hombre! Qué bonita pareja. Tiene muchísima gracia.

Georges pensaba: «Si hubiera sido listo de verdad, me habría casado con esta. Era posible. ¿Cómo no se me ocurrió? ¿Cómo me equivoqué y me casé con la otra? ¡Qué locura! Siempre actuamos demasiado deprisa; nunca reflexionamos lo suficiente».

Y la envidia, la envidia amarga, le iba cayendo gota a gota en el alma, como una hiel que le corrompía todas las alegrías y le tornaba aborrecible la existencia.

Suzanne decía:

–¡Ay, venga a menudo, Buen Amigo! Haremos insensateces ahora que papá es tan rico. Nos divertiremos como locos.

Georges contestó, siguiendo con sus pensamientos:

–Ah, ahora se casará usted. Se casará con algún príncipe guapo y algo arruinado y ya no nos veremos casi.

Ella exclamó, completamente sincera:

–¡Ay, no! Todavía no. Yo quiero a alguien que me guste, que me guste mucho, que me guste del todo. Tengo dinero por dos.

Georges sonreía, con sonrisa irónica y altanera, y empezó a nombrarle a las personas que pasaban, personas de rancia nobleza, que habían vendido sus títulos herrumbrosos a hijas de financieros, como ella, y que vivían ahora con sus mujeres o alejados de ellas, pero libres, cínicos, conocidos y respetados.

Y dijo, a modo de conclusión:

–No le doy ni seis meses para picar en ese anzuelo. Será marquesa, o duquesa, o princesa, y me mirará por encima del hombro, señorita.

Suzanne se indignaba, le pegaba en el brazo con el abanico, juraba que solo se casaría según los dictados de su corazón.

Du Roy reía con sorna.

–Ya veremos. Es usted demasiado rica.

Suzanne le dijo:

–Pero usted también acaba de heredar.

Él soltó un «¡Oh!» de conmiseración:

–Ni lo mencionemos. Apenas veinte mil libras de renta. Eso no es gran cosa en los tiempos que corren.

–Pero su mujer también ha heredado.

–Sí, un millón entre los dos. Cuarenta mil francos de renta. Con eso no podemos ni tener coche propio.

Estaban llegando al último salón y, frente a ellos, se abría el invernadero, un extenso jardín de invierno lleno de árboles elevados de los países cálidos bajo los que se cobijaban macizos de flores exóticas. Al entrar bajo aquellas frondas sombrías por donde resbalaba la luz como un aguacero, se respiraba el frescor tibio de la tierra húmeda y un hálito cargado de aromas. Era una sensación extraña, dulce, malsana y deliciosa, de índole artificial, enervadora y lasa. Iban pisando alfombras que semejaban por completo musgo, entre dos macizos prietos de arbustos. De pronto, Du Roy divisó a la izquierda, bajo una amplia bóveda de palmeras, un gran pilón de mármol blanco donde habría sido posible bañarse y en cuyos bordes cuatro cisnes grandes de cerámica de Delft soltaban agua por los picos entreabiertos.

La arena del fondo del pilón era un polvillo de oro y se veían nadar en él unos cuantos peces rojos enormes, algo así como unos monstruos chinos de ojos saltones y escamas con filos azules, una especie de mandarines de las aguas que recordaban, errabundos y en vilo sobre aquel fondo de oro, los curiosos bordados de aquellas tierras.

El periodista se detuvo, con el corazón palpitante. Se decía: «Esto, esto es el lujo. En casas así es donde hay que vivir. Otros lo han conseguido. ¿Por qué no iba a conseguirlo yo?». Pensaba qué medios serían precisos, no se le ocurría ninguno inmediato y lo irritaba su impotencia.

Su acompañante ya no hablaba y estaba algo pensativa. Él la miró de reojo y pensó una vez más: «Bastaba con casarse con esta marioneta de carne».

Pero Suzanne pareció despertarse de pronto:

–Atención –dijo.

Empujó a Georges para que cruzase por entre un grupo que les impedía pasar y lo hizo girar bruscamente a la derecha.

En el centro de un bosque de plantas singulares, que erguían en el aire sus hojas trémulas, abiertas como manos de dedos delgados, se divisaba un hombre inmóvil, de pie sobre el mar.

El efecto era sorprendente. El cuadro, cuyos lados tapaban las frondas movedizas, parecía un agujero negro que diera a una lejanía fantástica y sobrecogedora.

Había que mirarlo bien para darse cuenta. El marco cortaba por el centro la barca donde estaban los apóstoles, a quienes apenas iluminaban los rayos oblicuos de un farol cuya luz proyectaba de lleno uno de aquellos hombres, sentado en la borda, sobre Jesús, que se iba acercando.

Cristo adelantaba el pie sobre una ola y podía verse cómo esta se ahuecaba, dócil, aplanada, acariciadora, bajo el paso divino que la hollaba. Todo estaba a oscuras en torno al Hombre Dios. Solo las estrellas brillaban en el cielo.

La sorpresa parecía convulsionar los rostros de los apóstoles, en el resplandor inconcreto del farol que llevaba el que iluminaba al Señor.

Era desde luego la obra poderosa e inesperada de un maestro, una de esas obras que trastornan el pensamiento y nos dejan tema para meditar durante años.

Quienes la miraban se quedan callados de entrada; luego se iban, pensativos, y hasta más adelante no hablaban del valor del cuadro.

Du Roy, tras contemplarla durante un rato, dijo:

–Está bien eso de poder comprarse bibelots como este.

Pero como la gente tropezaba con él, empujándolo para poder mirar, se marchó, siempre con la manita de Suzanne debajo del brazo, apretándosela un poco.

Ella le preguntó:

–¿Quiere tomar una copa de champán? Vamos al bufé. Allí veremos a papá.

Y volvieron a cruzar despacio por todos los salones donde crecía el gentío, turbulento, a sus anchas, un gentío elegante de celebración pública.

A Georges de repente le pareció oír una voz que decía:

–Son Laroche y la señora Du Roy.

Y aquellas palabras le rozaron los oídos como esos ruidos lejanos que van por el viento. ¿De dónde venían?

Miró hacia todos lados y divisó, efectivamente, a su mujer, que pasaba del brazo del ministro. Hablaban en voz baja, con intimidad, sonriendo y mirándose a los ojos.

Creyó notar que la gente cuchicheaba al mirarlos y se notó por dentro un deseo brutal y estúpido de abalanzarse sobre esas dos personas y matarlas a puñetazos.

Madeleine lo estaba poniendo en ridículo. Se acordó de Forestier. A lo mejor andaban diciendo: «El cornudo de Du Roy». ¿Y ella quién era? Una advenediza bastante hábil, pero sin grandes recursos, la verdad. La gente frecuentaba su casa porque lo temía a él, porque notaba que tenía poder suficiente, pero debía de hablar con desenfado de aquel matrimonio de periodistas de poca monta. Nunca llegaría lejos con aquella mujer que convertía su casa en algo permanentemente turbio, que siempre se comprometía, en cuyo porte se notaba a la intrigante. En adelante iba a resultarle como una bola de presidiario en el tobillo. ¡Ay! ¡Si lo hubiera adivinado, si lo hubiera sabido! ¡Habría jugado con más ambición y con más ahínco! ¡Qué estupenda partida habría podido ganar si la apuesta hubiera sido aquella niña, Suzanne! ¿Cómo había estado tan ciego que no se había dado cuenta?

Estaban llegando al comedor, una estancia gigantesca con columnas de mármol y, en las paredes, antiguos tapices de Les Gobelins.

Walter vio a su cronista y se abalanzó hacia él para cogerle las manos. Estaba ebrio de alegría:

–¿Lo ha visto todo? ¿Se lo has enseñado todo, Suzanne? Cuánta gente, ¿verdad, Buen Amigo? ¿Ha visto al príncipe de Guerche? Hace un rato que estuvo aquí, para tomar una copa de ponche.

Se abalanzó luego hacia el senador Rissolin, que iba tirando de su mujer, aturdida y engalanada como un puesto de feria.

Un caballero estaba saludando a Suzanne, un joven alto y delgado, con patillas rubias, algo calvo, con ese aspecto de hombre de mundo que se nota a la legua. Georges oyó cómo lo llamaban: era el marqués de Cazolles. Y de pronto sintió celos de aquel hombre. ¿Desde cuándo lo conocía Suzanne? Desde que era tan rica, seguramente. Intuía en él a un pretendiente.

Alguien lo agarró del brazo. Era Norbert de Varenne. El anciano poeta paseaba la melena grasienta y el frac ajado con expresión indiferente y cansada.

–Esto es lo que la gente suele llamar divertirse –dijo–. Dentro de un rato, el baile; y luego a la cama; y las niñas estarán tan contentas. Beba champán, es muy bueno.

Pidió que le sirvieran una copa y, haciéndole un saludo a Du Roy, que había cogido otra, dijo:

–Bebo por la revancha de la inteligencia contra los millones. –Añadió luego, con voz suave–: Y no es que me molesten en los demás o que se lo tenga en cuenta. Pero protesto por principio.

Georges ya no estaba atendiendo a lo que decía. Buscaba a Suzanne, que acababa de esfumarse con el marqués de Cazolles, y, dejando plantado súbitamente a Norbert de Varenne, se puso a buscar a la muchacha.

Se lo impidió un gentío denso que iba en busca de bebidas. Cuando lo hubo dejado atrás, se dio de bruces con el matrimonio Marelle.

Seguía viéndose con la mujer, pero hacía mucho que no coincidía con el marido, que le cogió ambas manos.

–¡Qué agradecido le estoy, mi querido amigo, por el consejo que le pidió a Clotilde que me diese! He ganado casi cien mil francos con los bonos marroquíes. A usted se lo debo. Bien puede decirse que es usted un amigo inestimable.

Algunos hombres se volvían para mirar a aquella morenita elegante y guapa. Du Roy contestó:

–A cambio del favor, amigo mío, me llevo a su mujer o, más bien, le ofrezco mi brazo. Siempre hay que separar a los cónyuges.

El señor de Marelle asintió:

–Tiene razón. Si los pierdo de vista, nos encontraremos aquí dentro de una hora.

–Muy bien.

Y la pareja se metió entre el gentío, llevando en pos al marido. Clotilde repetía:

–¡Menuda suerte que tienen los Walter estos! Hay que ver lo que es tener maña para los negocios.

Georges contestó:

–¡Bah! Los hombres fuertes llegan siempre donde quieren llegar, por un medio o por otro.

Clotilde siguió diciendo:

–He aquí dos jovencitas que van a tener cada una veinte o treinta millones. Y además Suzanne es guapa.

Georges no contestó nada. Sus propios pensamientos lo irritaban cuando salían de otra boca.

Clotilde no había visto aún el cuadro de *Jesús caminando sobre las aguas,* y Georges le propuso hacerle de guía. Se divertían hablando mal de la gente y riéndose de las caras que les eran desconocidas. Saint-Potin pasó por su lado, llevando en la solapa muchas medallas, cosa que los divirtió mucho. Detrás iba un exembajador cuyo pasador estaba menos nutrido.

Du Roy afirmó:

–¡Vaya revoltillo de asistencia!

Boisrenard, que le dio un apretón de manos, también se había adornado el ojal con la cinta verde y amarilla que lucía el día del duelo.

La vizcondesa de Percemur, gordísima y engalanada, charlaba con un duque en el gabinetito Luis XVI.

Georges susurró:

–Un encuentro amoroso.

Pero, al cruzar por el invernadero, volvió a ver a su mujer sentada junto a Laroche-Mathieu, casi ocultos ambos tras un grupo de plantas. Era como si dijesen: «Hemos quedado aquí, una cita en público. Porque nos importa un bledo el qué dirán».

La señora de Marelle admitió que aquel Jesús de Karl Marcowitch era de lo más sorprendente; y dieron media vuelta. Habían perdido de vista al marido.

Georges preguntó:

–¿Laurine sigue enfadada conmigo?

–Sí, sigue igual de enfadada. Se niega a verte y se va cuando sales en la conversación.

Georges no contestó. La hostilidad de la niña lo apenaba y se le hacía cuesta arriba.

Suzanne los cazó al pasar una puerta y exclamó:

–¡Ah, están aquí! Pues se va a quedar solo, Buen Amigo. Me llevo a esta Clotilde tan guapa para enseñarle mi cuarto.

Y las dos se fueron a buen paso, escurriéndose entre la muchedumbre con ese movimiento ondulatorio, ese movimiento de culebra que saben adoptar las mujeres en las aglomeraciones.

Casi en el acto, una voz susurró:

–¡Georges! –Era la señora Walter. Siguió diciendo muy por lo bajo–: ¡Ay, qué cruelmente feroz es usted! ¡Cuánto me hace sufrir sin necesidad! Le he pedido a Suzette que se llevase a la mujer que estaba con usted para poder decirle unas palabras. Mire, tengo... tengo que hablar con usted esta noche... o si no... o si no... no sabe usted qué haré. Vaya al invernadero. Verá una puerta a la izquierda, que da al jardín. Vaya por el paseo de enfrente. Al fondo del todo verá una glorieta. Espéreme ahí dentro de diez minutos. ¡Si me dice que no, le juro que organizo un escándalo aquí mismo, se lo juro!

Georges respondió con altanería:

–Bien. Allí estaré dentro de diez minutos, en el lugar que me ha indicado.

Y se separaron. Pero Jacques Rival estuvo a punto de hacerle llegar tarde. Lo había agarrado por el brazo y le estaba contando montones de cosas con aspecto muy exaltado. Seguramente venía del bufé. Por fin Du Roy lo dejó a cargo de la señora de Marelle, con quien había vuelto a encontrarse de pasada, y se escabulló. Tuvo que tener luego buen cuidado de que no lo vieran ni su mujer ni Laroche. Lo consiguió porque parecían charlar con mucha animación; y se encontró en el jardín.

El aire frío se apoderó de él como un baño de hielo. Pensó: «Caray, voy a pillar un catarro». Y se anudó el pañuelo al cuello, como si fuera una corbata. Luego fue despacio por el paseo, porque no veía casi al salir de la luz fuerte de los salones.

Divisaba, a derecha e izquierda, arbustos sin hojas cuyas ramas menudas se estremecían. Entre las enramadas se colaban resplandores grises, resplandores que llegaban desde las ventanas del palacete. Vio a medias un bulto blanco en medio del paseo; y la señora Walter, con los brazos al aire y escotada, balbució con voz estremecida:

–Ah, aquí estás. ¿Es que quieres matarme?

Él contestó, muy tranquilo:

–Nada de dramas, te lo ruego, ¿de acuerdo?, o me largo ahora mismo.

La señora Walter lo había agarrado por el cuello y, con los labios muy cerca de los de él, decía:

–Pero ¿qué te he hecho? ¡Te portas conmigo como un miserable! ¿Qué te he hecho?

Él intentaba apartarla:

–Me enroscaste pelos en todos los botones la última vez que te vi y por eso he estado a punto de romper con mi mujer.

Ella se quedó sorprendida; luego, negando con la cabeza, dijo:

–Bah, a tu mujer no le importa nada... Será alguna de tus amantes la que te ha hecho una escena.

–No tengo amantes.

–¡Calla! Pero ¿por qué ni siquiera vienes ya a verme? ¿Por qué te niegas a cenar conmigo solo un día a la semana? Sufro de una forma atroz; ¡te quiero tanto que no tengo ya pensamiento que no tenga que ver contigo, que no puedo mirar nada sin tenerte ante la vista, que no me atrevo ya a pronunciar una palabra sin que me dé miedo decir tu nombre! ¡Tú no te haces cargo de esas cosas! Siento como si me tuvieran presa unas garras, como si estuviera metida en un saco con la boca atada, no sé. Tu recuerdo, siempre presente, me oprime la garganta, me desgarra algo, aquí, en el pecho, bajo los senos, y me debilita tanto las piernas que no me deja fuerzas para andar. Y me quedo todo el día como una tonta, en una silla, pensando en ti.

Georges la miraba asombrado. Ya no era la chiquilla crecida y alocada a quien había conocido, sino una mujer que había perdido la cabeza, desesperada, dispuesta a todo.

No obstante, le estaba naciendo en el pensamiento un proyecto inconcreto.

Contestó:

–Querida amiga, el amor no es eterno. La gente se junta y se separa. Pero si la cosa se prolonga, como nos está pasando a nosotros, se convierte en una bola de presidiario espantosa. Y yo no quiero ya ese amor. Esa es la verdad. Sin embargo, si supieras portarte con sensatez y recibirme y tratarme como a un amigo, volvería, como hacía antes. ¿Te sientes capaz de algo así?

Ella apoyó ambos brazos desnudos en el frac negro de Georges y susurró:

–Por verte soy capaz de todo.

–Entonces en eso quedamos –dijo él–; somos amigos y nada más que amigos.

La señora Walter balbució:

–En eso quedamos.

Luego, brindándole los labios:

–Un beso más... el último.

Él se negó con suavidad.

–No. Tenemos que respetar los acuerdos.

La señora Walter apartó la cara secándose dos lágrimas; luego, sacándose del escote un fajo de papeles atados con una cinta de seda rosa, se lo alargó a Du Roy:

–Toma, es tu parte de beneficios del negocio marroquí. Estaba tan contenta de haberlo ganado para ti. Toma, cógelo de una vez...

Georges quería negarse:

–¡No, no voy a coger ese dinero!

Entonces ella se rebeló:

–¡Ah, ahora no vas a hacerme esto! Es tuyo y solo tuyo. Si no lo coges, lo tiro a una alcantarilla. No irás a hacerme esto, ¿verdad, Georges?

Él cogió el paquetito y se lo metió en el bolsillo.

–Tenemos que volver dentro –dijo–; vas a coger una pulmonía.

Ella susurró:

–¡Mejor! Ojalá me muriese.

Le cogió una mano, se la besó con pasión, con rabia, con desesperación y salió corriendo hacia el palacete.

Georges volvió despacio y pensativo. Luego entró en el invernadero, con la frente alta y una sonrisa en los labios.

Su mujer y Laroche ya no estaban allí. El gentío iba a menos. Empezaba a estar claro que la gente no se quedaría al baile. Vio a Suzanne, cogida del brazo de su hermana. Se le acercaron las dos para pedirle que bailase la primera cuadrilla con el conde de Latour-Yvelin.

Él mostró extrañeza.

–¿Y ese quién es?

Suzanne contestó maliciosa.

–Un nuevo amigo de mi hermana.

Rose se ruborizó y susurró:

–No seas mala, Suzette, ese señor no es más amigo mío que tuyo.

Su hermana sonreía:

–Yo me entiendo.

Rose, enfadada, dio media vuelta y se marchó.

Du Roy le cogió con confianza el codo a la muchacha, que seguía a su lado, y le dijo con su voz acariciadora:

–Atienda, mi querida niña, ¿usted cree que soy amigo suyo?

–Pues claro, Buen Amigo.

–¿Se fía de mí?

– Por completo.

–¿Se acuerda de lo que le decía hace un rato?

–¿De qué?

–De su matrimonio; o, más bien, del hombre con quien se casará.

–Sí.

–Bien. ¿Y quiere prometerme una cosa?

–Sí, pero ¿qué cosa?

–Que me consulte siempre que pidan su mano y que no acepte a nadie sin haberme pedido opinión.

–Sí, me parece bien.

–Y es un secreto solo nuestro. Ni palabra de esto ni a su padre ni a su madre.

–Ni palabra.

–¿Me lo jura?

–Se lo juro.

Se acercaba Rival, con aspecto muy atareado:

–Señorita, su papá pregunta por usted para el baile.

Suzanne dijo:

–Vamos, Buen Amigo.

Pero él se negó, ya que estaba decidido a irse, pues quería estar solo para pensar. Acababan de metérsele en la cabeza demasiadas cosas nuevas; y empezó a buscar a su mujer. Al cabo de un ratito, la divisó tomando un chocolate en el bufé con dos señores desconocidos. Les presentó a su marido sin dar el nombre de ellos.

Pasados unos momentos, Du Roy preguntó:

–¿Nos vamos?

–Cuando quieras.

Madeleine se cogió de su brazo y volvieron a cruzar por los salones, donde iba quedando poca gente.

Madeleine preguntó:

–¿Dónde está la Jefa? Querría despedirme de ella.

–No vale la pena. Intentaría que nos quedásemos al baile y ya estoy harto.

–Es verdad, tienes razón.

Estuvieron callados todo el trayecto. Pero, no bien estuvieron en su cuarto, Madeleine, sonriente, le dijo, antes incluso de quitarse el velo:

–Tengo una sorpresa para ti, ¿sabes?

Él refunfuñó, de mal humor:

–¿Y qué es?

–A ver si lo aciertas.

–No pienso tomarme esa molestia.

–A ver, pasado mañana es primero de enero.

–Sí.

–Día de regalos de Año Nuevo.

–Sí.

–Aquí tienes tu regalo, que Laroche me dio hace un rato.

Le presentó una cajita negra que parecía el estuche de una joya.

Du Roy la abrió con indiferencia y vio la Legión de Honor.

Se puso algo pálido y, luego, sonrió y dijo:

–Habría preferido diez millones. Esto le sale barato.

Madeleine esperaba un estallido de alegría y la irritó tanta frialdad.

–La verdad es que eres increíble. Ahora ya no estás contento con nada.

Georges respondió muy tranquilo:

–Ese hombre se limita a pagar la deuda que tiene conmigo. Todavía me debe mucho.

A Madeleine le asombró el tono con que lo decía y añadió:

–Y sin embargo es una cosa grande a la edad que tienes.

Georges dijo:

–Todo es relativo. Ahora mismo podría tener más.

Había cogido el estuche, lo colocó, abierto, encima de la repisa de la chimenea y se quedó unos instantes mirando la estrella brillante que había dentro. Luego volvió a cerrarlo y se metió en la cama encogiéndose de hombros.

En el *Boletín Oficial* del 1 de enero se comunicaba, efectivamente, la concesión del grado de caballero de la Legión de Honor al señor Prosper-Georges Du Roy, publicista, por servicios excepcionales. El apellido estaba en dos palabras, lo que complació a Georges aún más que la condecoración en sí.

Una hora después de haber leído la noticia, que ya era del dominio público, recibió una notita de la Jefa que le rogaba que fuera a cenar a su casa esa misma noche con su mujer para celebrar la distinción. Se lo pensó unos minutos; luego, arrojando al fuego aquella nota escrita en términos ambiguos, le dijo a Madeleine:

–Esta noche cenamos en la casa de los Walter.

Madeleine se extrañó.

–¡Vaya! Si creía que no querías volver a poner los pies en esa casa.

Él se limitó a susurrar:

–He cambiado de opinión.

Cuando llegaron, la Jefa estaba sola en el gabinetito Luis XVI, que había elegido para sus recepciones íntimas. Vestida de negro, se había empolvado el pelo, con lo que estaba encantadora. De lejos, parecía una anciana; de cerca, una mujer joven; y, cuando se la miraba bien, una bonita trampa para la vista.

–¿Está de luto? –preguntó Madeleine.

La señora Walter respondió melancólicamente:

–Sí y no. No he perdido a nadie de los míos. Pero he llegado a esa edad en que una se resigna a haber perdido la vida. Hoy estreno luto por ella. A partir de ahora llevaré el corazón enlutado.

Du Roy pensó: «¿Cuánto le durará esa decisión?».

La cena fue algo taciturna. Solo Suzanne charlaba sin parar. Rose parecía preocupada. El periodista recibió muchas enhorabuenas.

Después de cenar vagabundearon, charlando, por los salones y el invernadero. Al quedarse Du Roy rezagado con la Jefa, esta lo sujetó por el brazo:

–Atienda –le dijo en voz baja–. Nunca más volveré a hablarle de esto... Pero venga a verme, Georges. Ya ve que he dejado de tutearlo. Me resulta imposible vivir sin usted, imposible. Es un tormento inconcebible. Noto su presencia, lo conservo en los ojos, en el corazón y en la carne siempre, de día y de noche. Es como si me hubiera dado a beber un veneno que me royera por dentro. No puedo. No. No puedo. Acepto no ser para usted más que una anciana. Me he puesto el pelo blanco para demostrárselo; pero venga por aquí, de vez en cuando, como amigo.

Le había cogido la mano y se la oprimía, se la trituraba, clavándole las uñas en la carne.

Él contestó con mucha calma:

–De acuerdo. Es inútil que volvamos a mencionarlo. Ya ve que he venido hoy, enseguida, cuando me escribió.

Walter, que iba delante con sus dos hijas y con Madeleine, esperó a Du Roy junto a *Jesús caminando sobre las aguas.*

–Fíjese –dijo, riendo–; ayer me encontré a mi mujer de rodillas delante de este cuadro, como en una capilla. Estaba aquí entregada a sus devociones. ¡Lo que me reí!

La señora Walter contestó con voz firme, con voz donde vibraba una exaltación secreta:

–Es este Cristo el que salvará mi alma. Me da valor y fuerza cada vez que lo miro.

Y, deteniéndose ante el Dios de pie encima del mar, susurró:

–¡Qué hermoso es! ¡Cuánto lo temen y lo quieren esos hombres! ¡Miradle la cara, y los ojos! ¡Qué sencillo y sobrenatural a un tiempo!

Suzanne exclamó:

–Pero si se parece a usted, Buen Amigo. Estoy segura de que se le parece. Si llevase usted patillas o si él fuera afeitado, serían idénticos los dos. ¡Si es que entra por los ojos!

Quiso que Du Roy se colocase junto al cuadro; ¡y todos admitieron que, efectivamente, aquellas dos caras se parecían!

Todo el mundo manifestó asombro. A Walter le pareció algo muy singular. Madeleine afirmó, sonriente, que Jesús tenía una expresión más viril.

La señora Walter estaba inmóvil, clavando la mirada en el rostro de su amante junto al rostro de Cristo; y se había puesto más blanca que su pelo.

Capítulo VIII

Durante el resto del invierno, los Du Roy fueron con frecuencia a casa de los Walter. E incluso Georges cenaba solo allí cada dos por tres, porque Madeleine decía que estaba cansada y prefería quedarse en casa.

Los viernes se habían convertido en su día fijo, y esa noche la Jefa no invitaba a nadie más; era la noche de Buen Amigo, y solo de él. Después de la cena jugaban a las cartas, echaban de comer a los peces chinos, pasaban el rato y se divertían en familia. En varias ocasiones, detrás de una puerta, detrás de un macizo del invernadero, en un rincón oscuro, la señora Walter había abrazado al joven y, estrechándolo contra el pecho con todas sus fuerzas, le había dicho al oído: «¡Te quiero! ¡Te quiero! ¡Me muero de amor!». Pero él siempre la había rechazado con frialdad y le había contestado con tono seco: «Si vuelve a las andadas, no volveré por aquí».

A finales de marzo se habló de pronto de la boda de las dos muchachas. Rose, a lo que decían, iba a casarse con el conde de Latour-Yvelin; y Suzanne, con el marqués de Cazolles. Ambos se habían convertido en personas de confianza de la casa, personas de esas con las que se tienen detalles exclusivos, a quienes se les conceden prerrogativas evidentes.

Georges y Suzanne vivían en una suerte de intimidad fraterna y desenfadada, se pasaban horas charlando, se burlaban de todo el mundo y parecían estar muy a gusto juntos.

Nunca habían vuelto a mencionar ni el posible matrimonio de la muchacha ni a los pretendientes que se presentaban.

Un día que el jefe se había llevado a Du Roy a casa a la hora del almuerzo, después de comer llamaron a la señora Walter para que atendiese a un proveedor. Y Georges le dijo a Suzanne:

–Vamos a echarles de comer a los peces de colores.

Cogieron ambos de la mesa sendos trozos grandes de miga de pan y se fueron al invernadero.

A lo largo del pilón de mármol había, en el suelo, almohadones, para poder arrodillarse alrededor y estar más cerca de los animales nadadores. Cogieron dos de esos almohadones y, juntos, se inclinaron hacia el agua y empezaron a echar bolitas de pan, que hacían con los dedos. Los peces, en cuanto los vieron, acudieron, moviendo la cola y las aletas, mirando para todos lados con los ojazos saltones, girando sobre sí mismos, sumergiéndose para atrapar la presa redonda que se hundía y volviendo en el acto a la superficie para pedir más.

Movían la boca de forma graciosa, tenían impulsos bruscos y veloces, un aspecto raro de monstruos pequeños; en la arena de oro del fondo, destacaba su color rojo ardiente, y pasaban como llamas por el agua transparente o dejaban ver, en cuanto se quedaban quietos, el filo azul que remataba las escamas.

Georges y Suzanne veían sus propias caras invertidas en el agua y sonreían a su reflejo.

Él dijo de pronto, en voz baja:

–No está nada bien que me ande ocultando cosas, Suzanne.

Ella preguntó:

–¿A qué se refiere, Buen Amigo?

–¿No se acuerda de lo que me prometió aquí mismo la noche de la fiesta?

–¡No!

–Que me consultaría siempre que pidiesen su mano.

–¿Y qué pasa con eso?

–Pasa que han pedido su mano.

–¿Quién?

–Ya lo sabe.

–No. Se lo juro.

–¡Claro que lo sabe! El pretencioso ese del marqués de Cazolles.

–Para empezar, no es pretencioso.

–¡Quizá! Pero es un estúpido; arruinado por jugador y marchito por juerguista. ¡Menudo partido para usted, tan bonita, tan lozana y tan inteligente!

Suzanne preguntó, sonriente:

–¿Qué tiene en contra de él?

–¿Yo? Nada.

–Claro que sí. No es nada de eso que dice usted.

–Sí que lo es. Es un necio y un intrigante.

Suzanne se volvió un poco y dejó de mirar el agua:

–A ver, ¿qué le pasa?

Du Roy dijo, como si le estuvieran arrancando un secreto de lo más hondo del corazón:

–Me pasa... me pasa... me pasa que estoy celoso de él.

Suzanne se asombró sin excesos:

–¿Usted?

–¡Sí, yo!

–Vaya. ¿Y eso por qué?

–¡Porque estoy enamorado de usted y lo sabe perfectamente, mala, más que mala!

Ella dijo entonces con acento severo:

–¡Está loco, Buen Amigo!

Él respondió:

–Bien sé que estoy loco. ¿Debería confesarle yo, un hombre casado, algo así a usted, una muchacha? Es más que una locura, soy culpable, y casi soy un miserable. No puedo albergar esperanza alguna y, cuando lo pienso, pierdo la razón. Y cuando oigo decir que va usted a casarse, me entran unos arrebatos de furor tales que podría matar a alguien. ¡Tiene que perdonarme, Suzanne!

Se calló. Los peces, a quien nadie echaba ya pan, estaban quietos, casi en líneas paralelas, semejantes a soldados ingleses; y miraban las caras inclinadas de aquellas dos personas que ya no les hacían caso.

La muchacha susurró, triste a medias y a medias bien humorada:

–¡Qué pena que esté casado! Pero ¿qué quiere? No tiene remedio. ¡Se acabó!

Du Roy se volvió de pronto hacia ella y le dijo, de muy cerca, en plena cara:

–Si estuviera libre, ¿se casaría conmigo?

Suzanne respondió con acento de sinceridad:

–Sí, Buen Amigo, me casaría con usted porque me gusta mucho más que todos los otros.

Él se incorporó, balbuciendo:

–Gracias... gracias... Se lo ruego, no le dé el «sí» a nadie. Espere un poco más. ¡Se lo suplico! ¿Me lo promete?

Ella susurró, algo turbada y sin comprender qué pretendía:

–Se lo prometo.

Du Roy arrojó al agua el gran trozo de pan que aún tenía en la mano y escapó como si hubiera perdido la cabeza, sin despedirse.

Todos los peces se arrojaron ávidamente sobre aquel migajón que flotaba porque nadie lo había apelmazado, y lo despedazaron con bocas voraces. Se lo llevaban hasta el otro extremo del pilón, bullían por encima, formaban ora un racimo en movimiento ora una especie de flor animada que daba vueltas, una flor viva que se hubiera caído al agua boca abajo.

Suzanne, sorprendida y preocupada, se enderezó y regresó despacio. El periodista se había marchado.

Volvió a su casa muy tranquilo; y le preguntó a Madeleine, que estaba escribiendo unas cartas:

–¿Vienes a cenar el viernes a casa de los Walter? Yo voy a ir.

Ella titubeó:

–No, no me encuentro muy bien. Prefiero quedarme en casa.

Du Roy contestó:

–Como gustes. No tienes obligación de venir.

Cogió luego el sombrero y volvió a irse en el acto.

Llevaba mucho espiándola, vigilándola y siguiéndola; y sabía a todos los sitios a los que iba. Por fin había llegado el momento que estaba esperando. No le había engañado el tono en que había dicho: «Prefiero quedarme en casa».

Los días siguientes fue muy amable con su mujer. E incluso parecía alegre, cosa que no solía ya sucederle. Madeleine le decía: «Mira, vuelves a portarte bien».

Se arregló temprano el viernes para hacer unos cuantos recados antes de ir a casa del jefe, según dijo.

Salió a eso de las seis, tras darle un beso a su mujer, y fue a buscar un coche de punto a la plaza de Notre-Dame-de-Lorette.

Le dijo al cochero:

–Párese delante del número 17 de la calle de Fontaine y quédese ahí hasta que le diga que eche a andar. Y luego me lleva al restaurante Le Coq-Faisan de la calle de Lafayette.

El coche arrancó al trote lento del caballo y Du Roy bajó las cortinillas. No bien estuvo ante su portal, no le quitó ojo. Tras diez minutos de espera, vio salir a Madeleine, quien se encaminó hacia los paseos de ronda.

En cuanto se hubo alejado, asomó la cabeza por la ventanilla y voceó:

–Adelante.

El coche volvió a ponerse en marcha y lo dejó delante de Le Coq-Faisan, restaurante de clase media bien conocido en el barrio. Georges entró en la sala principal y cenó con calma mirando la hora en el reloj de vez en cuando. A las siete y media, tras tomarse el café y dos vasos de aguardiente y fumarse despacio un buen puro, llamó a otro coche que pasaba vacío y mandó que lo llevasen a la calle de La Rochefoucauld.

Subió, sin preguntarle nada al portero, al tercer piso de la finca indicada y, cuando le abrió la puerta una criada, preguntó:

–El señor Guibert de Lorme está en casa, ¿verdad?

–Sí, señor.

Lo hicieron pasar al salón, donde esperó unos instantes. Luego entró un hombre alto, condecorado, con aspecto militar y, aunque joven aún, con el pelo gris.

Du Roy lo saludó y le dijo a continuación:

–Como ya había previsto, señor comisario, mi mujer está cenando con su amante en el piso amueblado que tienen alquilado en la calle de Les Martyrs.

El magistrado asintió con una inclinación:

–Estoy a su disposición, caballero.

Georges siguió diciendo:

–Solo tiene hasta las nueve, ¿verdad? Pasada esa hora, no puede entrar ya en un domicilio particular para comprobar un adulterio.

–Eso es, señor. Hasta las siete en invierno y hasta las nueve a partir del 31 de marzo. Estamos a 5 de abril, así que tenemos hasta las nueve.

–Bien, señor comisario, tengo un coche abajo; podemos recoger a los agentes que han de acompañarlo y luego esperaremos un rato delante del portal. Cuanto más tarde lleguemos, más oportunidades tendremos de sorprenderlos en flagrante delito.

–Como guste, señor.

El comisario salió y volvió luego con un gabán que ocultaba el cinturón tricolor. Le cedió el paso a Du Roy. Pero el periodista, que estaba distraído, se negaba a salir el primero y repetía: «Pase delante... pase delante».

El funcionario dijo:

–Pase usted, caballero, que yo estoy en mi casa.

Y Du Roy cruzó el umbral en el acto, con una venia.

Fueron primero a la comisaría a buscar a tres agentes de paisano que estaban esperando, porque Georges había avisado en el transcurso del día de que la sorpresa sería aquella noche. Uno de los hombres subió al pescante, junto al cochero. Los otros dos se metieron en el coche que tomó el camino de la calle de Les Martyrs.

Du Roy iba diciendo:

–Tengo el plano del piso. Es en el segundo. Primero nos encontraremos con un vestíbulo pequeño; luego, con el dormitorio. Las tres habitaciones son de paso. No hay ninguna salida que pueda facilitar la huida. Hay un cerrajero algo más allá. Estará esperando sus órdenes.

Cuando llegaron ante la casa indicada, solo eran las ocho y cuarto; y estuvieron esperando en silencio más de veinte minutos. Pero cuando vio que iban a dar los tres cuartos, Georges dijo: «Vamos allá». Y subieron las escaleras sin hacerle caso al portero, que, por lo demás, no se fijó en ellos. Uno de los agentes se quedó en la calle para vigilar la salida.

Los cuatro hombres se detuvieron en el segundo piso y, de entrada, Du Roy pegó el oído a la puerta; y luego, el ojo al agujero de la cerradura. Ni oyó nada ni vio nada. Llamó.

El comisario dijo a los agentes:

–Quédense aquí, listos por si los llamo.

Y esperaron. Al cabo de dos o tres minutos, Georges volvió a tirar de la campanilla del timbre varias veces seguidas. Percibieron un ruido al fondo del piso; luego un paso ligero se fue acercando. Alguien venía a espiar. El periodista golpeó entonces prestamente con el dedo doblado la madera de los cuarterones.

Una voz, una voz de mujer, que hacía por disimularla, preguntó:

–¿Quién es?

El funcionario municipal contestó:

–Abra en nombre de la ley.

La voz repitió:

–¿Quién es usted?

–Soy el comisario de policía. Abra o mando forzar la puerta.

La voz volvió a preguntar:

–¿Qué quiere?

Y Du Roy dijo:

–Soy yo. Es inútil que intenten escapar de nosotros.

El paso ligero, un paso de pies descalzos, se alejó y volvió al cabo de unos pocos segundos.

Georges dijo:

–Si no quieren abrir, echaremos abajo la puerta.

Apretaba con la mano el picaporte de cobre y con el hombro hacía fuerza, despacio. Como ya no le contestaba nadie, dio de pronto un empujón tan violento y vigoroso que la cerradura vieja de aquel piso amueblado cedió. Los tornillos arrancados saltaron de la madera y el joven estuvo a punto de caerse encima de Madeleine, que estaba de pie en el recibidor, vestida con una camisa y una falda bajera, despeinada, con las piernas al aire y una vela en la mano.

Du Roy exclamó:

–Es ella. Ya son nuestros.

Y se abalanzó dentro del piso. El comisario, tras descubrirse, fue detrás de él. Y la joven, asustada y desconcertada, fue detrás, iluminando el camino.

Cruzaron por un comedor en cuya mesa, sin recoger, se veían los restos de una cena: botellas de champán vacías, una terrina de fuagrás abierta, unos huesos de pollo y trozos de pan a medio comer. En dos platos, encima del aparador, había cáscaras de ostra apiladas.

Parecía que una batalla campal hubiera ocurrido en el dormitorio. Un vestido coronaba una silla, unos pantalones masculinos seguían a caballo en el brazo de un sillón. Cuatro botinas, dos grandes y dos pequeñas, andaban rodando a los pies de la cama, caídas de lado.

Era un dormitorio de piso de citas, con muebles vulgares, donde flotaba ese olor odioso y desabrido de las habitaciones de hotel, un olor que brota de las cortinas, de los colchones, de las paredes, de los asientos, el olor de todas las personas que se habían acostado o habían vivido, un día o seis meses, en aquella vivienda pública y dejado en ella algo de su propio olor, de ese olor humano que, sumándose al de sus antecesores, acababa por constituir un hedor inconcreto, dulce e intolerable, igual en todas partes.

Un plato de pasteles, una botella de chartreuse y dos vasitos a medio vaciar se amontonaban en la repisa de la chimenea. El adorno del reloj de sobremesa de bronce lo tapaba un ancho sombrero masculino.

El comisario se volvió con presteza y le preguntó a Madeleine, mirándola a los ojos:

–¿Es usted Claire-Madeleine Du Roy, mujer legítima de Prosper-Georges Du Roy, periodista, aquí presente?

Ella articuló con voz ahogada:

–Sí.

–¿Qué está haciendo aquí?

Madeleine no contestó.

El funcionario volvió a preguntar:

–¿Qué hace aquí? La encuentro fuera de su casa, casi desnuda, en un piso amueblado. ¿Qué ha venido a hacer aquí?

Se quedó esperando unos instantes. Luego, como ella seguía callada, dijo:

–Ya que no quiere confesarlo, señora, no me va a quedar más remedio que comprobarlo.

Se veía en la cama la forma de un cuerpo escondido bajo la sábana.

El comisario se acercó y llamó:

–Caballero.

El hombre escondido no se movió. Aparentemente, estaba de espaldas y con la cabeza metida debajo de la almohada.

El comisario tocó lo que parecía ser el hombro y repitió:

–Caballero, no me fuerce, se lo ruego, a pasar a los actos.

Pero el cuerpo velado seguía tan quieto como si estuviera muerto.

Du Roy, que se había acercado rápidamente, agarró la manta, tiró de ella y, apartando de un tirón la almohada, dejó al descubierto la cara lívida del señor Laroche-Mathieu. Se inclinó hacia él y, tembloroso por las ganas de agarrarlo del cuello para estrangularlo, le dijo, apretando los dientes:

–Al menos, tenga el valor de su infamia.

El funcionario preguntó:

–¿Quién es usted?

Y como el amante, despavorido, no contestaba, siguió diciendo:

–Soy comisario de policía y lo intimo a que me diga su nombre.

Georges, que temblaba, presa de una ira bestial, gritó:

–Pero conteste, cobarde, o digo yo cómo se llama.

Entonces, el hombre acostado, balbució:

–Señor comisario, no debe consentir que este individuo me insulte. ¿Tengo que tratar con él o con usted? ¿Tengo que contestarle a usted o a él?

Parecía que no le quedaba ya saliva en la boca.

El funcionario contestó:

–A mí, caballero, y solo a mí. Le estoy preguntando quién es.

El hombre callaba. Se ceñía la sábana el cuello y miraba para todos lados con ojos asustados. El bigotito enhiesto parecía muy negro en la cara lívida.

El comisario siguió diciendo:

–¿No quiere contestar? Entonces no me va a quedar más remedio que detenerlo. Fuere como fuere, levántese. Lo interrogaré cuando se haya vestido.

El cuerpo se movió en la cama y la cabeza susurró:

–Pero no puedo levantarme en presencia suya.

El funcionario preguntó:

–¿Por qué?

Y el hombre balbució

–Es que estoy... estoy... estoy completamente desnudo.

Du Roy se echó a reír con sarcasmo y, recogiendo una camisa que estaba caída en el suelo, la tiró encima de la cama gritando:

–Vamos, vamos... levántese... Si se ha desnudado delante de mi mujer, bien puede vestirse delante de mí.

Dio luego media vuelta y fue hacia la chimenea.

Madeleine había recuperado la sangre fría; y, al ver que todo estaba perdido, estaba dispuesta a atreverse a todo. Le brillaba en los ojos una audacia desafiante; y, enroscando un pedazo de papel, encendió, como para una recepción, las diez velas de los espantosos candelabros que había en la esquina de la repisa de la chimenea. Apoyó luego la espalda en el mármol y, alargando hacia el fuego agonizante uno de los pies descalzos, que le levantaba por detrás la falda bajera, apenas prendida en las caderas, sacó un cigarrillo de un estuche de papel rosa, lo encendió y se puso a fumar.

El comisario se le había acercado, mientras esperaba que su cómplice se levantase.

Ella le preguntó con insolencia:

–¿Y se dedica con frecuencia a cosas así, caballero?

Él contestó, muy serio:

–Lo menos posible, señora.

Madeleine se le reía en las narices.

–Enhorabuena, porque resulta bastante feo.

Hacía alarde de no mirar a su marido, de no verlo.

Pero el señor de la cama se estaba vistiendo. Se había puesto los pantalones y calzado las botinas y se acercó, poniéndose el chaleco.

El oficial de policía se volvió hacia él:

–Ahora, caballero, ¿quiere decirme quién es usted?

No hubo respuesta.

El comisario dijo:

–No me queda más remedio que detenerlo.

Entonces, el hombre exclamó de repente:

–No me toque. ¡Tengo inmunidad!

Du Roy se abalanzó hacia él como si lo fuera a tirar al suelo. Y le bufó en la cara:

–En flagrante delito... en flagrante delito. Puedo hacer que lo detengan, si quiero... sí... puedo.

Luego, con acento vibrante:

–Este hombre se llama Laroche-Mathieu y es el ministro de Asuntos Exteriores.

El comisario de policía retrocedió estupefacto; y balbució:

–En verdad, caballero, ¿quiere decirme de una vez quién es usted?

El hombre se decidió y dijo muy alto:

–Por una vez, este miserable no ha mentido. Me llamo, efectivamente, Laroche-Mathieu y soy el ministro. –Luego, estirando el brazo hacia el pecho de Georges, donde, como una luz, se veía un puntito rojo, añadió–: Y este bribón lleva en la levita la Legión de Honor que yo le conseguí.

Du Roy se había puesto lívido. Con un ademán rápido, se arrancó del ojal la breve llama de cinta y, arrojándola al fuego, dijo:

–Este es el valor que tiene una condecoración que procede de sinvergüenzas como usted.

Estaban cara a cara, enseñándose los dientes, rabiosos, con los puños apretados, uno flaco y con los bigotes al viento, otro grueso y con los bigotes engarfiados.

El comisario se interpuso con presteza entre ambos y, apartándolos con las manos, dijo:

–¡Caballeros, están ustedes perdiendo la compostura y la dignidad!

Se callaron y se dieron la espalda. Madeleine, inmóvil, seguía fumando, sonriente.

El oficial de policía añadió:

–Señor ministro, lo he sorprendido a solas con la señora Du Roy, aquí presente, usted en la cama y ella casi desnuda. La ropa de ambos estaba tirada y revuelta por todo el piso. Todo esto constituye delito flagrante de adulterio. No puede negar la evidencia. ¿Qué tiene usted que alegar?

Laroche-Mathieu susurró:

–No tengo nada que decir. Cumpla con su deber.

El comisario se dirigió a Madeleine:

–Señora, ¿admite que este caballero es su amante?

Ella dijo sin amedrentarse:

–¡No lo niego, es mi amante!

–Basta con eso.

Luego, el comisario tomó unas cuantas notas acerca del estado y la disposición de la vivienda. Según estaba terminando de escribir, el ministro, que había acabado de vestirse y estaba esperando, con el sobretodo al brazo y el sombrero en la mano, preguntó:

–¿Me sigue necesitando, señor comisario? ¿Qué tengo que hacer? ¿Puedo retirarme?

Du Roy se volvió hacia él y, sonriendo con insolencia, dijo:

–¿Por qué? Ya hemos terminado. Puede volverse a la cama, caballero. Vamos a dejarlos a solas. –Y, poniéndole el dedo en el brazo al oficial de la policía, añadió–: Retirémonos, señor comisario; ya no tenemos nada más que hacer aquí.

El comisario, algo sorprendido, lo siguió; pero, en el umbral del dormitorio, Georges se detuvo para cederle el paso. Aquel, ceremoniosamente, no quería pasar.

Du Roy insistía:

–Pase usted, caballero.

El comisario dijo:

–Usted primero.

Entonces el periodista le hizo una venia y dijo con tono de cortesía irónica:

–Ahora le toca usted, señor comisario. Estoy casi en mi casa.

Luego cerró la puerta despacio, como con discreción.

Una hora después, Georges Du Roy entraba en la redacción de *La Vie Française*.

El señor Walter ya había llegado, pues seguía dirigiendo su periódico y velando solícitamente por él, porque había crecido muchísimo y era un gran apoyo para las operaciones de su banco, cada vez de mayor envergadura.

El director alzó la cabeza y dijo:

–Anda, si está usted aquí. ¡Qué cara más rara trae! ¿Por qué no ha venido a cenar a casa? ¿De dónde sale?

El joven, que estaba seguro de la impresión que iba a causar, dijo, recalcando todas las palabras:

–Acabo de derrocar al ministro de Asuntos Exteriores.

Walter creyó que estaba de broma.

–¿Derrocarlo? ¿Y cómo?

–Voy a cambiar el Gobierno. ¡Ni más ni menos! Ya era hora de largar a esa carroña.

El anciano, estupefacto, creyó que su cronista estaba achispado. Susurró.

–A ver... ¿está usted en sus cabales?

–Por completo. Acabo de sorprender al señor Laroche-Mathieu en flagrante delito de adulterio con mi mujer. El comisario de policía ha hecho la comprobación. El ministro está acabado.

Walter, cortado, se levantó del todo las gafas sobre la frente y preguntó:

–¿No me está tomando el pelo?

–En absoluto. E incluso voy a escribir un eco de sociedad al respecto.

–Pero, en tal caso, ¿qué quiere usted?

–¡Derribar a ese pícaro, a ese miserable, a ese malhechor público! –Georges dejó el sombrero en un sillón y añadió–: Que se anden con cuidado los que se crucen en mi camino. Yo no perdono nunca.

El director no se resolvía aún a entender el asunto. Susurró:

–Pero... ¿y su mujer?

–Interpondré mañana mismo la demanda de divorcio. Se la devuelvo al difunto Forestier.

–¿Quiere divorciarse?

–Pues claro. Me estaba poniendo en ridículo. Pero tenía que hacerme el tonto para pillarlos. Y ya lo he conseguido. Ya soy dueño de la situación.

El señor Walter no salía de su asombro; y miraba a Du Roy con ojos de susto, pensando: «Caramba, con este individuo hay que andarse con pies de plomo».

Georges siguió diciendo:

–Ya estoy libre... Tengo cierto desahogo económico. Me voy a presentar a las elecciones en la convocatoria de octubre, en mi tierra, donde soy muy conocido. No podía ser candidato ni hacerme respetar, con una mujer de la que nadie se fiaba. Me pescó como a un bobo, me lio con carantoñas y me cazó. Pero, desde que supe qué juego se traía entre manos, no dejé de vigilar a la muy bribona. –Se echó a reír y añadió–: El cornudo fue el pobre Forestier... cornudo sin maliciárselo, confiado y tranquilo. Ya me he librado del mal bicho que me legó. Tengo las manos libres. Ahora voy a llegar lejos.

Se había sentado a caballo en una silla. Repitió, como si meditase: «Llegaré lejos».

Y Walter lo seguía mirando, sin gafas, porque se le habían quedado en la frente, y se decía: «Sí que llegará lejos, el muy bribón».

Georges se levantó:

–Voy a redactar el suelto. Hay que hacerlo con discreción. Pero no me andaré con miramientos con el ministro, ¿sabe? Es hombre al agua. No se lo puede rescatar. A *La Vie Française* ya no le interesa tener contemplaciones con él.

El anciano titubeó por un momento; luego aceptó los hechos.

–Adelante –dijo–. Quienes se metan en líos así, que se fastidien.

Capítulo IX

Habían transcurrido tres meses. Acababa de fallarse el divorcio de Du Roy. Su mujer volvía a apellidarse Forestier; y, como los Walter se iban el 15 de julio a Trouville, se adoptó la decisión de pasar un día en el campo antes de separarse de las amistades.

Iban a almorzar en Saint-Germain, en el pabellón Henri-IV. Buen Amigo había solicitado el favor de ser el único hombre de la expedición, porque no soportaba ni la presencia ni la cara del marqués de Cazolles. Pero, en el último momento, decidieron que sacarían de la cama al conde de Latour-Yvelin y se lo llevarían. Lo habían avisado la víspera. El coche fue a trote tendido avenida de Les Champs-Élysées arriba y cruzó, luego, el bosque de Boulogne.

Hacía un espléndido tiempo de verano, no demasiado caluroso. Las golondrinas trazaban en el azul del cielo amplias líneas curvas; cuando los pájaros ya habían pasado, era como si se pudieran seguir viendo las líneas.

Las tres mujeres iban al fondo del landó, la madre entre las dos hijas; y los tres hombres de espaldas a la marcha, Walter entre los dos invitados.

Cruzaron el Sena, rodearon el monte Valérien y llegaron luego a Bougival para ir siguiendo el río hasta Le Pecq.

El conde de Latour-Yvelin, un hombre algo maduro, que llevaba unas patillas poco pobladas, cuyas puntas movía el mínimo soplo de aire, por lo que Du Roy decía de él: «Tiene una barba con efectos aéreos muy bonitos», miraba a Rose con ternura. Llevaban un mes prometidos.

Georges, muy pálido, miraba con frecuencia a Suzanne, que también estaba pálida. Se cruzaban sus miradas, parecían ponerse de acuerdo, entenderse, intercambiar un pensamiento secreto, y luego se evitaban. La señora Walter iba tranquila y feliz.

El almuerzo duró mucho. Antes de volverse a París, Georges propuso dar una vuelta por la terraza.

Primero se detuvieron para contemplar la vista. Todos se pusieron en hilera a lo largo del muro y se hicieron lenguas de cuánto se abarcaba con los ojos. El Sena, al pie de una colina alargada, fluía hacia Maisons-Laffitte como una gigantesca serpiente tendida entre las frondas. A la derecha, en lo alto de la cuesta, el acueducto de Marly proyectaba contra el cielo su perfil enorme de oruga de patas largas; y Marly, más abajo, lo tapaba un denso grupo de árboles.

En la llanura inmensa que se extendía frente a ellos, podían verse, a trechos, pueblos. Los estanques de Le Vésinet eran manchas nítidas y limpias entre el escaso verdor del bosquecillo. A la izquierda, muy lejos, asomaba el campanario puntiagudo de Sartrouville.

Walter afirmó:

–No existe ningún otro sitio en el mundo con unas vistas así. No las hay iguales ni en Suiza.

Echaron a andar luego despacio para dar un paseo y disfrutar un rato del panorama.

Georges y Suzanne se quedaron rezagados. En cuanto pusieron unos cuantos pasos entre el grupo y ellos, Georges le dijo en voz baja y refrenada:

–Suzanne, la adoro. La quiero tanto que voy a perder la cabeza.

Ella susurró:

–Yo también, Buen Amigo.

Él añadió:

–Si no se convierte usted en mi mujer, me iré de París y de Francia.

Suzanne contestó:

–Pruebe a pedirle mi mano a papá. A lo mejor le parece bien.

Georges tuvo un breve ademán de impaciencia:

–No, se lo repito por décima vez, es inútil. Me cerrarán la puerta de su casa; me echarán del periódico; y no podremos ya ni vernos siquiera. Ese es el bonito resultado que estoy seguro de conseguir si hago una petición en toda regla. La tienen prometida al marqués de Cazolles. Tienen la esperanza de que acabe usted por dar el sí. Y aguardan.

Ella preguntó:

–¿Qué tenemos que hacer entonces?

Él titubeaba, mirándola de reojo:

–¿Me quiere bastante para cometer una locura?

Suzanne respondió sin sombra de duda:

–Sí.

–¿Una locura muy grande?

–Sí.

–¿La mayor de las locuras?

–Sí.

–¿Tendrá también valor suficiente para desafiar a su padre y a su madre?

–Sí.

–¿Seguro?

–Sí.

–Pues entonces hay una forma. ¡Y solo una! El primer paso

tiene que darlo usted, y no yo. Es una niña mimada, le consienten que diga lo que sea y a nadie le extrañará demasiado un atrevimiento más por su parte. Atienda. Esta noche, al volver a casa, vaya a hablar con su mamá primero, solo con su mamá. Y le confiesa que quiere casarse conmigo. Será un gran golpe para ella y se enfadará mucho...

Suzanne lo interrumpió:

–Huy, a mamá seguro que le parece bien.

Georges contestó con vehemencia:

–No. No la conoce. La contrariará más que a su padre y se enfadará más. Ya verá cómo se niega. Pero resista, no ceda; repita que quiere casarse conmigo, y nada más que conmigo. ¿Lo hará?

–Lo haré.

–Y, después de hablar con su madre, dígale lo mismo a su padre, con expresión muy seria y muy decidida.

–Sí, sí. ¿Y luego?

–Y luego es cuando la cosa se pone seria. Si está decidida, muy, muy, muy decidida a ser mi mujer, querida, queridísima Suzanne... yo... ¡yo la raptaré!

Ella dio un respingo de alegría y estuvo a punto de aplaudir.

–¡Ay, qué felicidad! ¿Me raptará? ¿Cuándo me va a raptar?

Toda la antigua poesía de los raptos nocturnos, de las sillas de posta, de las posadas, todas las deliciosas aventuras de los libros le pasaron de repente por la cabeza, como un sueño encantador a punto de cumplirse.

Repitió:

–¿Cuándo me va a raptar?

Él contestó, muy quedo:

–Pues... hoy... esta noche...

Suzanne preguntó, trémula:

–¿Y adónde iremos?

–Eso es un secreto mío. Piense en lo que va a hacer. ¡Hágase cargo de que después de huir conmigo ya no le quedará más remedio que ser mi mujer! Es la única forma, pero es... es muy peligrosa... para usted.

Suzanne declaró:

–Estoy decidida... ¿Dónde nos encontramos?

–¿Puede salir de su casa sin que la vea nadie?

–Sí. Sé abrir la puerta pequeña.

–Pues cuando el portero se acueste, a eso de las doce de la noche, vaya a buscarme a la plaza de La Concorde. Me encontrará en un coche de punto parado delante del Ministerio de Marina.

–Iré.

–¿De verdad?

–De verdad.

Georges le cogió la mano y se la estrechó:

–¡Ay, cuánto la quiero! ¡Qué buena y qué valiente es! ¿Así que no quiere casarse con el señor de Cazolles?

–De ninguna manera.

–¿Se enfadó mucho su padre cuando dijo que no?

–Ya lo creo. Quería volver a mandarme al convento.

–Ya ve que es necesario ser enérgico.

–Lo seré.

Miraba el ancho horizonte y la idea del rapto le colmaba el pensamiento. Iba a ir más allá de aquel horizonte... ¡con él!... ¡La iban a raptar!... ¡Estaba orgullosa de ello! No pensaba ni en su reputación ni en las cosas infamantes que podrían sucederle. ¿Las sabía acaso? ¿Las sospechaba?

La señora Walter se volvió y gritó:

–Ven ya, niña. ¿Qué estás haciendo con Buen Amigo?

Alcanzaron a los demás. Estaban hablando de los baños de mar, donde estarían dentro de poco.

Volvieron luego por Chatou para no volver a pasar por el mismo sitio.

Georges ya no decía nada. Estaba pensando: así que si aquella niña tenía algo de audacia, ¡por fin iba a salirse con la suya! Llevaba tres meses envolviéndola en la red irresistible de su ternura. La seducía, la cautivaba, la conquistaba. Había hecho que lo quisiera como él sabía hacerse querer. Había cosechado sin trabajo aquella alma ligera de muñeca.

De entrada, había conseguido que rechazase al señor de Cazolles. Acababa de conseguir que se escapase con él. Porque no había otra forma.

Georges se daba perfecta cuenta de que la señora Walter no consentiría jamás en darle a su hija. Aún lo quería, lo querría siempre con violencia inquebrantable. Él la frenaba con su frialdad calculada, pero notaba que la corroía una pasión impotente y voraz. Nunca podría conseguir que cediera. Ella nunca admitiría que se llevase a Suzanne.

Pero, cuando tuviera a la niña en su poder, trataría de potencia a potencia con el padre.

Pensando en todas esas cosas, respondía con frases entrecortadas a lo que le decían y no escuchaba. Pareció volver en sí al llegar a París.

También Suzanne iba pensativa: y los cascabeles de los cuatro caballos le sonaban en la cabeza, le hacían ver carreteras infinitas bajo claros de luna eternos, travesías de bosques oscuros, posadas a la orilla del camino, y la prisa de los mozos de cuadra al cambiar el tiro, porque todo el mundo intuye que los van persiguiendo.

Cuando llegó el landó al patio del palacete, quisieron que Georges se quedase a cenar. Pero no aceptó y se fue a su casa.

Tras tomar algo ligero, ordenó sus papeles como si fuera a hacer un viaje largo. Quemó cartas comprometedoras, escondió otras y escribió a unos cuantos amigos.

De vez en cuando, miraba el reloj de sobremesa y pensaba: «Las cosas deben de estar que arden en aquella casa». Y la intranquilidad le hincaba los dientes en el corazón. ¿Y si fracasaba? Pero ¿qué podía temer? ¡Él siempre salía con bien! ¡Aunque aquella noche estaba jugando una partida muy ambiciosa!

Volvió a salir a eso de las once, anduvo un rato dando vueltas, cogió un coche de punto y le mandó que se quedase parado en la plaza de La Concorde, pegado a los soportales del Ministerio de Marina.

De vez en cuando, prendía una cerilla para mirar la hora. Cuando vio que eran casi las doce, su impaciencia se convirtió en febril. Asomaba la cabeza continuamente por la ventanilla para ver qué pasaba.

Dieron las doce en un reloj alejado; luego en otro, más próximo; luego, en otros dos que sonaron a un tiempo; y, por fin, en otro, el último, muy lejano. Cuando callaron las campanadas de este, Du Roy pensó: «Se acabó. Ha fallado. No va a venir».

Sin embargo, estaba dispuesto a quedarse allí hasta que se hiciera de día.

En casos como aquel había que tener paciencia.

Oyó dar el cuarto, luego la media, luego los tres cuartos; y todos los relojes repitieron la una de la misma forma que habían anunciado la medianoche. Du Roy ya no esperaba; se quedaba donde estaba, cavilando para adivinar qué podía haber sucedido. De repente, asomó por la ventanilla una cabeza de mujer, que preguntó:

–¿Está ahí, Buen Amigo?

Dio un respingo y se quedó sin respiración.

–¿Es usted, Suzanne?

–Sí, soy yo.

Georges no conseguía girar la manija con toda la prisa que habría querido; y repetía:

–¡Ah!... Es usted... Es usted... Entre.

Entró y se apoyó en él. Georges le gritó al cochero: «¡Vámonos!». Y el coche arrancó.

Suzanne jadeaba, sin decir nada.

Georges preguntó:

–Bien, ¿y qué tal ha ido?

Entonces ella susurró, casi desfallecida:

–¡Ay, ha sido espantoso, sobre todo con mamá!

Georges estaba preocupado y trémulo.

–¿Con su mamá? ¿Qué ha dicho? Cuéntemelo.

–¡Ay! Ha sido horrible. Fui a su cuarto y le conté mi historia, que me había preparado muy bien. Entonces se puso pálida; luego, gritó: «¡Nunca! ¡Nunca!». Yo me eché a llorar, me enfadé, juré que no me casaría sino con usted. Creí que iba a pegarme. Se puso como loca; dijo que me mandarían de vuelta al convento mañana mismo. Nunca la había visto así. ¡Nunca! Entonces llegó papá, al oírla soltar todas aquella tonterías. No se enfadó tanto como ella, pero dijo que no era usted un partido lo bastante bueno.

»Y, como a mí también me habían hecho enfadar, grité más que ellos. Y papá me dijo que saliera de la habitación con una cara dramática que no le iba nada. Eso fue lo que me decidió a escaparme con usted. Aquí estoy. ¿Adónde vamos?

Él la había cogido suavemente por la cintura; atendía al relato sin perder palabra, con el corazón palpitante, y se le iba despertando un odio rencoroso contra aquellas personas. Pero a su hija la tenía él. Ahora verían lo que era bueno.

Contestó:

–Se ha hecho demasiado tarde para coger el tren; este coche nos llevará a Sèvres, donde pasaremos la noche. Y mañana nos iremos a La Roche-Guyon. Es un pueblo muy bonito, a orillas del Sena, entre Mantes y Bonnières.

Suzanne susurró.

–Es que no llevo equipaje. No llevo nada.

Georges sonrió, despreocupado:

–¡Bah! Ya lo solucionaremos cuando lleguemos.

El coche seguía andando. Georges le cogió una mano a la muchacha y se puso a besársela despacio, respetuosamente. No sabía qué decirle, porque no tenía costumbre de ternuras platónicas. Pero, de pronto, le pareció notar que estaba llorando.

Preguntó, aterrado:

–¿Qué le pasa, mi querida niña?

Ella contestó con voz llorosa:

–Es por mi pobre mamá, que a estas horas no podrá dormir si se ha dado cuenta de que me he ido.

Su madre no dormía, efectivamente.

No bien hubo salido Suzanne del dormitorio, la señora Walter, tras quedarse a solas con su marido, preguntó desatinada, aterrada:

–¡Dios mío! ¿Y esto qué quiere decir?

Walter gritó, furioso:

–Quiere decir que ese intrigante la ha engatusado. Él tiene la culpa de que Suzanne rechazase a Cazolles. ¡Claro! ¡Le parece apetitosa la dote! –Y empezó a pasear arriba y abajo, rabiosamente, por la estancia, diciendo–: Y tú lo encandilabas continuamente; tú también le dabas coba, lo mimabas; no sabías ya qué zalamería hacerle. Buen Amigo por aquí, Buen Amigo por allá, desde por la mañana hasta por la noche. Mira lo que has conseguido.

La señora Walter susurró, lívida:

–¿Yo? ¿Yo lo encandilaba?

Su marido le vociferó en plena cara:

–¡Sí, tú! Estáis todas locas por él, la Marelle, Suzanne y todas las demás. ¿Te has creído que no me daba cuenta de que no podías pasar dos días sin invitarlo a que viniera?

La señora Walter se irguió, trágica:

–No pienso permitirle que me hable así. Se le olvida que a mí no me educaron como a usted, en un comercio.

Walter se quedó de entrada parado y estupefacto; luego, soltó un «Me cago en Dios» furibundo y salió dando un portazo.

En cuanto la señora Walter se quedó sola, fue, instintivamente, al espejo para mirarse, para ver si no tenía nada cambiado, porque lo que le estaba sucediendo le parecía imposible, monstruoso. ¡Suzanne estaba enamorada de Buen Amigo! ¡Y Buen Amigo quería casarse con Suzanne! ¡No! Estaba confundida, no era cierto. La chiquilla se había encaprichado, era muy natural, de aquel joven apuesto y había albergado la esperanza de que la casasen con él. ¡Se había permitido una pequeña insensatez! Pero ¿él? ¡Él no podía ser cómplice de aquello! Meditaba, con la turbación de las grandes catástrofes. No, Buen Amigo no debía de saber nada de la salida de tono de Suzanne.

Y estuvo mucho rato pensando en la perfidia o en la inocencia posibles de aquel hombre. ¡Qué miserable si había preparado aquel golpe! ¿Y qué iba a suceder? ¡Cuántos peligros y tormentos veía venir!

Si Georges no sabía nada, todo tenía aún arreglo. Harían un viaje de seis meses con Suzanne y todo acabaría. Pero ella ¿cómo iba a poder volver a verlo luego? Porque lo seguía queriendo. Aquella pasión se le había metido dentro igual que esas puntas de flecha que ya es imposible arrancar.

Vivir sin él era imposible. Más valía morirse. Se le extraviaba el pensamiento por aquellas angustias y aquellas incertidumbres. Empeza a amagarle un dolor de cabeza; las ideas se le volvían penosas, confusas, le dolían. La irritaba indagar, la exasperaba no saber. Miró el reloj de sobremesa; era la una pasada. Se dijo: «No quiero seguir así, me estoy volviendo loca. Tengo que saber. Voy a despertar a Suzanne para preguntarle».

Fue descalza, para no hacer ruido, con una vela en la mano, al cuarto de su hija. Abrió la puerta muy despacio, entró, miró la cama. No estaba deshecha. De entrada, no cayó en la cuenta y pensó que la chiquilla seguiría discutiendo con su padre. Pero, acto seguido, le pasó rozando una sospecha horrible y fue corriendo al cuarto de su marido. Llegó arrebatada, lívida y jadeante. Walter estaba en la cama y aún leyendo.

Preguntó, pasmado:

–Pero, bueno, ¿qué te pasa?

Su mujer balbucía:

–¿Has visto a Suzanne?

–¿Yo? No. ¿Por qué?

–Se ha... se ha... ido. No está en su cuarto.

Walter bajó de un salto a la alfombra, se puso las zapatillas y, sin calzoncillos, con el camisón al viento, se abalanzó a su vez hacia la habitación de su hija.

En cuanto la vio, no le quedó ya duda. Se había escapado.

Se desplomó en un sillon y dejó la lámpara en el suelo, delante de él.

Su mujer había llegado también. Tartamudeó:

–¿Y bien?

Walter no tenía ya fuerzas para contestar; se le había pasado la ira; gimió:

–Ya está, ya es suya. Estamos perdidos.

Su mujer no entendía:

–¿Cómo que perdidos?

–Pues sí, claro. Ahora tiene que casarse con ella sin remisión.

La señora Walter lanzó un grito de animal:

–¿Él? ¡Nunca! ¿Es que te has vuelto loco?

Walter contestó tristemente:

–De nada vale pegar esas voces. La ha raptado, la ha deshonrado. Lo mejor, dentro de lo malo, es dársela. Si nos damos maña, nadie sabrá esta aventura.

La señora Walter repitió, presa de una emoción terrible:

–¡Nunca! ¡Nunca tendrá a Suzanne! ¡No lo consentiré nunca!

Walter susurró, agobiado:

–Pero si ya la tiene. Ya es un hecho. No la soltará y la tendrá escondida hasta que cedamos. Así que para evitar el escándalo tenemos que ceder ya.

Su mujer, a la que destrozaba un dolor inconfesable, repitió:

–¡No! ¡No! No lo consentiré nunca.

Walter repitió, perdiendo la paciencia:

–Pero si es que no hay discusión posible. Hay que hacerlo. ¡Ah, el muy bribón! Cómo nos la ha jugado... Pero no deja de ser un hombre que vale mucho. Podríamos haber encontrado algo mucho mejor en cuanto a la posición, pero no en cuanto a inteligencia y porvenir. Es un hombre con porvenir. Será diputado y ministro.

La señora Walter afirmó, con energía feroz:

–Nunca le dejaré casarse con Suzanne... ¿Oyes?... ¡Nunca!

Walter acabó por enfadarse y por ponerse, como hombre práctico, de parte de Buen Amigo.

–Pero calla de una vez... Te repito que es necesario... completamente necesario. Y ¿quién sabe? A lo mejor no tenemos que lamentarlo. Con las personas de ese temple nunca se sabe lo que puede pasar. Ya viste cómo acabó en tres artículos con ese necio de Laroche-Mathieu, y cómo lo hizo con dignidad, lo que resultaba muy peliagudo en su situación de marido. En fin, ya veremos. El caso es que nos tiene atrapados. No podemos salir de esta.

Ella quería gritar, revolcarse por el suelo, arrancarse el pelo. Dijo una vez más, con voz exasperada:

–No la tendrá... No... quiero...

Walter se levantó, recogió la lámpara y contestó:

–Mira, eres una estúpida, como todas las mujeres. Solo os movéis siempre por pasiones. No sabéis doblegaros a las circunstancias... ¡Sois unas estúpidas! Yo te digo que se casará con ella... Es menester.

Y salió, arrastrando las zapatillas. Cruzó, como un fantasma cómico en camisón, el ancho pasillo del amplio palacete dormido y se volvió, sin ruido, a su cuarto.

La señora Walter seguía de pie; la destrozaba un dolor intolerable. Por lo demás, aún no había entendido bien lo que pasaba. Solo sufría. Luego le pareció que no podía quedarse allí, quieta, hasta el amanecer. Notaba en sí una necesidad violenta de escapar, de correr sin rumbo, de irse, de buscar ayuda, de que la socorrieran.

Pensaba a quién podría recurrir. ¿A qué hombre? ¡No se le ocurría! ¡Un sacerdote! ¡Sí, un sacerdote! Se arrojaría a sus pies, se lo confesaría todo. Y él entendería que ese miserable no podía casarse con Suzanne, y lo impediría.

¡Necesitaba un sacerdote en el acto! Pero ¿dónde dar con uno? ¿Dónde ir? Sin embargo, no podía seguir así.

Entonces le pasó ante los ojos, como si fuera una visión, la imagen serena de Jesús caminando sobre las aguas. Lo vio como lo veía al mirar el cuadro. Así que la estaba llamando. Le decía:

«Venga a mí. Venga a arrodillarse a mis plantas. La consolaré y le inspiraré lo que debe hacer».

Cogió la vela, salió y bajó para ir al invernadero. El Jesús estaba al final del todo, en un saloncito que cerraban con una puerta acristalada para que la humedad de la tierra no deteriorase el cuadro.

Era una especie de capilla en un bosque de árboles singulares.

Cuando la señora Walter entró en el jardín de invierno, que no había visto nunca sino a plena luz, la sobrecogió aquella hondura sombría. Las macizas plantas de los países cálidos adensaban el ambiente con su grávido aliento. Y, como las puertas no estaban ya abiertas, el aire de aquel bosque peculiar, encerrado bajo una cúpula de vidrio, se metía trabajosamente en el pecho, aturdía, emborrachaba, era placentero y dolía, le proporcionaba a la carne una sensación confusa de voluptuosidad enervadora y de muerte.

La pobre mujer andaba despacio; la alteraban las tinieblas donde aparecían, a la luz errabunda de la vela, plantas extravagantes con aspecto de monstruos, apariencias de seres, malformaciones extrañas.

De repente vio el Cristo. Abrió la puerta que lo separaba de ella y cayó de hinojos.

Oró primero arrebatadamente, balbuciendo palabras de amor, invocaciones apasionadas y desesperadas. Luego, al irse calmando el fuego de su llamada, alzó los ojos hacia Jesús y se adueñó de ella la angustia. Se parecía tanto a Buen Amigo, a la luz temblorosa de aquella única vela que lo iluminaba apenas y desde abajo, que ya no era Dios quien la miraba, sino su amante. ¡Eran sus ojos, su frente, la expresión de su rostro, aquel aire frío y altanero!

Balbucía: «¡Jesús! ¡Jesús! ¡Jesús!». Y se le venía a los labios la palabra «Georges». De repente pensó que quizá a aquella misma hora Georges estaba poseyendo a su hija. Estaba solo con ella, en algún lugar, en un dormitorio. ¡Él! ¡Él! ¡Con Suzanne!

Repetía: «¡Jesús!... ¡Jesús!». Pero pensaba en ellos... ¡En su hija y en su amante! Estaban solos en un dormitorio... y era de noche. Los estaba viendo. Los veía con tanta claridad que se erguían ante ella en vez del cuadro. Se sonreían. Se besaban. La habitación estaba oscura, la cama entreabierta. Se puso de pie para acercarse a ellos, para agarrar a su hija por el pelo y arrancarla de aquel abrazo. Iba a cogerla por el cuello, a estrangularla, a su hija, a quien odiaba, a su hija que se entregaba a aquel hombre. Ya la tocaba... Le tropezaron las manos con el cuadro. Tocaba los pies de Cristo.

Lanzó un gran grito y se desplomó de espaldas. La vela, al caer, se apagó.

¿Qué sucedió luego? Estuvo mucho rato soñando cosas raras, aterradoras. Le pasaban continuamente ante los ojos Georges y Suzanne, enlazados, con Cristo que bendecía su espantoso amor.

Notaba vagamente que no estaba en su cuarto. Quería levantarse, escapar, pero no podía. La había invadido un entumecimiento que le entorpecía los miembros y solo le dejaba alerta el pensamiento, aunque turbio, atormentado con imágenes espantosas, irreales, fantásticas, extraviado en una ensoñación malsana, esa ensoñación extraña y mortal con que afectan a veces al cerebro humano las plantas adormideras de los países cálidos, de formas raras y aromas densos.

Al llegar el día, recogieron a la señora Walter, tendida sin conocimiento y casi asfixiada ante Jesús caminando sobre las aguas. Estuvo tan enferma que temieron por su vida. Hasta el día siguiente no recobró por completo el uso de la razón. Y entonces se echó a llorar.

Al servicio le explicaron la desaparición de Suzanne mencionando una visita repentina al convento. Y el señor Walter respondió a una larga carta de Du Roy concediéndole la mano de su hija.

Buen Amigo había echado aquella epístola al correo al salir de París, pues la había preparado de antemano la tarde anterior al viaje. Decía, muy respetuosamente, que llevaba mucho tiempo enamorado de la muchacha, que nunca se había puesto de acuerdo con ella en nada, pero que, al verla acudir a él de propio grado para decirle: «Quiero ser su mujer», se sentía autorizado a conservarla a su lado, a esconderla incluso, hasta tener una respuesta de los padres, cuya voluntad legal era para él de menor valor que la voluntad de su prometida.

Le pedía al señor Walter que contestase a lista de correos; un amigo se encargaría de remitirle la carta.

Cuando hubo conseguido lo que quería, llevó de nuevo a Suzanne a París y la envió a casa de sus padres, en la que él se abstuvo de aparecer hasta que transcurriera algún tiempo.

Ambos habían pasado seis días a orillas del Sena, en La Roche-Guyon.

Nunca se había divertido tanto la jovencita. Como Georges la hacía pasar por su hermana, vivían en una intimidad libre y casta, algo así como una camaradería amorosa. A Georges le había parecido hábil respetarla. Al día siguiente de llegar, Suzanne compró ropa blanca y vestidos de campesina y se puso a pescar con caña, tocándose con un gigantesco sombrero de paja adornado con flores silvestres. La comarca le parecía deliciosa. Había una torre antigua y un castillo viejo donde podían verse unos tapices admirables.

Georges, ataviado con una chaqueta larga, de confección, comprada en uno de los comercios de la comarca, paseaba a

Suzanne, ora a pie, por las orillas, ora en barca. Se besaban continuamente, trémulos, ella inocente y él a punto de sucumbir. Pero sabía ser fuerte; y, cuando le dijo a Suzanne: «Regresamos a París; su padre me ha concedido su mano», ella susurró ingenuamente: «¿Ya? ¡Con lo divertido que era ser su mujer!».

Capítulo X

El pisito de la calle de Constantinople estaba oscuro, porque Georges Du Roy y Clotilde de Marelle, que se habían encontrado en el portal, habían entrado precipitadamente y ella le había dicho, sin darle siquiera tiempo a abrir las contraventanas:

–¿Así que te casas con Suzanne Walter?

Él lo admitió sin alterarse y añadió:

–¿No lo sabías?

Clotilde repitió, de pie ante él, furiosa e indignada:

–¡Te casas con Suzanne Walter! ¡Esto es demasiado! ¡Demasiado! Llevas tres meses engatusándome para ocultármelo. Todo el mundo lo sabe menos yo. ¡Me he tenido que enterar por mi marido!

Du Roy rió con sorna, aunque un tanto avergonzado, y, tras dejar el sombrero en una esquina de la repisa de la chimenea, se sentó en un sillón.

Clotilde lo miraba a la cara y dijo, sin alzar la voz irritada:

–¿Desde que dejaste a tu mujer estabas preparando la jugada esta y me conservabas tan bonitamente como amante para que hiciera de interina? ¡Qué sinvergüenza eres!

Él preguntó:

–¿Por qué? Estaba casado con una mujer que me engañaba. La sorprendí; conseguí el divorcio; y ahora me caso con otra. ¿Hay algo más natural?

Ella susurró, vibrante:

–¡Qué mala persona y qué peligroso eres!

Georges volvió a sonreír:

–Por descontado. ¡A los idiotas y a los cándidos los engañan siempre!

Pero Clotilde seguía con sus pensamientos:

–Debería haberte calado desde el principio. Pero no, no podía creer que fueras tan canalla.

Georges adoptó una expresión muy digna:

–Te ruego que tengas cuidado con lo que dices.

Clotilde se rebeló contra aquella indignación:

–¡Cómo! ¡Ahora quieres que te hable con miramientos! Desde que te conozco te has portado conmigo como un miserable ¿y pretendes que no te lo diga? Engañas a todo el mundo, explotas a todo el mundo, le sacas a todo el mundo buenos ratos y dinero ¿y quieres que te trate como a un hombre honrado?

Él se levantó y dijo, temblándole los labios:

–Cállate o te echo de aquí.

Ella balbució:

–Que me echas de aquí... que me echas de aquí... ¿Tú me vas a echar de aquí... tú... tú...?

Ya no podía ni hablar, porque la ahogaba la ira; y, de repente, como si se hubiera venido abajo la puerta de su furia, estalló:

–¿Que me echas de aquí? ¡Te olvidas de que la que pagó desde el primer día esta casa fui yo! Ah, sí, es verdad que una temporada te hiciste cargo tú del alquiler. Pero ¿quién la alquiló?... Yo. ¿Quién la conservó?... Yo... ¿Y quieres echarme de aquí? ¡Cállate ya, golfo! ¿Te crees que no estoy enterada de cómo le robaste a Madeleine la mitad de la herencia de Vaudrec? ¿Te crees que no estoy enterada de cómo te acostaste con Suzanne para obligarla a casarse contigo?

Georges la agarró por los hombros y, zarandeándola, dijo:

–¡A esa ni la menciones! ¡Te lo prohíbo!

Clotilde gritó:

–Te acostaste con ella, lo sé.

Georges lo habría admitido todo, pero aquella mentira lo exasperaba. Con las verdades que Clotilde le había gritado en la cara hacía un rato se le había estremecido de rabia el corazón, pero aquella falsedad referida a aquella niña que iba a convertirse en su mujer le despertaba en la palma de la mano una necesidad rabiosa de golpear.

Repitió:

–Que te calles... Ten cuidado... Cállate...

Y la zarandeaba como se zarandea una rama para que caiga la fruta.

Clotilde vociferó, despeinada, con la boca muy abierta y la mirada enloquecida:

–¡Te acostaste con ella!

Él la soltó y le pegó tal bofetada que Clotilde fue a dar contra la pared. Pero se volvió hacia él y, apoyándose en las muñecas para incorporarse, volvió a vociferarle:

–¡Te acostaste con ella!

Georges se abalanzó sobre ella y, poniéndose encima, la golpeó como si estuviera pegando a un hombre.

Clotilde calló de repente y empezó a quejarse bajo los golpes. Ya no se movía. Había escondido la cara en la esquina del zócalo de madera de la pared y lanzaba gritos plañideros.

Georges dejó de golpearla y se enderezó. Luego dio unos cuantos pasos por la habitación para recuperar la sangre fría; y, al ocurrírsele la idea, entró en el dormitorio, llenó la palangana de agua fría y se mojó en ella la cabeza. Luego, se lavó las manos y volvió a ver qué estaba haciendo Clotilde, secándose minuciosamente los dedos.

Ella no se había movido. Seguía tendida en el suelo, llorando bajito.

Georges preguntó:

–¿Vas a seguir lloriqueando mucho rato?

Ella no le contestó. Entonces él se quedó a pie firme, en medio del piso, algo apurado, algo avergonzado ante aquel cuerpo tendido que tenía delante.

Luego, de pronto, tomó una decisión y cogió el sombrero de la repisa de la chimenea:

–Buenas tardes. Cuanto estés lista, le das la llave al portero. No me voy a quedar aquí esperando lo que se te antoje.

Salió, cerró la puerta, entró en la portería y le dijo al portero:

–La señora se queda. Se irá dentro de un rato. Dígale al casero que dejo el piso el 1 de octubre. Estamos a 16 de agosto, así que cumplo los plazos.

Y se fue dando zancadas porque tenía compras urgentes para acabar de preparar los regalos que le hacía a la novia. La boda se había fijado para el 20 de octubre, después de la apertura de las Cámaras. Se iba a celebrar en la iglesia de La Madeleine. Habían corrido muchas habladurías sin que nadie supiera exactamente qué había pasado. Circulaban diversas historias. Se cuchicheaba que había habido un rapto, pero nadie tenía seguridad de nada.

Según los criados, la señora Walter, que no le dirigía ya la palabra a su futuro yerno, se había envenenado, de pura rabia, la noche que se había decidido aquel enlace, tras mandar a su hija al convento a las doce de la noche.

La habían llevado a su cuarto casi muerta. No se repondría nunca, desde luego. Ahora parecía una anciana; se le estaba poniendo el pelo gris y se estaba haciendo una beata; comulgaba todos los domingos.

En los primeros días de septiembre, *La Vie Française* comunicó que el barón Du Roy de Cantel pasaba a ocupar el puesto de jefe de redacción; el director seguía siendo el señor Walter.

Reclutaron entonces un batallón de cronistas conocidos, de gacetilleros, de redactores políticos, de críticos de arte y de teatro, que arrebataron, a fuerza de dinero, a los diarios importantes, a diarios antiguos, poderosos y bien afincados.

Los periodistas de toda la vida, los periodistas serios y respetables no se encogían ya de hombros cuando mencionaban *La Vie Française.* Aquel éxito rápido y total había acabado con la falta de consideración que sentían los escritores como es debido por los comienzos de aquel periódico.

La boda de su jefe de redacción fue eso que se llama un acontecimiento parisino, porque Georges Du Roy y los Walter hacía ya tiempo que despertaban mucha curiosidad. Todas las personas cuyo nombre aparece citado en los ecos de sociedad se prometieron que asistirían.

El acontecimiento ocurrió un día despejado de otoño.

Desde las ocho de la mañana, los transeúntes se paraban a mirar al personal en pleno de La Madeleine, que estaba desenrollando por los peldaños de la elevada escalinata exterior de la iglesia, desde la que se domina la calle Royale, la ancha alfombra roja que anunciaba al pueblo de París que iba a celebrarse una ceremonia importante.

Los empleados que iban a la oficina, las operarias modestas, los mozos de las tiendas se paraban, miraban y pensaban vagamente en las personas ricas que se gastaban tanto dinero para emparejarse.

A eso de las diez empezaron a pararse más rato los curiosos. Se quedaban allí unos cuantos minutos, con la esperanza de que a lo mejor lo que fuera iba a empezar ya; luego, se iban.

A las once llegaron unos destacamentos de guardias y empezaron casi en el acto a mandar al gentío que circulase, porque se formaban continuamente aglomeraciones.

No tardaron en presentarse los primeros invitados, los que querían tener un sitio bueno para no perderse nada. Ocuparon las sillas del extremo de la fila, a lo largo de la nave central.

Poco a poco iban llegando más, mujeres con rumor de telas, rumor de seda; hombres adustos, casi todos calvos, que caminaban con corrección mundana, aún más serios en un lugar como aquel.

La iglesia se iba llenando poco a poco. Oleadas de sol entraban por la gigantesca puerta abierta e iluminaban las primeras filas de amigos. En el coro, que parecía un poco sombrío, el altar, lleno de velas, tenía una claridad amarilla, humilde y pálida, enfrentado al agujero luminoso de la puerta principal.

Los asistentes se reconocían, se llamaban con una seña, se unían formando grupos. Los hombres de letras, menos respetuosos que los hombres de mundo, charlaban a media voz. Algunos miraban a las mujeres.

Norbert de Varenne, que andaba buscando a algún amigo, divisó a Jacques Rival hacia la mitad de las filas de sillas y fue a sentarse con él.

–¡Está visto –dijo– que el porvenir pertenece a los espabilados!

Rival, que no era envidioso, contestó:

–Mejor para él. Ya tiene la vida solucionada.

Y ambos empezaron a poner nombre a las caras que iban viendo.

Rival preguntó:

–¿Sabe qué fue de su mujer?

El poeta sonrió:

–Sí y no. Vive muy retirada, por lo que me han dicho, en el

barrio de Montmartre. Pero... hay un pero... llevo algún tiempo leyendo en *La Plume* artículos políticos que se parecen una barbaridad a los de Forestier y Du Roy. Los firma un tal Jean Le Dol, un muchacho joven y guapo, inteligente, de la misma raza que nuestro amigo Georges, y que ha conocido a su exmujer. Con lo que he llegado a la conclusión de que le gustaban los principiantes y le gustarán eternamente. Por lo demás, es rica. No en vano frecuentaron asiduamente su casa Vaudrec y Laroche-Mathieu.

Rival declaró:

–No está nada mal esa chica, Madeleine. ¡Muy aguda y muy astuta! Sin velos debe de ser encantadora. Pero, dígame, ¿cómo es que se casa Du Roy por la Iglesia después de haberse divorciado?

Norbert de Varenne contestó:

–Se casa por la Iglesia porque para la Iglesia la primera vez no se casó.

–¿Cómo es eso?

–A Nuestro Buen Amigo, por indiferencia o por ahorrar, le pareció suficiente la tenencia de alcaldía cuando se casó con Madeleine Forestier. Así que prescindió de las bendiciones eclesiásticas, lo que, para nuestra Santa Madre Iglesia, era pura y simplemente un concubinato. Por consiguiente, hoy se presenta ante ella como soltero y ella le otorga todas sus pompas, que le van a costar un ojo de la cara al compadre Walter.

Crecía bajo la bóveda el rumor de la muchedumbre. Se oían voces que hablaban casi en alto. Señalaban a los hombres famosos, que posaban, contentos de que los vieran, y se esmeraban mucho en conservar la compostura que usaban en público, acostumbrados a exhibirse así en todas las fiestas de las que eran, según parecía, los ornatos indispensables, los bibelots artísticos.

Rival siguió diciendo:

–Pero, dígame, mi querido amigo, usted que va con frecuencia a casa del jefe, ¿es verdad que la señora Walter y Du Roy no se dirigen ya nunca la palabra?

–Nunca. Ella no quería darle a la niña. Pero Du Roy tenía al padre agarrado por un asunto de unos cadáveres que aparecieron, por lo visto, unos cadáveres enterrados en Marruecos. Así que amenazó al viejo con unas revelaciones espantosas. Walter se acordó de lo que había pasado con Laroche-Mathieu y cedió enseguida. Pero la madre, cabezota como todas las mujeres, juró que no volvería a dirigirle la palabra a su yerno. Es chistosísimo verlos juntos. Ella parece una estatua, la estatua de la Venganza; y a él se lo nota muy apurado, aunque mantenga el tipo, porque ese sí que sabe llevar su timón.

Acudían otros colegas a darles un apretón de manos. Se oían fragmentos de charlas de política. E, inconcreto como el ruido de un mar lejano, el bullicio del pueblo agolpado delante de la iglesia entraba por la puerta junto con el sol y se alzaba hacia la bóveda dominando el jaleo más discreto del público de élite apiñado en el templo.

De pronto, el pertiguero dio tres golpes en la tarima con la vara. Toda la concurrencia se volvió con un prolongado roce de faldas y mucho movimiento de sillas. Y la joven apareció, del brazo de su padre, en la brillante luz del pórtico.

Seguía pareciendo un juguete, un delicioso juguete blanco tocado de flores de azahar.

Se detuvo un momento en el umbral; luego, cuando dio el primer paso dentro de la nave, el órgano lanzó un grito poderoso, anunció la entrada de la novia con su dilatada voz de metal.

Y Suzanne iba avanzando, mirando al suelo, pero no con timidez, algo emocionada, bonita, encantadora, un novia en miniatura. Las mujeres sonreían y murmuraban al verla pasar. Los hombres cuchicheaban: «Exquisita, adorable». El señor Walter andaba con dignidad exagerada, algo pálido, con las gafas bien afianzadas en la nariz.

Detrás de ellos, cuatro damas de honor, las cuatro vestidas de rosa, guapas las cuatro, eran la corte de aquella joya de reina. Sus parejas, muchachos bien escogidos, que se ajustaban al tipo requerido, avanzaban con un paso que parecía haber regulado un profesor de danza.

Los seguía la señora Walter, del brazo del padre de su otro yerno, el marqués de Latour-Yvelin, que tenía setenta y dos años. No andaba, se arrastraba, a punto de desmayarse cada vez que daba un paso hacia delante. Se notaba que se le pegaban los pies a las baldosas, que las piernas se negaban a avanzar, que le latía el corazón en el pecho como un animal que brinca para escapar.

Ahora estaba flaca. Con el pelo blanco, el rostro parecía aún más lívido y más chupado.

Miraba hacia delante para no ver a nadie, quizá para no pensar en lo que la torturaba.

Luego apareció Georges Du Roy con una anciana desconocida. Llevaba la cabeza alta y también tenía la mirada fija, dura, bajo las cejas algo fruncidas. En el labio, el bigote parecía irritado. A los asistentes les parecía muy buen mozo. Tenía expresión altanera, cintura estrecha, piernas rectas. Llevaba con mucha distinción el frac, que manchaba, como una gota de sangre, la cintita roja de la Legión de Honor.

A continuación, venía la familia: Rose con el senador Rissolin. Llevaba casada seis semanas. El conde de LatourYvelin acompañaba a la vizcondesa de Percemur.

Y, por fin, una procesión extraña, aliados o amigos de Du

Roy a quienes había presentado a su nueva familia, gente conocida en la vida social parisina entre dos aguas, que enseguida son amigos íntimos y, a veces, son primos lejanos de los advenedizos ricos, nobles desclasados, arruinados, con tachas, casados a veces, lo que era aún peor. Eran el señor de Belvigne, el marqués de Banjolin, los condes de Ravenel, el duque de Ramorano, el príncipe de Kravalow, el caballero Valréali; detrás, invitados de Walter, el príncipe de Guerche, los duques de Ferracine, la hermosa marquesa de Les Dunes. Unos cuantos parientes de la señora Walter, que seguían teniendo un aspecto decoroso de provincias en medio de todo aquel desfile.

Y el órgano seguía cantando, difundía por el gigantesco monumento los acentos potentes y rítmicos de sus recias gargantas, que le gritan al cielo la alegría o el dolor de los hombres. Cerraron las elevadas hojas de la puerta de entrada y, de pronto, todo se quedó oscuro, como si acabasen de expulsar al sol.

Ahora Georges estaba arrodillado junto a su mujer en el coro, de cara al altar iluminado. Procedente de la sacristía, apareció el reciente obispo de Tánger, con el báculo en la mano y tocado con la mitra, para unirlos en nombre del Padre Eterno.

Les hizo las preguntas de rigor, procedió al intercambio de anillos, pronunció las palabras que atan como cadenas y echó a los nuevos esposos un sermón cristiano. Habló de fidelidad mucho rato, con expresiones pomposas. Era un hombre grueso, muy alto, uno de esos prelados vistosos en quienes la tripa es un rasgo de majestad.

Se volvieron unas cuantas cabezas al oír un ruido de sollozos. La señora Walter lloraba, con la cara entre las manos.

No le había quedado más remedio que ceder. ¿Qué otra cosa podía hacer? Pero desde el día que echó de su cuarto a su hija, tras regresar esta, negándose a darle un beso, desde el día que le dijo en voz muy baja a Du Roy, que la saludaba ceremoniosamente cuando volvió a presentarse ante ella: «¡Es usted el ser más vil que conozco, no vuelva a dirigirme nunca la palabra, porque no respondo de mí!», padecía un tormento intolerable que nada podía calmar. Odiaba a Suzanne con un odio agudo, consistente en pasión exasperada y celos desgarradores, una peculiar envidia de madre y de amante, inconfesable, feroz, que le quemaba como una llaga en carne viva.

Y hete aquí que los estaba casando un obispo, a su hija y a su amante, en una iglesia, ante dos mil personas y ¡delante de ella! ¿Y no podía decir nada? ¿Y no podía impedirlo? No podía gritar: «Pero si ese hombre es mío, es mi amante. Esa unión que están bendiciendo es infame».

Varias mujeres, enternecidas, susurraron:

–¡Qué emocionada está la pobre madre!

El obispo declamaba:

–Se hallan entre los venturosos de la tierra, entre los más ricos y los más respetados. Usted, caballero, cuyo talento lo coloca por encima de los demás, usted que escribe, que enseña, que aconseja, que dirige al pueblo, tiene una hermosa misión por cumplir, un hermoso ejemplo que dar...

Du Roy lo escuchaba, ebrio de orgullo. Un prelado de la Iglesia romana le hablaba así a él. Y sentía, a su espalda, una muchedumbre, una muchedumbre ilustre que había venido por él. Le parecía que lo empujaba, que lo alzaba del suelo una fuerza. Se estaba convirtiendo en uno de los amos del mundo, él, él, el hijo de dos humildes aldeanos de Canteleu.

Los vio de repente en su modesta taberna, en lo alto de la cuesta, más arriba del ancho valle de Ruán, a su padre y a su madre sirviendo de beber a los campesinos de la comarca. Les había mandado cinco mil francos cuando heredó del conde de

Vaudrec. Ahora iba a mandarles cincuenta mil; y se comprarían una finquita. Estarían contentos, serían felices.

El obispo había concluido la arenga. Un sacerdote revestido con una estola dorada subía al altar. Y el órgano volvió a celebrar la gloria de los recién casados.

A veces lanzaba clamores prolongados, tremendos, henchidos como olas, tan sonoros y tan poderosos, que parecía que deberían levantar y hacer saltar el techo para expandirse por el cielo azul. Sus vibraciones llenaban toda la iglesia, hacían estremecerse la carne y el alma. Luego, de pronto, se calmaban; y unas notas delicadas, vivaces, corrían por el aire, rozaban los oídos como hálitos livianos; eran cantos menores, gráciles, menudos, saltarines, que revoloteaban como aves; y, de pronto, aquella música coqueta volvía a crecer, volvía a atemorizar por su fuerza y su amplitud, como si un grano de arena se metamorfosease en un mundo.

Se alzaron luego unas voces humanas y pasaron sobre las cabezas inclinadas. Vauri y Landeck, de la Ópera, cantaban. El incienso expandía un aroma delicado a benjuí y, en el altar, se consumaba el sacrificio divino: el Hombre Dios, al que convocaba el sacerdote, bajaba a la tierra para dar el espaldarazo al triunfo del barón Georges Du Roy.

Buen Amigo, de rodillas junto a Suzanne, había inclinado la frente. En aquel momento casi se sentía creyente, casi devoto, colmado de agradecimiento hacia la divinidad que así lo había favorecido, que lo trataba con tantos miramientos. Y, sin saber exactamente a quién se lo decía, le agradecía su éxito.

Al acabar la ceremonia, se levantó y, dándole el brazo a su mujer, entró en la sacristía. Empezó entonces el interminable desfile de los asistentes. Georges, loco de alegría, se creía un rey a quien venía a aclamar el pueblo. Estrechaba manos, balbucía palabras que no querían decir nada, saludaba, respondía a las enhorabuenas: «¡Qué amable es usted!».

De repente, divisó a la señora de Marelle; y el recuerdo de todos los besos que le había dado y que ella le había devuelto, el recuerdo de todas sus caricias, de todos sus mimos, del sonido de su voz, del sabor de sus labios, le metió en la sangre de pronto el deseo de volver con ella. Era bonita, elegante, con aquel aspecto de chiquillo y aquella mirada pizpireta. Georges pensaba: «Qué amante tan encantadora, la verdad».

Se acercó, algo tímida, algo preocupada, y le alargó la mano. Él la tomó en la suya y no la soltó. Entonces notó la llamada discreta de aquellos dedos de mujer, el suave apretón que perdona y recupera. Y él también apretaba aquella manita, como para decir: «¡Te sigo queriendo, soy tuyo!».

Se encontraron sus miradas, risueñas, brillantes, colmadas de amor. Ella susurró con su voz hechicera:

–¡Hasta pronto, caballero!

Y él respondió alegremente:

–Hasta pronto, señora.

Ella se alejó.

Otras personas se atropellaban. La muchedumbre fluía ante él como un río. Por fin se fueron abriendo claros. Los últimos asistentes se marcharon. Georges volvió a tomar del brazo a Suzanne para cruzar otra vez la iglesia.

Estaba llena de gente, porque todo el mundo había vuelto a su sitio para verlos pasar juntos. Georges andaba despacio, con paso sosegado, con la cabeza alta, con los ojos clavados en el ancho vano soleado de la puerta. Notaba que le corrían escalofríos por la piel, esos escalofríos helados que proporcionan las grandes dichas. No veía a nadie. Solo pensaba en sí mismo.

Al llegar al umbral, divisó la muchedumbre arremolinada,

una muchedumbre negra, rumorosa, que había acudido allí por él, por Georges Du Roy. El pueblo de París lo contemplaba y lo envidiaba.

Luego, al alzar la vista, vio a lo lejos, pasada la plaza de La Concorde, la Cámara de Diputados. Y le pareció que iba a ir de un salto del pórtico de La Madeleine a la puerta del Palais-Bourbon.

Bajó despacio la larga escalinata entre dos filas de espectadores. Pero no los veía; retrocedía ahora con el pensamiento y, ante los ojos, deslumbrados por el fulgor del sol, le flotaba la imagen de la señora de Marelle retocándose delante del espejo los ricitos de las sienes, que siempre tenía despeinados al levantarse de la cama.

Este libro se acabó de imprimir en febrero de 2025
en los talleres de Liberdúplex, s. l.
Ctra. BV 2241, km 7,4
Polígono Torrentfondo
08791 Sant Llorenç d'Hortons
(Barcelona)